U0129392

逸・知道了

孫文成滿文奏摺

（下 冊）

莊 吉 發 譯注

滿 語 叢 刊

文史哲出版社印行

國家圖書館出版品預行編目資料

孫文成滿文奏摺 / 莊吉發譯注. -- 初版. --
臺北市：文史哲，民 109.09
　　面　：公分（滿語叢刊；39）
　　ISBN 978-986-314-526-4（全套；平裝）

　　1.滿語　2.讀本

802.918　　　　　　　　　　109014378

滿　語　叢　刊　39

孫文成滿文奏摺（上下冊）

譯 注 者：莊　　　　吉　　　　發
出 版 者：文　史　哲　出　版　社
　　　　　http://www.lapen.com.tw
　　　　　e-mail:lapen@ms74.hinet.net
登記證字號：行政院新聞局版臺業字五三三七號
發 行 人：彭　　　　正　　　　雄
發 行 所：文　史　哲　出　版　社
印 刷 者：文　史　哲　出　版　社
臺北市羅斯福路一段七十二巷四號
郵政劃撥帳號：一六一八○一七五
電話886-2-23511028・傳真886-2-23965656

上下冊定價新臺幣一一二○元

二○二○年（民一○九）九 月 初 版
二○二○年（民一○九）十月初版二刷

孫文成滿文奏摺

下　冊

目　次

康熙五十一年

康熙五十六年

ᠪᠣᠣᠵᠠ · 知道了

孫文成滿文奏摺

下　冊

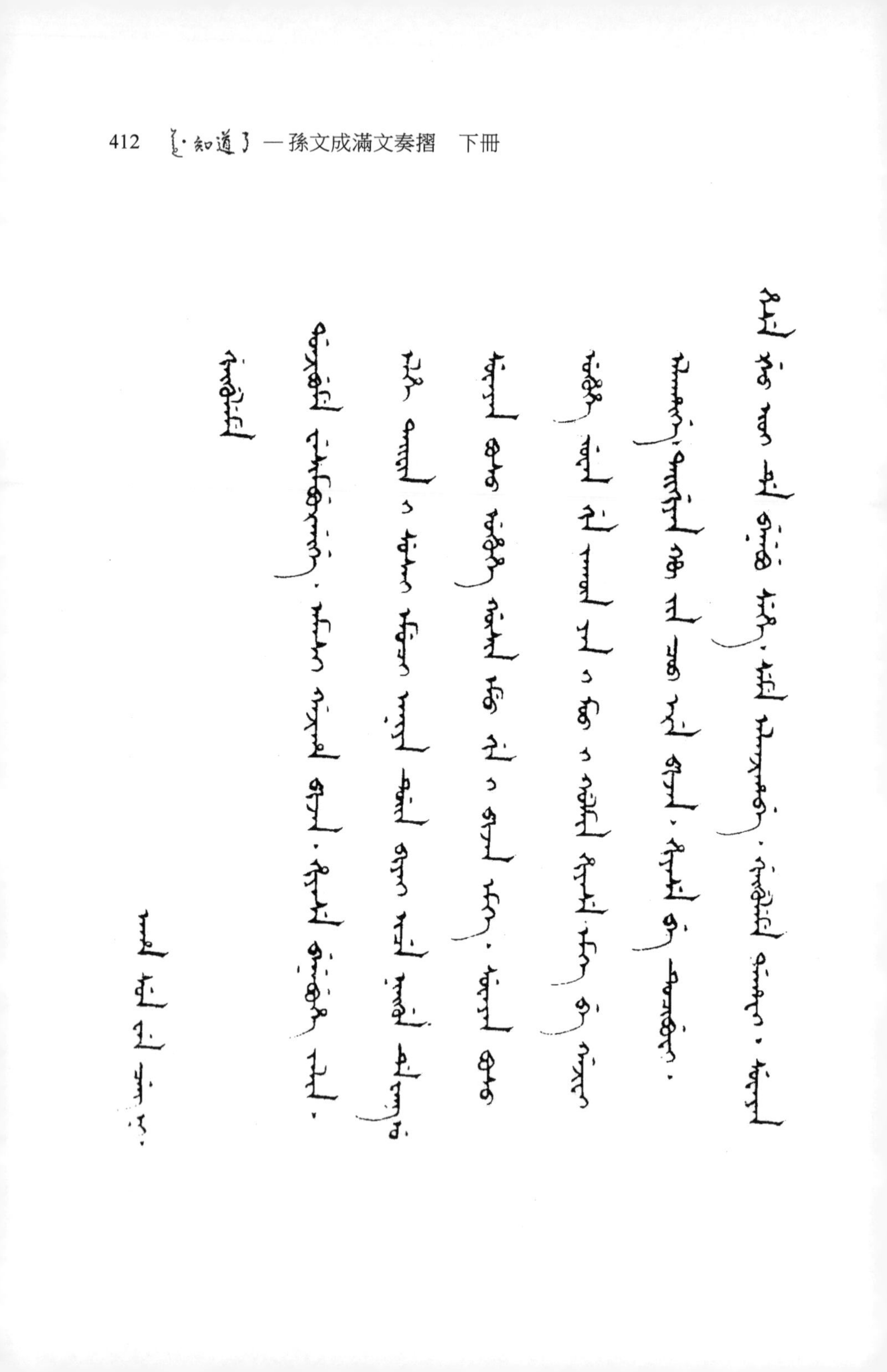

【101】奏聞差人齎送皮箱木匣摺

aha sun wen ceng ni, gingguleme donjibume wesimburengge,
amasi gajiha pijan, hiyase benebuhe jalin, elhe taifin i susai
emuci aniya duin biyai ice ninggun de wang u suwayan boso
uhuhe gūsin emu gin i pijan emke, suwayan boso uhuhe
juwan gin jakūn yan i moo i golmin hiyase emke be gajifi
alahangge, taigiyan hū jin coo ere pijan, hiyase be tucibufi,
hese g'ao ioi de benebu sehe, seme alanjihabe, gingguleme
dahafi, suwayan

奴才孫文成

謹奏聞，為差人齎送所攜回之皮箱、匣子事。康熙五十一年四月初六日，王五將黃布所包三十一斤皮箱一個，黃布所包十斤八兩長木匣子一個齎來告稱：太監胡金朝取出此皮箱、匣子，奉旨：著送與高輿，欽此。

奴才孙文成

谨奏闻，为差人赍送所携回之皮箱、匣子事。康熙五十一年四月初六日，王五将黄布所包三十一斤皮箱一个，黄布所包十斤八两长木匣子一个赍来告称：太监胡金朝取出此皮箱、匣子，奉旨：着送与高輿，钦此。

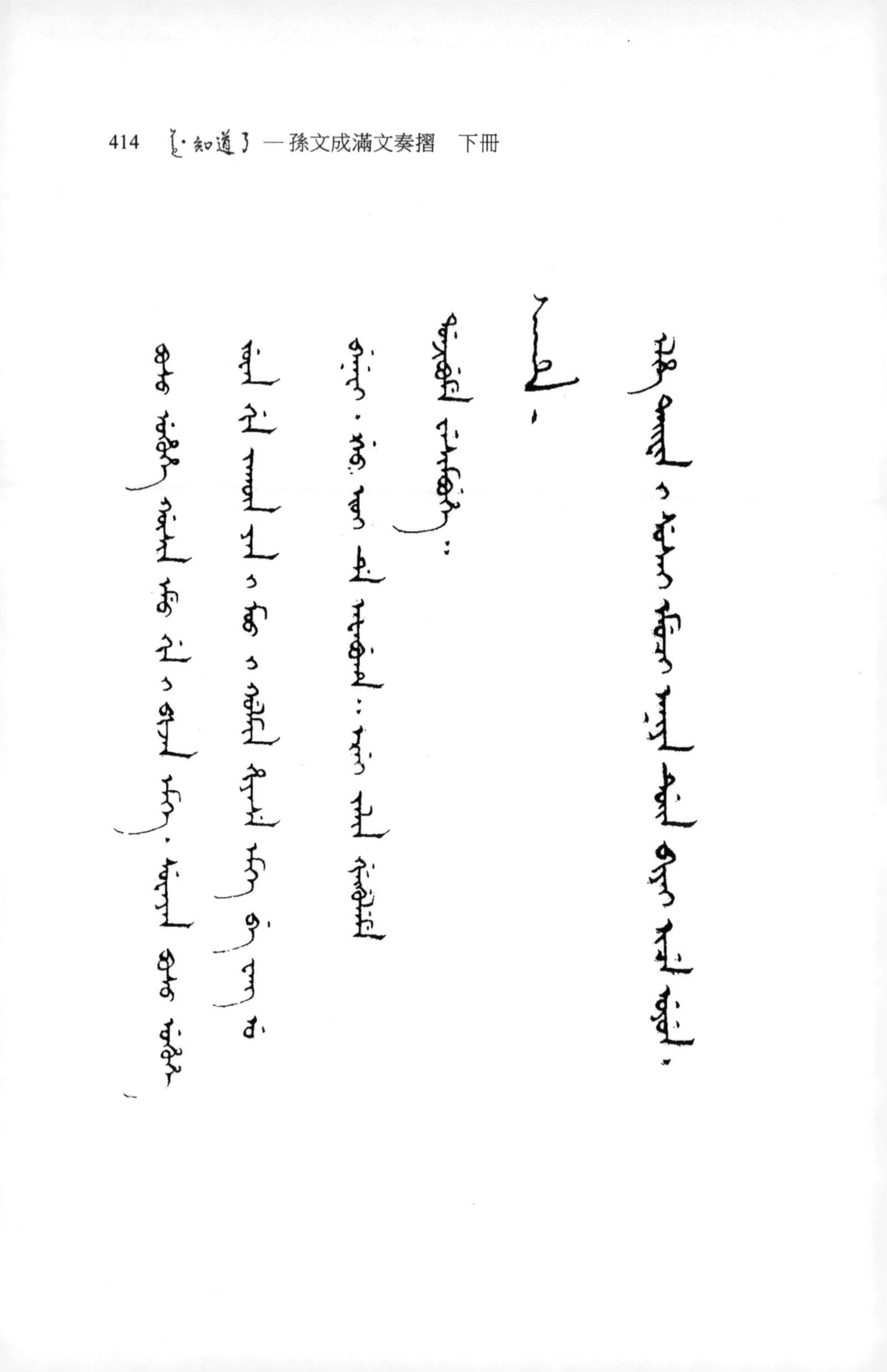

boso uhuhe gūsin emu gin i pijan emke, suwayan boso uhuhe
juwan gin jakūn yan i moo i golmin hiyase emke be wang u
benefi, g'ao ioi de afabuha. erei jalin gingguleme donjibume
wesimbuhe.

saha.

elhe taifin i susai emuci aniya duin biyai ice uyun.

欽遵將黃布所包三十一斤皮箱一個，黃布所包十斤八兩長
木匣子一個，令王五送交高輿。謹此奏聞。

【硃批】知道了。

康熙五十一年四月初九日

钦遵将黄布所包三十一斤皮箱一个，黄布所包十斤八两长
木匣子一个，令王五送交高輿。谨此奏闻。

【朱批】知道了。

康熙五十一年四月初九日

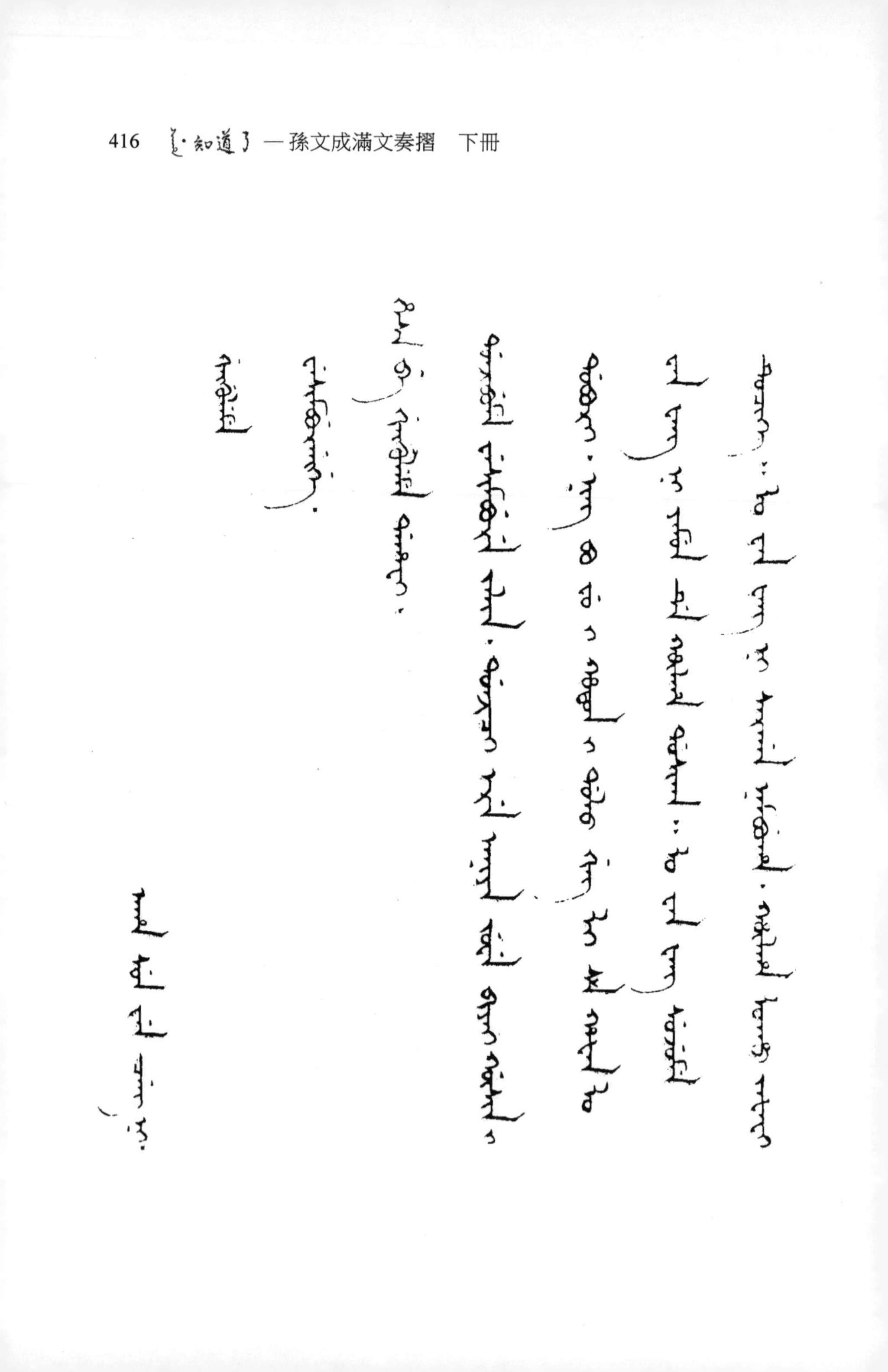

【102】奏聞兵丁搶劫經歷司衙門摺

aha sun wen ceng ni, gingguleme wesimburengge, hese be
gingguleme dahafi, donjibume wesimbure jalin, donjici ere
aniya juwe biyai gūsin i dobori, ning bo fu i hoton i dolo
ging li sy hafan lo wan fang ni yamun de hūlha dosika, lo
wan fang sujume tucike, lo wan fang ni sargan nambuha.
hūlha loho jafafi

　　　　　　　　　　　　　　　　　　　奴才孫文成
謹奏，為欽遵諭旨奏聞事。聞今年二月三十日夜，有賊進
入寧波府城內經歷司羅萬芳衙門，羅萬芳跑出，羅萬芳之
妻被擄，賊持刀

　　　　　　　　　　　　　　　　　　　奴才孙文成
谨奏，为钦遵谕旨奏闻事。闻今年二月三十日夜，有贼进
入宁波府城内经历司罗万芳衙门，罗万芳跑出，罗万芳之
妻被掳，贼持刀

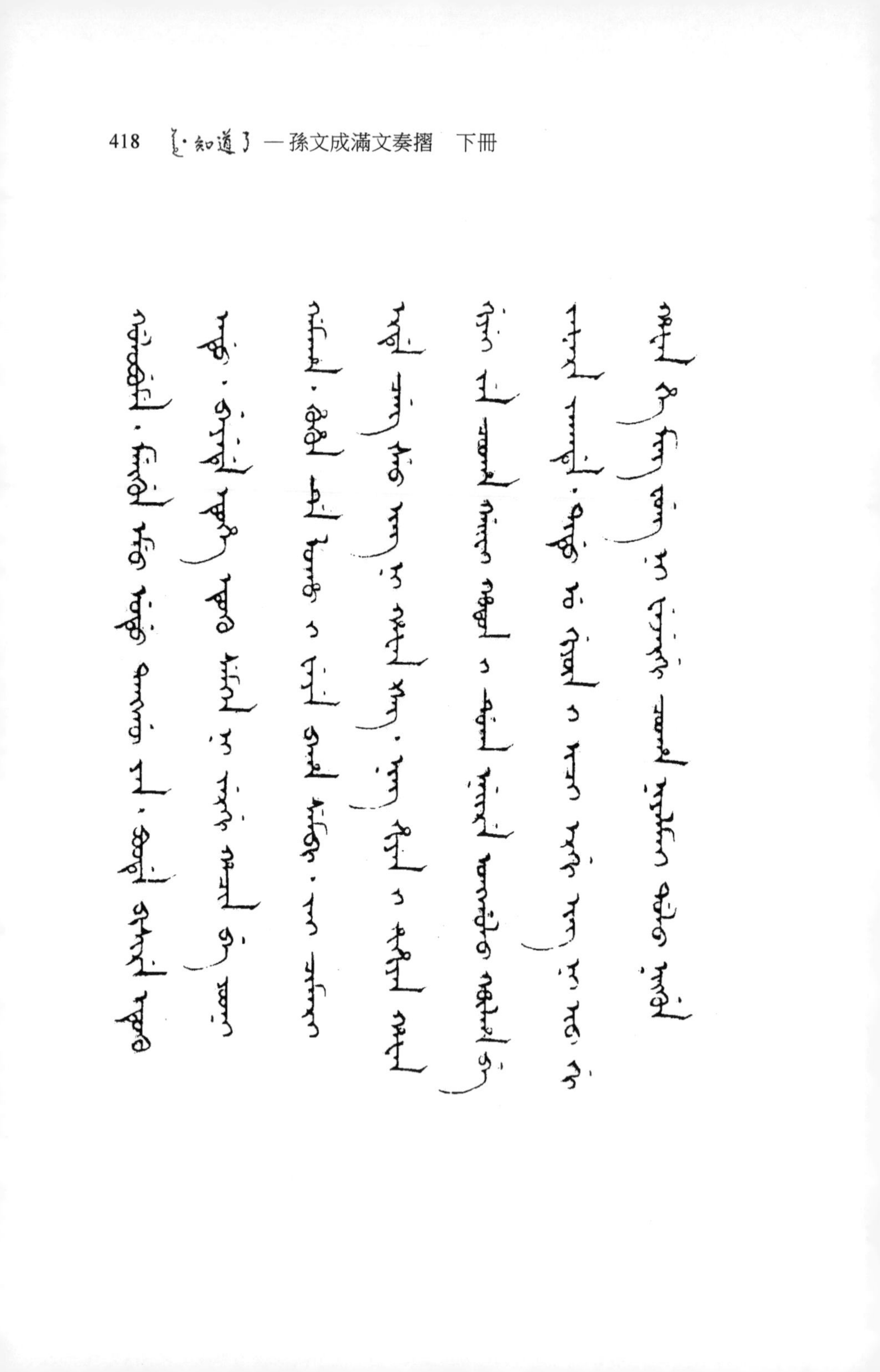

ᠮᠡᠨᡳ᠌ ᠮᡝᠨᡳ ᠮᡝᠨᡳ ᠮᡝᠨᡳ

golobume, menggun emu udu tanggū yan, boode bisire etuku
adu, beyede etuhe etuku semken ni jergi hacin be yooni
gamaha, huhun de loho i feye baha sembi. jai cimari erde
ceng šeo ing ni hafan k'ang, ning hiyan i jyhiyan hafan giyei
jen cooha gaifi hoton i duka neire onggolo hūlha be jafara
jakade, tidu u giyūn i ici ergi ing ni io gi hafan he ming fung
ni fejergi cooha niyalmai dolo ninggun

恐嚇，將銀數百兩、家中所有衣服、身上穿戴衣物、手鐲
等項俱行拿去，乳房受刀傷。次日清晨，城守營官康、寧
縣知縣解振領兵於城門未啟以前，將賊拏獲，提督吳郡右
營遊擊何明鳳屬下兵丁內拏獲六人。

恐吓，将银数百两、家中所有衣服、身上穿戴衣物、手镯
等项俱行拿去，乳房受刀伤。次日清晨，城守营官康、宁
县知县解振领兵于城门未启以前，将贼拏获，提督吴郡右
营游击何明凤属下兵丁内拏获六人。

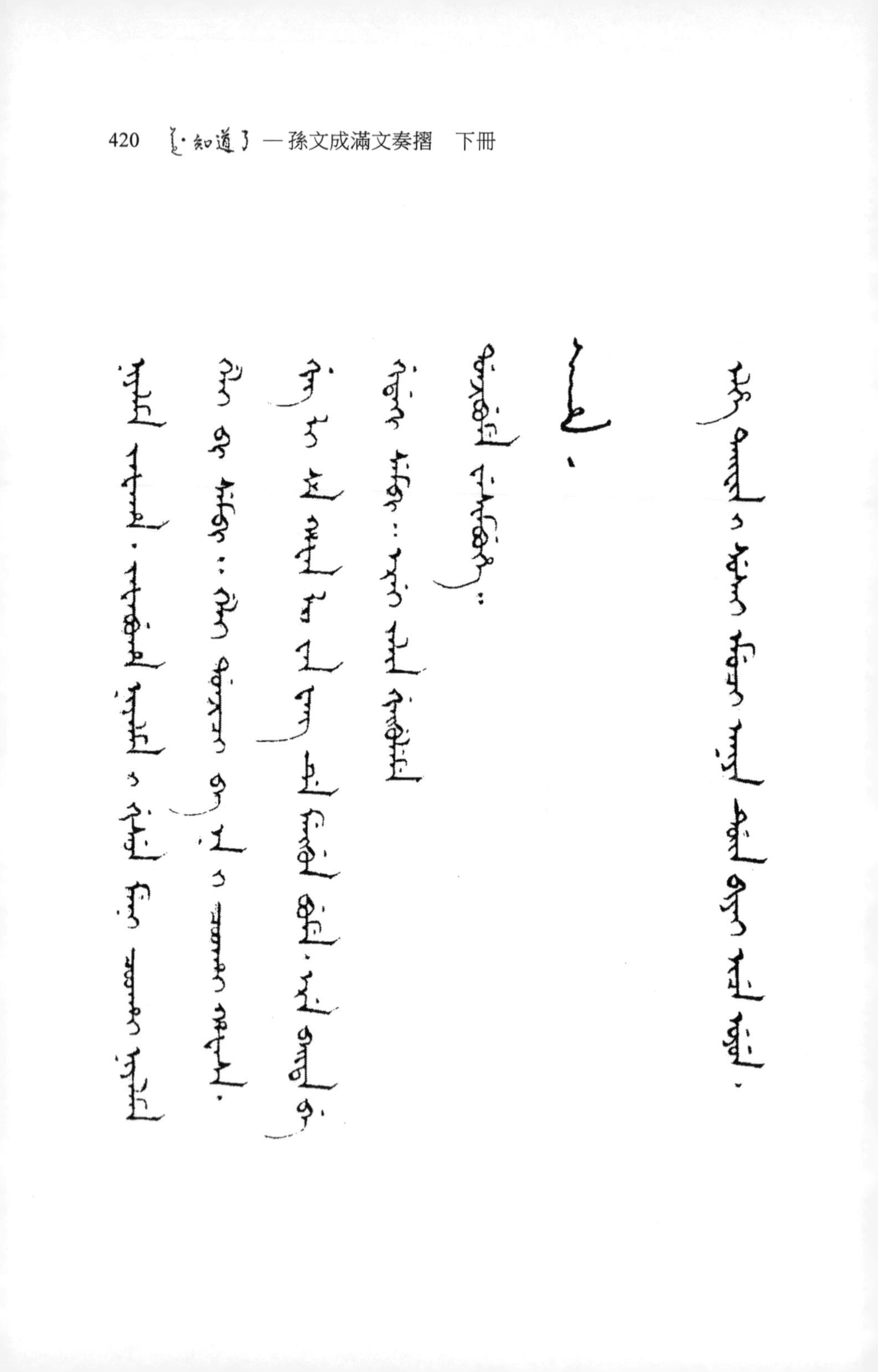

niyalma jafaha, jafabuha niyalma i gisun meni coohai
niyalma geli bi sembi. geli donjici ba na i coohai hafasa,
ging li sy hafan lo wan fang de menggun bume, ere baita be
gidaki sembi. erei jalin gingguleme donjibume wesimbuhe.
saha.
elhe taifin i susai emuci aniya duin biyai ice uyun.

據被拏獲之人云：我等又有兵丁云云。又聞地方武官給與
經歷司羅萬芳銀兩[15]，欲隱匿此事。謹此奏聞。
【硃批】知道了。
康熙五十一年四月初九日

据被拏获之人云：我等又有兵丁云云。又闻地方武官给与
经历司罗万芳银两[15]，欲隐匿此事。谨此奏闻。
【朱批】知道了。
康熙五十一年四月初九日

---

[15]　案鄞縣知縣解振生，係陝西監生，原摺作寧縣知縣解振。he ming fung，
　　音譯作何明鳳。lo wan fang，音譯作羅萬芳。

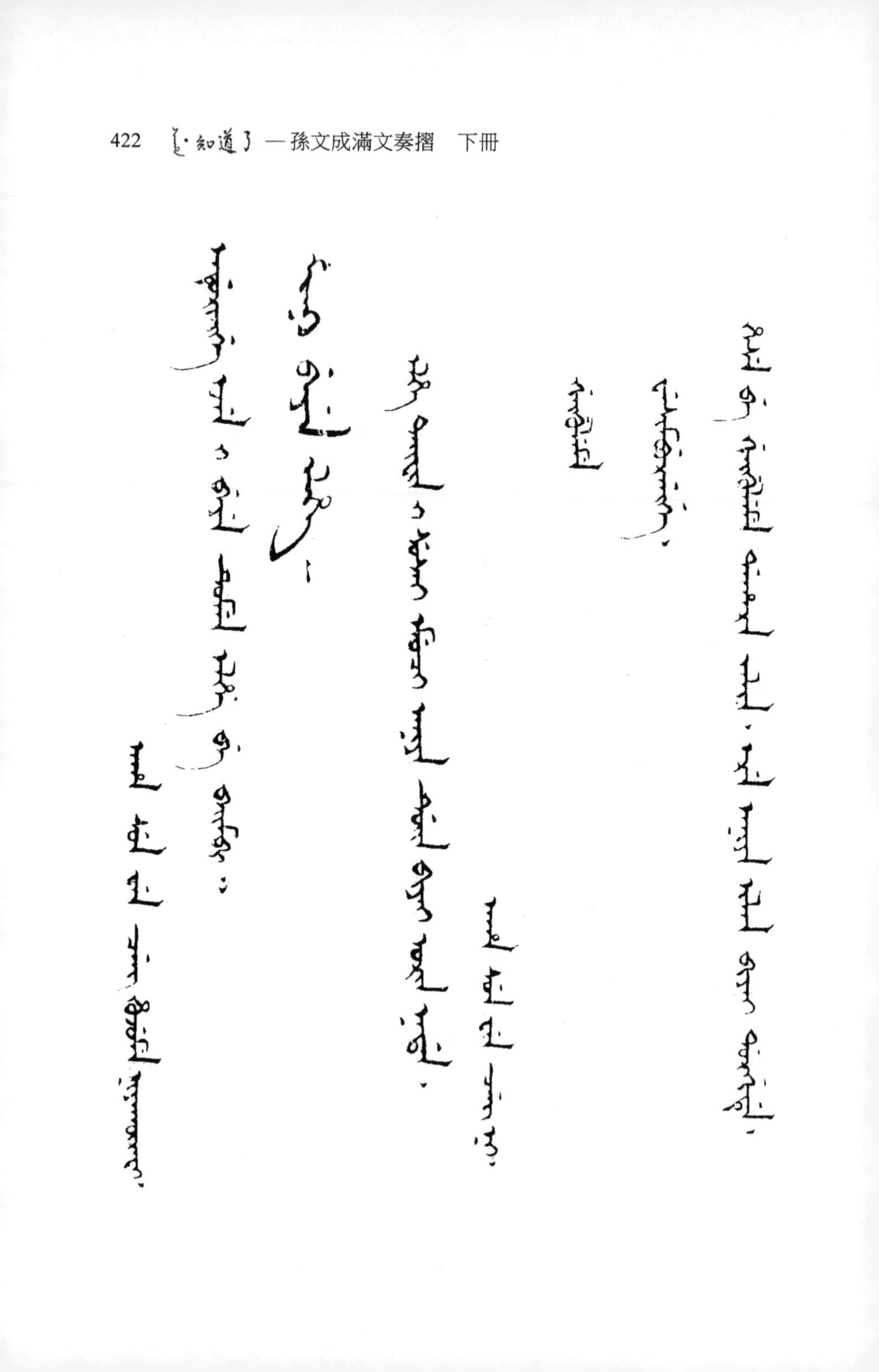

【103】請安摺

aha sun wen ceng hujume niyakūrafi, enduringge ejen i beye
tumen elhe be baimbi.

mini beye elhe.

elhe taifin i susai emuci aniya duin biyai orin nadan.

【104】奏聞官兵為海賊所敗摺

aha sun wen ceng ni, gingguleme wesimburengge, hese
be gingguleme dahara jalin, ere aniya ilan biyai dorgide,

───────

奴才孫文成俯伏跪

請聖主聖躬萬安。

【硃批】朕體安。

康熙五十一年四月二十七日

奴才孫文成

謹奏，為欽遵諭旨事。今年三月內，

───────

奴才孫文成俯伏跪

请圣主圣躬万安。

【朱批】朕体安。

康熙五十一年四月二十七日

奴才孙文成

谨奏，为钦遵谕旨事。今年三月内，

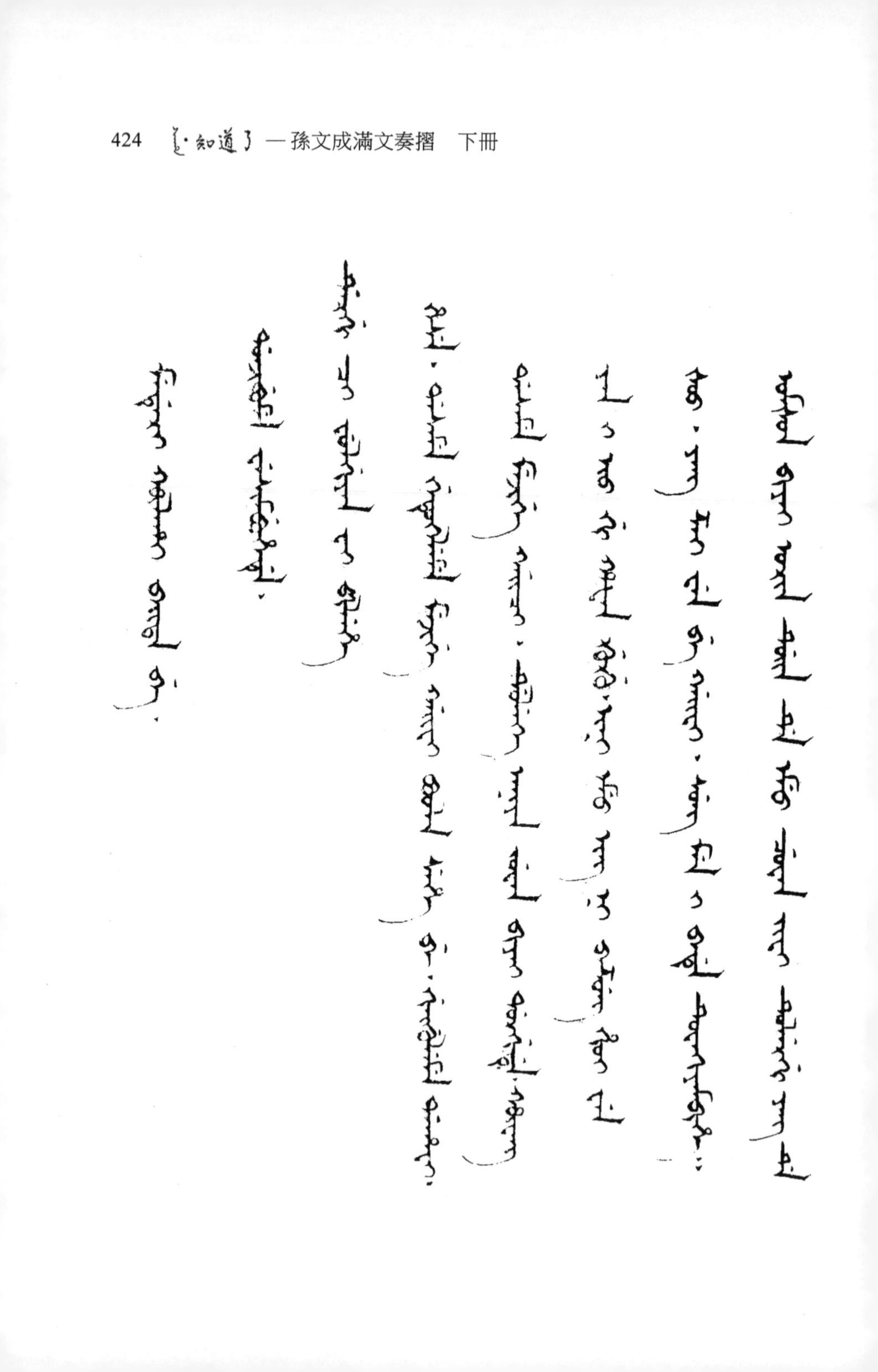

mederi hūlhai baita be, donjibume wesimbuhede, dergi ci
fulgiyan fi pilehe hese, dasame getukeleme mejige gaifi boola
sehe be, gingguleme dahafi, dasame mejige gaici, duleke aniya
juwan biyai dorgide, hūwang yan i io gi hafan g'og'o, ini emu
ing ni badzung hioi wen šoo, yang dzai wen be gaifi, sung men
i bade tuwakiyambihe. omšon biyai orin duin de emu cuwan
jifi tulergi yang de

奏聞海賊之事時，奉皇上硃批諭旨：再察明探信具報，欽
此。欽遵再探信，去年十月內，黃巖遊擊郭果率領其一營
把總許文韶、楊載文於松門地方看守。十一月二十四日，
有一隻船來報外洋

奏闻海贼之事时，奉皇上朱批谕旨：再察明探信具报，钦
此。钦遵再探信，去年十月内，黄岩游击郭果率领其一营
把总许文韶、杨载文于松门地方看守。十一月二十四日，
有一只船来报外洋

[illegible]
[illegible]
[illegible]
[illegible]
[illegible]
[illegible]
[illegible]
[illegible]

hūlhai cuwan bi seme boolaha manggi. g'og'o saha seme hendufi unggihe. orin sunja i meihe erinde sunja hūlhai cuwan tulergi yang ci edun ici jihe be, tuwakiyara hafan cooha, hūlhai cuwan be sabufi, uthai pun tatafi okdome alime gaiha. hūlhai cuwan edun ijishūn, jiderengge hūdun ofi, neneme poo sindara jakade, ba dzung hioi wen šoo i tehe cuwan i pun be goiha, juwe hūlhai cuwan hafirame afahai badzung hioi wen šoo jafabufi wabuha. coohai niyalma orin

有賊船後，郭果曰：知道了，說畢即遣去。二十五日巳刻，五隻賊船自外洋應風而來，看守之官兵見賊船後即拉篷迎敵。賊船因順風，前來甚速，先行放礮，故擊中把總許文韶所坐船篷，二隻賊船夾攻，把總許文韶被擒殺，兵丁二十

有賊船后，郭果曰：知道了，说毕即遣去。二十五日巳刻，五只贼船自外洋应风而来，看守之官兵见贼船后即拉篷迎敌。贼船因顺风，前来甚速，先行放炮，故击中把总许文韶所坐船篷，二只贼船夹攻，把总许文韶被擒杀，兵丁二十

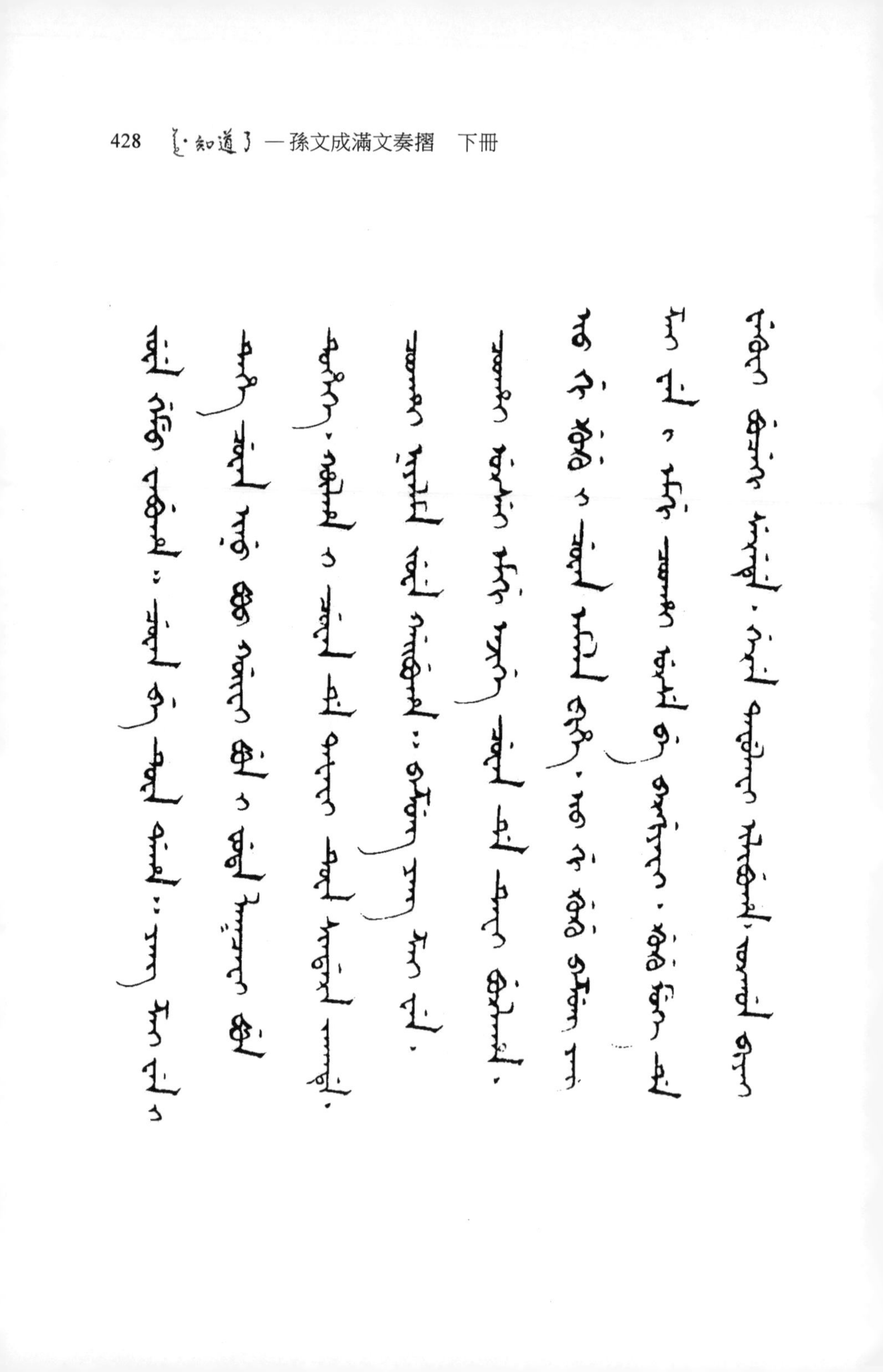

juwe gemu wabuha. cuwan be tuwa daha. yang dzai wen i tehe cuwan inu poo goifi pun i futa lakcafi pun tuheke, hūlha i cuwan de tafafi tuwa sindara jakade, coohai niyalma juwe gaibuha. badzung yang dzai wen, coohai ursei emgi ajige cuwan de tefi burlaha, io gi g'og'o i cuwan amala bihe, io gi g'og'o badzung yang dzai wen i emgi coohai urse be bargiyafi, g'og'o muke de fekufi buceki serede, geren tafulafi ilibuha. jorgon biyai

二名俱被殺，船被焚燬。楊載文所乘之船亦中礮，篷繩打斷，篷倒落，因攀登賊船放火，故兵丁二名被拿，把總楊載文同兵丁乘小船敗走，遊擊郭果之船在後，遊擊郭果同把總楊載文收回兵丁。郭果欲跳水以殉，經眾人勸止。十二月

二名俱被杀，船被焚毁。杨载文所乘之船亦中炮，篷绳打断，篷倒落，因攀登贼船放火，故兵丁二名被拿，把总杨载文同兵丁乘小船败走，游击郭果之船在后，游击郭果同把总杨载文收回兵丁。郭果欲跳水以殉，经众人劝止。十二月

ᠪᠠᡳᡨᠠᠯᠠᡴᠠ᠂ ᠪᠠᡳ ᠰᠠᡳᠨ ᡥᠣᠣᠩ ᡥᠣᠣ ᠪᠠᠨ

ᡤᠠᠮᠠᡴᠠ ᠰᠠᡳ ᡥᠣᠨ ᠰᠠᡳᠨ ᡳ ᡥᠠ ᡳᠨᡳᠶ᠎

ᡵᡳ ᠶᠠ ᠪᠠᡳ ᡥᠣᠨᠣ᠂ ᠪᠠᡳ ᡤᠣᠰᡳᠨ ᡥᠠᡥᠠ ᠪᠠᠮᡳᠶ᠎

ᠪᠠᡳ ᡨᠣᡵᠠᡴᠠ ᠮᠠᡳ᠂ ᡳᠨᡳ ᡤᠠᠰᠠ ᠪᠠᡳ ᡥᠠ ᠶᠠᠮᡳᠶ᠎

ᡵᡳ ᠪᡳ ᠪᠠᡳ ᡥᠠᠰᠠ᠂ ᡤᠣᠪᠣ ᡥᠠ ᠪᠠᡳ ᠪᠠᡳ ᡥᠠᡳ᠂ ᡵᠠᡳᠮᡳᠶ᠎

ᠰᠠᡳ ᠪᠠᡳ ᡥᠠᡨᡳᠨᡳᠨ ᠪᠠ ᡳ᠂ ᠪᠠᡳ ᡤᠠᡳᡥᠠ ᠪᠠᡳ ᠰᠠᡳ ᠮᠠᡳ᠂ ᡥᠣᠨ ᠪᠠᠨ ᡳ

ice ninggun de amasi yamun de jihe. dzung bing ni doron be daiselara cen io gi, ice uyun de ini beye ning bo fu de genefi, tidu wang ši cen de boolaha. g'og'o weile de geleme ofi, ineku biyai juwan de ini tehe yamun de fasime bucehe. baita beideme jihe icihiyara hafan cang ming, duin biyai juwan emu de sung men i mederi de afaha ba, badzung yang dzai wen cooha be

初六日，返回衙門。署理總兵印務陳遊擊於初九日親自前往寧波府，稟報提督王世臣。郭果因畏罪，於本月初十日在其所住衙門自縊身死。因審事而來之郎中常明於四月十一日在松門海外交戰地方，把總楊載文

初六日，返回衙门。署理总兵印务陈游击于初九日亲自前往宁波府，禀报提督王世臣。郭果因畏罪，于本月初十日在其所住衙门自缢身死。因审事而来之郎中常明于四月十一日在松门海外交战地方，把总杨载文

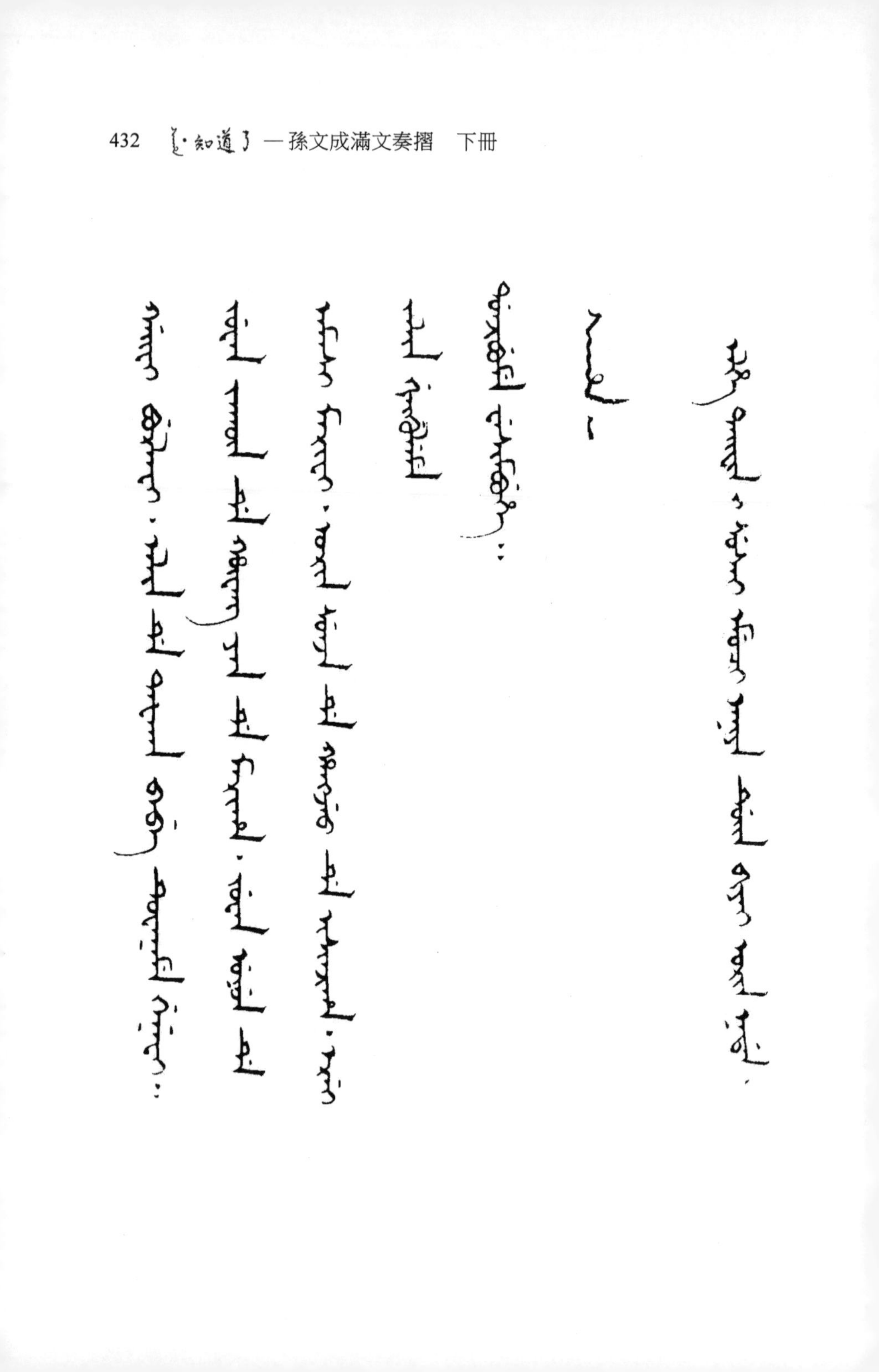

gaifi burlafi, alin de tafaka babe tuwaname genefi, juwan
jakūn de hūwang yan de mariha, juwan uyun de amasi marifi,
orin sunja de hangjeo de isinjiha. erei jalin gingguleme
donjibume wesimbuhe.

saha.

elhe taifin i susai emuci aniya duin biyai orin nadan.

領兵敗走，前往查看其登山之處，十八日返回黃巖，十九
日回來，二十五日至杭州。謹此奏聞。
【硃批】知道了。
康熙五十一年四月二十七日

領兵敗走，前往查看其登山之处，十八日返回黄岩，十九
日回来，二十五日至杭州。謹此奏闻。
【朱批】知道了。
康熙五十一年四月二十七日

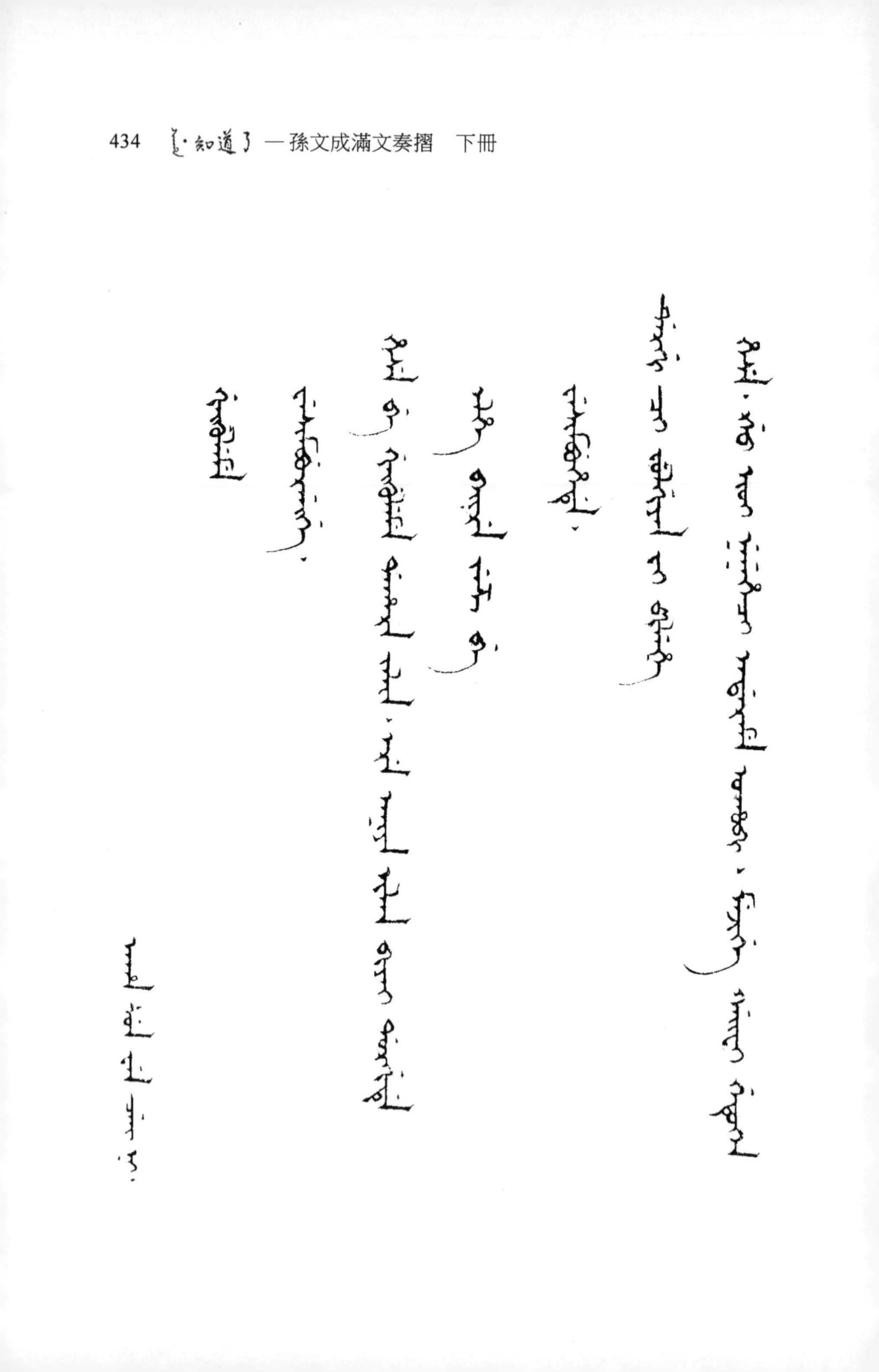

【105】奏聞高興近況及其家屬摺

aha sun wen ceng ni, gingguleme wesimburengge, hese be gingguleme dahara jalin, ere aniya ilan biyai dorgide elhe baire jedz be wesimbuhede, dergi ci fulgiyan fi pilehe hese, g'ao ioi neneheci adarame ohobi, mejige gaifi getuken

　　　　　　　　　　　　　　　奴才孫文成

謹奏，為欽遵諭旨事。今年三月內，具奏請安摺子時，奉皇上硃批諭旨：高興較前如何？探信明白

　　　　　　　　　　　　　　　奴才孙文成

謹奏，为钦遵谕旨事。今年三月内，具奏请安折子时，奉皇上朱批谕旨：高兴较前如何？探信明白

ᠪᡳᡨᡥᡝ ᠪᡝ᠈ ᡥᡝᠨᡩᡠ ᡝᠴᡝᡥᡝ᠈ ᠠᠮᠪᠠ ᡥᡝᠨᡩᡠ ᠪᡝ ᠮᡝᠵᡳᡥᡝ᠈ ᠪᡳᡨᡥᡝ ᠪᡝ
ᠮᡝᠵᡳᡥᡝ᠈ ᠮᡝᠨᡩᡠ ᠠᠮᠪᠠ ᡥᡝᠨᡩᡠ ᠪᡝ᠈ ᠵᡠᠸᡝ ᠮᠠᠴᡳᠮᠠᡵᡳ

boola sehebe, gingguleme dahafi, mejige gaici, g'ao ioi
neneme ba nai hafasa, jai tušan ci nakaha hafan ursei emgi
balai guculeme yabumbi, ini sargan i ahūn šan dung ni
dabsun hūdai niyalma ioi wen yan de menggun bufi dabsun
hūdašame yabumbihe. ioi wen yan i baita tucike ci ebsi, te
ba nai hafan ursei emgi yaburakū oho. yaya niyalma acanjici,
g'ao ioi holtome beye nimembi seme, niyalma de acara ba
akū, yaya bade inu generakū, damu boode

具報，欽此。欽遵探信，高興前與地方官及革職官員妄行
交結，並給與其妻兄山東鹽商于文嚴銀兩，以經營鹽之生
意。自于文嚴出事以來，今與地方官員已不復往來，任何
人來見時，高興裝病不見人，亦不往任何地方，

具报，钦此。钦遵探信，高舆前与地方官及革职官员妄行
交结，并给与其妻兄山东盐商于文严银两，以经营盐之生
意。自于文严出事以来，今与地方官员已不复往来，任何
人来见时，高舆装病不见人，亦不往任何地方，

ᠪᠠᡳᡨᠠ ᠪᡝ᠂ ᡨᡝᡵᡝ ᠪᡝ᠂ ᡠᠮᡝᠰᡳ ᡥᠠᠯᠠᠮᠪᡳ᠂

ᠪᠠᡳᡨᠠ ᠪᡝ᠂ ᡨᡝᡵᡝ ᠪᡝ᠂ ᠮᠠᠨᠠᠮᠪᡳ᠂

ᡥᠠᠯᠠ ᠪᡝ᠂ ᡨᡝᡵᡝ ᠪᡝ᠂ ᡠᠮᡝᠰᡳ ᡥᠠᠯᠠᠮᠪᡳ᠂

ᠪᠠᡳᡨᠠ ᠪᡝ᠂ ᡨᡝᡵᡝ ᠪᡝ᠂ ᠮᠠᠨᠠᠮᠪᡳ᠂

ᠪᠠᡳᡨᠠ ᠪᡝ᠂ ᡨᡝᡵᡝ ᠪᡝ᠂ ᠮᠠᠨᠠᠮᠪᡳ᠂

ᠪᠠᡳᡨᠠ ᠪᡝ᠂ ᡨᡝᡵᡝ ᠪᡝ᠂ ᠮᠠᠨᠠᠮᠪᡳ᠂

ᠪᠠᡳᡨᠠ ᠪᡝ᠂ ᡨᡝᡵᡝ ᠪᡝ᠂ ᠮᠠᠨᠠᠮᠪᡳ᠂

fucihi hūlame, be deo de dorolome, sain be yabumbi sembi, jai g'ao ioi de banjiha deo emke bihe akūha, erei sargan anggasi emu boigon de banjimbi, erei haha jui gebu g'ao heng juwan ningguse. g'ao ioi de duin haha jui bi, amba haha jui gebu g'ao dai, jacin haha jui gebu g'ao sung, ilaci haha jui gebu g'ao hūwa, duici haha jui gebu g'ao heng, ilan sargan jui bi, amba sargan jui be han lin hafan jang

祇在家中念佛，拜北斗行善云云。再高興胞弟一人，已經身故，其孀妻同住一戶，其子名叫高恒，年十六歲。高興有子四人：長子名叫高戴，次子名叫高頌，三子名叫高華，四子名叫高衡，有女三人：長女適翰林張

祇在家中念佛，拜北斗行善云云。再高興胞弟一人，已经身故，其孀妻同住一户，其子名叫高恒，年十六岁。高興有子四人：长子名叫高戴，次子名叫高颂，三子名叫高华，四子名叫高衡，有女三人：长女适翰林张

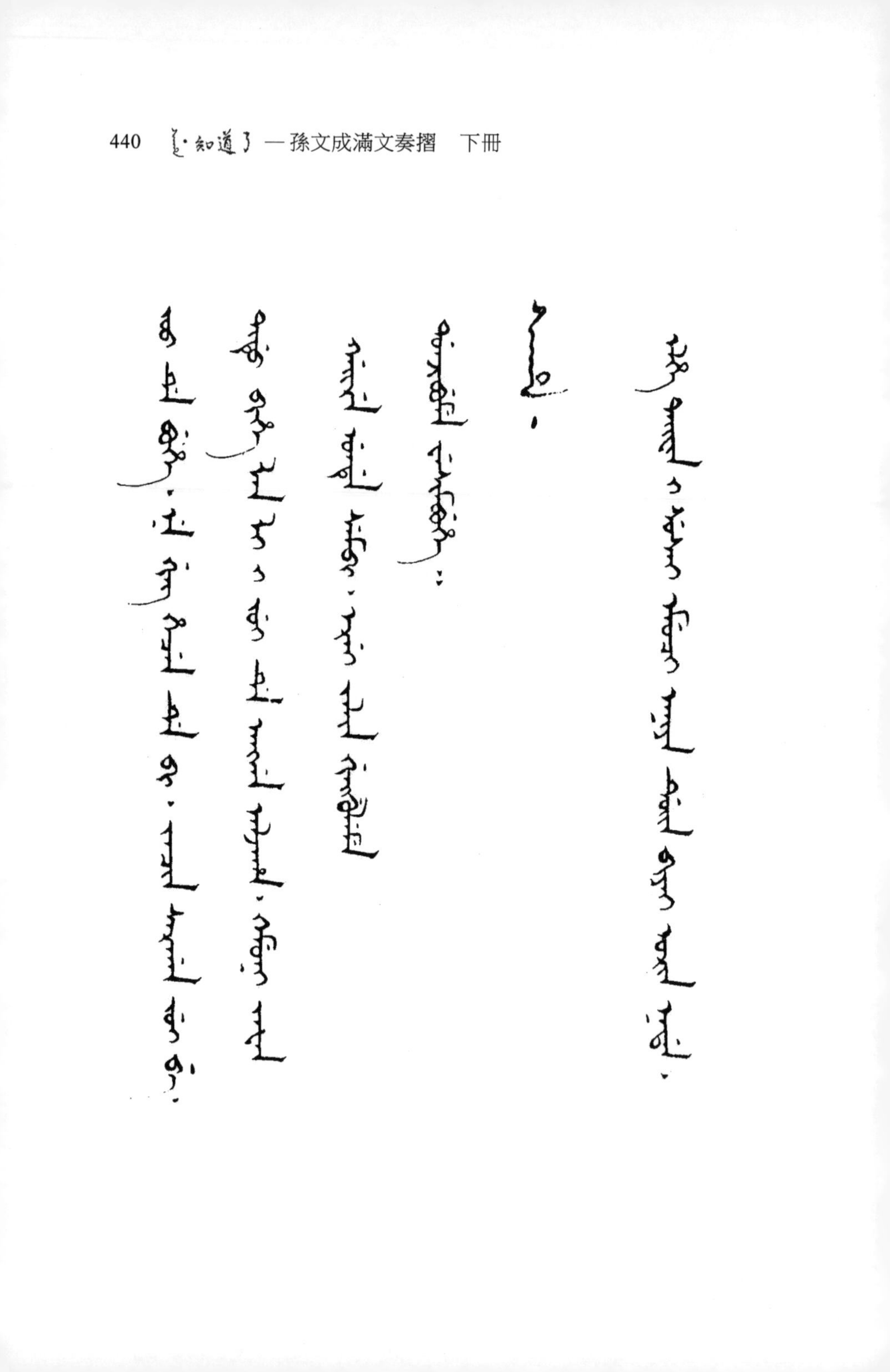

joo de buhe, ne ging hecen de bi, jacin sargan jui be, tidu bihe lan li i jui de angga aljaha, kemuni jafan gaire unde sembi. erei jalin gingguleme donjibume wesimbuhe.

saha.

elhe taifin i susai emuci aniya duin biyai orin nadan.

昭，現住京城，次女已許原任提督藍理之子，尚未收聘禮云云，謹此奏聞[16]。

【硃批】知道了。

康熙五十一年四月二十七日

昭，现住京城，次女已许原任提督蓝理之子，尚未收聘礼云云，谨此奏闻 [16]。

【朱批】知道了。

康熙五十一年四月二十七日

---

[16] ioi wen yan，音譯作于文嚴。g'ao heng，音譯作高恒。g'ao dai，音譯作高戴。g'ao sung，音譯作高頌。g'ao hūwa，音譯作高華。g'ao heng，音譯作高衡。jang joo，音譯作張昭。

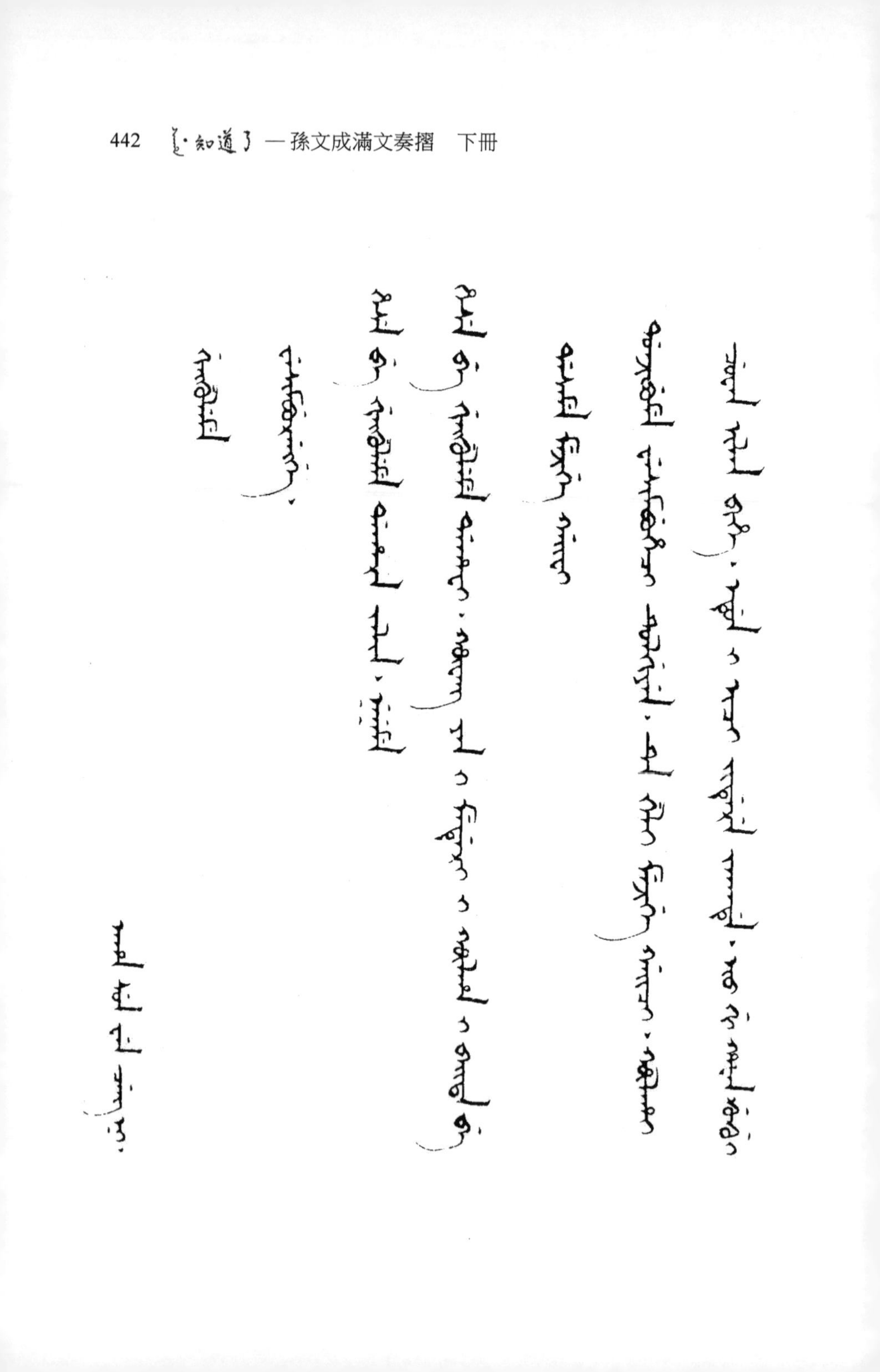

【106】奏覆探取黃巖海賊信息摺

aha sun wen ceng ni, gingguleme wesimburengge, hese be
gingguleme dahara jalin, neneme hese be gingguleme dahafi,
hūwang yan i mederi i hūlha i baita be dasame mejige gaifi
donjibume wesimbuheci tulgiyen, te geli mejige gaici, hūlhai
cuwan ilan bihe, edun i ici jidere jakade, io gi hafan g'og'o i

　　　　　　　　　　　　　　　　　　　　奴才孫文成
謹奏，為欽遵諭旨事。前欽遵諭旨，將黃巖海賊之事除再
探信奏聞以外，今復探息，賊船三隻應風而來，遊擊郭果

　　　　　　　　　　　　　　　　　　　　奴才孙文成
谨奏，为钦遵谕旨事。前钦遵谕旨，将黄岩海贼之事除再
探信奏闻以外，今复探息，贼船三只应风而来，游击郭果

ᠵᡝᡩᡝ ᠪᡝ ᠨᡳᠶᠠᠯᠮᠠ᠈ ᠮᡝᡳᠨᡳ
ᠵᡝᡩᡝ ᠪᡝ ᠰᡳᠮᠠ᠈ ᠮᡝᠨ ᠵᡝ ᠮᠠᠨᡝ ᠪᡳᡥᡝ᠈

ᠨᡝᡳᠵᡳ ᠪᠠᡳᡨᠠᠯᠠᠨ ᠪᡳᡨᡥᡝ ᠰᡳᠮᠠ᠈ ᠪᠠᠶᠠᠨᡨᠠᠢ ᠮᠠᠨ ᠵᡝ ᠮᡝᠨ ᠨᡝ᠈ ᠨᡝᠨ

ᠪᡝᡩᡝᡵ ᠵᡝᡵᡝᠨ ᠮᠠᠨ᠈ ᠮᠠᠨᡝ ᠪᡝᠨᡝ ᠮᠠᠨ ᠨᡝᠨ᠈

ᠪᡝᡵᡝᡩᡝ ᠪᡝ ᠪᠠᠶᠠᠨᡨᠠᠢ᠈ ᠮᠠᠨᡝ ᠪᡝᡵᡝᠨ ᠵᡝ ᠰᡳᠮᠠᠨ᠈

ᠪᡝᡵᡝᡩᡝ ᠪᡝ ᠪᠠᠶᠠᠨᡨᠠᠢ᠈ ᠮᠠᠨᡝ ᠵᡝᠨ᠈ ᠮᠠᠨᡝ ᠵᡝᠨ᠈ ᠮᠠᠨ᠈

ᠮᡝᡩᡝᡵ ᠪᡝ ᠨᡳᠶᠠᠯᠮᠠ᠈ ᠮᡝᠨ ᠵᡝ ᠮᠠᠨᡝ᠈ ᠮᡝᠨᡝ᠈ ᠮᠠᠨ ᠵᡝ ᠮᠠᠨᡝ᠈

ᠪᡝᡩᡝᡵ ᠮᠠᠨ᠈ ᠮᡝᠨ ᠵᡝ ᠮᠠᠨᡝ᠈ ᠮᠠᠨᡝ ᠪᡝ ᠮᡝᠨᡝ᠈ ᠮᠠᠨ᠈

tehe cuwan amala bihe, arbun be sabufi hūlhai baru afaha ba akū, uthai amasi burlaha. badzung hioi wen šoo i cuwan de bisire coohai niyalma orin juwe, badzung yang dzai wen i cuwan de bisire coohai niyalma orin juwe, hūlhai baru afara de, juwe badzung tehe cuwan coohai niyalma suwaliyame gemu hūlha de gaibuha, badzung yang dzai wen coohai niyalma orin gemu ajige cuwan de tafafi burlame tucike, juwe cuwan be hūlha, tuwa sindaha ba akū. io gi hafan g'og'o,

---

坐船在後，見狀並未與賊交戰，即向後退却。把總許文韶船上所有兵丁二十二人，把總楊載文船上所有兵丁二十二人，與賊交戰時，二把總所坐船隻及兵丁皆一併為賊所獲，把總楊載文及兵丁二十人皆登上小船逃出，賊未將二隻船放火。遊擊郭果

坐船在后，见状并未与贼交战，即向后退却。把总许文韶船上所有兵丁二十二人，把总杨载文船上所有兵丁二十二人，与贼交战时，二把总所坐船只及兵丁皆一并为贼所获，把总杨载文及兵丁二十人皆登上小船逃出，贼未将二只船放火。游击郭果

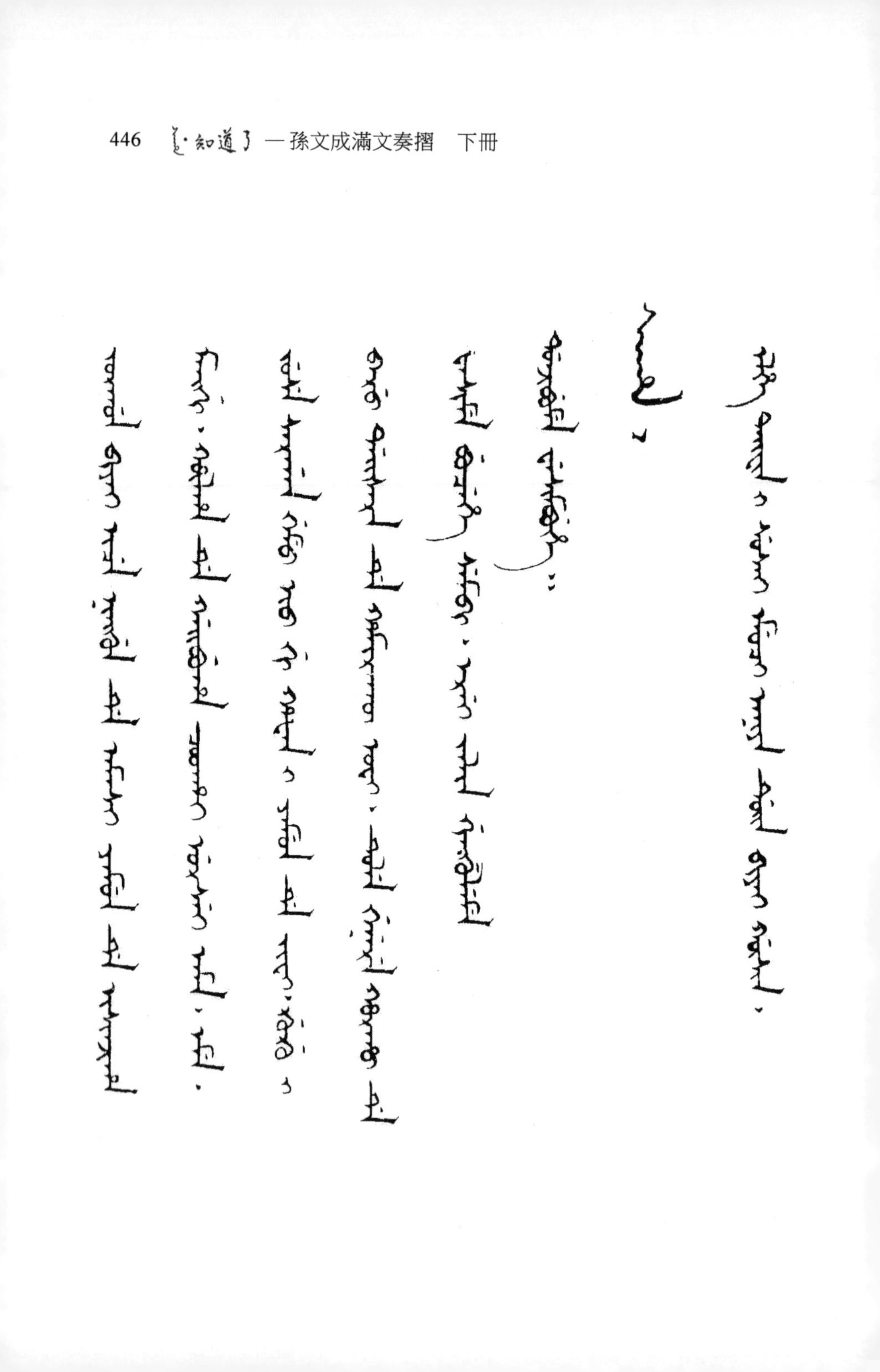

jorgon biyai ice ninggun de amasi yamun de isinjiha manggi,
hūlha de gaibuha coohai ursei ama, eme, juse sargan gemu io
gi hafan i yamun de jifi, g'og'o i baru daišara de hamirakū
ofi, tule genere horho de fasime bucehe sembi. erei jalin
gingguleme donjibume wesimbuhe.
saha.
elhe taifin i susai emuci aniya duin biyai gūsin.

於十二月初六日回至衙門以後，為賊所獲兵丁之父母妻兒
皆來至遊擊衙門，向郭果亂鬧時，因不堪承受，外行於囚
籠內縊死云云。謹此奏聞。
【硃批】知道了。
康熙五十一年四月三十日

于十二月初六日回至衙门以后，为贼所获兵丁之父母妻儿
皆来至游击衙门，向郭果乱闹时，因不堪承受，外行于囚
笼内缢死云云。谨此奏闻。
【朱批】知道了。
康熙五十一年四月三十日

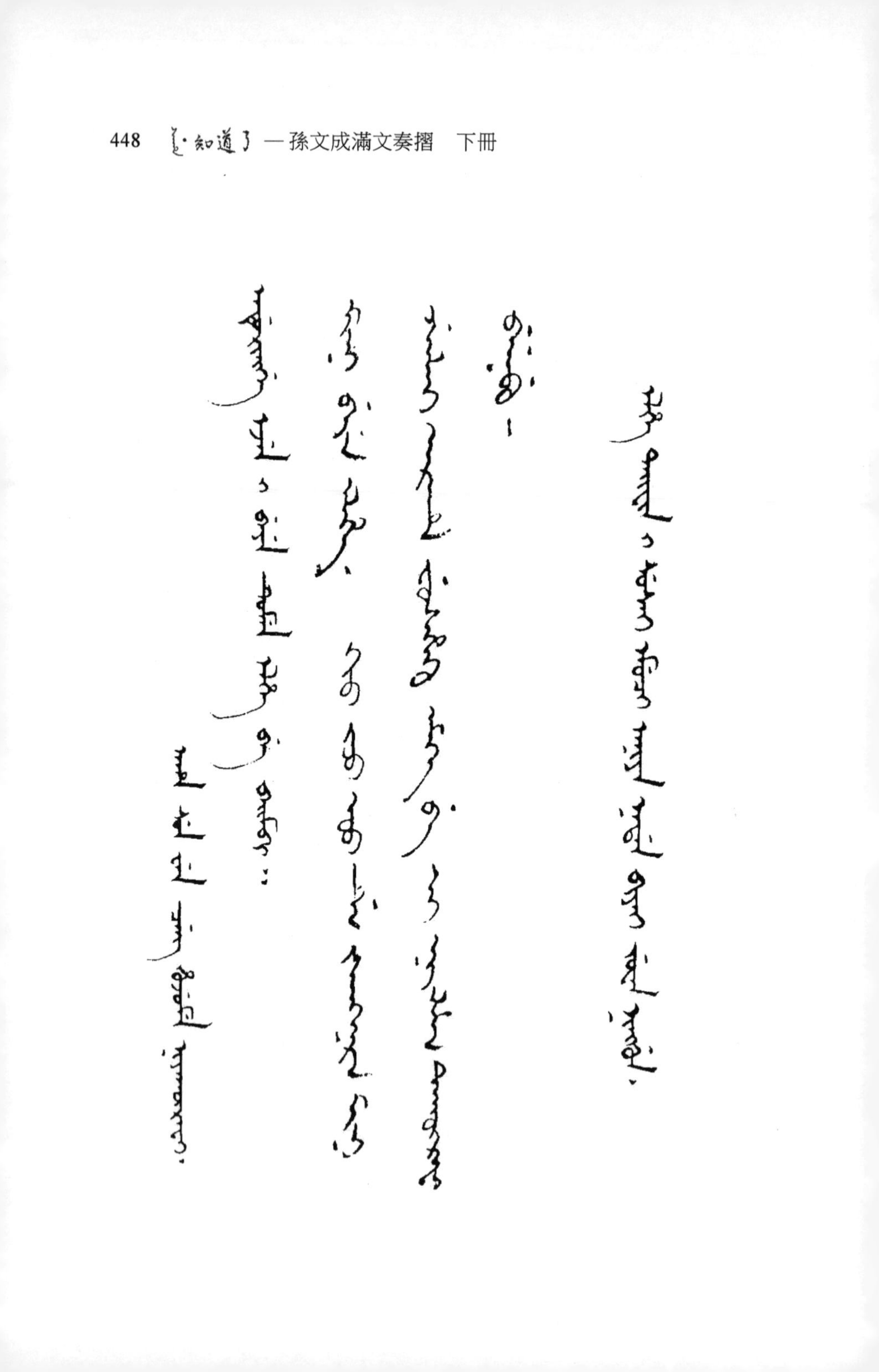

【107】請安摺

aha sun wen ceng hujume niyakūrafi, enduringge ejen i beye
tumen elhe be baimbi.

mini beye elhe, kio joo oo de šangnara mini galai araha
fusheku emke be si niyalma takūrafi benebu.

elhe taifin i susai emuci aniya nadan biyai juwan ninggun.

奴才孫文成俯伏跪
請聖主聖躬萬安。

【硃批】朕體安，賞給仇兆鰲朕親手所書扇子一把。爾差
人送去。

康熙五十一年七月十六日

奴才孙文成俯伏跪
请圣主圣躬万安。

【朱批】朕体安，赏给仇兆鳌朕亲手所书扇子一把。尔差
人送去。

康熙五十一年七月十六日

ᠪᠠᡳ᠋ᡨᠠ ᠪᡝᠶᡝ᠂ ᠠᠯᡳᠨ
ᠪᠠᠶᡳᡨᠠ ᠪᡝ ᡥᠠᠪᡤᠠᠪᠣ

ᠪᠠᠷᠠᠨ ᠪᠠᡳᡨᠠ ᠪᡝ
ᠰᠠᡳ᠋ᠨ ᠪᠠᡳᠨᠠ᠂ ᡝᠵᡝᠨ
ᠵᡝᠪ ᠪᠠᡳᡨᠠ

【108】奏聞官兵為海賊所敗摺

aha sun wen ceng ni, gingguleme wesimburengge, hese be gingguleme dahara jalin, donjici wen jeo i dzung bing hū pan i fejergi io gi hafan sun, badzung wan i an cooha gaifi mederi be giyarime genehede, sunja biyai juwan jakūn de, badzung wan i an hūlhai cuwan nadan jihe be ucarafi, uthai burlaki serede hūlhai cuwan hūdun ofi, coohai cuwan be amcabuha, badzung wan i an,

奴才孫文成
謹奏，為欽遵諭旨事。聞溫州總兵胡泮屬下遊擊孫、把總萬一安領兵巡海去時，於五月十八日，把總萬一安遇賊船七隻前來，即欲退却，因賊船甚速，兵船被追及，把總萬一安

奴才孙文成
謹奏，为钦遵谕旨事。闻温州总兵胡泮属下游击孙、把总万一安领兵巡海去时，于五月十八日，把总万一安遇贼船七只前来，即欲退却，因贼船甚速，兵船被追及，把总万一安

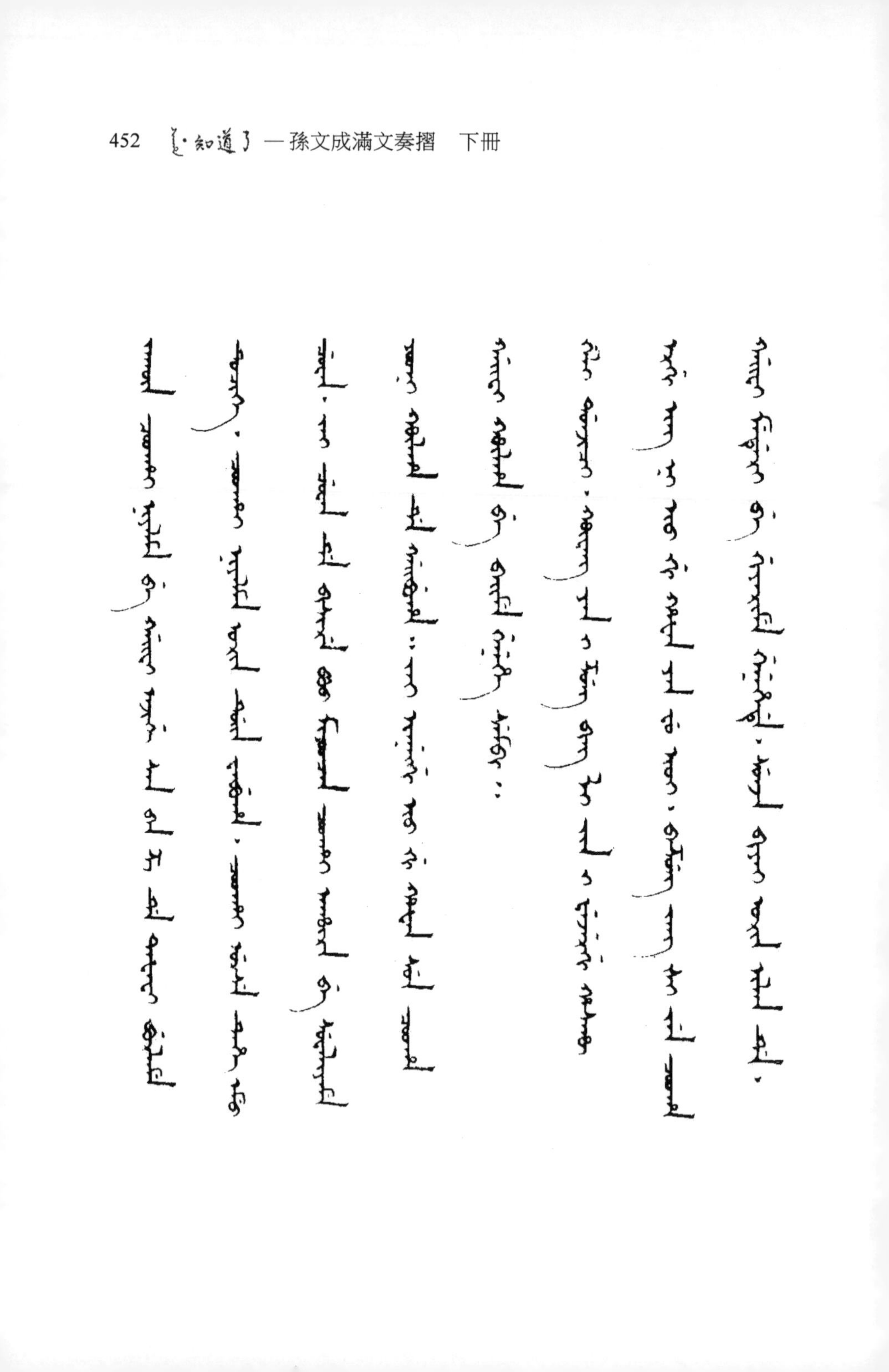

jakūn coohai niyalma be gaifi ajige san ban dz de tafafi burlame tucike, coohai niyalma orin duin wabuha, coohai urse tehe emu cuwan, jai cuwan de bisire poo, miyoocan, coohai ahūra be suwaliyame yooni hūlha de gaibuha. jai inenggi io gi hafan sun cooha gaifi hūlha be baime genehe sembi.

geli donjici, hūwang yan i dzung bing li jin i fejergi hashū ergi ing ni io gi hafan yan fu ioi, badzung jang ši jen cooha gaifi mederi be giyarime genehede, sunja biyai orin ilan de,

---

帶領兵丁八人登上小舢板子逃出，兵丁二十四人被殺，兵丁所乘一隻船及船上所有礮、鳥鎗、兵械俱一併為賊所獲。次日，遊擊孫領兵前往尋覓賊徒云云。
又聞黃巖總兵李近屬下左營遊擊閻福玉、把總張士珍領兵前往巡海。五月二十三日，

带领兵丁八人登上小舢板子逃出，兵丁二十四人被杀，兵丁所乘一只船及船上所有炮、鸟鎗、兵械俱一并为贼所获。次日，游击孙领兵前往寻觅贼徒云云。
又闻黄岩总兵李近属下左营游击阎福玉、把总张士珍领兵前往巡海。五月二十三日，

ᠮᠠᠩᡴᠠᠨ ᠴᠣᠣᡥᠠᡳ ᠪᡝ᠂ ᠵᠠᠰᠠᡴ ᠡᠩᡤᡝᠮᡠ ᠮᡝᠨᡳ ᠪᡝ᠂

ᠰᡳᠮᠨᡝᡴᡝ ᠂᠂ ᠶᠠᠮᡠᠨ ᠳᡝ ᠵᠠᡴᠠ ᠪᡝ ᠰᡝ ᠵᡠᡳ ᠰᡠᠩᡤᠠᡩᠠᡴᠠ

ᡥᠠᠮᡳᡴᠠ ᠰᡝᡴᡝ᠂ ᠵᠠᠮᡥᠠᠰᠠᡳ ᠪᠠᠨᡳᠰ ᠮᡝᡳ ᠪᡝ᠂ ᠮᡝᠨᡳ ᠠᠨᠠᡴᠠ ᠪᡝ ᠰᠠᡥᠠᠯᡳᠶᠠᠨ

ᡠᡩᡠᠨ ᠮᡝᡥᡝ ᠵᠠᠨᠩ ᠋᠂ ᠵᡝᠮᡝ ᠪᡝ ᠪᠠᠨᠵᡳ ᠰᡝᡩᡝᠨ᠂ ᠮᡝ ᠮᡝᠨᡳ

ᡥᠠᡵᠠᠨ ᠂ ᠪᠠᠨᡳ ᠪᡳ ᡩᠣᡥᡳᠨ ᠯᡳ ᠪᠠ ᠪᡝᠰᡠ ᠰᡠᠩᡤᠠᡩᠠᡴᠠ ᡝᡴᡳᠰᡠᠨ ᠪᠠᠨᠵᡳᠮᡝ

ᡥᡳᡳᠳᠤ ᡝᠩᡤᡝᠮ ᠵᡳᡥᠠ ᠪᡝ᠂ ᠮᡝᠨᡳ ᠪᠠᡩᡠ ᠰᠠᡥᠠᠯᡳᠶᠠᠨ ᠪᡳ ᡴᡳ ᠵᠠᠩ ᠮᡝ ᠋᠂

ᡝᠴᡝᠮᡠ ᠰᡝᡥᡝ ᠪᡝ᠂ ᠪᠠᠨᠵᡳ ᠮᡝᡴᡳᡵᡝ ᠰᡝ ᠪᡝ ᠠᠮᡳᠰ ᠮᠠᡳᠰᠠᡴᡥᠠ

ᡝᡝᠴᠠᡴᠠᠨ ᠮᡝᠨᡳ ᠠᠨᠴᡳᠩ ᠪᡝ᠂ ᠰᡳᠩᠨᡝᠮ ᡴᡳᡵᡳᠰᠠᡳ ᠵᡳ ᠮᡝ ᡥᠠ᠂ ᠪᠠᡝ

ᡝᠴᡝᠴᠠᡳ ᠯᡳᡵᠰᡠᠨ ᠯᠠᡴᠰᡥᠠᠨ ᡝᡩᡳ ᠶᠠᠪᡩᡠᡴᠰᠠ ᡩᡝᠨ᠂ ᡝᠨᡩᡠᡳᠰᠠᡩᡠᠨᠰᡝᠨ᠂

ᡥᠣᡥᠣ ᠮᡝᠨ ᡴᡳ ᠪ ᠠ ᡥᠠ ᠵᡠᠨ ᠋ᡝᠴᡳᠰᠨᡝᡩᡳᡴ ᠮᡝ᠂ ᡳᡝᡩᡳ ᡝᠩᡥᡳᡝᡩᡠᠨᡴᡳ

nio teo men i tule u ši yang mederi de, juwe hūlhai cuwan be
ucarafi ishunde afara de sujame muterakū ofi, badzung jang
ši jen, juwan ilan coohai niyalma be gaifi ajige san ban dz de
tafafi burlame tucike, io gi hafan yan fu ioi coohai niyalma
tanggū funceme gemu hūlha de wabuha. coohai urse tehe
juwe cuwan, cuwan de bisire poo, miyoocan, coohai ahūra
be yooni hūlha de gaibuha sembi. jai hūwang yan i dzung
bing li jin beye cooha gaifi mederi hūlha be baime jafara de,
sunja biyai orin jakūn de

在牛頭門外烏石洋海上遇賊船二隻，彼此交戰，因不能支
持，把總張士珍帶領兵丁十三名登上小舢板子逃出，遊擊
閣福玉兵丁百餘名皆為賊所殺，兵丁所乘二隻船及船上所
有礮、鳥鎗、兵械俱為賊所獲。再黃巖總兵李近親自領兵
前往尋緝海賊，五月二十八日

在牛头门外乌石洋海上遇贼船二只，彼此交战，因不能支
持，把总张士珍带领兵丁十三名登上小舢板子逃出，游击
阁福玉兵丁百余名皆为贼所杀，兵丁所乘二只船及船上所
有炮、鸟鎗、兵械俱为贼所获。再黄岩总兵李近亲自领兵
前往寻缉海贼，五月二十八日

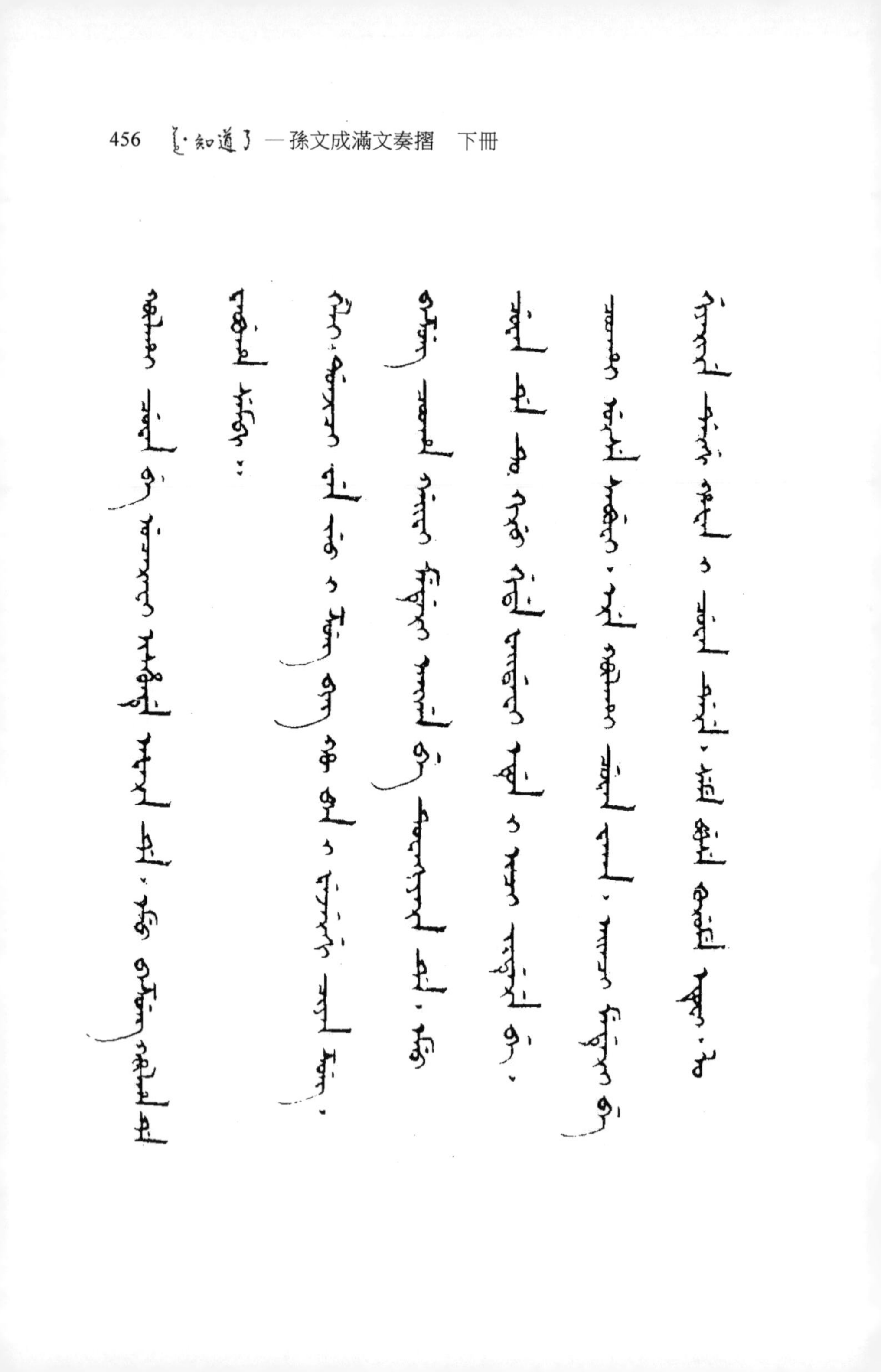

hūlhai cuwan be ucarafi ishunde afara de, emu badzung
hūlha de wabuha sembi.

geli, donjici wen jeo i dzung bing hū pan i fejergi ciyan
dzung, badzung cooha gaifi mederi angga be tuwakiyara de,
emu cuwan de tu kiru gida faidafi edun i ici jidere be, coohai
urse sabufi, ere hūlhai cuwan waka, ainci mederi be giyarire
dergi hafan i cuwan dere, seme puse kurume etufi, lo

遇賊船彼此交戰時，把總一員為賊所殺云云。
又聞溫州總兵胡泮屬下千總、把總領兵看守海口時，有一
隻船擺列旗纛鎗戟，應風而來，兵丁看見後，疑其非賊船，
以為巡海上司之船而穿補褂

遇賊船彼此交战时，把总一员为贼所杀云云。
又闻温州总兵胡泮属下千总、把总领兵看守海口时，有一
只船摆列旗纛鎗戟，应风而来，兵丁看见后，疑其非贼船，
以为巡海上司之船而穿补褂

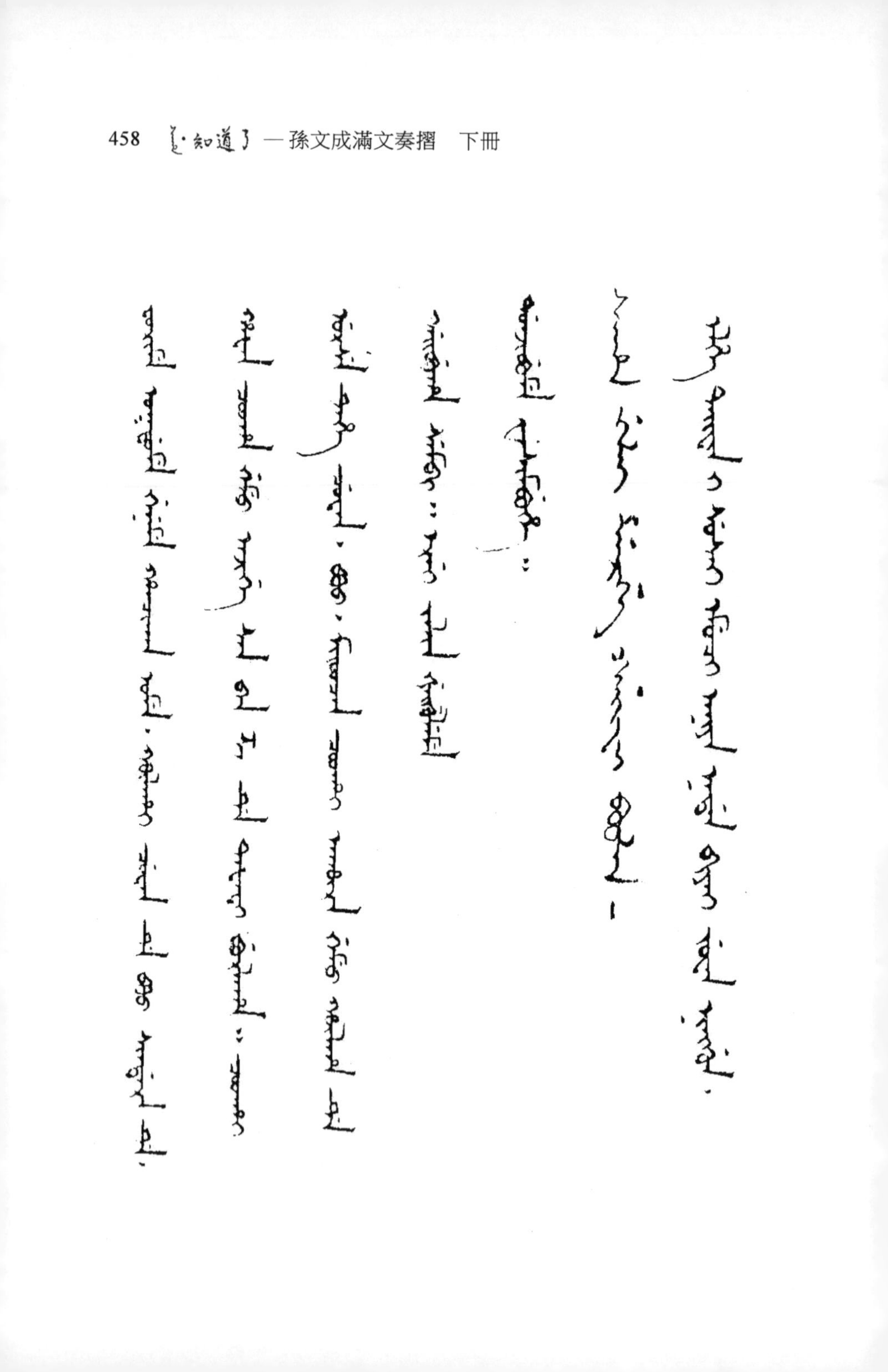

forime okdome geneme hancikan ome, hūlhai cuwan de poo
sindara de, hafan cooha gemu ajige san ban dz de tafafi
burlaha. coohai urse tehe cuwan, poo, miyoocan, coohai
ahūra gemu hūlha de gaibuha sembi. erei jalin gingguleme
donjibume wesimbuhe.
saha geli mejige gaifi boola.
elhe taifin i susai emuci aniya nadan biyai juwan ninggun.

敲鑼上前迎接，及至近處，賊船放礮，官兵皆登上小舢板
子逃走，兵丁所乘之船、礮、鳥鎗、兵械皆為賊所獲云云。
謹此奏聞[17]。
【硃批】知道了，再探信具報。
康熙五十一年七月十六日

敲锣上前迎接，及至近处，贼船放炮，官兵皆登上小舢板
子逃走，兵丁所乘之船、炮、鸟鎗、兵械皆为贼所获云云。
谨此奏闻 [17]。
【朱批】知道了，再探信具报。
康熙五十一年七月十六日

---

[17]　jang ši jen，音譯作張士珍。

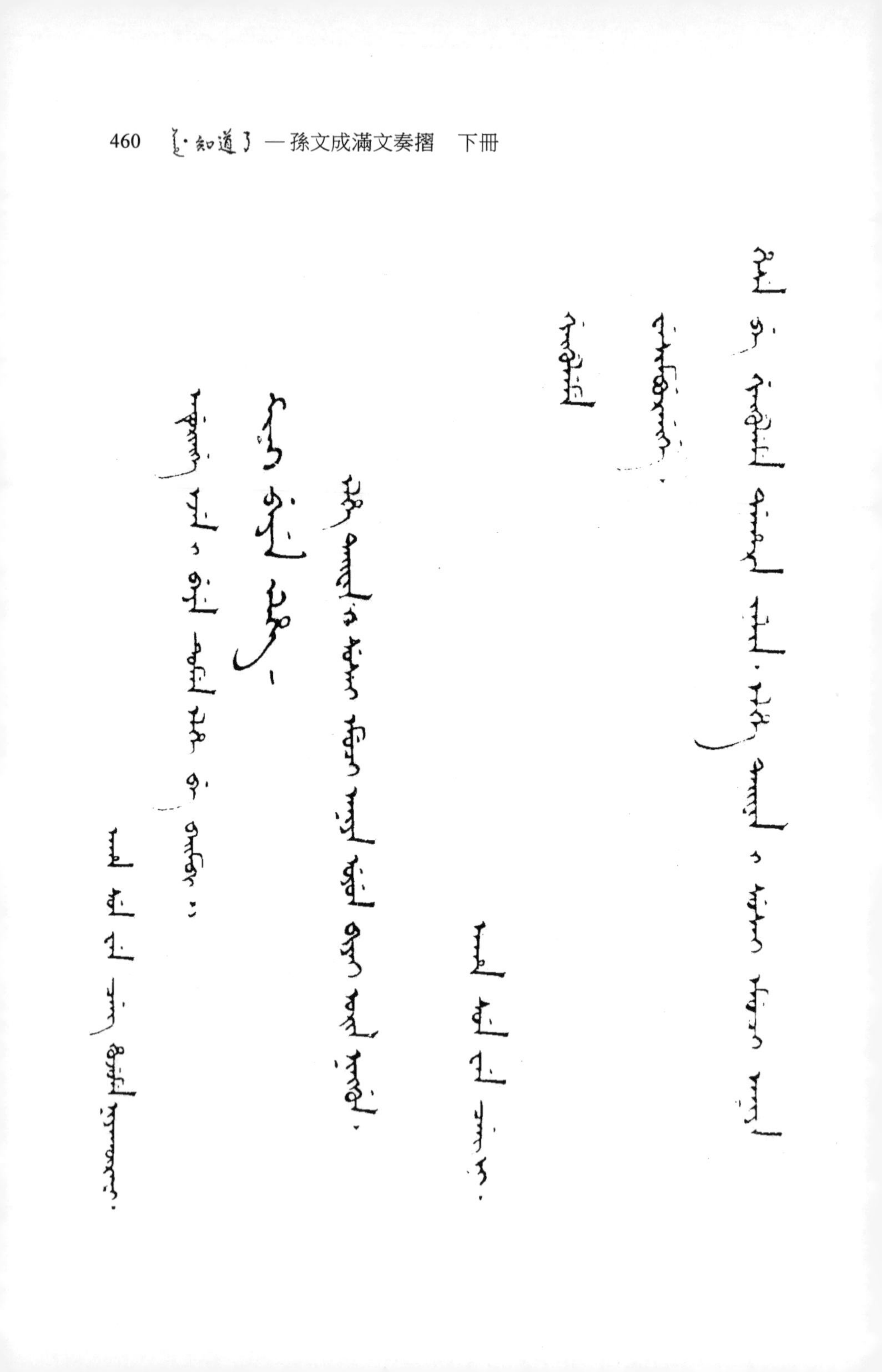

【109】請安摺

aha sun wen ceng hujume niyakūrafī, enduringge ejen i beye tumen elhe be baimbi.

mini beye elhe.

elhe taifin i susai emuci aniya uyun biyai orin ninggun.

【110】奏聞海賊越獄逃遁摺

aha sun wen ceng ni, gingguleme wesimburengge, hese be gingguleme dahara jalin, elhe taifin i susai emuci aniya

　　　　　　　　　　　　　　奴才孫文成俯伏跪

請聖主聖躬萬安。
　【硃批】朕體安。
康熙五十一年九月二十六日
　　　　　　　　　　　　　　奴才孫文成

謹奏，為欽遵諭旨事。康熙五十一年

　　　　　　　　　　　　　　奴才孙文成俯伏跪

请圣主圣躬万安。
　【朱批】朕体安。
康熙五十一年九月二十六日
　　　　　　　　　　　　　　奴才孙文成

谨奏，为钦遵谕旨事。康熙五十一年

ᠠᠮᠪᠠ᠂ ᠰᠠᡳᠨ᠂ ᠨᡳ ᡥᠠ ᠪᡳ ᠮᡠ᠂ ᠠᠮᠪᠠᠰᠠ ᠨᡳᠶᠠᠯᠮᠠ ᠮᡳᠨᡳ ᠪᠠ ᠯᠠᡳᡥᠠ ᠪᠠ᠂

ᠵᠠᠪ ᠠᠯᠰᠠᠮᠪᠠ᠂ ᡳ ᠠᠮᡠᠯᠠ᠂ ᠨᡳ ᠠᠪ ᠰᠠᡳᠨ᠂ ᠯᠠᡳᡥᠠᠪᠠ ᡳ ᠨᡳ ᠶᠠᠮᡠᠨ᠂

ᠰᠠᠮᠠᠯᠠᠮᠪᠠ ᠠᠮᡠᠯᠠᠮᠪᠠ᠂ ᠯᠠᡳᡥᠠ ᠨᡳᠶᠠᠯᠮᠠ᠂ ᠠᠮᡠᠯᠠ ᠯᠠᡳᡥᠠᠨ᠂ ᠵᠠᠪᠰᠠ᠂

ᠰᠠᠮᠠᠯᠠᠪᡠᠮᠪᠠ ᠠᠮᡠᠯᠠᠪᡠᠮᠪᠠ᠂ ᠯᠠᡳᡥᠠᠨ᠂ ᠠᠮᡠᠯᠠᠪᡠᠨ ᠯᠠᡳᡥᠠᠨ᠂

ᠵᠠᠯᠠᠮᠪᠠ᠂ ᠠ ᠮᠠ᠂ ᠯᠠᡳᡥᠠᠪᡠᠮᠪᠠ ᠠᠮᡠᠯᠠᠯᠠᠮᠪᠠ᠂ ᠯᠠᡳᡥᠠ᠂

ᠵᠠᠪ ᠰᠠ᠂ ᠮᠠ᠂ ᠯᠠ ᠯᠠᡳᡥᠠᠨ ᠯᠠᡳᡥᠠᠮᠪᠠ᠂ ᡳ ᠨᡳ ᠠᠪ᠂ ᠯᠠᡳᡥᠠᠨ᠂

ᠵᠠᠪ ᠯᠠᡳᡥᠠ ᠠᠮᡠᠯᠠ᠂ ᠯᠠᡳᡥᠠᠨ ᠠᠮᡠᠯᠠᠪᡠᠨ᠂ ᠯᠠᡳᡥᠠᠨ᠂ ᠯᠠᡳᡥᠠ᠂

nadan biyai juwan ninggun i bonio erinde, fugiyan i goloi fu jeo fu i loo de horiha mederi i hūlhai da lin dang, hūwang liyao, cen io, fejergi hūlha susai funceme gaifi, loo ci ubašame tucifi burlaha sembi. donjici hafan cooha be tucibufi farhame, siran siran i jafaha fejergi hūlha juwan duin bahabi. ne dzungdu fan ši cung, siyūn fu man boo, g'aosi bithe tucibufi, lin dang be jafaha niyalma de menggun emu

---

七月十六日申刻，福建省福州府牢內所監禁之海賊頭目林當、黃料、陳有[18]，率領屬下賊徒五十餘名，越獄逃遁。聞派出官兵追捕，陸續拏獲屬下賊十四名。現今總督范時崇、巡撫滿保發出告示書，拏獲林當之人，

七月十六日申刻，福建省福州府牢内所监禁之海贼头目林当、黄料、陈有[18]，率领属下贼徒五十余名，越狱逃遁。闻派出官兵追捕，陆续拏获属下贼十四名。现今总督范时崇、巡抚满保发出告示书，拏获林当之人，

---

[18]　lin dang，音譯作林當。hūwang liyoo，音譯作黃料。cen io，音譯作陳有。

ᠮᡝᠨᡳ ᠂ ᠪᠠᡳᡨᠠ ᠠᡴᡡ ᠮᡠᡨᡝᠨ ᠪᡝ ᠪᠠᡳᡨᠠᠯᠠᠮᡝ᠃

ᠸᠠᠰᡳᠮᠪᡠᡥᠠ᠃

ᠮᡝᠨᡳ
ᡝᠯᡝᠮᠪᡠᡥᡝᠩᡤᡝ ᠂᠂

ᡝᠯᡝᠮᠪᡠᡥᡝᠩᡤᡝ
ᡥᡝᠨᡩᡠᠮᡝ ᠂ ᡥᠠᡳᠯᠠᠨ ᠯᠠᠪᡩᡠ ᠰᠠᡳᠮᡝ ᠰᡳᠮᠨᡝᡥᡝᠩᡤᡝ ᠂

ᡝᠯᡝᠮᠪᡠᡥᡝᠩᡤᡝ
ᡥᡝᠨᡩᡠᠮᡝ ᠂ ᡥᠠᡳᠯᠠᠨ ᠂ ᡝᠮᡠ ᠮᡠ ᠪᡝ ᠪᠠᡳᠮᡝ ᠰᡳᠮᠨᡝᠮᡝ᠃

tanggū yan, hūwang liyao, cen io be jafaha niyalma de
menggun susaita yan, fejergi hūlha be jafaha niyalma de
menggun orita yan šangnambi sembi. erei jalin gingguleme
donjibume wesimbuhe.

saha.

elhe taifin i susai emuci aniya uyun biyai orin ninggun.

賞銀百兩，拏獲黃料、陳有之人，賞銀各五十兩，拏獲屬
下賊之人，賞銀各二十兩云云。謹此奏聞。
【硃批】知道了。
康熙五十一年九月二十六日

賞銀百兩，拏獲黃料、陳有之人，各賞銀五十兩，拏獲屬
下賊之人，各賞銀二十兩云云。謹此奏聞。
【朱批】知道了。
康熙五十一年九月二十六日

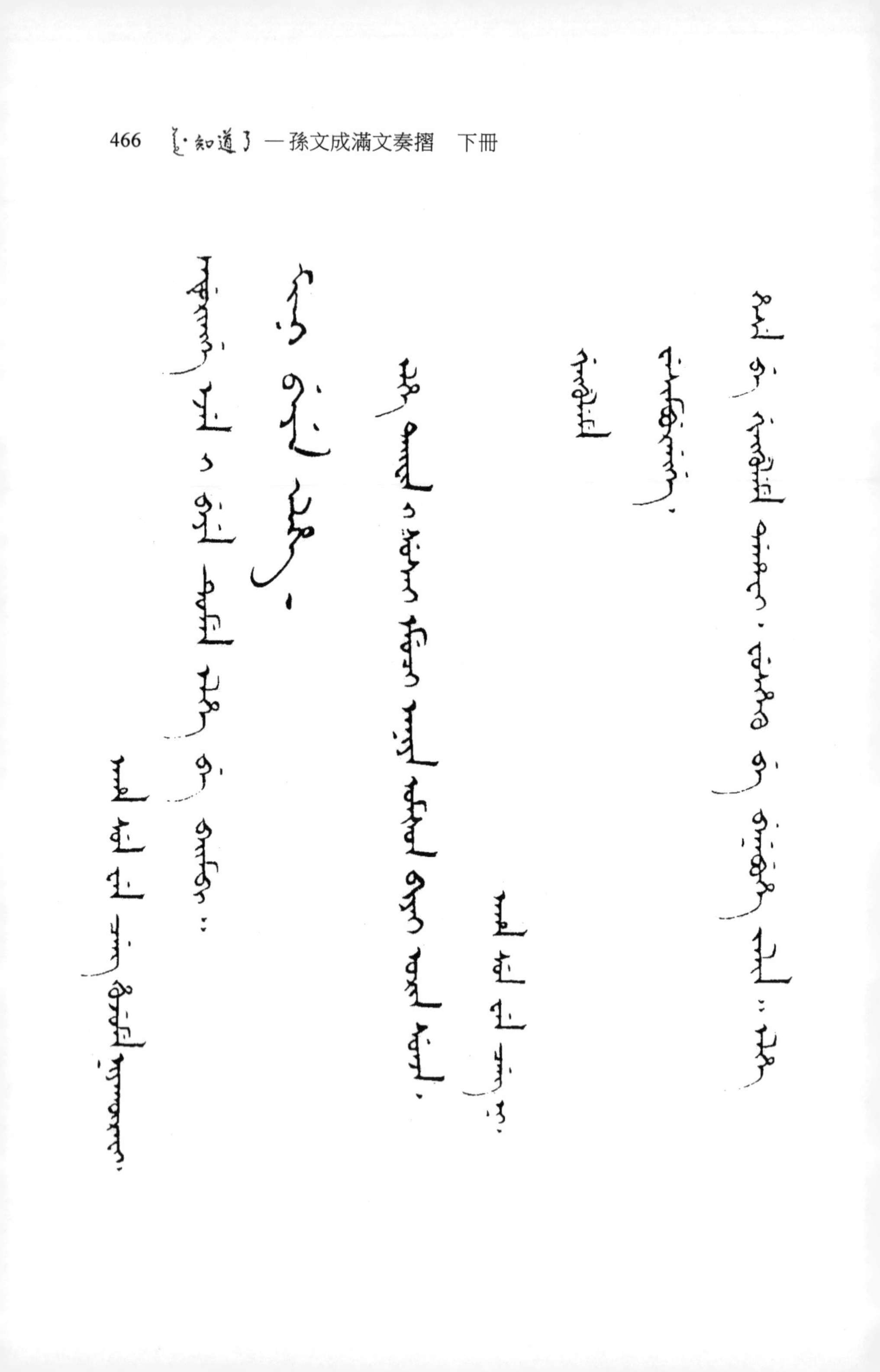

【111】請安摺

aha sun wen ceng hujume niyakūrafi, enduringge ejen i beye
tumen elhe be baimbi.

mini beye elhe.

elhe taifin i susai emuci aniya omšon biyai orin sunja.

【112】奏聞差人齎送御書扇子摺

aha sun wen ceng ni, gingguleme wesimburengge, hese be
gingguleme dahafi, fusheku be benebuhe jalin.

elhe

奴才孫文成俯伏跪

請聖主聖躬萬安。

【硃批】朕體安。

康熙五十一年十一月二十五日

奴才孫文成

謹奏，為欽遵諭旨差人齎送扇子事。

奴才孙文成俯伏跪

请圣主圣躬万安。

【朱批】朕体安。

康熙五十一年十一月二十五日

奴才孙文成

谨奏，为钦遵谕旨差人赍送扇子事。

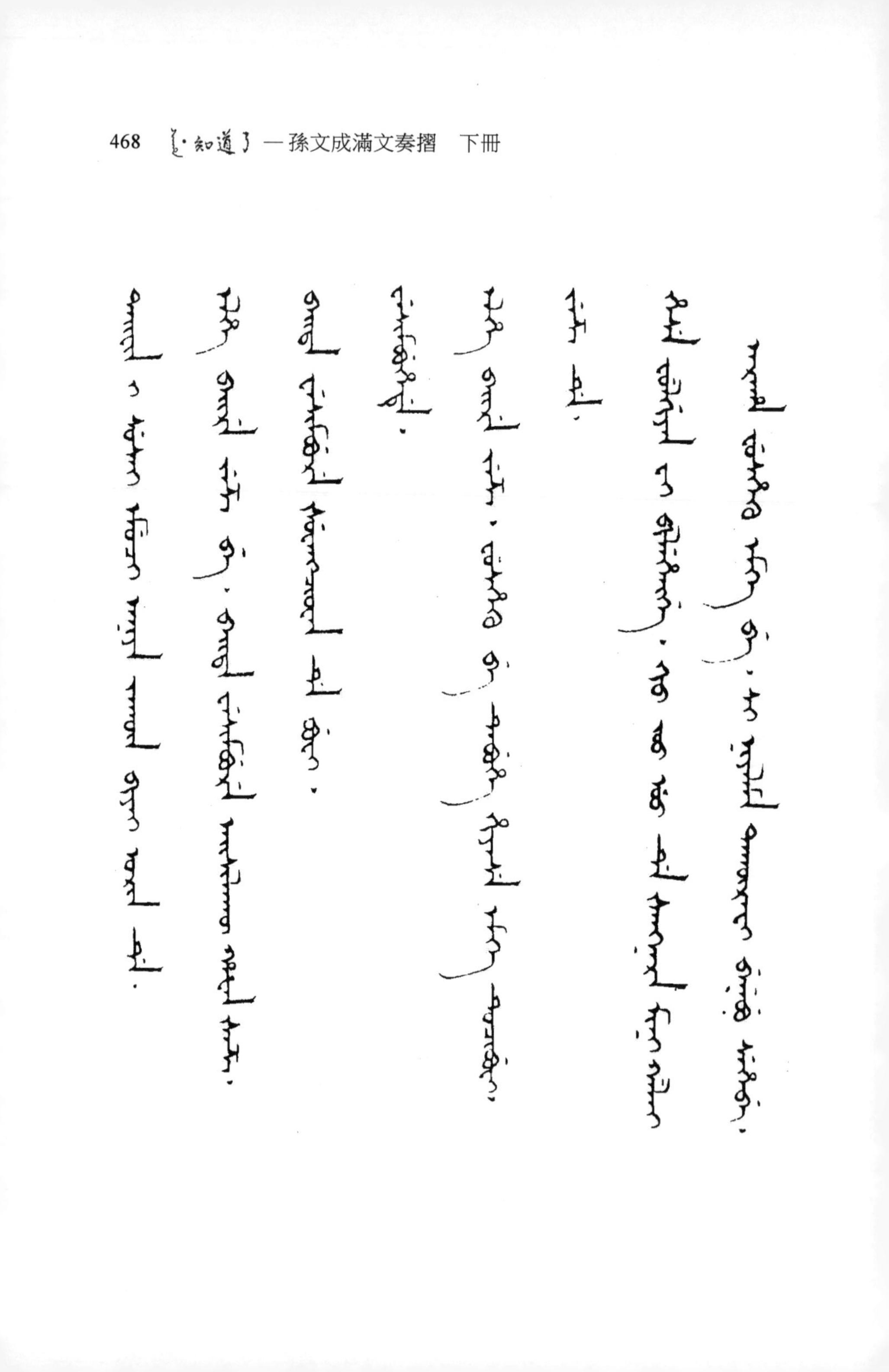

taifin i susai emuci aniya jakūn biyai orin de, elhe baire jedz
be, baita wesimbure aisilakū hafan šadz, baita wesimbure
šuwangciowan de bufi, wesimbuhede, elhe baire jedz,
fusheku be tebuhe hiyase emke tucibufi, jedz de, hese
fulgiyan fi pilehengge, kio joo uo〔oo〕de šangnara mini
galai araha fusheku emke be, si niyalma takūrafi benebu
sehebe,

康熙五十一年八月二十日，將請安摺子給與奏事員外郎傻
子、奏事雙全奏呈時，取出裝盛請安摺子、扇子之匣子一
個，摺子上奉硃批：朕親手所書扇子一把賞給仇兆鰲，爾
差人送去，欽此。

康熙五十一年八月二十日，将请安折子给与奏事员外郎傻
子、奏事双全奏呈时，取出装盛请安折子、扇子之匣子一
个，折子上奉朱批：朕亲手所书扇子一把赏给仇兆鳌，尔
差人送去，钦此。

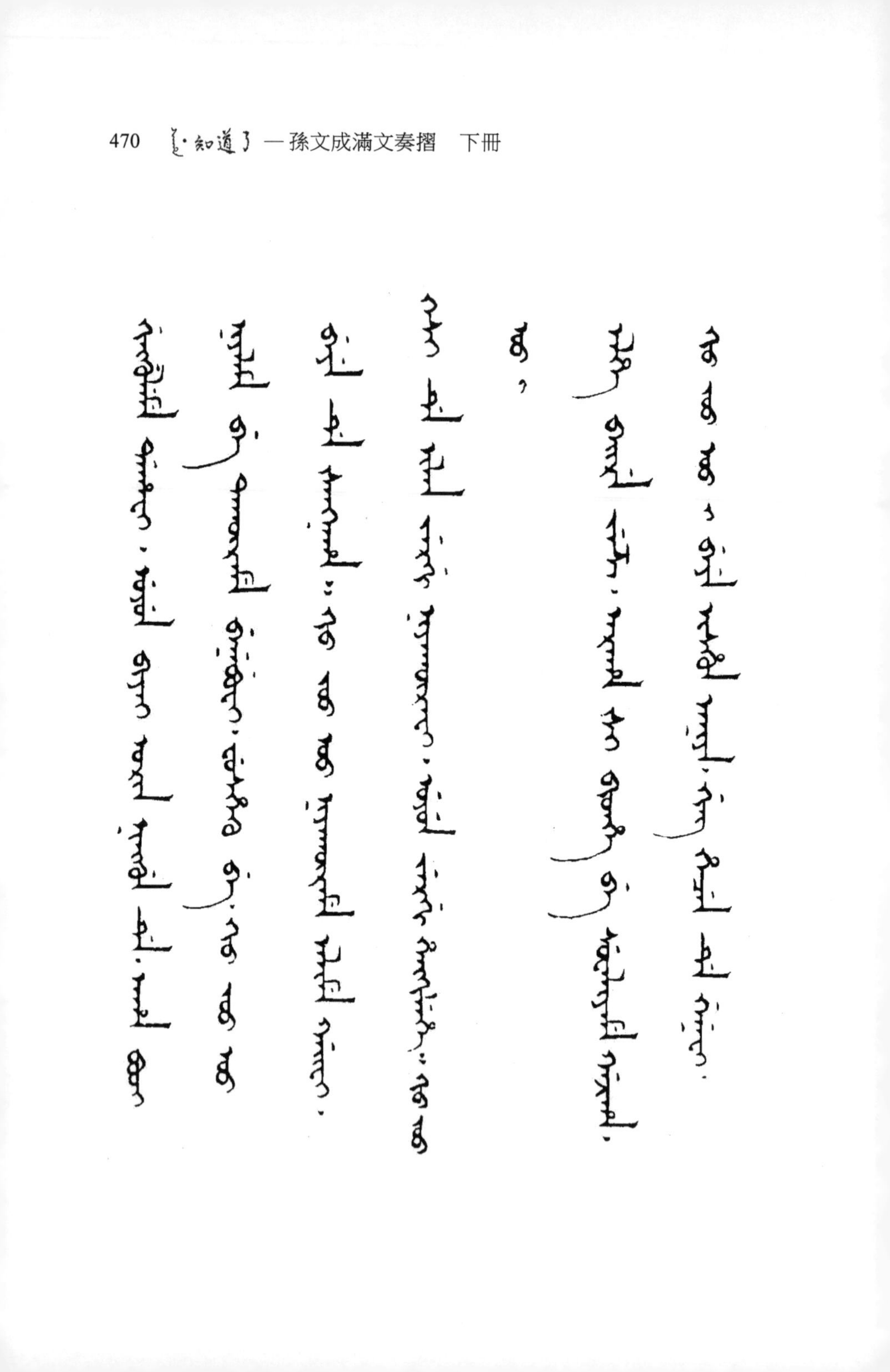

gingguleme dahafi, uyun biyai orin ninggun de, aha booi niyalma be takūrame benebufi, fusheku be, kio joo oo beye de šangnaha. kio joo oo niyakūrame alime gaifi, kesi de ilan jergi niyakūrafi, uyun jergi hengkilehe. kio joo oo i elhe baire jedz, araha ši bithe be suwaliyame gajiha, kio joo oo i beye ishun aniya, ging hecen de genefi,

欽遵於九月二十六日差奴才家人齎送，將扇子賞與仇兆鰲本人。仇兆鰲跪領，三跪九叩謝思。將仇兆鰲之請安摺子、所寫之詩文一併齎來，仇兆鰲自身欲於來年前往京城

欽遵于九月二十六日差奴才家人赍送，将扇子赏与仇兆鳌本人。仇兆鳌跪领，三跪九叩谢思。将仇兆鳌之请安折子、所写之诗文一并赍来，仇兆鳌自身欲于来年前往京城

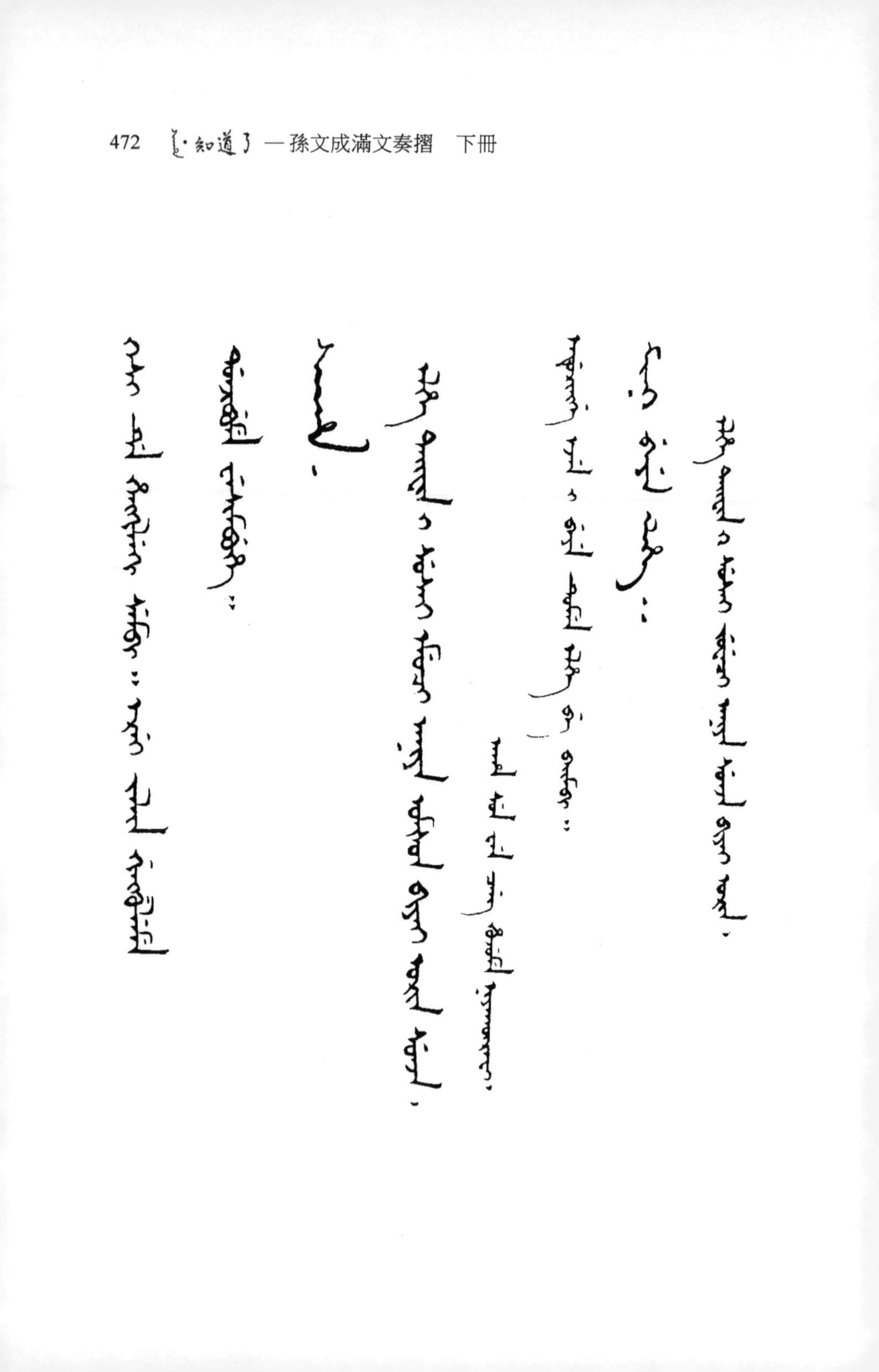

kesi de hengkileki sembi. erei jalin gingguleme donjibume
wesimbuhe

saha.

elhe taifin i susai emuci aniya omšon biyai orin sunja.

【113】請安摺

aha sun wen ceng hujume niyakūrafi, enduringge ejen i beye
tumen elhe be baimbi.

mini beye elhe.

elhe taifin i susai juweci aniya sunja biyai orin.

謝恩云云。謹此奏聞。
【硃批】知道了。
康熙五十一年十一月二十五日

　　　　　　　　　　　　奴才孫文成俯伏跪

請聖主聖躬萬安。
【硃批】朕體安。
康熙五十二年五月二十日

谢恩云云。谨此奏闻。
【朱批】知道了。
康熙五十一年十一月二十五日

　　　　　　　　　　　　奴才孙文成俯伏跪

请圣主圣躬万安。
【朱批】朕体安。
康熙五十二年五月二十日

ᠪᠤᠯᠠᠰᡥᡡᠨ ᠂ ᠪᠠᡳᡨᠠ ᠊ ᠪᡝ ᠪᠤᠳᠠᡩᠠᠮᡝ ᠠᠯᠠ ᠮᠠ ᠪᡳᡨᡥᡝ ᡩᡝ ᡳᠯᡳᠪᡠᠵᡳ

ᠠᠷᠠ ᠪ ᠮᠠᠰᠠᠮᡝ ᠪᠠᡳᡨᠠᠯᠠ ᠰᠠ ᠵᠠᠢ ᠪᠠᡳᡨ ᠪᡳᠠᡥᠠᠨᡴᡠ

ᠠᡳᠮᠠᠨ ᠊ ᠪᡝ ᠂ ᠪᡠᠯᠠᡥᡡᠨ ᠮᠠ ᠊ ᠠᠯᠠ ᠪᠠᡳᡨᠠ ᠪᡝᠨ ᠂ ᠮᡝᠨᡳ

ᠪᡝᡳ ᠠᠢ ᠂ ᡥᠠᠷᠠᠠᡥᡠ ᠰᡠᠯᡳᠨ ᡤᠠ ᠂ ᡥᡠᠳᠠᠪᠠᠰᠠᠮᡝ ᠰᠠᠨ ᠰᡳᡴᠠ ᡥᡠᠪᡳᠯᠠᠮᡝ ᡥᡳᠰᡥᠠᠨ

ᠪᠠᠢᠨᠠᡥᠠᠨᠪᡳᠠᠨ ᠂

ᠰᡠᠯᠠ ᠠᠮᠠ ᡩᡝ ᠰᠠᠨᠵᠠᠢ

【114】奏聞海賊呈書總督摺

aha sun wen ceng ni, gingguleme wesimburengge, hese be gingguleme dahara jalin, donjici ere aniya duin biyai orin ninggun de, mederi i hūlgai da jang siyang fung, hūlga deng cang ši be takūrafi, dzungdu fan ši cung jakade alibuha bithede, mederi i hūlga jang siyang fung ni jergi emu tanggū

奴才孫文成

謹奏，為欽遵諭旨事。聞今年四月二十六日，海賊頭目張相鳳差賊鄧昌時至總督范時崇處呈書稱[19]：海賊張相鳳等

奴才孙文成

谨奏，为钦遵谕旨事。闻今年四月二十六日，海贼头目张相凤差贼邓昌时至总督范时崇处呈书称[19]：海贼张相凤等

[19]　jang siyang fung，音譯作張相鳳。deng cang ši，音譯作鄧昌時。

ᠪᡳᡨᡥᡝ ᠂ ᠨᡳᠩᡤᡠᡨᠠ ᠪᠠᠨᠵᡳᠪᠣᡵᠣ ᡥᠠᠴᡳᠨ ᠪᡝ ᡝᠵᡝᡥᡝ ᠪᡳᡨᡥᡝ ᡝᠮᡠ᠈

ᠰᠠᡵᠠᡴᡡ ᠂

ᠨᡝᠨᡝᡥᡝ ᠵᠠᠯᠠᠨ ᡳ ᠪᠠᠨᠵᡳᠪᡠᡥᠠ ᠂ ᠠᠮᠪᠠ ᡴᠣᠣᠯᡳ ᠪᡳᡨᡥᡝᡳ᠈

ᠰᡠᡩᡠᡵᡳ ᡴᠣᠣᠯᡳ ᠂᠂ ᡝᠮᡠ ᡨᠠᠩᡤᡡ ᠵᡝᠴᡝᠨ᠈

ᡥᠠᠴᡳᠩᡤᠠ ᠰᡠᡩᡠᡵᡳ ᠂ ᠴᡝᠴᡝᠨ ᡳ ᠰᠠᡵᡤᠠᠴᡳ ᠰᡠᡩᡠᡵᡳ ᠂ ᡤᡝᠩᡤᡳᠶᡝᠨ ᡤᡠᠩ᠈

ᠵᡳᡤᡠᠨ ᠰᠠᠶᠠᠨ ᠂ ᠰᠠᠶᠠᠪᠠ ᠠᡳ ᡳᠨᡝᠩᡤᡳ ᠪᡝ ᡧᠠᠩᡤᠠ ᠂ ᠨᡳᡴᠠᠨ ᠪᡝ᠈

ᠰᡠᠮᡝᠯᡝ ᠰᡝᠯᡤᡳᠶᡝᡵᡝ ᠨᡳᠩᡤᡠᠨ ᡳ ᠂ ᠵᡝᠴᡝᠨ ᡳ ᠴᠠᠯᡠ ᠂ ᠨᡳᠶᠠᠯᠮᠠ ᠰᠠᡵᠠᠮᡝ᠈

jakūnju funcere hūlga be, gemu g'an dzeng cuwan ilan, šao cuwan juwe tefi, jegiyang ni goloi tai šan alin i mederi de tomohobi, hafan be tucibufi dahabume unggireo, seme bithe alibuha sembi. erei jalin gingguleme donjibume wesimbuhe. saha.

elhe taifin i susai juweci aniya sunja biyai orin

一百八十餘賊皆乘趕繒船三隻，哨船二隻，於浙江省臺山海中棲息，請派出官員前往招降等語。謹此奏聞。

【硃批】知道了。

康熙五十二年五月二十日

一百八十余賊皆乘赶缯船三只，哨船二只，于浙江省台山海中栖息，请派出官员前往招降等语。谨此奏闻。

【朱批】知道了。

康熙五十二年五月二十日

ᠪᡳ ᠪᠠ ᠨᠠᠰᡥᡡᠨ ᠶᠠ᠂ ᠴᠣᠣᡥᠠ ᠪᠠ ᠵᡠᠸᡝ ᠵᠠᠩ ᠪᠠᠨ᠂ ᠴᠣᠣᡥᠠ ᠪᠠ ᠪᠠ ᠴᠣᠣᡥᠠ

ᠴᠣᠣᡥᠠᠨᠣᠮᠪᡳ᠂

ᠴᠣᠣᡥᠠᠨᠣᠮᠪᡳ

ᠪᠠ ᠪᠠ ᠴᠣᠣᡥᠠ

ᠶᠠ ᠪᠠ᠂ ᠪᠠᠨ ᠴᠣᠣᡥᠠ ᠴᠣᠣᡥᠠ ᠪᠠᠨ ᠪᠠ ᠪᠠᠨ ᠪᠠ

ᠶᠠ ᠪᠠ ᠪᠠᠨ ᠶᠠ

ᠶᠠ᠂ ᠪᠠ᠂ ᠪᠠ ᠪᠠᠨ ᠪᠠ ᠪᠠ ᠪᠠᠨ᠂

ᠶᠠ ᠪᠠ ᠪᠠ ᠪᠠ ᠴᠣᠣᡥᠠ ᠴᠣᠣᡥᠠᠨᠣᠮᠪᡳ᠃

【115】請安摺

aha sun wen ceng hujume niyakūrafi, enduringge ejen i beye tumen elhe be baimbi.

mini beye elhe.

elhe taifin i susai juweci aniya nadan biyai juwan emu.

【116】奏報江西浙江雨水糧價摺

aha sun wen ceng ni, gingguleme wesimburengge, hese be gingguleme dahafi, ninggun biyai ice ninggun de, aha sun wen ceng

---

　　　　　　　　　　　　　　奴才孫文成俯伏跪

請聖主聖躬萬安。

【硃批】朕體安。

康熙五十二年七月十一日

　　　　　　　　　　　　　　　　奴才孫文成

謹奏，為欽遵諭旨奏聞六月初六日奴才孫文成

　　　　　　　　　　　　　　奴才孫文成俯伏跪

请圣主圣躬万安。

【朱批】朕体安。

康熙五十二年七月十一日

　　　　　　　　　　　　　　　　奴才孙文成

谨奏，为钦遵谕旨奏闻六月初六日奴才孙文成

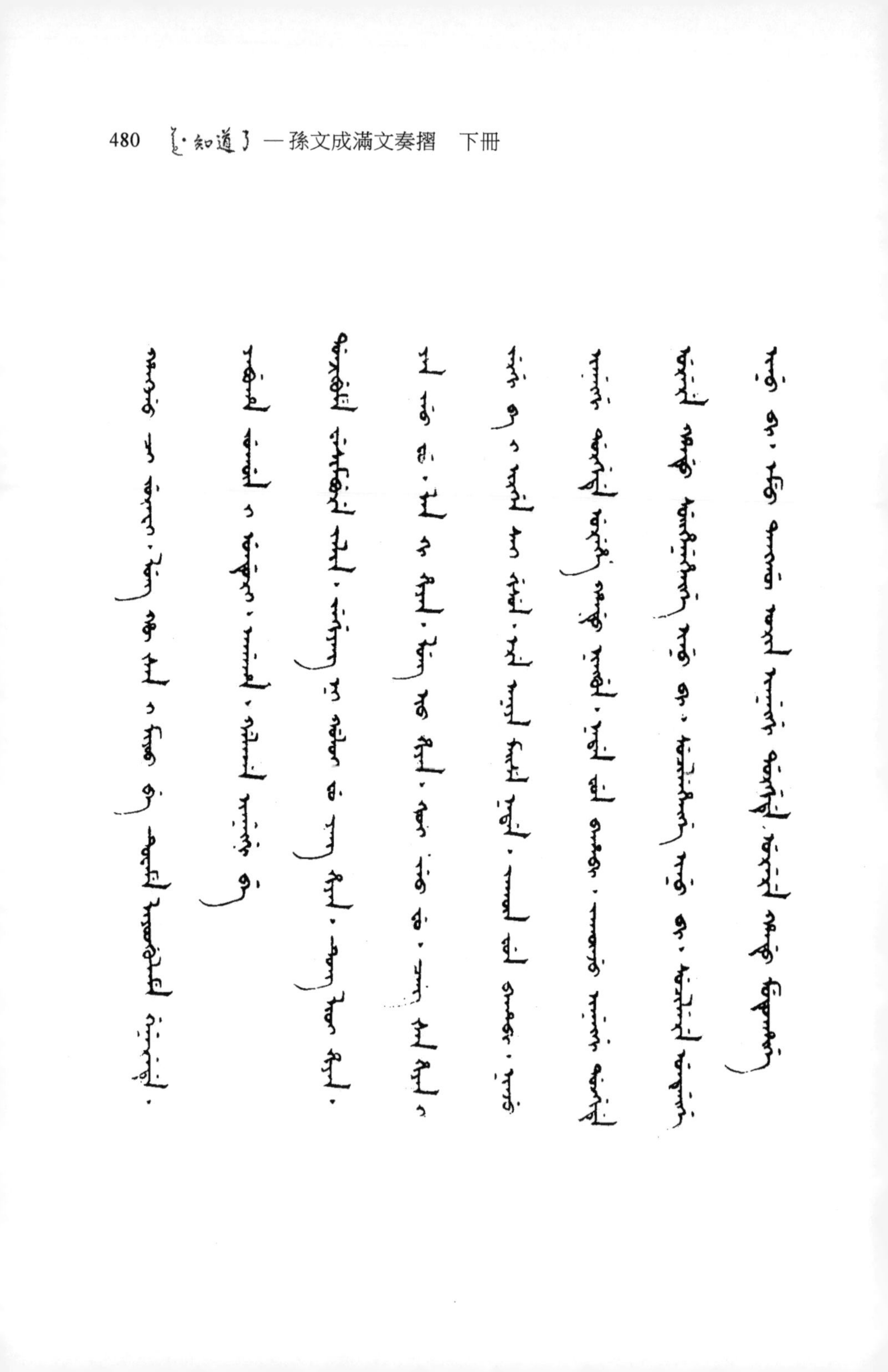

hangjeo ci jurafi, lung hū šan i miyoo be tuwame
liyoogulame generede yabuha jugūn i unduri, agaha, galaga
〔galaha〕inenggi be donjibume wesimbure jalin, jegiyang
ni goloi fu yang hiyan, tung lioi hiyan, yan jeo fu lan ki
hiyan, lung io hiyan, kioi jeo fu cang šan hiyan i jergi ba i
irgen sai gisun, ere aniya maise nadan, jakūn fun bahabi,
ninju inenggi dorgide urehe handu ninggun, nadan fun
bahabi, jakūnju inenggi dorgide urere handu suihenehengge
inu bi, sucilehengge inu bi, sucilere undengge inu bi. emu
tanggū orin inenggi dorgide urere handu mutuhangge

自杭州啟程前往勘估龍虎山廟宇沿途雨暘事。浙江省富陽
縣、桐廬縣、嚴州府蘭谿縣、龍游縣、衢州府常山縣等處
百姓云：今年麥子得七八分，於六十日內成熟之粳稻得六
七分，八十日內成熟之粳稻，亦有出穗者，亦有結苞者，
亦有尚未結苞者。一百二十日以內成熟之粳稻，

自杭州启程前往勘估龙虎山庙宇沿途雨暘事。浙江省富阳
县、桐庐县、严州府兰溪县、龙游县、衢州府常山县等处
百姓云：今年麦子得七八分，于六十日内成熟之粳稻得六
七分，八十日内成熟之粳稻，亦有出穗者，亦有结苞者，
亦有尚未结苞者。一百二十日以内成熟之粳稻，

juwe c'y hamime oho. ere ninggun biyade aga muke jeku de
acabuha akū, majige hiya, bira i hanci usin hono yebe, nadan
biyai orici dosi aga agame ohode kemuni aitubumbi sembi.
jeku i erin i hūda, sodz bele emu hule de menggun uyun jiha
ninggun, nadan fun šurdeme baibumbi. maise emu hule de,
menggun emu yan emu jiha baibumbi. maise i ufa emu
tanggū gin de, menggun emu yan emu jiha jakūn, uyun fun
šurdeme baibumbi. ioi šan hiyan, guwang sin fu, yan šan
hiyan, i yang hiyan, gui ki hiyan, ere emu fu, duin hiyan
gemu giyangsi goloi ba,

已長出將近二尺。今年六月，雨水不適合稻穀，稍旱，近
河田地尚好。自七月二十日以後，若降甘霖，則尚有救等
語。米穀時價，梭子米一石，需銀九錢六七分左右；麥子
一石，需銀一兩一錢；麵粉一百斤，需銀一兩一錢八九分
左右。玉山縣、廣信府、鉛山縣、弋陽縣、貴溪縣，此一
府四縣皆係江西省地方。

已长出将近二尺。今年六月，雨水不适合稻谷，稍旱，近
河田地尚好。自七月二十日以后，若降甘霖，则尚有救等
语。米谷时价，梭子米一石，需银九钱六七分左右；麦子
一石，需银一两一钱；面粉一百斤，需银一两一钱八九分
左右。玉山县、广信府、铅山县、弋阳县、贵溪县，此一
府四县皆系江西省地方。

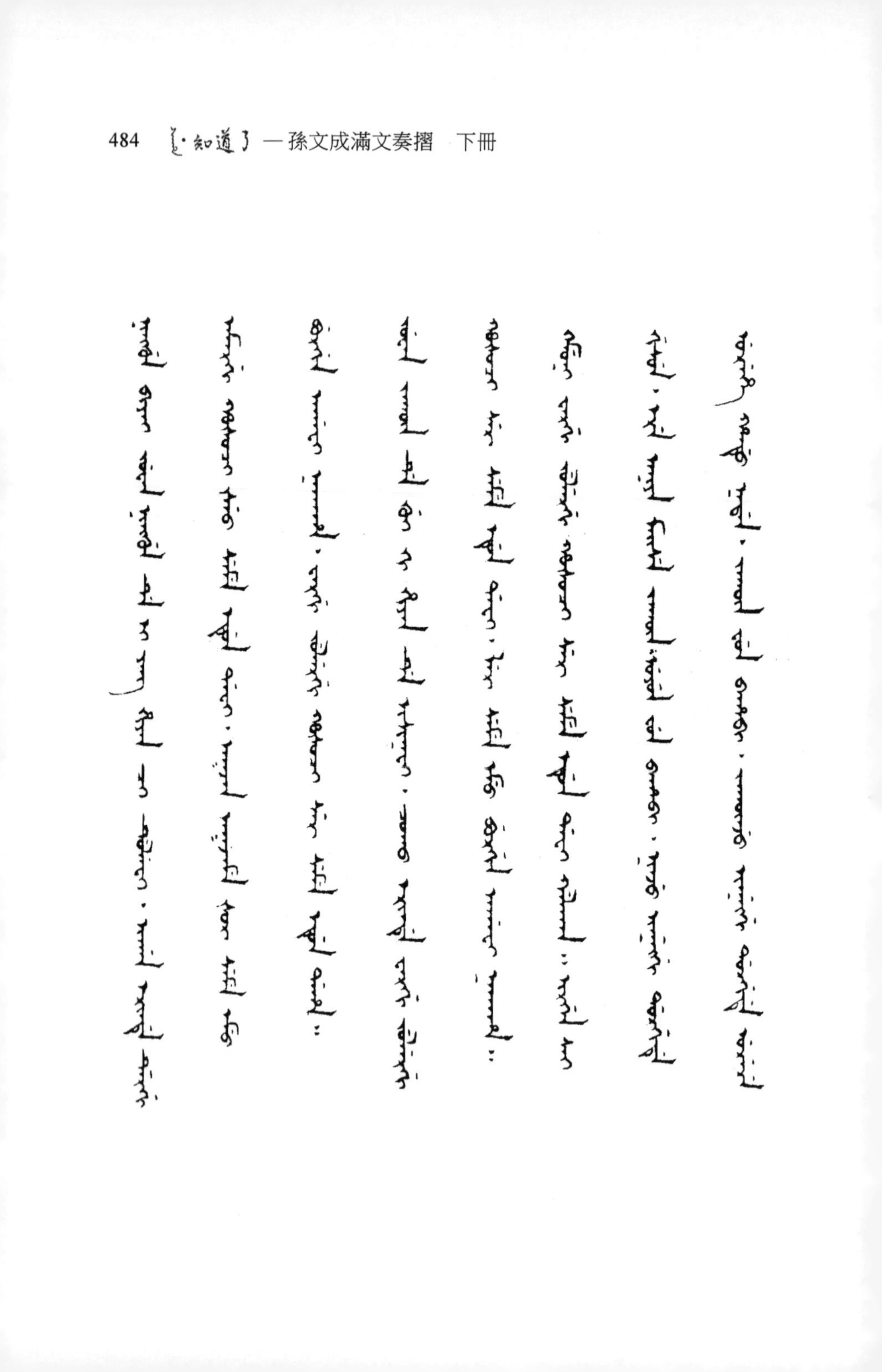

ninggun biyai juwan ninggun de i yang hiyan ci dulefi, igan 〔ihan〕erinde dergi amargi hošoci šeo seme edun dafi, akjan akjame šor seme emu burgin agafi nakaha, wargi julergi hošoci ser seme edun daha. juwan jakūn de gui ki hiyan de isinafi, coko erinde wargi julergi hošoci ser seme edun dafi, ler seme emu burgin agafi nakaha. kemuni wargi julergi hošoci ser seme edun dafi galaka. irgen sai gisun, ere aniya maise jakūn, uyun fun bahabi, ninju inenggi dorgide urehe handu nadan, jakūn fun bahabi, jakūnju inenggi dorgide urere

六月十六日，過弋陽縣，丑刻，東北風大作，雷電交作，瀟然一陣雨，隨即停止，刮西南微風。十八日，至貴溪縣，酉刻，刮西南微風，下一陣細雨後即停止，仍刮西南微風，旋即放晴。據百姓云：今年麥子得八九分，六十日以內成熟之粳稻，得七八分，八十日以內成熟之

六月十六日，过弋阳县，丑刻，东北风大作，雷电交作，瀟然一阵雨，随即停止，刮西南微风。十八日，至贵溪县，酉刻，刮西南微风，下一阵细雨后即停止，仍刮西南微风，旋即放晴。据百姓云：今年麦子得八九分，六十日以内成熟之粳稻，得七八分，八十日以内成熟之

ᠨᠠᠷᠠ ᠴᠠᠩ ᠂ ᠴᠦ ᠨᡳᠶᠠᠮᠠᠨ ᠰᠢᠰᠠᡥᠠᠩᡤᠠ ᠰᠢᠰᠠᡥᠠᠩᡤᠠ ᠂ ᡤᡳᠨ ᠨᠠ ᠪᠠᠰᠠ ᠬᠠᠯᠠ ᠶᠠᠩ ᠠᠮᠪᠠᠨ

ᠰᠠᠴᠠᠩᡤᠠ ᠂ ᡥᠠᠩ ᠶᠠ ᡥᠠᠯᠠ ᠵᡳᠩ ᠰᡳᠴᠠᠩᡤᠠ ᠴᠠᠩ ᠂ ᠵᠠᠩ ᠨᠠ ᠬᠠᠯᠠ ᠶᠦᠩ ᡥᠠᠩ ᠵᠠ

ᡥᠠ ᠨ ᠶᡳᠩ ᠬᠠ ᠨ ᠪᠠᠰᠠ ᠂ ᠵᠸᠩ ᠴᠠᠩ ᠵᠠ ᠴᠠᠩ ᠂ ᡤᡳᠨᠴᠠᠩ ᠰᡳᠰᠠᠩ ᡥᠠᠯᠠ

ᠵᠠᠩ ᠬᠠᠨ ᠰᠠᠴᠠᠩ ᡥᠠ ᠶᠠᠩ ᡥᠠ ᠪᠠᠯᠠ ᠂ ᡤᡳᠰᠠᠩ ᠰᡳᠰᠠᠩ ᡥᠠᠯᠠ

ᠵᠠ ᠶᡳᠩᡤᠠ ᠰᠠᠩᡤᠠ ᠴᠠᠩ ᠯᡳᠩ ᠵᠠ ᡥᠠ ᠶᡳᠩ ᠰᡳᠰᠠᠩᡤᠠᠯᠠᠩᡤᠠ ᠂ ᡥᠠ ᠶᠩ ᠂

ᡥᠠᠩ ᠰᠠᠩᡤᠠᠰᡳ ᠰᠠᠩᡤᠠᠰᡳ ᡥᠠᠰᠠᠩᡤᠠ ᠰᠠᠩᡤᠠᠴᠠᠩ ᠵᠠᠩᡤᠠᠰᡳ ᠬᠠᠩ ᠪᠠ ᠵᠠᠩᡤᠠᠰᡳᠨ ᠂ ᡥᠠᠰᠠᠩᡤᠠᠰᡳ

ᠰᠠᠩᡤᠠᡴᠠ ᠵᠠᠩ ᠰᠠᠩᡤᠠᡴᠠ ᠨᠠᠷᠠᡤᠠ ᠰᠠᠩᡤᠠᠰᡳᠨ ᠵᠠᠩᡤᠠ ᡥᠠᠰᠠᠩᡤᠠᠰᡳ ᠨᠠᠩ ᠪᠠ ᠂ ᠨᠠᠩᡤᠠᠰᡳᠨ ᠵᠠᠩᡤᠠ ᠪᠠ ᠂

handu birai hanci usin de suihenehengge inu bi, sucilehengge inu bi, emu tanggū orin inenggi dorgide urere handu mutuhangge juwe c'y funcembi. ere ninggun biyade aga muke jeku de inu acabuha akū, majige hiya. nadan biyai orin deri aga agame ohode, kemuni hūwanggiyarakū sembi. jeku i erin i hūda, sodz bele emu hule de, menggun jakūn jiha baibumbi. maise emu hule de, menggun jakūn jiha sunja, ninggun fun šurdeme baibumbi. maise i ufa emu tanggū gin de, menggun emu yan emu jiha juwe, ilan fun šurdeme baibumbi. alin de tehe irgen sai

---

粳稻，近河田地，亦有出穗者，亦有結苞者，一百二十日以內成熟之粳稻，長出二尺餘。今年六月，雨水不適合稻穀，稍旱。自七月二十日起，若降甘霖時，尚屬無礙等語。米穀時價，梭子米一石，需銀八錢；麥子一石，需銀八錢五六分左右；麵粉一百斤，需銀一兩一錢二三分左右。據居住山上百姓

粳稻，近河田地，亦有出穗者，亦有结苞者，一百二十日以内成熟之粳稻，长出二尺余。今年六月，雨水不适合稻谷，稍旱。自七月二十日起，若降甘霖时，尚属无碍等语。米谷时价，梭子米一石，需银八钱；麦子一石，需银八钱五六分左右；面粉一百斤，需银一两一钱二三分左右。据居住山上百姓

ᠮᡝᡩᡝᡵᡳ ᠪᡝᡳᠰᡳᠯᡝ ᠮᡝᠨᡤᡤᡝ ᠂ ᠪᠠᠨᠵᡳᠮᠪᡳ ᠪᡝᡵᡝ ᠂

ᠪᡳᡵᡤᡝ ᠴᠣᠣᡥᠠᠨ ᠂ ᠪᡳᡵᠠᡳ ᠪ ᠪᡝᠴᡳᠨ ᠨᠣᠮ ᠪᡝᠨ ᠨᠠᠮᡝᠨ ᠪᠠᡵᠠ ᠴᠣᠣᠨ

ᠣᠰᠠᡥᠠᠨ ᠪᡝᠴᡳᠨ ᠂ ᠪᠠᡥᠠᠨ ᠪᡝᠴᡳᠨ ᠂ ᠰᠠᠮᠠᡥᠠ ᠪᡝᠴᡳᠨ ᠪᠠᠨᠵᡳᠨ ᠪᡝᡩᡝᡵᡤᡝ ᠂ ᠪᡝᡵᠠ ᠪ ᠰᠠᡥᠠ ᠪᡝ ᠴᠣᡥᠣ ᠪᠠᠪᠠᠨ ᠴᠣᠣᠨ

ᠪᡝᡵᡥᡝ ᠪᡝᡵ ᠪᠠᠨᠵᡳᠨ ᠂ ᠪᠠᡥᠠ ᠪ ᠪᡝᠴᡳᠨ ᠪᡝᡩᡝᡵᡤᡝ ᠂ ᠪᡝᠰᡳᠨ ᠪᠠᠨᠵᡳᠨ ᡳᠨ ᡥᠠᠰᠠᠨ ᠪᠠᠪᠠᠨ ᠴᠣᠣᠨ

ᠪᡝᡵᠨᡝ ᠪ ᠪᠠᠨᠵᡳᠨ ᠂ ᠪᠠᠨᠵᡳ ᠪ ᠴᠣᠣᠨᡳ ᠪᡝᠴᡳᠨ ᠂ ᠪᡝᡳᠰᡳ ᠪᡝ ᡤᡳ ᠂ ᠰᠠᠮᠠᠨᠪᠠᠨ

ᠴᠣᡵᠨᡝ ᠂ ᠪᠠᠨᠵᡳᠨᠣ ᠴᡝᡵ ᠪ ᠪᡝᡩᡝᠯᡝᠨ ᠴᠣᠣᠨ ᠂ ᠰᠠᡥᠠ ᠪ ᠴᠣᠨ ᠪᡳᡵᠨᡳ ᠪᠠᠪᠠᠨ ᠴᠣᠣᠨ

ᠪᡝᡵᠨᡝ ᡳᠨ ᠴᠣᠨ ᠂ ᠰᠠᠮᠠᡥᠠ ᠪᡝᠰᡳᠨ ᠪᡝ ᡥᠠᠨᠰᠠᡥᠠ ᠴᠣᠣᠨ ᠂ ᠰᠠᡥᠠ ᠪᠠᠰᠠ ᠪᡝᠴᡳᠨ

ᠪᡝᡵᡝᡥᡝᠨ ᠪᡝᡵᠨᡝ ᠂ ᠪᡝᡥᠠ ᠪ ᠪᡝᠰᡳᠨ ᠪᠠᠨᠵᡳᠨ ᠪᡝᡩᡝᡵᡥᡝ ᠂ ᠪᡝᡵᠨᡝ ᠪᠠᠨᠵᡳᠨ ᠂

gisun, meni alin i usin de ninju inenggi dorgide urere handu tebumbi. alin ci majige aldangga usin de jakūnju inenggi dorgide urere handu tebumbi. alin i muke šahūrun ofi, usin de gemu šanggiyan doho be gaifi, hukun i boigon adali baitalambi. teibici emu tanggū orin inenggi urere handu, emu mu usin de baha handu ilan hule oci, ninju inenggi, jakūnju inenggi dorgide urere handu damu emu dulin bahambi, alin i usin waka oci kemuni emu tanggū orin inenggi urere handu tebumbi sembi.

云：我等山田種植六十日以內成熟之粳稻，離山稍遠之田地，種植八十日以內成熟之粳稻。因山水寒冷，田地皆取白石灰如同冀土使用。若一百二十日成熟之粳稻，一畝之田可收粳稻三石時，則六十日、八十日以內成熟之粳稻，僅收一半，若非山田，尚可種一百二十日成熟之粳稻等語。

云：我等山田种植六十日以内成熟之粳稻，离山稍远之田地，种植八十日以内成熟之粳稻。因山水寒冷，田地皆取白石灰如同粪土使用。若一百二十日成熟之粳稻，一亩之田可收粳稻三石时，则六十日、八十日以内成熟之粳稻，仅收一半，若非山田，尚可种一百二十日成熟之粳稻等语。

ᠪᠠᠶᠢᠴᠠᠮᠪᡳ ᠂ ᡥᠠᠨᠴᠠ ᠵᡝᡩᡝᠷᡝ ᡧᠠᠰᡳ ᡨᡝᡵᡝ ᠴᡠᠸᠠᠨ ᠣᠰᠣ ᡵᡝ ᠂

ᠴᠣᠣᡥᠠᡳ ᡨᡠᡥᠠᡴᡳᠶᠠᠮᠪᡳ ᠄

ᡨᡝᡵᡝ ᡩᡝ ᠂ ᡠᠯᡝᠨ ᡳᠨᡝᠩᡤᡳ ᡳᠨᡝᠩᡤᡳ ᡵᡝ ᡥᡝᡩᡝᠷᡝ ᡧᠠᠰᡳ ᠂ ᠵᡝᡥᡝ ᠵᡝᠸᡝ ᠪᡝᠴᡝᡵᡝ ᠰᡳᠮᡳᠷᡝ ᠂

ᡝᠨᡝᠩᡤᡳ ᠂ ᠮᡝᠨᡳ ᠮᡝᠨᡳ ᡩᡝᡵᡝ ᡨᡳᠩᡨᡠ ᡩᡝᡵᡝ ᠂ ᠰᡠᠨ ᡠᠪᠠᠯᡳᠶᠠᠮᠪᡳ ᠂ ᡝᠮᡠ ᠴᠣᠣᡥᠠ ᡠᠨᠴᡝᡥᡝᠩᡤᡝ ᠂

ᠵᠠᠯᡳ ᠪᡝᡵᡝ ᡝᡴᡝ ᡩᡝ ᡨᡝᡵᡝ ᠪᠠᡨᡠᠷᠠᠯᠠᡵᠠ ᠰᡳᠮᠠᠯᠠᠮᠪᡳ ᠂ ᡵᠣᡥᠣ ᠵᠠᠪᡳ ᠪᡝᡵᡝ ᡝᡴᡝ ᡥᠠᠮᠪᡳ

nadan biyai ice juwe de indahūn erinde, tung lioi hiyan de
isinjifi dergi amargi hošoci šeo seme edun dafi, šor seme
agaha, ulgiyan erinde nakaha, amargi ergici ser seme edun
dafi, ice ilan i igan〔ihan〕erinde galaka. erei jalin gingguleme
donjibume wesimbuhe.

saha

elhe taifin i susai juweci aniya nadan biyai juwan emu.

七月初二日，戌刻，至桐廬縣，刮東北颶風。瀟然降雨，
至亥刻停止，刮北方微風，至初三日，丑刻，放晴。謹此
奏聞。

【硃批】知道了。

康熙五十二年七月十一日

七月初二日，戌刻，至桐庐县，刮东北飘风。瀟然降雨，
至亥刻停止，刮北方微风，至初三日，丑刻，放晴。谨此
奏闻。

【朱批】知道了。

康熙五十二年七月十一日

ᠪᠠᡳᡨᠠ ᠪᡝ ᠂ ᠪᡳ ᠮᡝᠵᡳ ᠰᠠᡳ ᡥᠠᡳ ᠠᡩᠠᠯᡳ ᡥᠠᠰ ᠶᠠᡩᠠ ᠂ ᠠᠨᡵᠠᠮᠪᡳ

ᠠᠩᡴᠠ ᠮᠠᠶ ᠰᠠᠶᠠᠰᡳᠨᠸᠶᠠ ᠶᠠᠨ ᠪᠠᠩ ᠂ ᠪᡳ ᠮᡝᠵᡳ ᠰᠠᠶ ᠪᡝ ᠪᡳᡵᡝᠨᠶᠠ

ᠰᠸᡩᡝᠨᡳ ᡥᠠᠶᡵᠠᠮᡳ ᡩᡝ ᠵᠸᡩᡝ ᠪᡝᡳ ᠂ ᠵᡠᠪᡳᠶᡳ ᠰᡳᡩᠶ ᠰᠠᡩᡠᡵ ᠶᠠᠨᠶᠠ

ᠰᡳᠶᠶᠠᠵᠸ ᡥᠠᡝᠶᠪᡳᡥᠠᠶ ᡥᠠᠮ ᠂ ᡥᡝᠶᡵᡝᡳ ᠪᠠᡥᠠ ᡥᠠᡳᡝ ᡥᠠᡝᡳ ᡨᠠ ᡥᠠᡳ

ᠪᡝ ᠶᡳ ᠂ ᡩᠠᠶᡝᡥᠶᠠᠶᠠ ᡥᠠᠰᠪᡳᡵᠶ ᠂ ᡩᠠᡥᡝᠶᠶ ᠶᠠᡵᠶ ᠶᡝᠶ

ᠶᠠᡝᡥᠶᠸᡥᠶᡳᠨᡝᠶ

ᠶᠠᡝᡥᠶᠠᠶᠸᡝᠶ

ᠰᡳᡝᠶ ᠠᠶᡝᠶ ᠶᠠ ᠵᠶᠠᡳᠨᡳ ᠴᡳ

【117】奏聞官兵拏獲海賊摺

aha sun wen ceng ni, gingguleme wesimburengge, hese be gingguleme dahafi, hūlgai mejige be, donjibume wesimbure jalin, donjici sunja biyai juwan emu de jegiyang ni goloi wen jeo fu i dzung bing hafan hū pan i hashū ergi ing ni ciyandzung ts'ai dzung yo, ici ergi ing ni badzung hūwang gi, ici ergi ing ni io gi hafan siyoo, dulimbai

奴才孫文成

謹奏，為欽遵諭旨奏聞賊信事。聞五月十一日浙江省溫州府總兵官胡泮之左營千總蔡中有、右營把總黃吉，右營遊擊蕭、中

奴才孫文成

謹奏，为钦遵谕旨奏闻贼信事。闻五月十一日浙江省溫州府总兵官胡泮之左营千总蔡中有、右营把总黄吉，右营游击萧、中

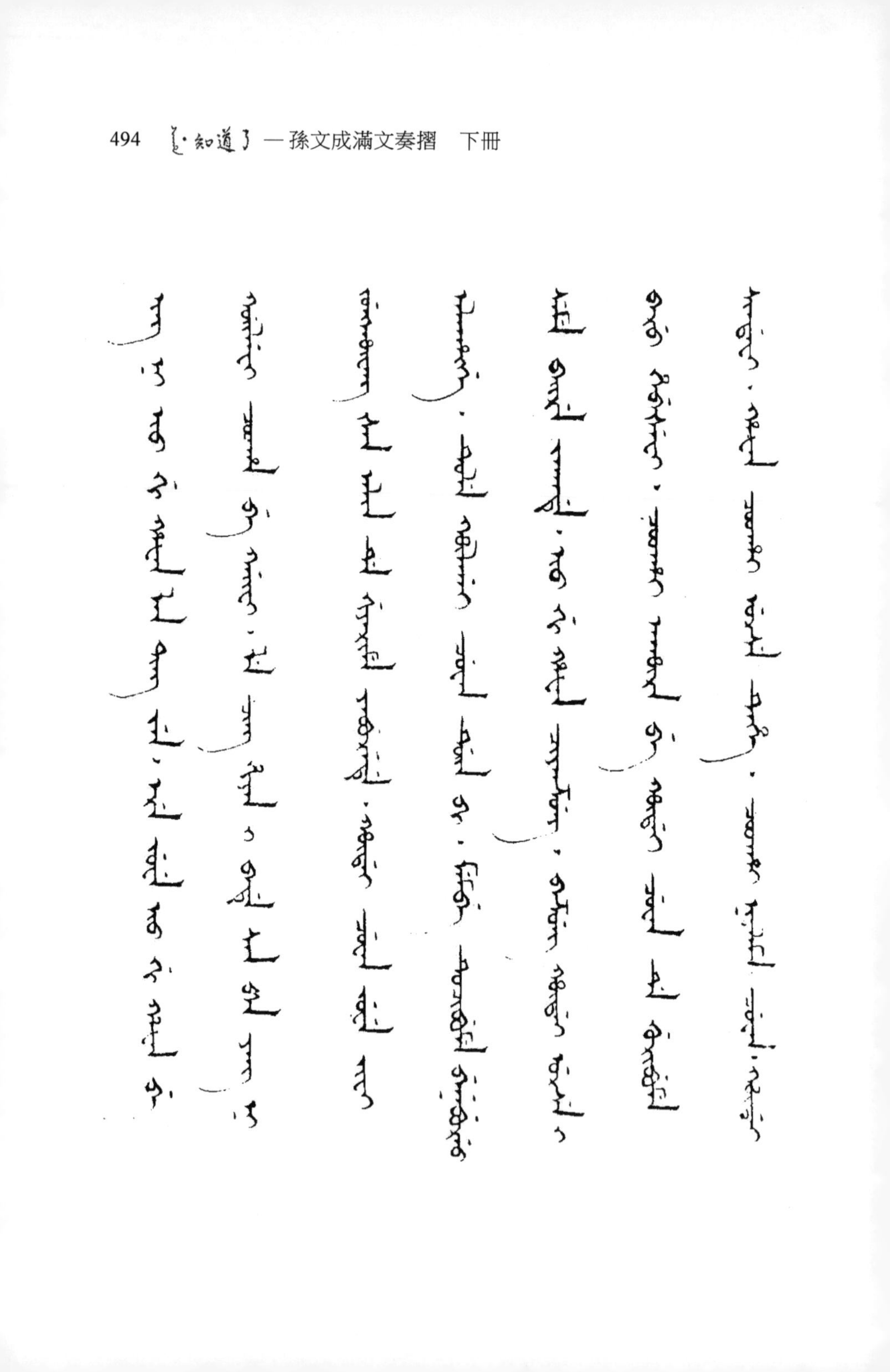

ing ni io gi hafan lan ting jen, ere juwe io gi hafan be goilefi cooha be gaifi, le cing hiyan i bade san pan yang ni funghūwang šan alin de giyarime yaburede, hūdai cuwan juwe jifi alahangge, tule hūlgai cuwan duin bi, membe tucibume benebureo seme baire jakade, io gi hafan, ciyandzung, badzung hūdai urse i baru hebešefi, coohai ahūra be hūdai cuwan de guribume sindafi, hafan coohai urse tehe, coohai niyalma cuwan, hūdai

營遊擊藍廷珍，各隨此二遊擊領兵至樂清縣三盤洋鳳凰山巡邏時，有商船二隻前來告稱：外有賊船四隻，懇請將我等送出等語。遊擊、千總、把總與商人商議，將兵械移置商船上，由官員兵丁乘坐，兵丁之船

營游击蓝廷珍，各随此二游击领兵至乐清县三盘洋凤凰山巡逻时，有商船二只前来告称：外有贼船四只，恳请将我等送出等语。游击、千总、把总与商人商议，将兵械移置商船上，由官员兵丁乘坐，兵丁之船

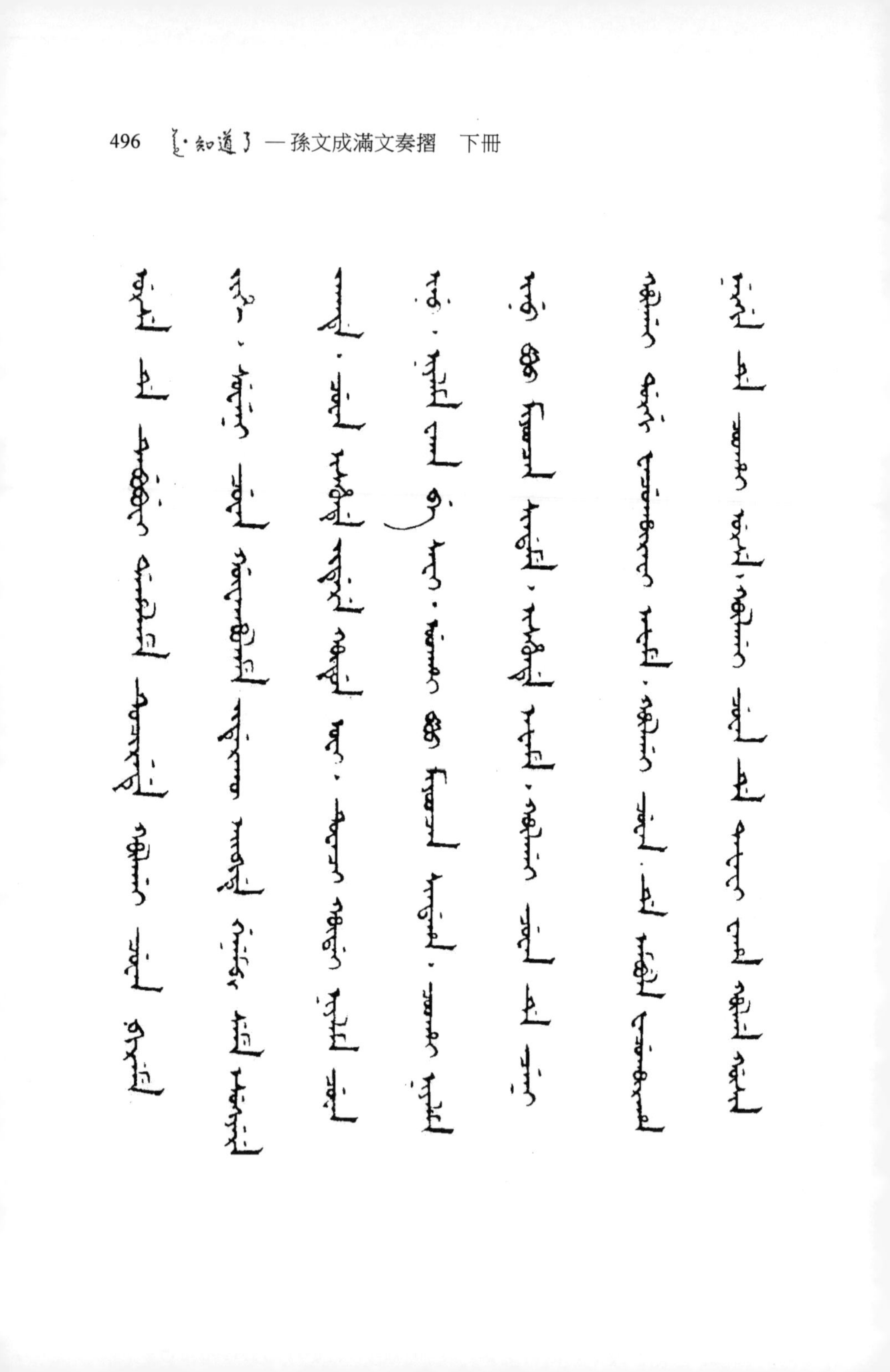

ᠪᡳᡨᡥᡝ

ᠪᡝ

ᡝᠵᡝᠨ

ᠪᡝ

ᠪᠠᡳᡥᠠ

ᠪᡳᡨᡥᡝ

urse de tebubufi dahalame tucirede, hūlgai cuwan bireme jihe. suweni cuwan gūwahoolame jiderakū aibide genembi seme esukiyere jakade, cuwan ishunde jidere hūdun ofi, tuwaci hūdai niyalma cuwan inu, niyalma waka be safi, uthai poo miyoocan sindaha, coohai niyalma inu poo miyoocan sindame, ishunde afame, hūlgai cuwan de ceni hūlgai dorgi facuhūrafi afame, hūlgai cuwan de ambula facuhūraha nergin de coohai urse, hūlgai cuwan de tafafi waha hūlga gūsin

令商人乘坐，隨後出去，賊船悉來。嚇問：爾等之船何以不來，欲往何處去？因船彼此來速，見係商人之船，知非商人，即施礟放鎗，兵丁亦施礟放鎗，彼此交戰，賊船上其賊內混亂攻殺，正當賊船大亂之際，兵丁登上賊船，殺賊

令商人乘坐，随后出去，贼船悉来。吓问：尔等之船何以不来，欲往何处去？因船彼此来速，见系商人之船，知非商人，即施炮放鎗，兵丁亦施炮放鎗，彼此交战，贼船上其贼内混乱攻杀，正当贼船大乱之际，兵丁登上贼船，杀贼

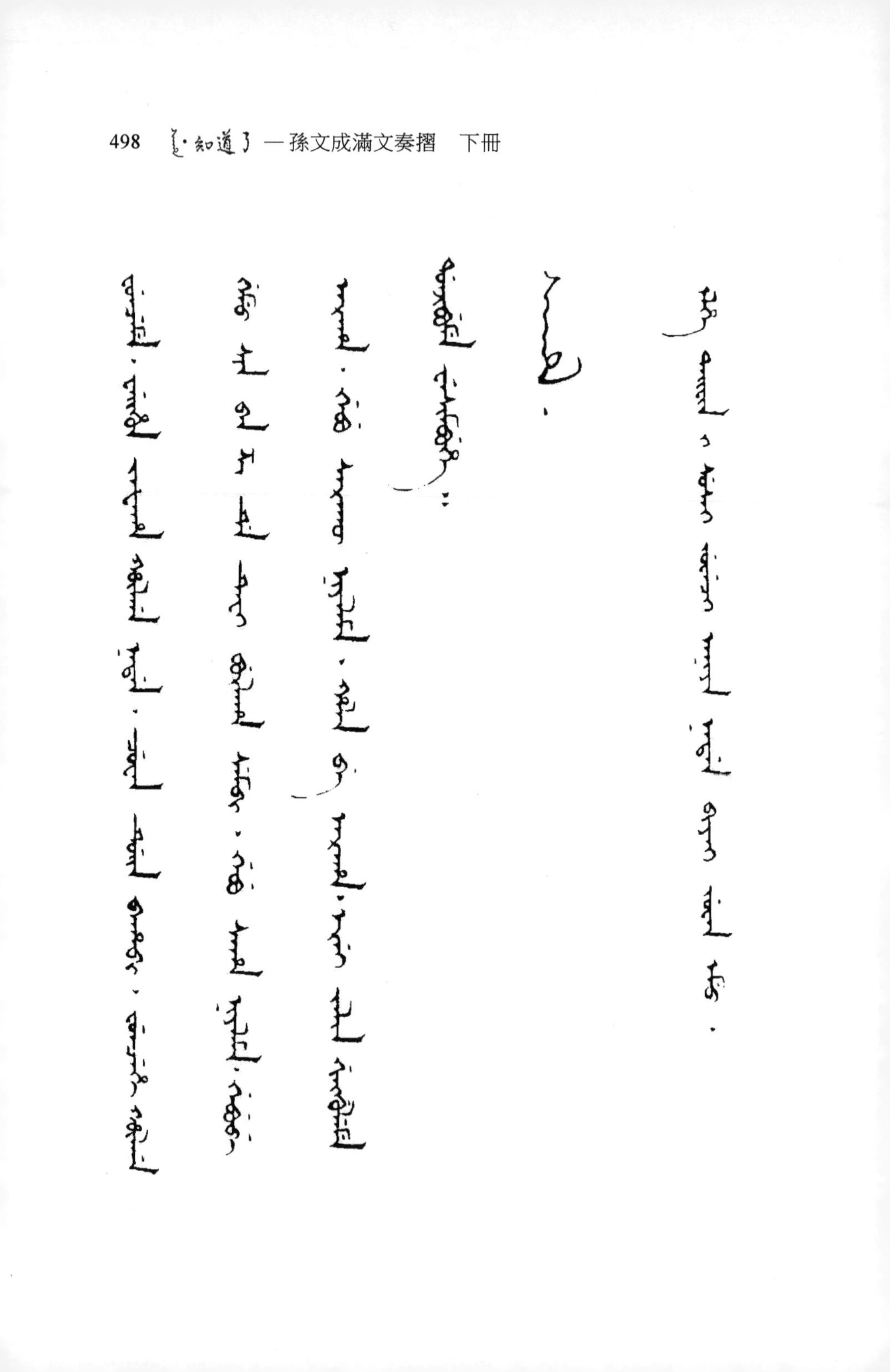

funceme, weihun jafaha hūlga nadan, cuwan duin bahabi,
funcehe hūlga gemu san ban dz de tefi burlaha sembi. gebu
saha niyalma, gebube araha, gebu sarakū〔sarkū〕niyalma,
hala be araha. erei jalin gingguleme donjibume wesimbuhe.
saha.
elhe taifin i susai juweci aniya nadan biyai juwan emu.

三十餘名，生擒賊七名，獲船四隻，餘賊皆乘舢板子敗竄。
知名字之人，書寫名字，不知名字之人，書寫其姓。謹此
奏聞。
【硃批】知道了。
康熙五十二年七月十一日

三十余名，生擒賊七名，获船四只，余賊皆乘舢板子敗窜。
知名字之人，书写名字，不知名字之人，书写其姓。谨此
奏闻。
【朱批】知道了。
康熙五十二年七月十一日

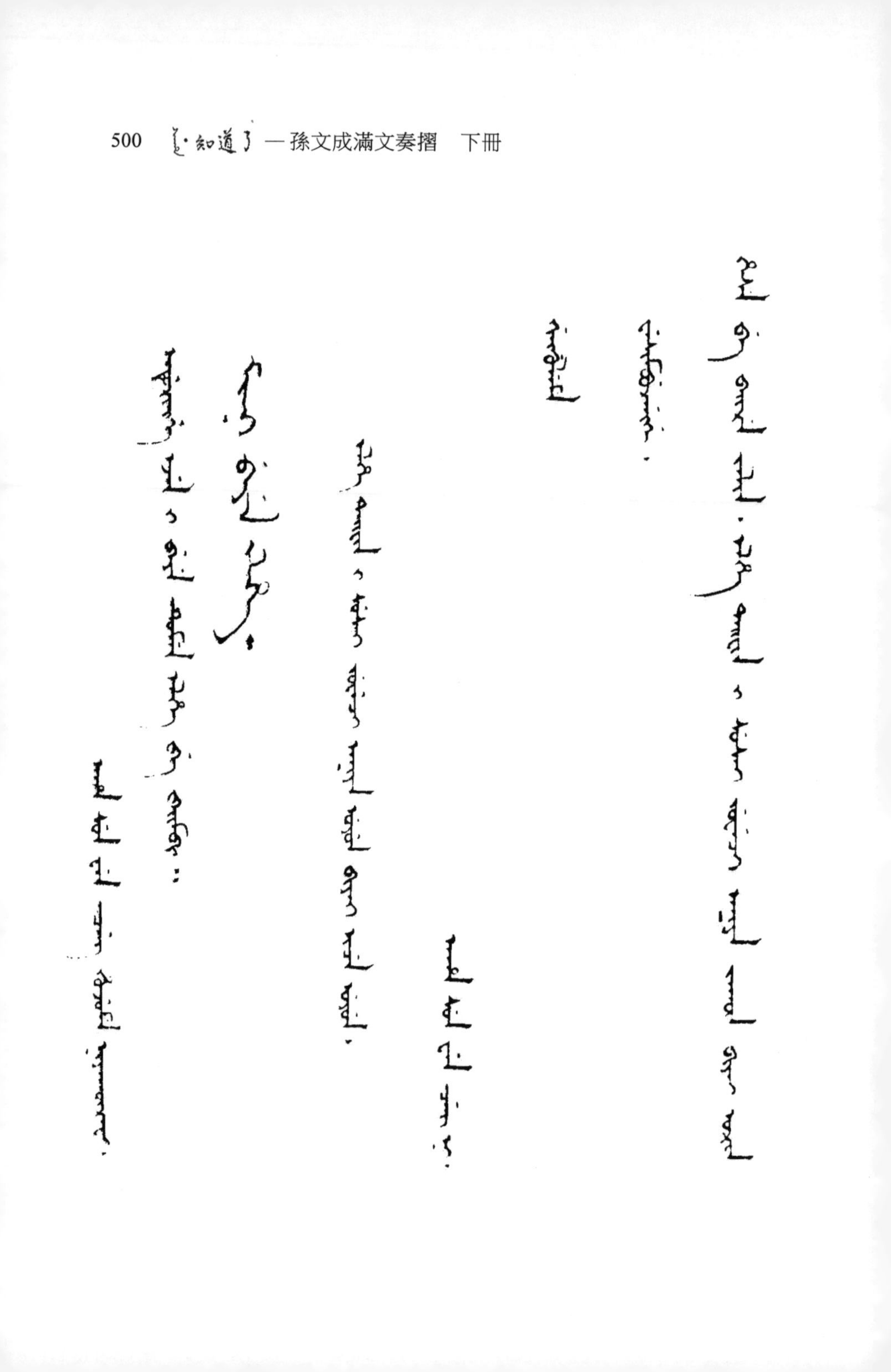

【118】請安摺

aha sun wen ceng hujume niyakūrafi, enduringge ejen i beye
tumen elhe be baimbi.
mini beye elhe.
elhe taifin i susai juweci aniya uyun biyai ice uyun.

【119】奏為請安摺書冊請旨進呈摺

aha sun wen ceng ni, gingguleme wesimburengge, hese be
baire jalin, elhe taifin i susai juweci aniya jakūn biyai orin

　　　　　　　　　　　　　　　　　　奴才孫文成俯伏跪

請聖主聖躬萬安。
【硃批】朕體安。
康熙五十二年九月初九日
　　　　　　　　　　　　　　　　　　　　奴才孫文成

謹奏，為請旨事。康熙五十二年八月二十

　　　　　　　　　　　　　　　　　　奴才孫文成俯伏跪

请圣主圣躬万安。
【朱批】朕体安。
康熙五十二年九月初九日
　　　　　　　　　　　　　　　　　　　　奴才孙文成

谨奏，为请旨事。康熙五十二年八月二十

ᠵᠠᡴᠦᠨᠵᡝᡝᡳ ᠪᡳᡨᡥᡝ ᠪᠠ

ᠰᡳᠨᠠ ᡥᡝᠨᡩᡠ᠂ ᠪᠠᠯᠠᡳ ᠪᡝ᠂ ᡝᠯᡝ ᡩᡝᠨ ᡥᠠᠨᠠᡥᠠᠨ᠂ ᠠᡳ

ᠰᡠᡩᠠᠯᡳ ᡥᡝᠨᡩᡠᠮᡝ ᠪᠠ

ᠪᠠᠯᠠᡳᠨ ᠰᠠᡳ

ᡝᡠ ᠪᠠ ᡳᠨᠠ ᠰᠠᠨᠠᡥᠠᡩᡳ᠂ ᠠᡳ ᠰᡠᠮ ᠣ᠂ ᠠᡠᠨᠠᡳ ᡥᡝᠨᡩᡠ ᡝ᠂

ᠰᠠᡳᠰ ᠰᡝᠮᡳ ᡥᠠᠨᠠᡥᠠᠨ᠂ ᠠᠰᠠᡩᡠᡥᠠᠨ᠂ ᡥᡝᠨᡩᡠᡥᠠᠨ ᠣ᠂ ᠠᡥᠠ ᠰᡝᠮᡳ ᡥᠠᠨᠠᡥᠠᠨ᠂

ᠠᡳᠠᡳ ᡳᠨᠠ ᠰᠠᠨᠠᡩᠠᠨ᠂ ᠰᠠᡳ ᠠᡥᠠ ᠰᡝᠮᠠ ᠰᠠᠨᠠᡥᠠᠨ ᡳᡠ ᠰᡝᠨ᠂ ᡝᠨᠠᡳ ᡝ ᠰᠠᠨᠠᡥᠠᡳ ᠪᠠ ᠪᠠ ᠪᠠ ᠪᠠᠨᠠᡳ᠂

ninggun de, aha bi, sujeo i feng kiyoo de isinafi, kio joo oo
be acafi minde alahangge, haha juse taigiyan li ioi, dorgici
bithe　emu　debtelin　be　tucibufi,　hese　be　ulame
wasimbuhangge, ere bithe be, si gamafi kimcime tuwa, erei
dorgi bithei hergen tašarabuha, melebuhe ba bio akūn, jai
ereci julesi sini elhe baire jedz, bithe bici, sun wen ceng de
afabufi, ini wesimbure jedz ildun de

六日，奴才至蘇州楓橋，會見仇兆鰲，囑告奴才稱：哈哈
珠子太監李玉由內取出書一冊，傳降諭旨：爾將此書齎去
詳閱，其內文字有無錯誤、遺漏之處。再嗣後爾若有請安
摺子或書，交與孫文成，乘其具奏摺子

六日，奴才至苏州枫桥，会见仇兆鳌，嘱告奴才称：哈哈
珠子太监李玉由内取出书一册，传降谕旨：尔将此书赍去
详阅，其内文字有无错误、遗漏之处。再嗣后尔若有请安
折子或书，交与孙文成，乘其具奏折子

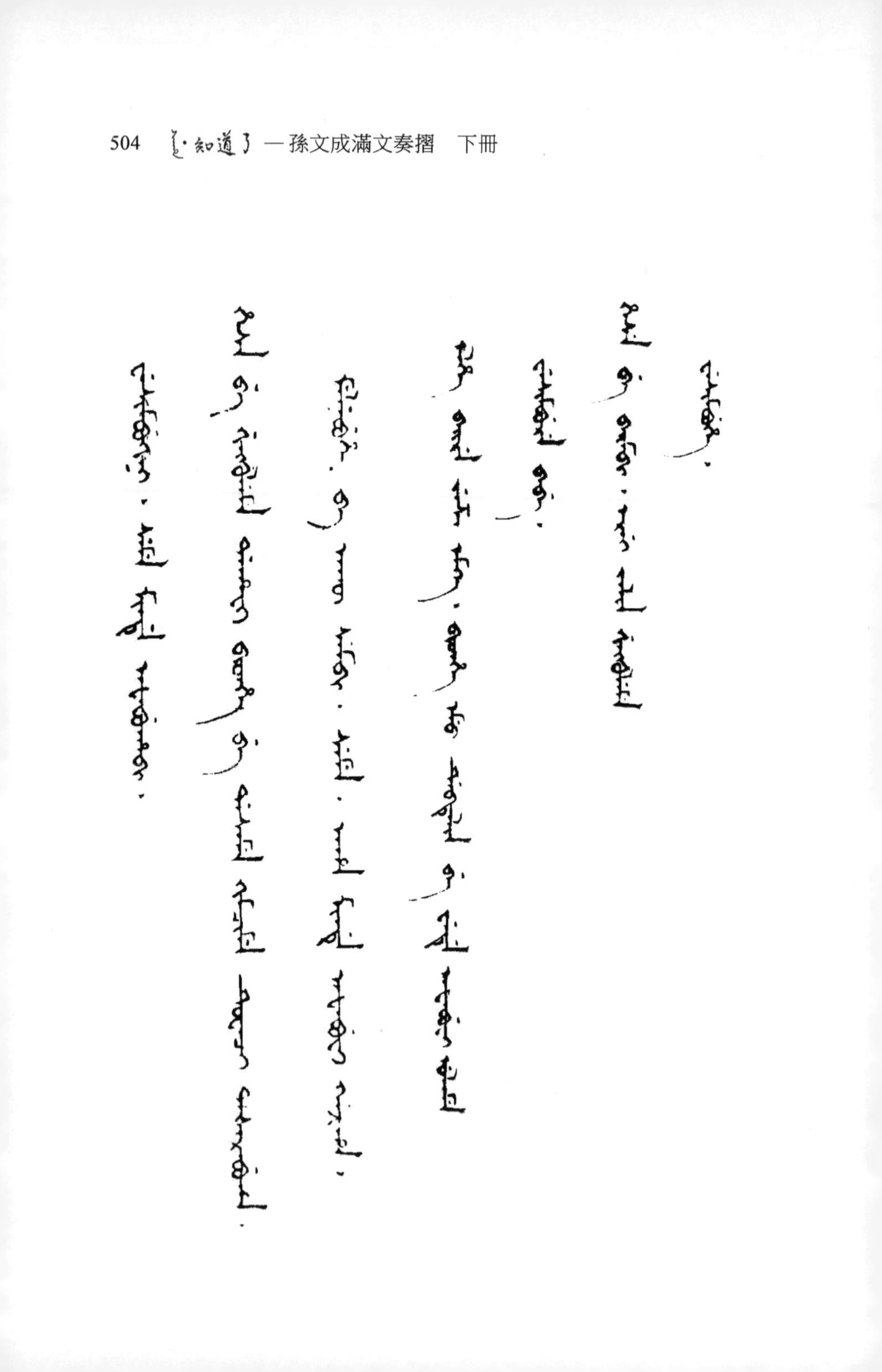

wesimbukini, seme minde afabuhabi. hese be gingguleme dahafi bithe be dasame kimcime tuwaci tašarabuha melebuhe ba akū sembi seme, aha minde afabufi gajiha. elhe baire jedz emke, bithe emu debtelin be wede afabufi ulame wesimbure babe, hese be baimbi. erei jalin gingguleme wesimbuhe,

之便奏呈，欽此。欽遵諭旨將書重覆詳閱，並無錯誤、遺漏等語。交與奴才賫來之請安摺子一件、書一冊，交與何人轉奏之處，仰請諭旨。為此謹奏

之便奏呈，钦此。钦遵谕旨将书重复详阅，并无错误、遗漏等语。交与奴才赍来之请安折子一件、书一册，交与何人转奏之处，仰请谕旨。为此谨奏

ᠪᠠᡳᡨᠠ ᠪᡝ ᡥᠠᡶᠠᠨ ᠪᡝ ᠰᡳᠮᠨᡝᠮᡝ ᠪᠠᡳᠴᠠᠮᠪᡳ ᠰᡝᠮᡝ ᠂ ᠪᡳ ᠪᠠᡩᠠ ᠪᡝ ᡝᠮᡠ ᠂ ᠮᡳᠨᡳ ᠪᠠᡳᡨᠠ ᠪᡝ

hese be baimbi.

taigiyan cen ki de afabufi dosimbukini.

elhe taifin i susai juweci aniya juwan biyai juwan ilan.

【120】奏聞遵旨差人齎送木匣摺

aha sun wen ceng ni, gingguleme wesimburengge, hese be gingguleme dahafi, kio joo oo i hiyase be, donjibume wesimbure jalin. elhe taifin i susai juweci aniya

---

請旨。

【硃批】著交與太監陳齊進呈[20]。

康熙五十二年十月十三日

　　　　　　　　　　　奴才孫文成

謹奏，為欽遵諭旨奏聞仇兆鰲之匣子事。康熙五十二年

請旨。

【朱批】着交与太监陈齐进呈 [20]。

康熙五十二年十月十三日

　　　　　　　　　　　奴才孙文成

谨奏，为钦遵谕旨奏闻仇兆鳌之匣子事。康熙五十二年

---

[20]　li ioi，音譯作李玉。cen ki，音譯作陳齊。

ᠮᠠᠨᠵᡠ᠋ᡳᠠ ᡥᠠᠮᡝᠶᠠ ᡳᡥᠠᡳ ᠊᠊ ᠊᠊ ᡥᠠᡥᡝᠶᠠ ᡥᡝᡩ᠋ᠠ ᡥᡝᡩ᠋ ᠮᡝᠨ
ᠨᠠᠨᡝ ᡳᡥᠶᠠ ᠊᠊ ᠊᠊ ᠊᠊ ᠊᠊

omšon biyai orin juwe de kio joo oo i booi niyalma be
takūrafi, suwayan bosoi uhuhe moo hiyase emke be, suje
jodoro yamun de benjifi alahangge, ere hiyase dolo elhe
baire jedz, ice šuwaselaha bithe be tebuhebi. erebe, sun wen
ceng ni wesimbure jedz ildun de gamafi, donjibume
wesimbu sehe seme benjihebi. uttu ofi aha mini booi

十一月二十二日，仇兆鰲差家人將黃布所包木匣子一個齎
來緞疋織造衙門告稱：此匣內裝有請安摺子、新刷印之
書，乘孫文成具奏摺子之便，將其齎去奏聞等語。是以奴
才

十一月二十二日，仇兆鰲差家人将黄布所包木匣子一个赍
来缎疋织造衙门告称：此匣内装有请安折子、新刷印之书，
乘孙文成具奏折子之便，将其赍去奏闻等语。是以奴才

ᠵᠠᠢᠵᠠᠢᡴᠠ᠈

ᠶᠠᠩ
ᠵᠢᠨ

ᠪᠠᡳᡨᠠᠯᠠᡴᠠ
ᠠᠯᡳᠨ

ᠪᡳᡨᡥᡝᡳ
ᡥᡝᠨᡩᡠ᠈
ᠮᠠᡩᡝ
ᠮᠠᠨᠵᡠ᠈

ᠠᠮᠪᠠᠨ
ᠮᠠᡩᡝ᠈

ᡤᡝᠯᡳ
ᠪᠠᠩ᠈
ᠪᡝ᠈
ᡥᠣᡨᠣᠨ᠈
ᡤᡝᠯᡳ
ᠮᠠᡩᡝ᠈

ᡥᠣᠪᠠᠨ᠈
ᠮᠠᠶᡳᠩ᠈
ᠠᠮᠪᠠᠨ᠈
ᠶᠠᠮᠨᠨ᠈
ᠪᡝ᠈
ᠮᠠᡩᡝ᠈

niyalma gajiha, kio joo oo i bithe tebuhe moo i hiyase emke.

erei jalin gingguleme donjibume wesimbuhe.

saha.

elhe taifin i susai juweci aniya omšon biyai orin duin.

【121】奏呈將軍謝恩摺

aha sun wen ceng ni, gingguleme wesimburengge,

家人齎來仇兆鰲裝書木匣子一個。謹此奏聞。

【硃批】知道了。

康熙五十二年十一月二十四日

　　　　　　　　奴才孫文成

謹奏，

家人赍来仇兆鳌装书木匣子一个。谨此奏闻。

【朱批】知道了。

康熙五十二年十一月二十四日

　　　　　　　　奴才孙文成

谨奏，

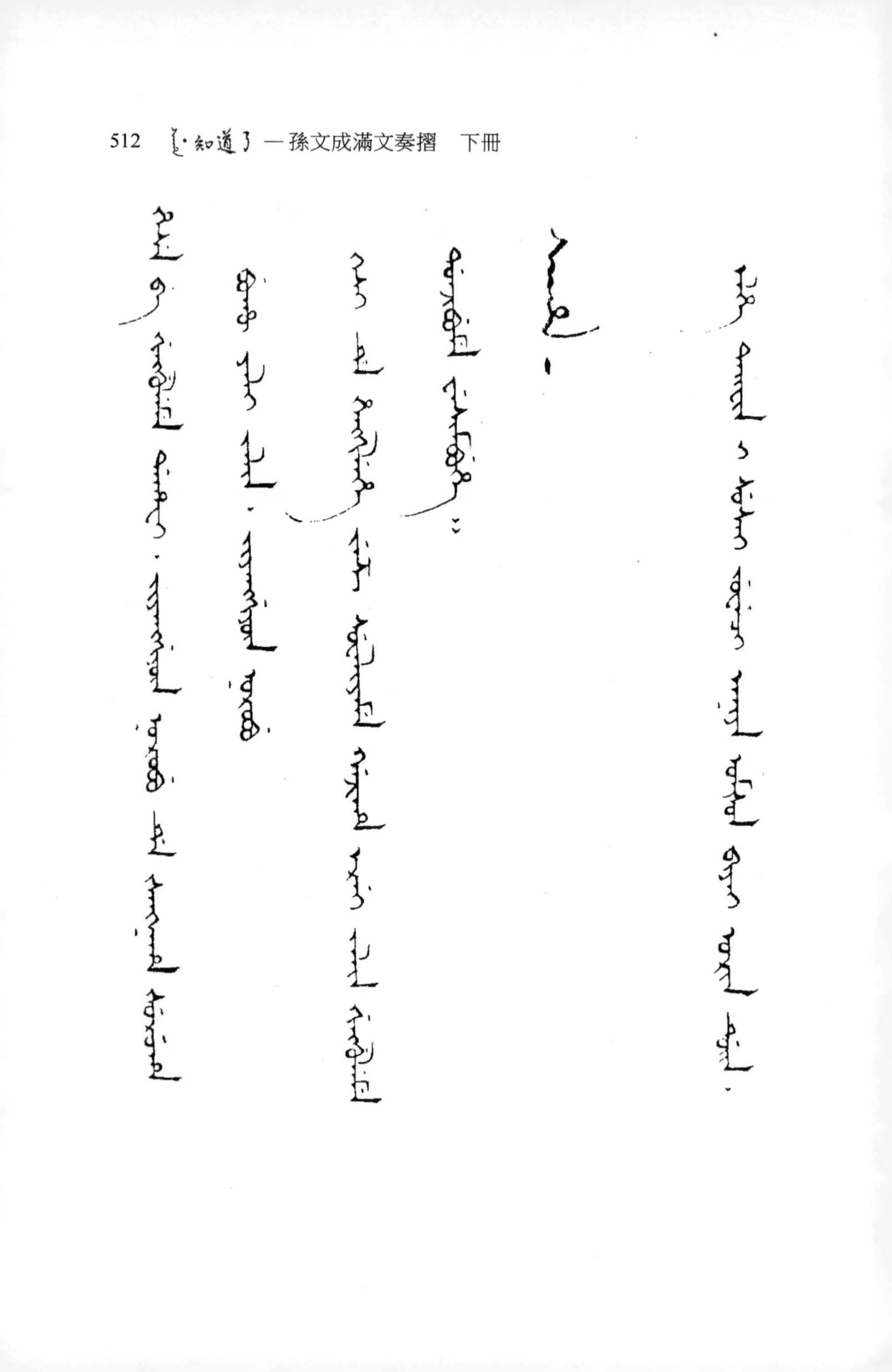

hese be gingguleme dahafi, jiyanggiyūn norobu de šangnaha
šuruha buhū yali jalin, jiyanggiyūn norobu kesi de
hengkilehe jedz suwaliyame gajiha. erei jalin gingguleme
donjibume wesimbuhe.

saha.

elhe taifin i susai juweci aniya omšon biyai orin duin.

為欽遵諭旨賞給將軍諾羅布鹿肉乾條事。將軍諾羅布謝恩
摺子一併齎來。謹此奏聞。

【硃批】知道了。

康熙五十二年十一月二十四日

为钦遵谕旨赏给将军诺罗布鹿肉干条事。将军诺罗布谢恩
折子一并赍来。谨此奏闻。

【朱批】知道了。

康熙五十二年十一月二十四日

ᠰᠠᠷᠠᡴᡡ ᠪᡝ ᠪᠠᡳᡨᠠᠯᠠᡵᠠ ᡩᠠᡳᠯᡳ ᠠᠨᠠᠪᡠᡵᡝ ᠪᠠ ᡤᠠᡳ᠌ᠮᡝ ᠮᡝᠵᡳᠮᡝ ᠠᠯᡳᡥᠠ᠈

ᠰᠠᡵᠠᡴᡡ ᠮᡝ ᠪᡝ ᠪᠠᡳᡨᠠᠯᠠᡵᠠ ᡩᠠᠩᡤᠠ ᠠᠨᠠᠪᡠᡵᡝ ᠪᠠ ᡤᠠᡳᠮᡝ᠈᠈

ᡝᠯᡥᡝ ᠪᡝ ᠪᠠᡳᠮᡝ ᠸᡝᠰᡳᠮᠪᡠᡵᡝ ᠵᡝᡩᡝᡵᡝ᠈

ᠪᠠᡳᡨᠠ ᠮᡝ ᠪᡝ ᠪᠠᡩᠠᡵᠠᠮᠪᡠᡵᡝ ᠠᡤᠠᠩᡤᠠ ᡩᠠᠩᡤᠠ ᠪᠠ ᡤᠠᡳᠮᡝ᠈

ᡝᠯᡥᡝ ᠪᡝ ᠪᠠᡳᠮᡝ ᠸᡝᠰᡳᠮᠪᡠᡵᡝ ᠵᡝᡩᡝᡵᡝ᠈

【122】請安摺

aha sun wen ceng hujume niyakūrafi, enduringge ejen i beye tumen elhe be baimbi.

saha.

elhe taifin i susai ilaci aniya juwe biyai ice ilan.

【123】請安摺

aha sun wen ceng hujume niyakūrafi, enduringge ejen i beye tumen elhe be baimbi.

saha.

elhe taifin i susai ilaci aniya juwe biyai orin sunja.

奴才孫文成俯伏跪

請聖主聖躬萬安。
【硃批】知道了。
康熙五十三年二月初三日

奴才孫文成俯伏跪

請聖主聖躬萬安。
【硃批】知道了。
康熙五十三年二月二十五日

奴才孙文成俯伏跪

请圣主圣躬万安。
【朱批】知道了。
康熙五十三年二月初三日

奴才孙文成俯伏跪

请圣主圣躬万安。
【朱批】知道了。
康熙五十三年二月二十五日

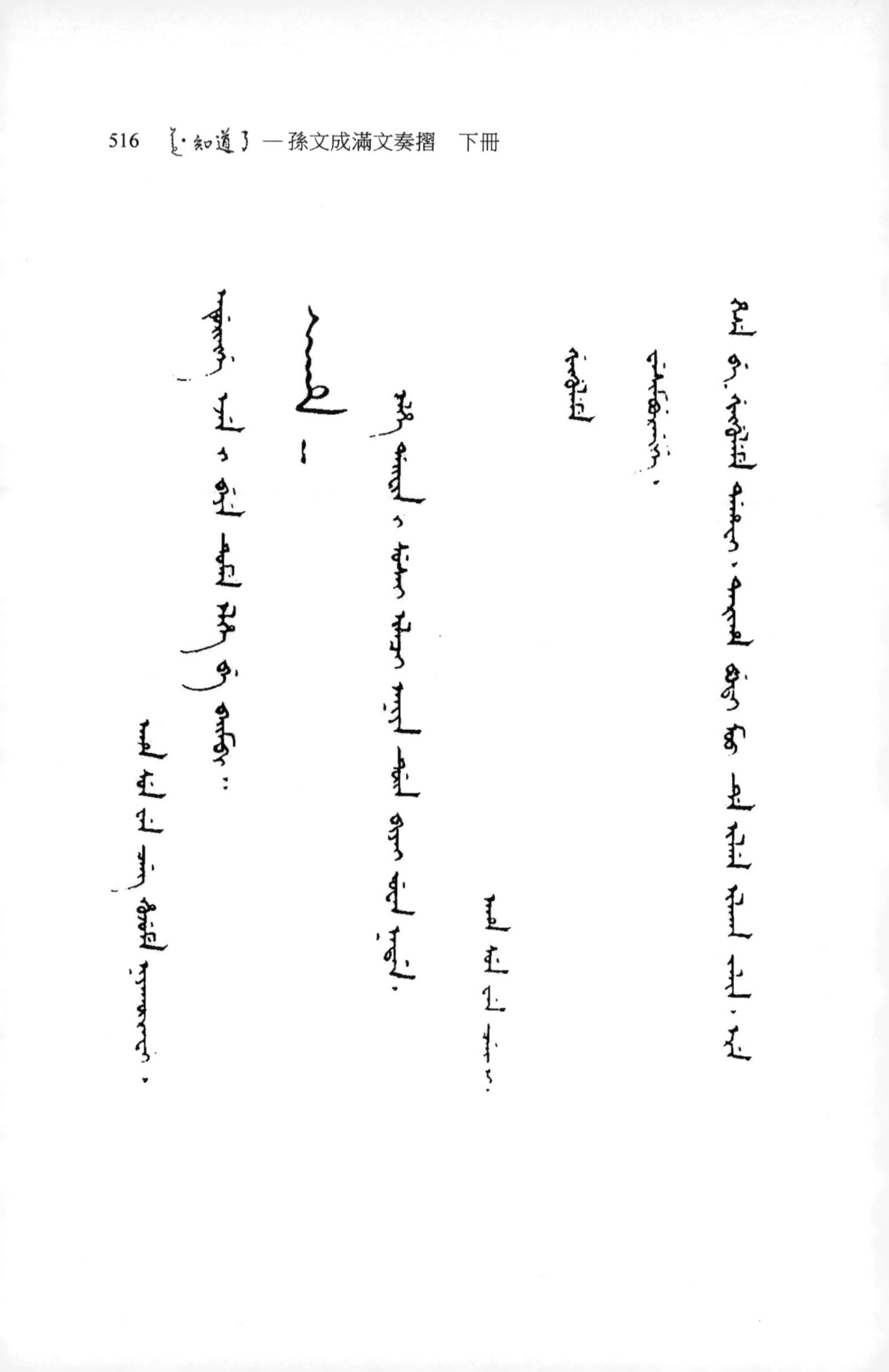

【124】請安摺

aha sun wen ceng hujume niyakūrafi, enduringge ejen i beye tumen elhe be baimbi.

saha.

elhe taifin i susai ilaci aniya duin biyai juwan nadan.

【125】奏聞菩提樹開花進呈樣本摺

aha sun wen ceng ni, gingguleme wesimburengge, hese be gingguleme dahafi, tariha puti moo de ilga ilaka jalin, ere

---

奴才孫文成俯伏跪

請聖主聖躬萬安。

【硃批】知道了。

康熙五十三年四月十七日

奴才孫文成

謹奏，為欽遵諭旨所種菩提樹開花事。

奴才孙文成俯伏跪

请圣主圣躬万安。

【朱批】知道了。

康熙五十三年四月十七日

奴才孙文成

谨奏，为钦遵谕旨所种菩提树开花事。

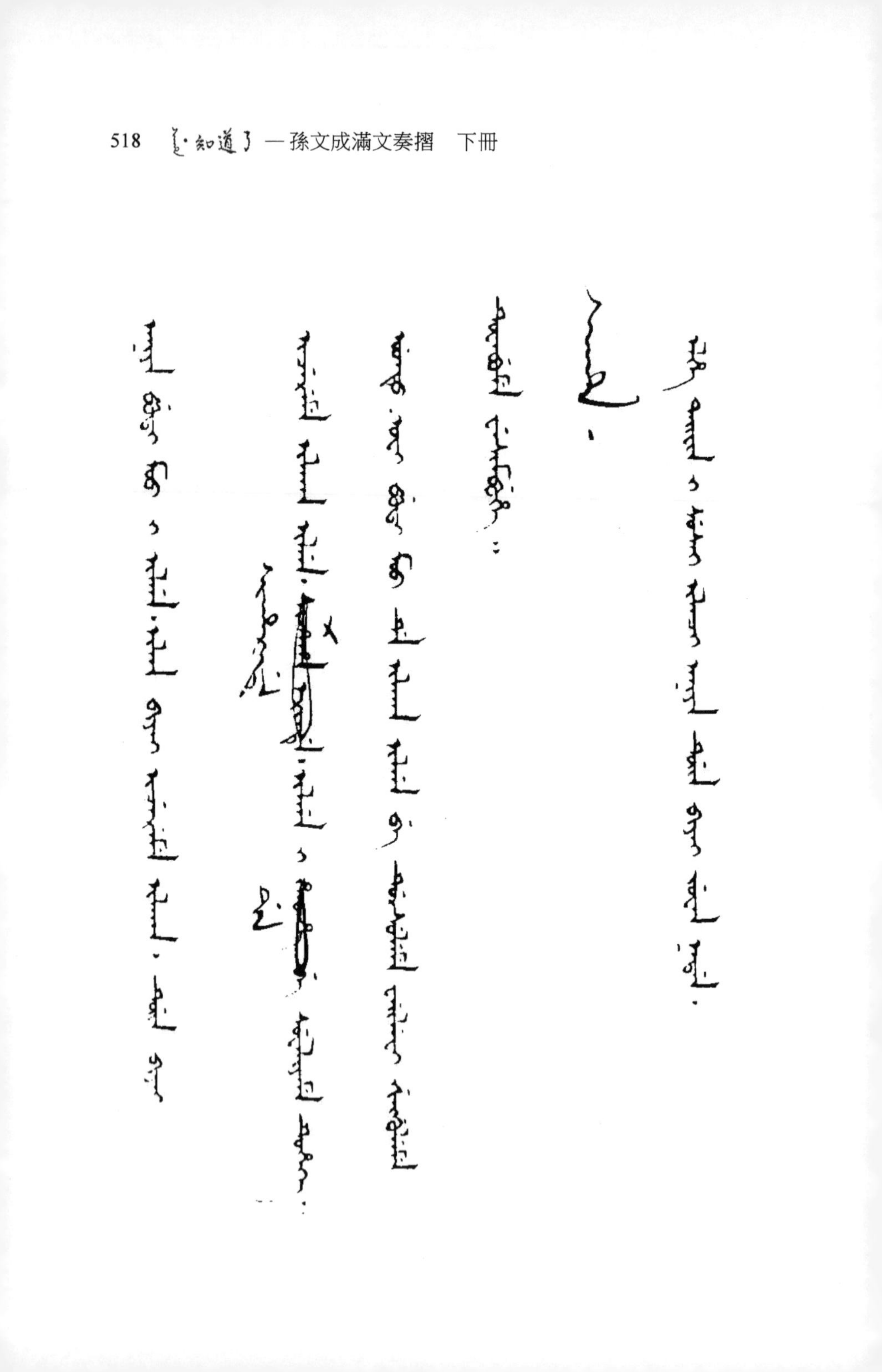

aniya puti moo i ilga, ilan biyai icereme ilaka, duin biyai icereme ilaka ilga, sihaha erinde [siharade], ilga i hethe [da] be suwaliyame tuheke, uttu ofi puti moo de ilaka ilga be dursuleme weilefi gingguleme tuwabume wesimbuhe.

saha.

elhe taifin i susai ilaci aniya duin biyai juwan nadan.

今年菩提樹之花，於三月初開放，四月初所開之花凋謝時，連花帶蒂一起落下，是以倣製菩提樹所開之花，敬謹呈覽。

【硃批】知道了。

康熙五十三年四月十七日

今年菩提树之花，于三月初开放，四月初所开之花凋谢时，连花带蒂一起落下，是以仿制菩提树所开之花，敬谨呈览。

【朱批】知道了。

康熙五十三年四月十七日

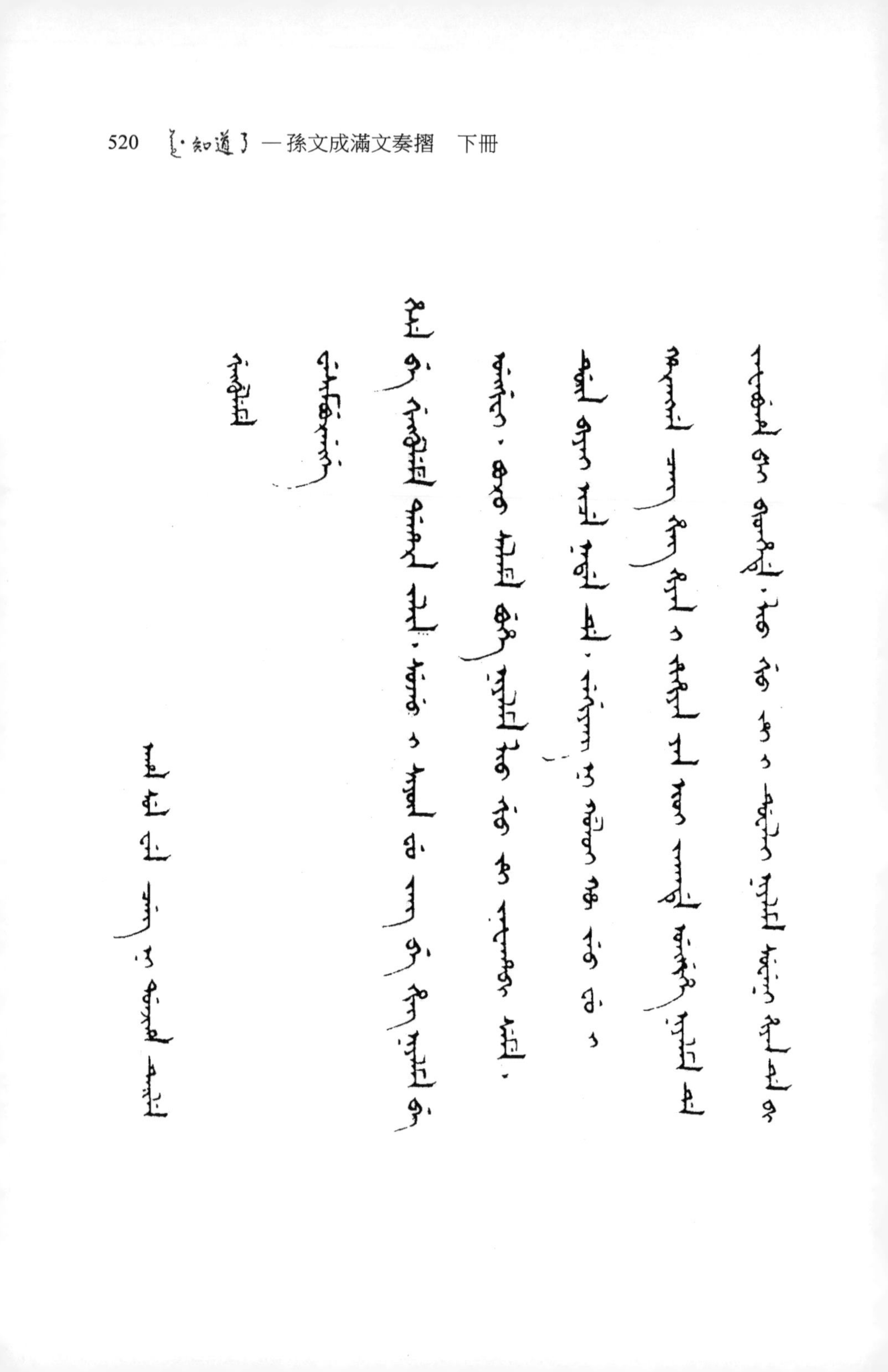

【126】奏聞拏獲散帽賊徒摺

aha sun wen ceng ni donjiha teile gingguleme wesimburengge,
hese be gingguleme dahara jalin, sujeo i siyūn fu jang be
hing niyalma be unggifi, boro salame buhe niyalma lio gio jy
jafahabi seme, duin biyai ice nadan de, jegiyang ni goloi hū
jeo fu i harangga cang hing hiyan i jyhiyan yan ioi jakade
unggihe niyalma de jafabuha pai bithede, lio gio jy i duwali
niyalma suweni hiyan de bi

奴才孫文成僅以所聞
謹奏，為欽遵諭旨事。蘇州巡撫張伯行差人將散給涼帽之
劉九之拏獲。四月初七日，差往浙江省湖州府長興縣知縣
閻愉處之人交付牌札稱：劉九之黨徒係在爾縣云云。

奴才孫文成仅以所闻
谨奏，为钦遵谕旨事。苏州巡抚张伯行差人将散给凉帽之
刘九之拏获。四月初七日，差往浙江省湖州府长兴县知县
阎愉处之人交付牌札称：刘九之党徒系在尔县云云。

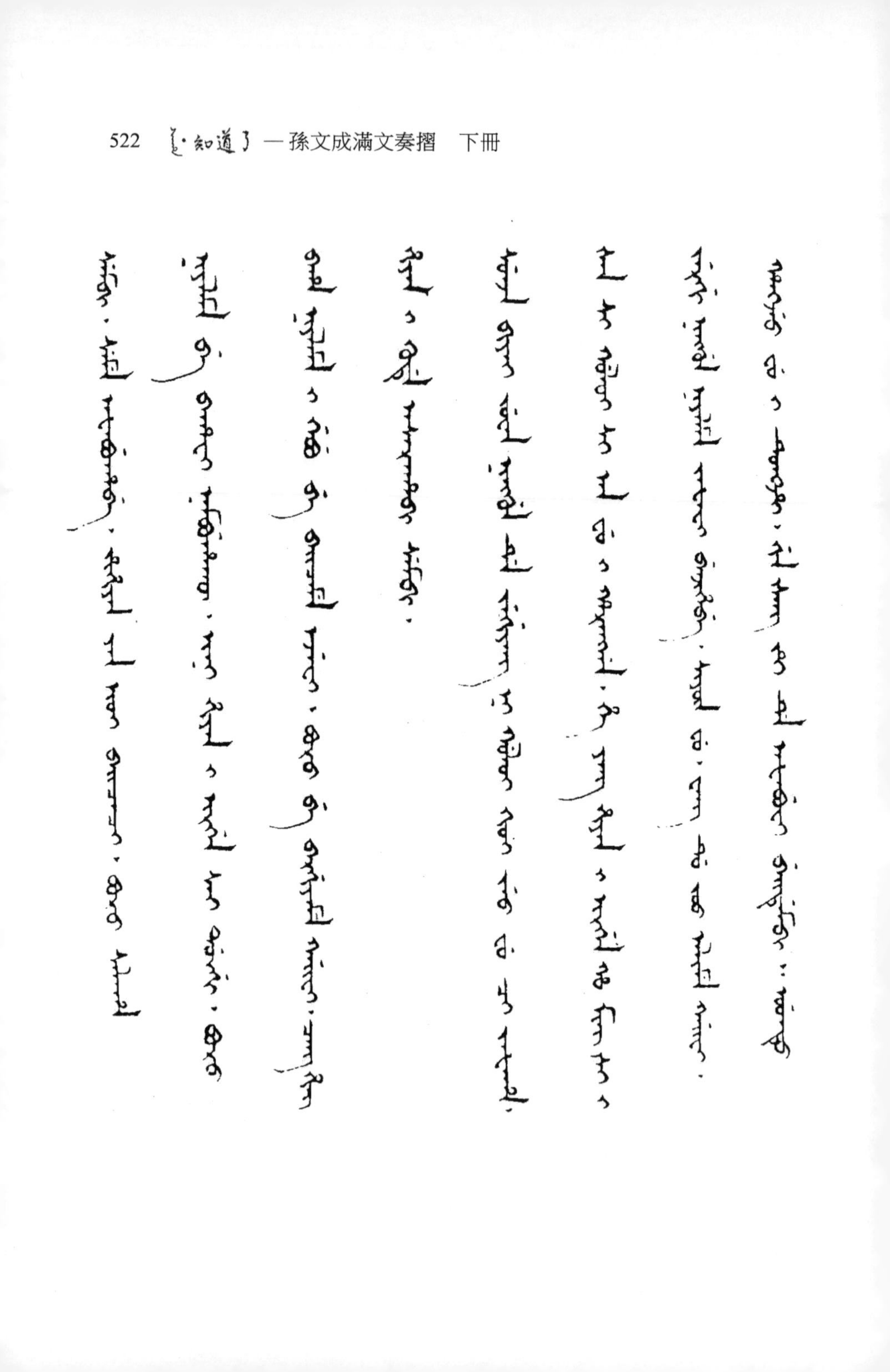

sembi, seme afabuhabe, jyhiyan yan ioi baicaci, boro salaha
niyalma be bahafi nambuhakū, ini hiyan i irgen sai dorgi,
boro baha niyalma i gebu be baicame ejefi, boro be
bargiyame gaifi, cang hing hiyan i kude asarahabi sembi.
sunja biyai juwan ninggun de jegiyang ni goloi kioi jeo fu ci
jafaha šan si goloi si an fu i harangga he yang hiyan i irgen
ho ming ši i jergi ninggun niyalma jafafi benjihebe, siyūn fu
wang du joo alime gaifi, hangjeo fu i tungjy gin šang jy de
afabufi beidembi. uttu

知縣閻愉查看時，未拏獲散帽之人，其縣百姓內，獲得涼
帽之人，將名字查明登記，收取涼帽，存貯於長興縣庫內
云云。
五月十六日，自浙江省衢州府所拏獲陝西省西安府所屬咸
陽縣民何明時等六人解送前來，巡撫王度昭接受後，交與
杭州府同知金尚志審訊。

知县阎愉查看时，未拏获散帽之人，其县百姓内，获得凉
帽之人，将名字查明登记，收取凉帽，存贮于长兴县库内
云云。
五月十六日，自浙江省衢州府所拏获陝西省西安府所属咸
阳县民何明时等六人解送前来，巡抚王度昭接受后，交与
杭州府同知金尚志审讯。

ᠪᡝᠶᡝᡳ ᠠᠮᠠ ᡝᠮᡝ ᠪᡝ ᠩᡝᠨᡳᠶᡝᠯᡝᠮᡝ ᡠᠵᠠᠮᠪᡳᡥᡝ ..

ᠨᡝᠨᡝᠮᡝ ᠠᠮᠠᠨ ᠪᠠᠯᠠᠮᠠ ᡳᠯᠠᠨ ᡝ ᡝᠯᡝᠮᡝ ᠪᡝ ᡠᠯᠠᠮᡝ ᠠᠪᠠᠯᠠᠮᡝ ᡠᠯᡥᠢᠨ

ᠠᠮᠠ ᠠᡤᡠ ᠪᡝᠶᡝᠪᡝ ᠵᠠᠯᠠᡳ ᠪᡝ ᡠᠯᡝᠮᡝ ᡝᡥᡝ ᠠᠮᠠ ᡝᠮᡝ ᠪᡝ

ᠪᡝᠶᡝ ᠪᡝ ᠠᠮᠠ ᠠᠮᠠᠯᠠᠮᡝ ᠠᠮᠠᠨ ᠪᡝ ᡳᠯᠠᠨ ᠪᡝ ᡝᠮᡝ ᡝᠯᡝᠮᡝ

ᠠᠮᠠᠯᠠᠮᡝ ᡝᠯᡝᠮᡝ ᠠᠮᠠᠯᠠᠮᡝ ᠪᡝ ᡝᠮᡝ ᠠᠮᠠ ᠪᡝ ᠠᠪᡳᠨ ᠪᡝ

ᠠᠮᠠᠯᠠᠮᡝ ᠪᡝ ᡝᠮᡝ ᠪᡝ ᠠᠮᠠᠯᠠᠮᡝ ᠪᡝ ᡝᠮᡝ ᠪᡝ ᠠᠮᠠᠨ ᠪᡝ

ᠪᡝᠶᡝ ᠠᠮᠠ ᠪᡝ ᠠᠮᠠᠨ ᠪᡝ ᠠᠮᠠᠯᠠᠮᡝ ᠪᡝ ᠠᠮᠠ ᠠᠮᠠᠯᠠᠮᡝ

ofi siyūn fu jang be hing, jyhiyan yan ioi jakade unggihe
niyalma de afabuha pai bithe i jise, boro salame bufi ejehe
bithe i jise, kioi jeo fu ci jafafi benjihe, boro salame buhe ho
ming ši i jergi ninggun niyalmai jabun i jise, tung jy gin šang
jy beidehe ho ming ši i jergi ninggun niyalmai baita be,
siyūn fu wang du joo de alibuha bithei jise be gingguleme
sarkiyame arafi gajiha. geli donjici ere ninggun niyalma be
kioi jeo fu de unggifi, budai puseli neihe niyalma de
akdulabufi sindame unggiki sembi.

是以將巡撫張伯行差往知縣閻愉處交付之牌札稿、散給涼
帽所記書稿、自衢州府解來散給涼帽之何明時等六人口供
稿、同知金尚志審訊何明時等六人之案呈遞巡撫王度昭書
稿等，皆敬謹抄寫齎來。又聞將此六人發往衢州府，欲令
開飯館之人保釋云云[21]。

是以将巡抚张伯行差往知县阎愉处交付之牌札稿、散给凉
帽所记书稿、自衢州府解来散给凉帽之何明时等六人口供
稿、同知金尚志审讯何明时等六人之案呈递巡抚王度昭书
稿等，皆敬谨抄写赍来。又闻将此六人发往衢州府，欲令
开饭馆之人保释云云 [21]。

---

[21] ho ming ši，音譯作何明時。

ᡠᠮᡝᠰᡳ᠂ ᠶᠠᠨ ᠪᠠᡥᠠᠪᡳ᠂ ᡝᡵᡝ ᠪᡝ ᡤᡝᠯᡳ ᡤᡳᠩᡤᡠᠯᡝᠮᡝ ᡩᠣᠨᠵᡳᠮᡝ

ᠪᡝᡳᠯᡝ᠂ ᠵᠠᡳ ᠰᡳᠮᠨᡝᡵᡝ ᠪᡝ ᡳᠨᡝᠩᡤᡳ ᠠᡵᠠᠯᠠᠮᡝ᠂ ᠵᠠᡵᡤᡠᠴᡳ ᠪᡝ᠂ ᠪᠠᡳᠴᠠᠮᡝ

ᠪᠠᡳᠴᠠᠪᡠᡵᡝ ᠵᠠᠯᡳᠨ᠂ ᡥᡝᠰᡝ ᠪᡝ ᠮᡝᠵᡳᠩᡤᡝᠯᡝᠮᡝ᠂ ᠮᡝᠵᡳᠩᡤᡝᠯᡝᠮᡝ

ᠮᡝᠨᡳᠩᡤᡝ ᠣᡥᠣ᠂ ᡠᠰᡝᡵᡝ ᠪᡝ᠂ ᠪᠠᡳᠨᡳᡳᠮᠪᡳ᠂ ᠪᠠᡳᠨᡳᠮᡝ᠂ ᠪᡝᡳ

ᠪᡝᡳ ᠠ᠂ ᠰᡳ᠂ ᡤᡳ᠂ ᠪᡝᡳ᠂ ᠯᠠᡳ ᠰᡳᠮᠨᡝᡵᡝ ᠪᡝᡳ᠂ ᠵᠠᠯᡳᠨ᠂ ᡥᡝᡵ

ᠪᠠᡳᠴᠠᠮᡝ᠂ ᡝᡵᡝ ᠪᡝᡳ ᡤᡳᠩᡤᡠᠯᡝᠮᡝ᠂ ᡩᠣᠨᠵᡳᠮᡝ᠂ ᠮᠠᠨᠵᡠ

ᡝᡵᡝ ᠪᠠᡳᠴᠠᠮᡝ᠂ ᡝᡳᡝ ᠵᠠᠯᡳᠨ᠂ ᡥᡝᠰᡝ ᠪᡝ᠂ ᠮᡝᠵᡳᠩᡤᡝ᠂ ᡝᡵᡝ᠂

ᠶᠠᠨ ᠪᠠᡥᠠᠪᡳ᠂ ᠵᠠᠯᡳᠨ᠂ ᡥᡝᠰᡝ ᠪᡝᠮᠪᡳ᠂ ᠪᠠᡳᠴᠠᠮᡝ᠂ ᡝᡵᡝ᠂

geli donjici ere aniya duin biyade hūlga i cuwan orin isime,
hūwang ioi nimaha butara cuwan, nimaha uncambi seme
holtome, sujeo i fu men i dukai tule nimaha uncara juwe
diyan i boode ebuhe, fu men i tule tehe boo banjishūn, juwe
niyalma i boode dosifi durifi gamaha, sujeo de hūdašara
juwe niyalmai cuwan de bisire jaka be inu durifi gamaha.
nimaha uncara diyan de hūlga ebuhe booi ejen, umesi golofi
hehe juse be gaifi ukaha sembi. ere hūlga se sujeo i dergi
ergici dehi ba i dubede hūwang tiyan

又聞今年四月間，賊船約二十隻，假扮捕捉黃魚之船賣
魚，於蘇州府門外賣魚二店之家中住下，府門外住家生活
小康，進入兩人之家搶奪，將蘇州做生意二人之船上所有
物品亦搶去。賊所住賣魚店戶主極驚恐，帶領婦孺逃走云
云。
此賊眾於蘇州東方四十里外黃天

又闻今年四月间，贼船约二十只，假扮捕捉黄鱼之船卖鱼，
于苏州府门外卖鱼二店之家中住下，府门外住家生活小
康，进入两人之家抢夺，将苏州做生意二人之船上所有物
品亦抢去。贼所住卖鱼店户主极惊恐，带领妇孺逃走云
云。
此贼众于苏州东方四十里外黄天

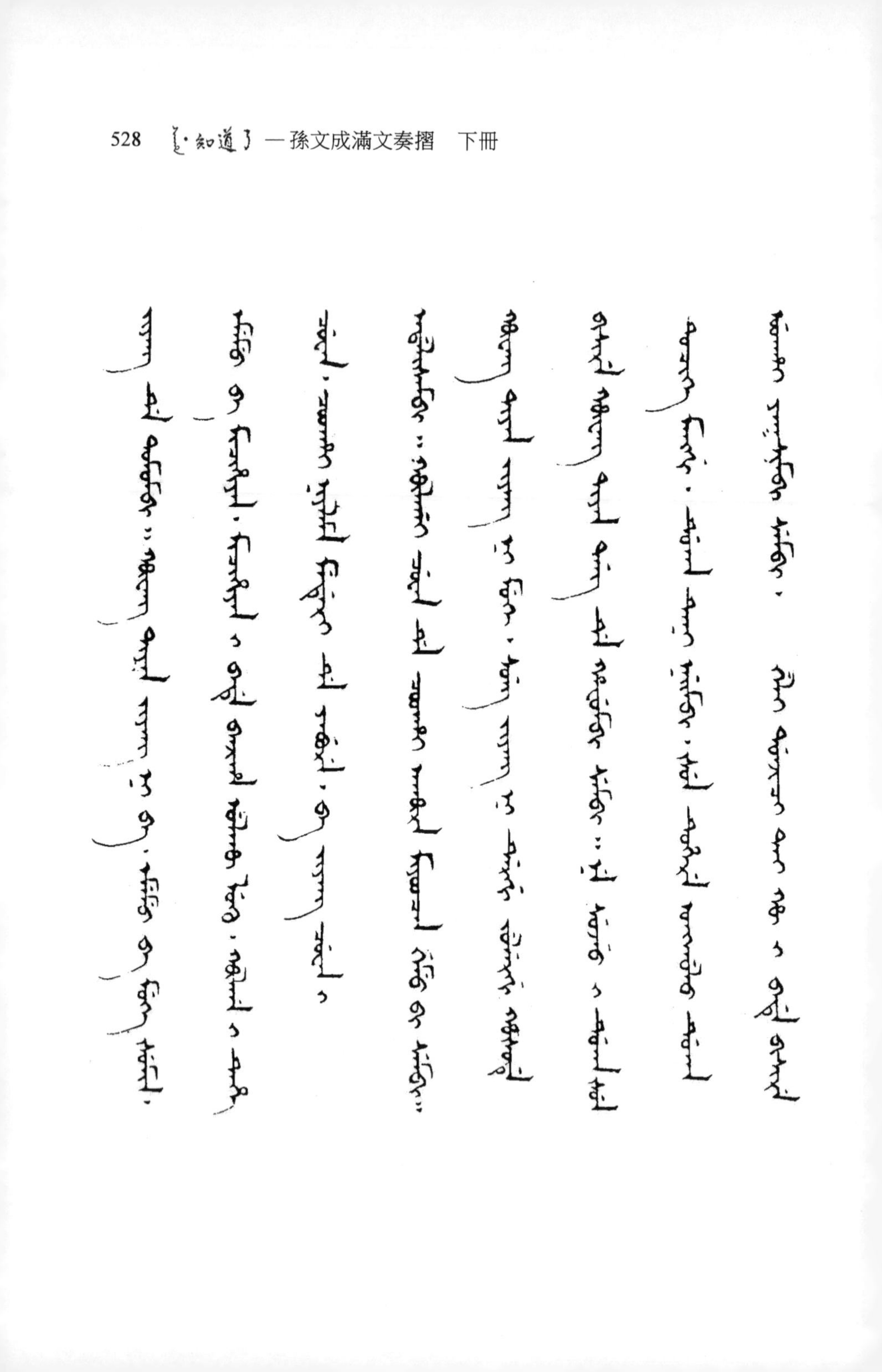

jiyang de tomombi. hūwang tiyan jiyang ni ba, ememu ba muke šumin, ememu ba micihiyan, micihiyan i bade banjiha ulhū luku, hūlga i tehe cuwan, coohai niyalma mederi de yabure, ba jiyang cuwan i adališambi. hūlgai cuwan de coohai ahūra miyoocan gemu bi sembi.

hūwang tiyan jiyang ni muke, sung jiyang ni dergi julergi hošode bisire hūwang tiyan dang de hafumbi sembi. ne sujeo i duka šun tucike manggi, duka teni neimbi, šun tuhere onggolo duka uthai yaksimbi sembi. geli donjici tai hū i bade bisire

---

江棲息。黃天江地方，有水深之處，亦有水淺之處，水淺地方所生蘆葦茂密，賊所乘之船彷彿兵丁在海上航行之八槳船，賊船上皆置有兵械、鳥鎗云云。

黃天江之水直通松江東南隅黃天蕩。現在蘇州之門日出以後，門始啟，日落前門即關閉。又聞太湖地方

江栖息。黄天江地方，有水深之处，亦有水浅之处，水浅地方所生芦苇茂密，贼所乘之船彷佛兵丁在海上航行之八桨船，贼船上皆置有兵械、鸟鎗云云。

黄天江之水直通松江东南隅黄天荡。现在苏州之门日出以后，门始启，日落前门即关闭。又闻太湖地方

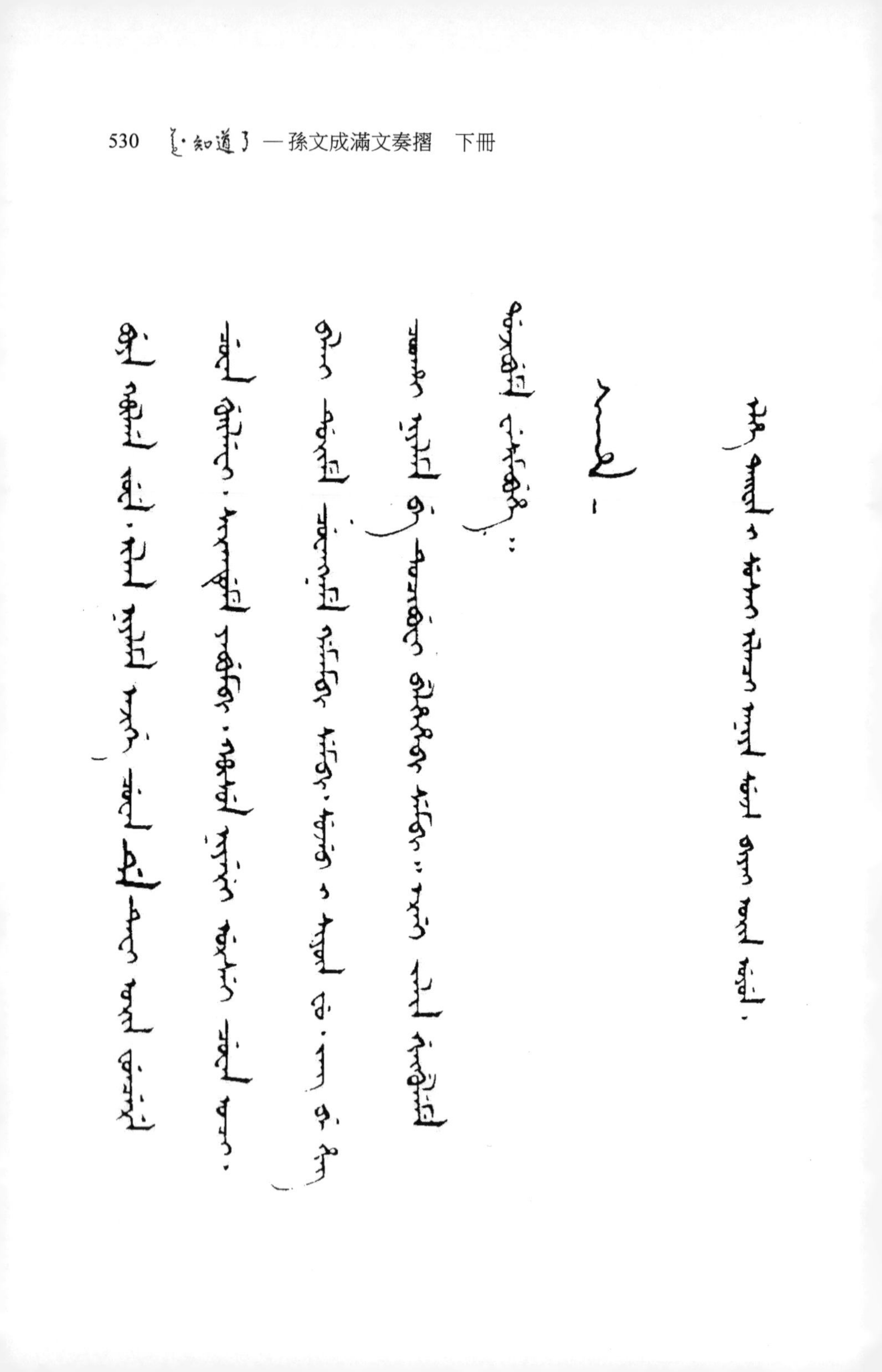

buya hūlga juwe, ilan niyalma ajige cuwan de tefi orin
funcere cuwan guilefi, sirandume yabumbi, hūsun niyeri
ursei cuwan oci, balai durime cuwangname gamambi sembi.
sujeo i siyūn fu jang be hing coohai niyalma be tucibufi
belhehebi sembi. erei jalin gingguleme donjibume
wesimbuhe.

saha.

elhe taifin i susai ilaci aniya sunja biyai orin uyun

有小賊二三人乘坐小船，糾合二十餘隻船，接連航行，若
有力弱者之船，即妄行搶奪。蘇州巡撫張伯行已派出兵丁
預備云云。謹此奏聞。
【硃批】知道了。
康熙五十三年五月二十九日

有小賊二三人乘坐小船，纠合二十余只船，接连航行，若
有力弱者之船，即妄行抢夺。苏州巡抚张伯行已派出兵丁
预备云云。谨此奏闻。
【朱批】知道了。
康熙五十三年五月二十九日

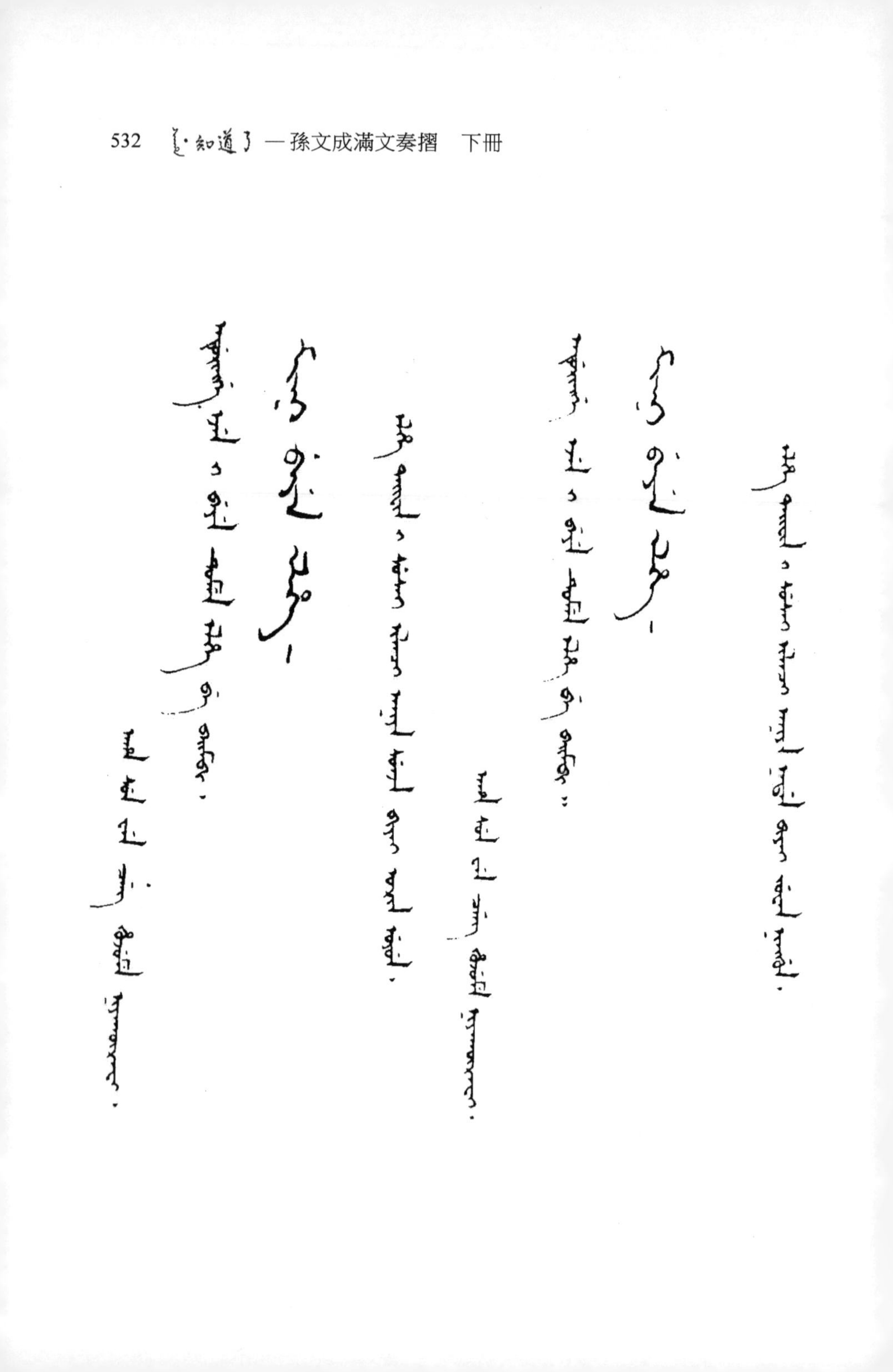

【127】請安摺

aha sun wen ceng hujume niyakūrafi, enduringge ejen i beye
tumen elhe be baimbi,
mini beye elhe.
elhe taifin i susai ilaci aniya sunja biyai orin uyun.

【128】請安摺

aha sun wen ceng hujume niyakūrafi, enduringge ejen i beye
tumen elhe be baimbi.
mini beye elhe.
elhe taifin i susai ilaci aniya nadan biyai juwan ninggun.

奴才孫文成俯伏跪

請聖主聖躬萬安。
【硃批】朕體安。
康熙五十三年五月二十九日

奴才孫文成俯伏跪

請聖主聖躬萬安。
【硃批】朕體安。
康熙五十三年七月十六日

奴才孙文成俯伏跪

请圣主圣躬万安。
【朱批】朕体安。
康熙五十三年五月二十九日

奴才孙文成俯伏跪

请圣主圣躬万安。
【朱批】朕体安。
康熙五十三年七月十六日

ᠮᠠᠨᠵᡠ ᠪᡳᡨᡥᡝ ᡩᡝ ᠨᡳᠶᠠᠯᠮᠠ ᠰᡝᠮᠪᡳ᠂ ᠪᠠᠪᡝ ᡥᠠᠴᡳᠨ ᡳ ᡤᡳ ᠪᡳᠨᡳ

ᠮᠠᠨᠵᡠ ᠪᡳᡨᡥᡝ ᠴᡳ ᠰᡳᠮᡥᡠᠨ ᠪᡳᠨᡳ ᡥᡝᠨᡩᡠᡳ᠂ ᠨᡳᠶᠠᠯᠮᠠ ᠪᡝᠨᡳ ᡤᡝᠯᡳ

ᠪᡝᠯᡳᠪᡠᡴᡝ ᠪᡳᡨᡥᡝ ᡤᠠᡩᠠ ᡳ ᠰᠠᠨᡳᠶᠠᠨ ᠪᡝᠨ ᡳ ᠰᡳᠮᡥᡠᠯᠠᡥᠠᠨᡳ᠂ ᠮᠠᠨᠵᡠ

ᠮᡳᠨ ᠪᠠᡩᠠ ᠪᠠᡩ ᡳ ᠴᡳ ᡳ ᠪᠠᡳ᠂ ᠪᠠᠨ ᡤᡝᠨᡳᠯᠠᡩᠠ ᠮᠠᡤ ᡳ ᠨᡳ ᡥᠠᠨ᠂ ᠪᠠᠨ

ᠪᠠᠴ ᠪᡳ ᠨᡳᠯᡝᠨᡳ ᠪᡳᡴᡝᠨ ᠪᡳ ᡤᡝ ᠪᠠ ᡳ ᠪᡳᡴᡝᠨ᠂ ᠮᠠᠴ ᡳ ᡤᠠᡩᠠ
ᡳᡳ ᠮᡝᠯᡳᠨᡳ᠂

ᡝᠯᡝ ᠪᠠ ᠨᡳᠯᡝᠨᡳᡴᡝᠨ ᠪᠠᠨᡝᠨᡳ᠂ ᠪᠠᠯᡝᡳ ᠪᡳ ᡳ ᡤᡝ ᡤᡝ ᡝᠨᡳ ᡤᠠᠨᡳ ᠪᠠ᠂

ᡨᠠᠴ ᡳ ᠪᠠᠨᡳ ᡤᡝ ᠪᠠᠨᡳ᠂

ᡝᠯᡝ ᡥᡝ ᡝᠯᡝ ᠴᡝᡴᡳᠨ᠃

【129】奏報菩提樹開花結子日期摺

aha sun wen ceng ni, gingguleme wesimburengge, hese be gingguleme dahafi, tariha puti moo de puti emke banjiha jalin, ere aniya puti moo i ilga, ilan biyai icereme ilaka, duin biyai icereme ilaka ilga siharade ilga i da suwaliyame tuheke, sirame ilaka ilga emke taksifi puti emke banjiha, ninggun biyai juwan jakūn de ini cisui tuhekebi, uttu ofi puti moo de banjiha

　　　　　　　　　　　　　　　　　　奴才孫文成

謹奏，為欽遵諭旨所種菩提樹已生菩提一粒事。今年菩提樹之花，於三月初開放。四月初，所開之花凋謝時，連花帶蒂一起落下，續開之花尚存一朵，已生一粒菩提，於六月十八日自然落下，是以將菩提樹所生

　　　　　　　　　　　　　　　　　　奴才孙文成

谨奏，为钦遵谕旨所种菩提树已生菩提一粒事。今年菩提树之花，于三月初开放。四月初，所开之花凋谢时，连花带蒂一起落下，续开之花尚存一朵，已生一粒菩提，于六月十八日自然落下，是以将菩提树所生

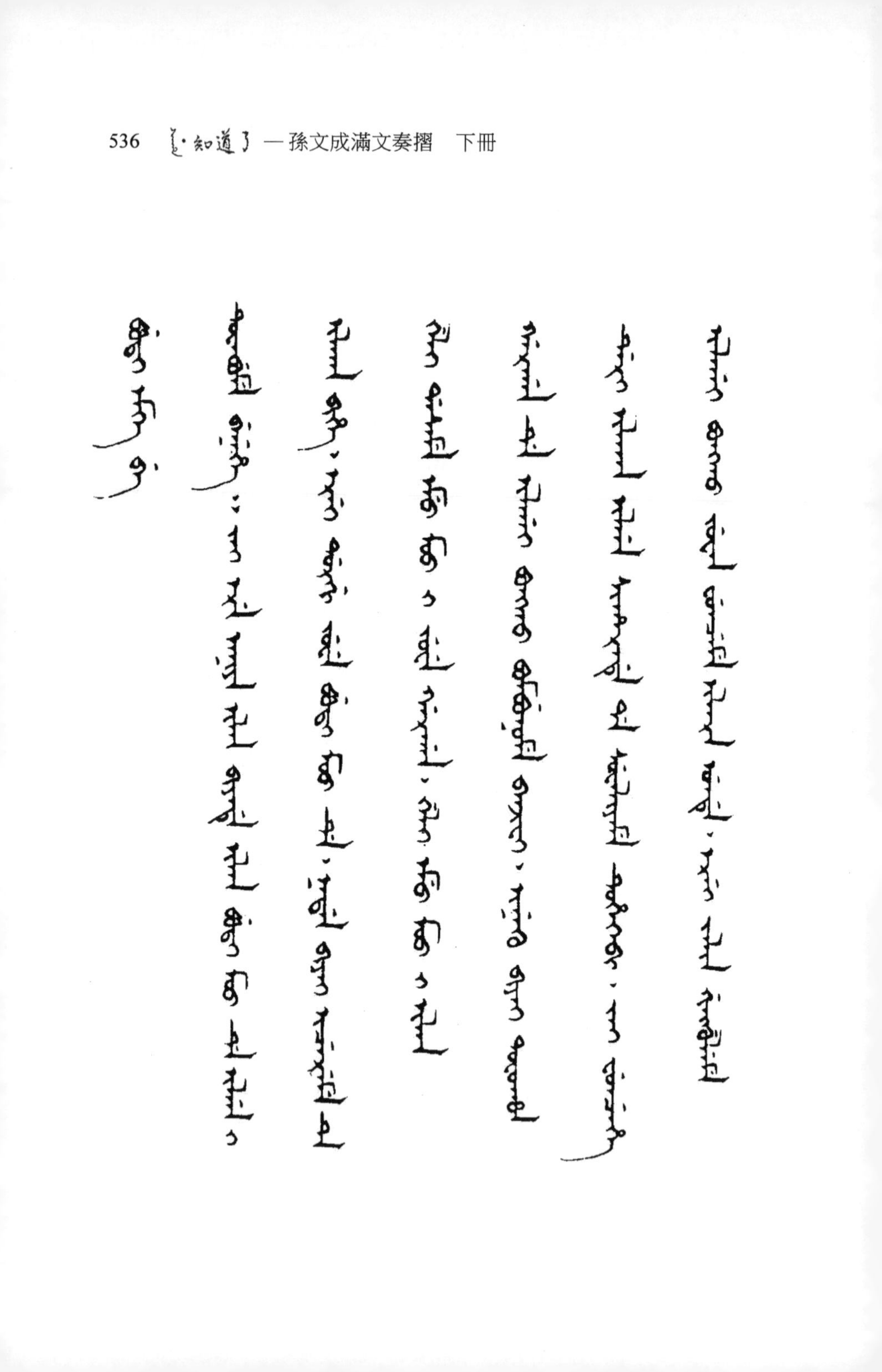

puti emke be tuwabume benehe. jai ere aniya ilan biyade ilan
puti moo de ilga i ilaka bihe, erei dorgi juwe puti moo de,
nadan biyai icereme te geli dasame emu moo i juwe gargan,
geli emu moo i ilan gargan de ilgai bongko bombunome
banjifi, ineku biyai tofohon deri ilaka ilga siharade da
suwaliyame tuhekebi, jai funcehe ilgai bongko juwan
funceme ilara unde, erei jalin gingguleme

一粒菩提齎呈御覽。再今年三月間，三株菩提樹已開花，
其中二株菩提樹，於七月初一株樹之二枝，又一株樹之三
枝，今復簇擁生出花苞。本月十五日起所開之花凋謝時，
其蒂一起落下，再所餘下花苞十餘朵，尚未開花。謹此

一粒菩提赍呈御览。再今年三月间，三株菩提树已开花，
其中二株菩提树，于七月初一株树之二枝，又一株树之三
枝，今复簇拥生出花苞。本月十五日起所开之花凋谢时，
其蒂一起落下，再所余下花苞十余朵，尚未开花。谨此

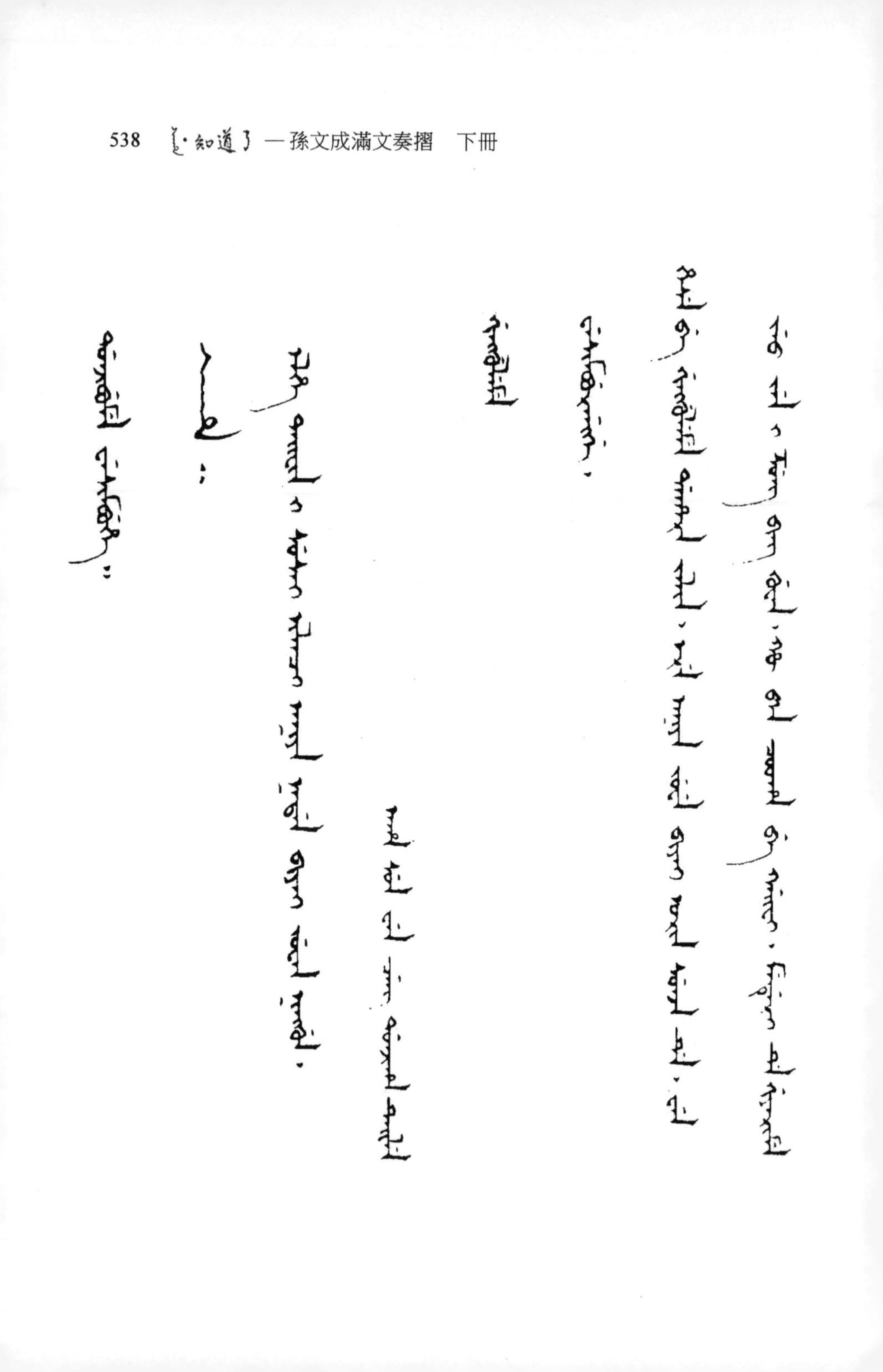

donjibume wesimbuhe.

saha.

elhe taifin i susai ilaci aniya nadan biyai juwan ninggun.

【130】奏聞官兵拏獲海賊摺

aha sun wen ceng donjiha teile, gingguleme wesimburengge, hese be gingguleme dahara jalin, ere aniya juwe biyai orin sunja de, wen jeo jen i dzung bing guwan hū pan cooha be gaifi, mederi de giyarime

────────────

奏聞。

【硃批】知道了。

康熙五十三年七月十六日

　　　　　　　　　奴才孫文成僅以所聞

謹奏，為欽遵諭旨事。今年二月二十五日，溫州鎮總兵官

胡泮領兵前往巡海，

────────────

奏闻。

【朱批】知道了。

康熙五十三年七月十六日

　　　　　　　　　奴才孙文成仅以所闻

谨奏，为钦遵谕旨事。今年二月二十五日，温州镇总兵官

胡泮领兵前往巡海，

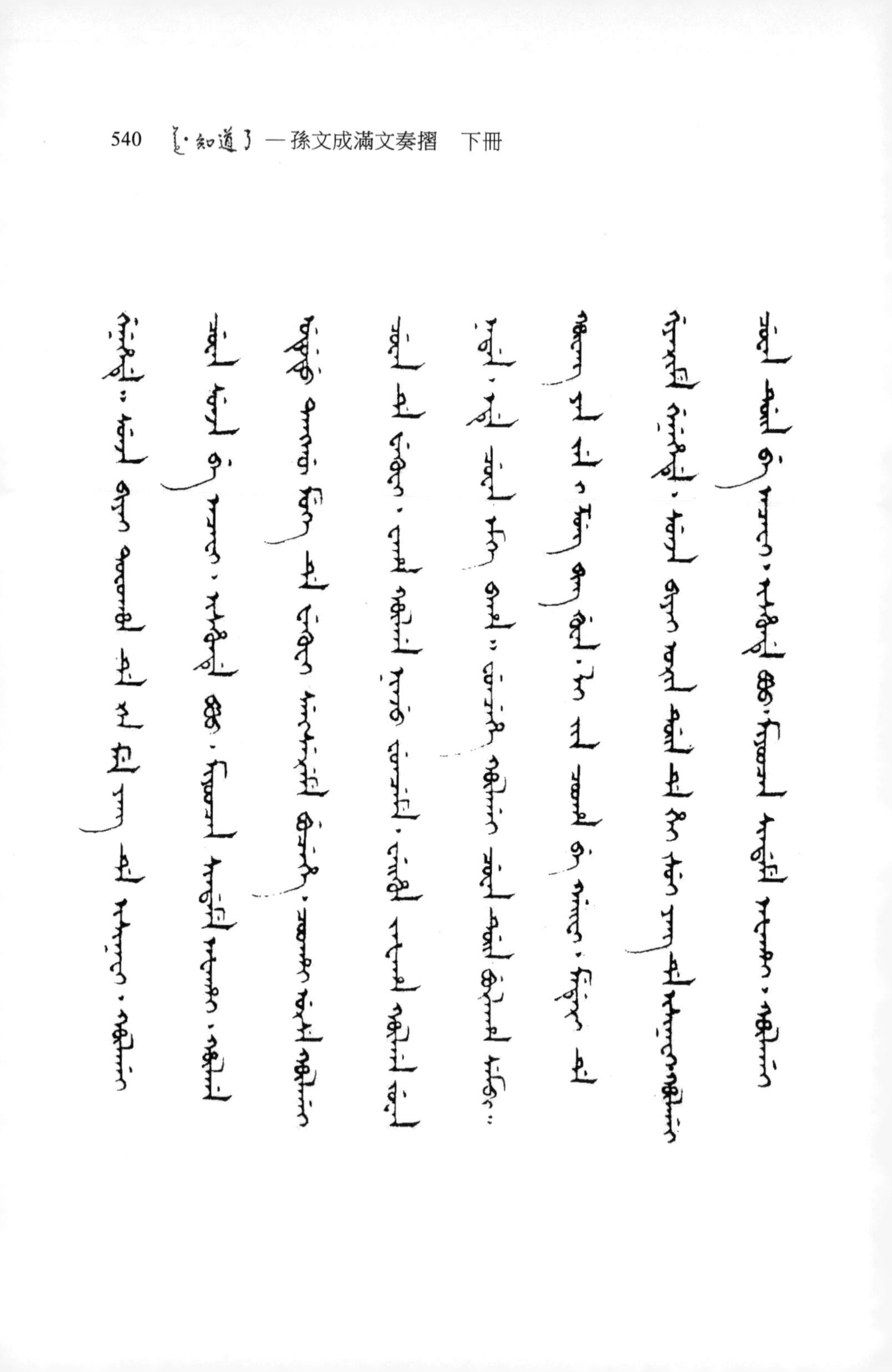

genehede, sunja biyai tofohon de k'an men yang de isinafi,
hūlgai cuwan sunja be acafi, ishunde poo, miyoocan sindame
afahai, hūlga ududu tanggū muke de fekufi sengsereme
bucehe, coohai urse hūlgai cuwan de fekufi, waha hūlga
ninju funceme, weihun jafaha hūlga juwan nadan, ede cuwan
emke baha, funcehe hūlgai cuwan duin burlaha sembi.
hūwang yan jen i dzung bing guwan li jin cooha be gaifi,
mederi de giyarime genehede, sunja biyai orin duin de hei
šui yang de isinafi, hūlgai cuwan duin be acafi, ishunde poo,
miyoocan sindame afahai, hūlgai

五月十五日，至看門洋，遇賊船五隻，彼此施礮放鎗攻打，
賊數百名跳水淹死。兵丁躍上賊船，殺賊六十餘名，生擒
賊十七名，得船一隻，其餘賊船四隻敗竄云云。
黃巖鎮總兵官李近領兵前往巡海，五月二十四日，至黑水
洋，遇賊船四隻，彼此施礮放鎗交戰，

五月十五日，至看门洋，遇贼船五只，彼此施炮放鎗攻打，
贼数百名跳水淹死。兵丁跃上贼船，杀贼六十余名，生擒
贼十七名，得船一只，其余贼船四只败窜云云。
黄岩镇总兵官李近领兵前往巡海，五月二十四日，至黑水
洋，遇贼船四只，彼此施炮放鎗交战，

ᠰᡳᠶᠠᠨ ᡥᡝᡥᡝᠩᡤᡝ ᠪᠠᡳᡨᠠ ᠪᡝ ᡴᠠᡩᠠᠯᠠᠮᠪᡳ᠈ ᠵᡝᠮᠪᠠ ᡥᠠᡳ᠈ ᠪᠠ ᡥᠠᡩᠠ ᠯᠠᠮᡳᡝ᠈

ᡧᡝᠩᡤᡝ ᠪᡝ ᡩᠠᡝ᠈ ᡴᡝᠩᡤᡝ ᡥᡝᡧᡝᠯᠠᠮᡝ᠈ ᡩᠠᠮᡳᠨ ᠪᠠᡳᡨᠠ ᠮᡝᠮᡝᠩᡤᡝ᠈

ᠪᠠ ᡥᠠᡩᠠ ᡝᠯᡝᠮᡝ᠈ ᠵᡝᠮᠪᠠ ᡝᠯᡝᠮᡝᡥᡝᠩᡤᡝ᠈ ᠪᠠᡳᡨᠠ ᠪᡝ ᡴᠠᡩᠠᠯᠠᠮᠪᡳ᠈᠈

ᠰᡳᠩᡤᡝ ᡝᠯᡝ ᠪᡝᡝᠩᡝᠩᡤᡝ᠈᠈

ᠰᡝᠩᡤᡝ ᠪᡝᠮᡝ ᡝᠯᡝᠩᡤᡝ ᠪᡝ ᡴᠠᡩᠠᠯᠠᠮᡝ᠈ ᠪᠠᡳᡨᠠ ᠮᡝᠩᡤᡝ᠈

ᡥᡝᠩᡤᡝ᠈ ᠵᡝᠮᡝ ᠪᡝᡝᠩᡝ ᠪᡝᠩᡤᡝ᠈ ᠮᡝᠩᡤᡝ᠈ ᠪᠠᡳᡨᠠ ᠮᡝᠩᡤᡝ᠈

ᠰᡝᠩᡤᡝ ᠪᡝᠮᡝ ᠪᡝᡝᠩᡝ᠈ ᠪᡝᠩᡝᠩᡤᡝ ᠮᡝᠩᡤᡝ ᡝᠯᡝᠩᡤᡝ ᠪᡝ ᠪᠠᡳᡨᠠ ᠮᡝᠩᡤᡝ᠈

cuwan emke baha, hūlga tanggū funceme muke de fekufi sengsereme bucehe, waha hūlga juwan funceme, weihun jafaha hūlga gūsin uyun, geli emu cuwan poo de goifi muke de iruha, funcehe hūlgai cuwan juwe burlaha sembi.

ere aniya duin biyade sung giyang fu i harangga šang hai hiyan i hūwang pu giyang ni gašan de, hūlga jifi, bele uncara jang halangga juwe niyalma i sargan be tabcilafi gamaha, geren hūlga, jang

得賊船一隻，賊百餘名跳水淹死，殺賊十餘名，生擒賊三十九名，又一隻船中礮沉沒，其餘賊船二隻敗竄云云。

今年四月間，松江府所屬上海縣之黃浦江村莊有賊前來，將賣米張姓二人之妻搶去。眾賊

得賊船一只，賊百余名跳水淹死，杀賊十余名，生擒賊三十九名，又一只船中炮沉沒，其余賊船二只敗竄云云。

今年四月间，松江府所属上海县之黃浦江村庄有賊前来，将卖米张姓二人之妻抢去。众賊

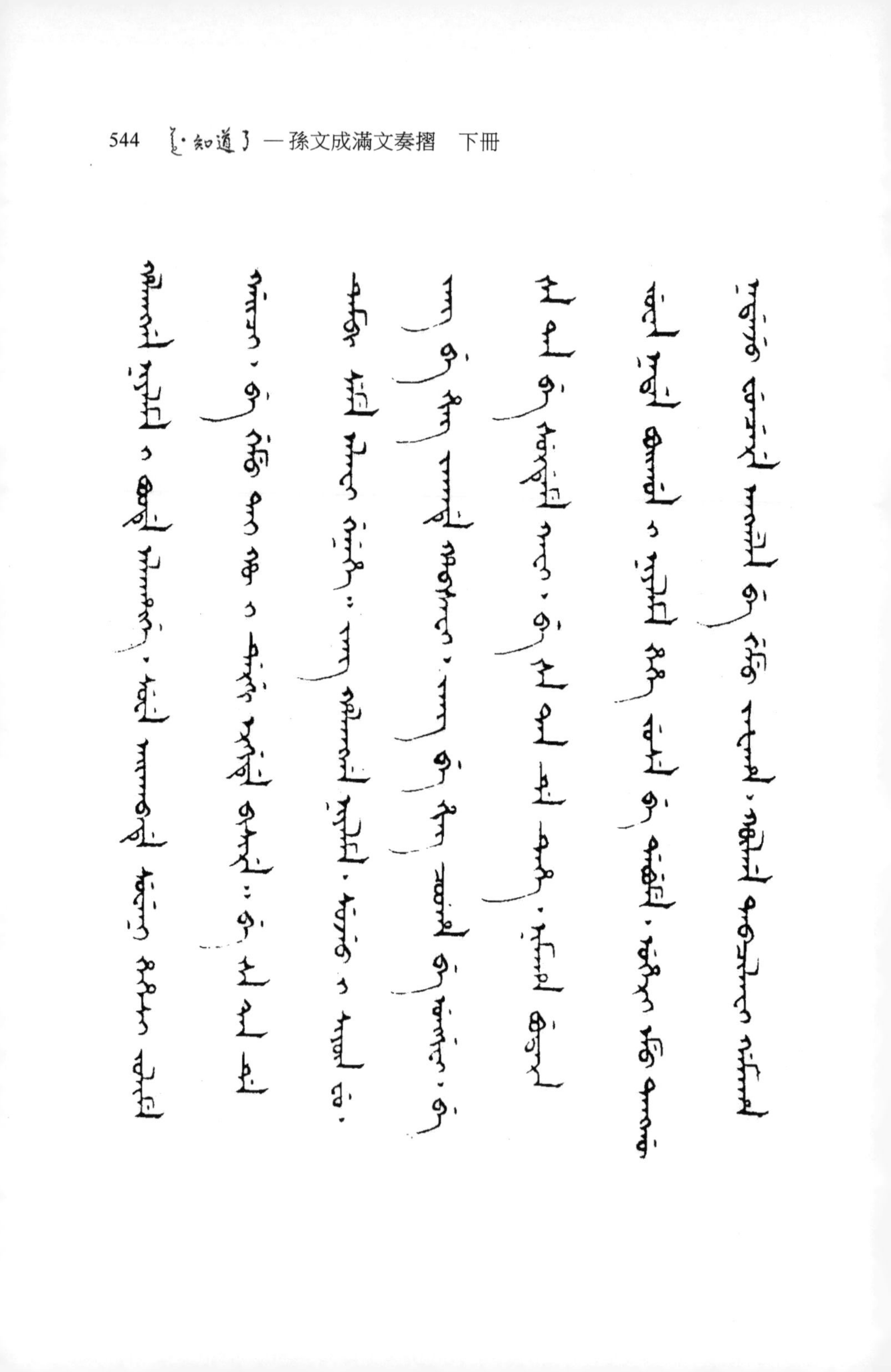

halangga niyalma i boode alahangge, suwe aikabade suweni
hehesi jolime gaici, be gemu tai hū i dergi ergide bisire be ša
tan de tembi seme alafi genehe. jang halangga niyalma,
sujeo i siyūn fu jang be hing jakade habšafi, jang be hing
cooha be unggifi, be ša tan be šurdeme kafi, be ša tan de tehe
nimaha butara juwan nadan boigon i niyalma hehe juse be
dabume, uheri emu tanggū nadanju funcere anggala be gemu
jafaha, hūlga tabcilafi gamaha

告知張姓人之家云：爾等若欲贖回爾等之女人時，我等皆
在太湖東邊，住在白沙灘，言畢離去。張姓之人至蘇州巡
撫張伯行處告狀，張伯行發兵包圍白沙灘，住在白沙灘捕
魚十七戶之人連婦孺算入共一百七十餘口，皆已拏獲，賊
搶去之

告知张姓人之家云：尔等若欲赎回尔等之女人时，我等皆
在太湖东边，住在白沙滩，言毕离去。张姓之人至苏州巡
抚张伯行处告状，张伯行发兵包围白沙滩，住在白沙滩捕
鱼十七户之人连妇孺算入共一百七十余口，皆已拏获，贼
抢去之

ᠪᡳᡨᡥᡝ ᠪᡝ ᠸᠠᠰᡳᠮᠪᡠᡥᠠ ᡝᡵᡳᠨ ᡩᠤᠯᠠᠮᡝ ᠪᠠᡳᡨᠠ ᠶᠠᠪᡠᠮᠪᡳ᠂

ᠪᡝᠶᡝ ᠨᡳᠩᡤᡝᠨ ᠪᠠᡳᡨᠠ ᡩᡝ ᡥᠠᠯᡥᡡᠨ ᡥ᠍ᡝᠨ᠂

ᡝᠩᡤᡝ ᠂ ᡥᠠᠯᡥᡡᠨ ᠵᡠᡳᠰᡝᠨ ᠪᡝ ᡨᡠᠸᠠᡴᡳᠶᠠᡵᠠ ᠪᡝ ᠨᠠᠨᠵᠠᠰᡳᠮᠪᠠᡥᠠ᠃

ᡥ᠍ᡝᠩᡤᡝᡵᡝᠨ ᡨᡠᠸᠠᡴᡳᠶᠠᡵᠠᠰᡳ᠃

ᡩᠠᡳᠰᡝᠮᡝ ᠪᠠᡳᡨᠠᠯᠠᡥᠠᠪᡳ᠃

ᡤᠠᡵ ᠪᡝ ᠰᡠᠯᡡᠰᠠᠮᠨ ᠵᠠ ᠨᡳᠶᠠᠯᠮᠠ ᠪᡝ ᠠᡴᠠᠮᠪᡳ ᠂ ᡨᡠᠸᠠ᠂

ᡩᡝᡵᡝ ᡩᡝᠮᡝ ᠪᡝ ᠶᠠᠪᡠᠮᠪᡳ ᡩᡝ ᠨᠠᠩᡴᠠᠨ ᠪᡝ ᡩᡝᠨ ᠂ ᡩᠠ ᠠᡴ ᠸᠠ ᠂ ᠵᠠᡴᡩᠠᠨ

juwe hehe be inu ere feniyen de baha. be ša tan i ba, u
giyang hiyan i kadalara ba, ese be jafafi ne beidembi sembi.
erei jalin gingguleme donjibume wesimbuhe.
saha, hangjeo i hoton de mujakū tuwa daha seme donjiha,
ainu boolahakū.
elhe taifin i susai ilaci aniya nadan biyai juwan ninggun.

兩名女人亦於此人群內獲得。白沙灘係吳江縣管轄地方。
所拏獲之人，現今審訊中。謹此奏聞。
【硃批】知道了。聞杭州城大火焚燒，為何未報？
康熙五十三年七月十六日

兩名女人亦于此人群內获得。白沙滩系吴江县管辖地方。
所拏获之人，现今审讯中。谨此奏闻。
【朱批】知道了。闻杭州城大火焚烧，为何未报？
康熙五十三年七月十六日

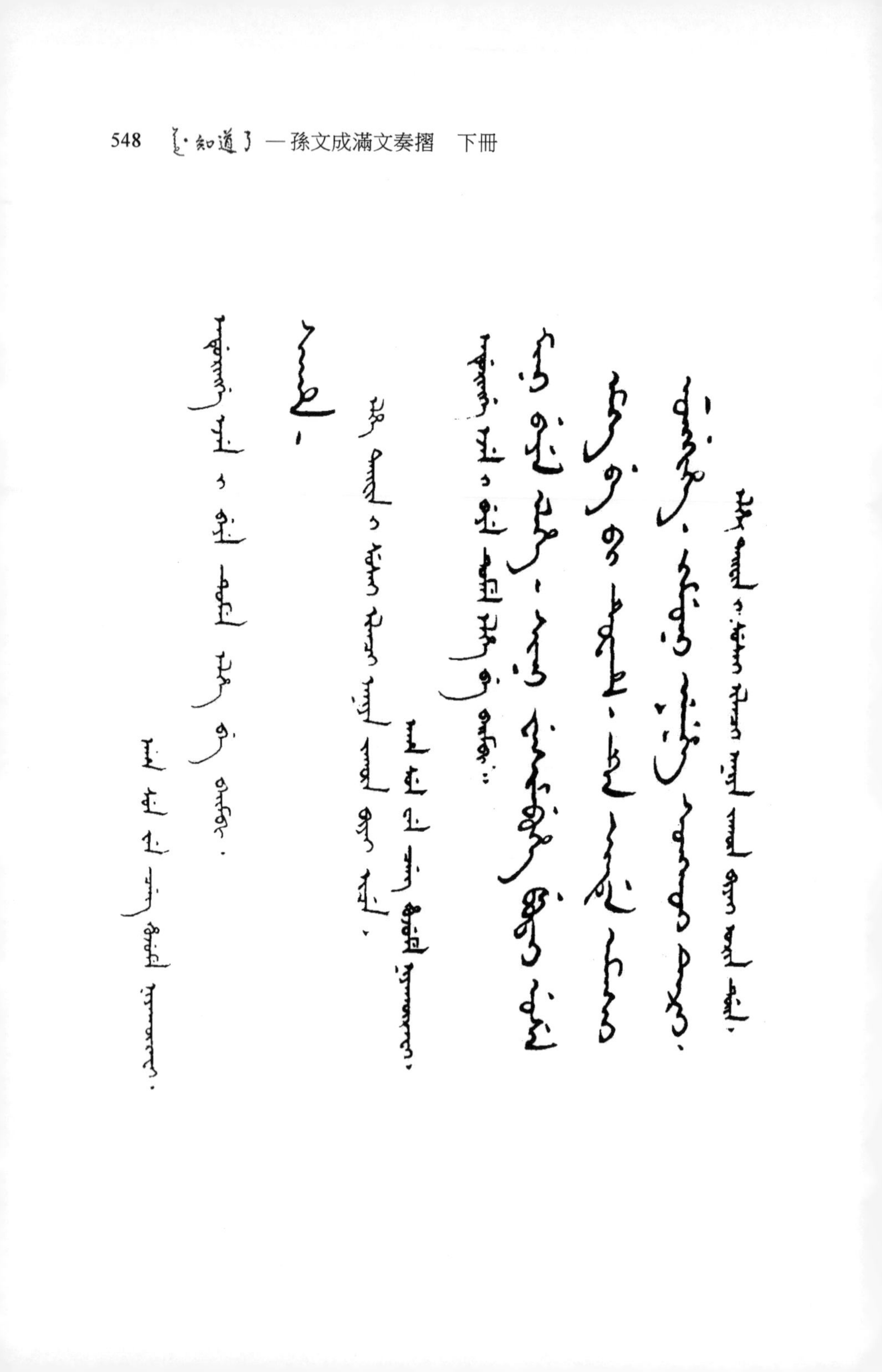

【131】請安摺

aha sun wen ceng hujume niyakūrafi, enduringge ejen i beye tumen elhe be baimbi.

saha.

elhe taifin i susai ilaci aniya jakūn biyai ice.

【132】請安摺

aha sun wen ceng hujūme niyakūrafi, enduringge ejen i beye tumen elhe be baimbi.

mini beye elhe, sini wesimbuhe puti use emke be bi tuwaha, te sinde amasi unggihe, kemuni nenehe songkoi tari.

elhe taifin i susai ilaci aniya jakūn biyai orin duin.

奴才孫文成俯伏跪

請聖主聖躬萬安。

【硃批】知道了。

康熙五十三年八月初一日

奴才孫文成俯伏跪

請聖主聖躬萬安。

【硃批】朕體安。爾所呈菩提種子一粒，朕覽矣，今發還與爾，仍照前種植。

康熙五十三年八月二十四日

奴才孙文成俯伏跪

请圣主圣躬万安。

【朱批】知道了。

康熙五十三年八月初一日

奴才孙文成俯伏跪

请圣主圣躬万安。

【朱批】朕体安。尔所呈菩提种子一粒，朕览矣，今发还与尔，仍照前种植。

康熙五十三年八月二十四日

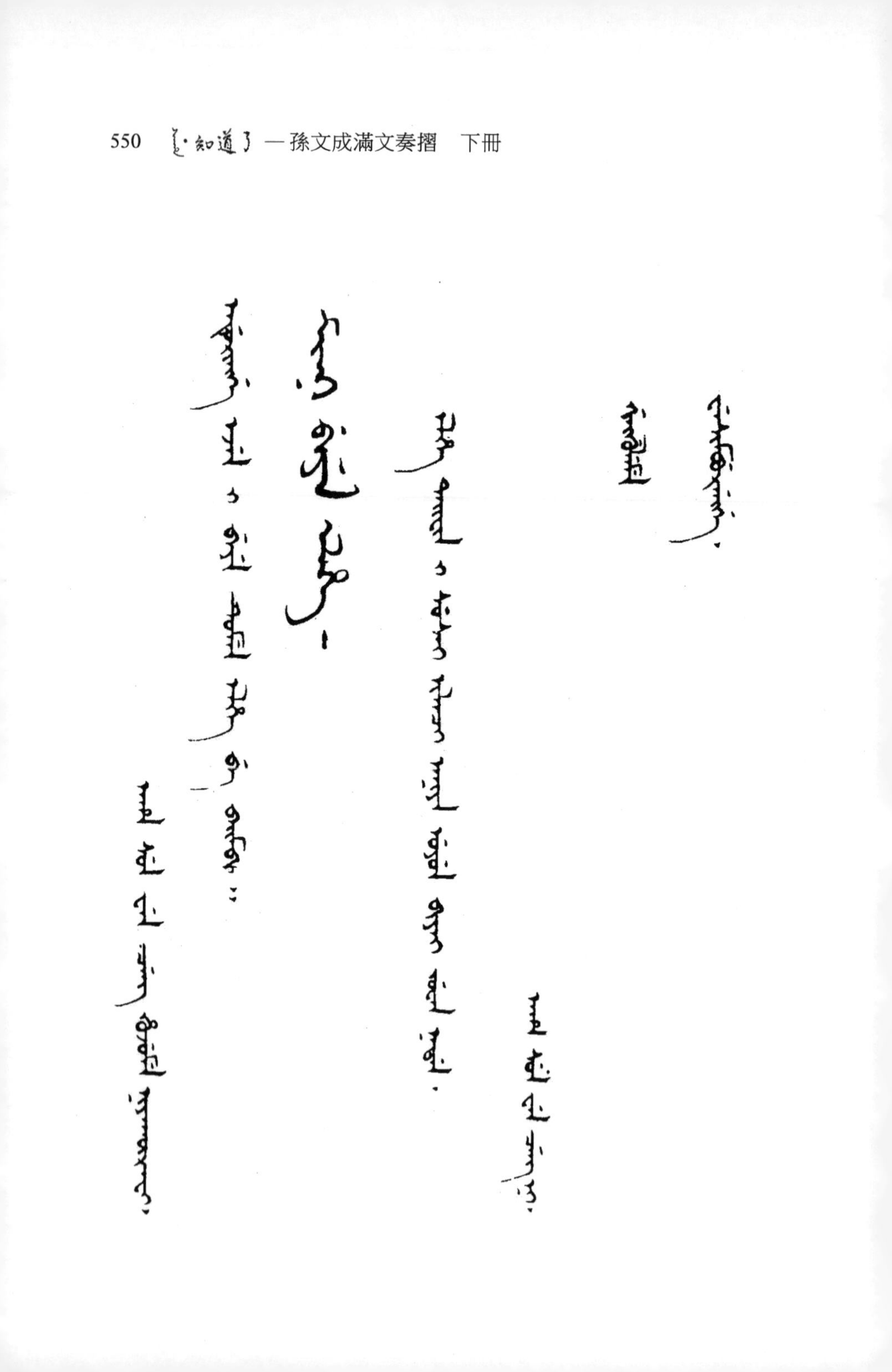

【133】請安摺

aha sun wen ceng hujume niyakūrafi, enduringge ejen i beye
tumen elhe be baimbi.

mini beye elhe.

elhe taifin i susai ilaci aniya uyun biyai juwan nadan.

【134】奏請兼署滸墅關監督摺

aha sun wen ceng ni, gingguleme wesimburengge,

奴才孫文成俯伏跪
請聖主聖躬萬安。
【硃批】朕體安。
康熙五十三年九月十七日
奴才孫文成
謹奏，

奴才孫文成俯伏跪
请圣主圣躬万安。
【朱批】朕体安。
康熙五十三年九月十七日
奴才孙文成
谨奏，

ᠪᠠᡥᠠᠰᡝ ᠪᠠᠶᠠᠨᡩᠠᠯᠠᡳ ᡩᠠᡥᠠᠨ᠂ ᡝᠶᡝᠩᡤᡝ᠂ ᠰᠠᠨᡳᠶᠠᠮᠠ᠄ ᡳᠯᡳᠪᡠᠬᠠ ᠪᠠᠶᠠᠨᡩᠠᠯᠠᡳ

ᡩᡝᠮᠪᡝᠨ ᠮᡝᠰᡝᠮᠰᡝ ᠪᠠᠶᡳᡴᠠᠰᡳᠮᠠ ᡝᠶᡝᠩᡤᡝ ᡥᡝᡥᡝᠰᡝ ᠮᡝᡥᡝᠯᡝ ᠮᡝᠶᡝᠨ ᡳᠯᠠᡴᠠ

ᠶᠠᠪᡠᠮᠠ᠂ ᡩᡝᠶᠠᡴᠠ ᡩᠠ ᠰᠠᠶᠮᡝᠩ ᠶᠠᠯᠠ ᠮᠠᡥᡝᠨ᠂ ᠮᡝᡥᡝᠩ ᠶᡝᠶᠮᠠ᠂ ᡳᡥᡝᠪᡳᠨ᠄

ᠶᠠᠰᡝ᠄᠄ ᠶᠠᠰᠠᠮᠠ ᡥᠠ ᡳᠯᡳᡥᠠᠰᡝ ᡝᠶᠠᠨᠠ᠂ ᠮᠠᠶᡝ ᠮᡝᠶᠠᠨᠠᠮᠠ᠄᠄

ᠶᠠᠰᡝ᠄ ᡥᠠ ᡳᡥᡝᠩᠪᡝ ᡝᡥᡝᠰᡝ ᠮᡝᠶᡝᠰᡝᡥᡝᠨ ᠶᠠᡥᠠ ᡥᠠ ᡥᡝᠩᠪᡝᠨ᠂ ᡩᡝ ᠶᠠᡩᡝᠯᡝ

ᠮᡝᡥᡝᠰᡝ᠄᠄ ᠶᠠᠶᡝᡥᡝᠶᠠᠮᠠ ᡳᡥᡝᠶᡝᠰᡝ ᠮᡝᠶᡝᠶᠠᠰᠠ ᡥᠠᠶᡝᠮᠠᡥᠠ ᡥᡝᠶᡝᠰᡝ ᠶᠠᠯᡝᡩᡝ

ᠶᠠᡥᡝᠰᡝ ᠮᡝᡥᡝ ᠨ ᠶᠠᠶᠠ ᠮᠠᡥᡝᠮ ᠶᠠᠶᡝᠰᡝ ᠰᡝᠶᠠ ᠶᠠᠶᡝᠰᡝ ᡩᠠ ᡳᠶᡝᡥᡝᠶ᠂

hese be baire jalin, aha sun wen ceng bi, enduringge ejen i
ujen amba kesi alifi, tumen de emgeri bahafi karulame
muterakū. eitereme gūnici umai enculeme faššame hūsun
tucire ba akū. aha bi golode tefi, donjici hū šu furdan i
giyandu aniyadari halame yabufi, aniya goidaha ojoro jakade,
ba nai ehe urse, yamun i niyalma sede ertufi, hūdai cuwan be
ejelefi, yabuci acarakū fafulaha birai juhūn〔jugūn〕deri,
daldame cifun burakū hūlgame yabufi, ishunde jeme tacihabi.
ede aniyadari

為請旨事。奴才孫文成蒙受聖主重大恩典，不能報答於萬
一，窮思竭慮，竟無另可効力之處。奴才駐在省裏，聞滸
墅關監督每年更換行走，因為年久，地方惡徒，倚仗衙役，
霸佔商船，由禁止不准航行之河道，匿稅潛行，彼此吃慣。
為此每年

为请旨事。奴才孙文成蒙受圣主重大恩典，不能报答于万
一，穷思竭虑，竟无另可効力之处。奴才驻在省里，闻浒
墅关监督每年更换行走，因为年久，地方恶徒，倚仗衙役，
霸占商船，由禁止不准航行之河道，匿税潜行，彼此吃惯。
为此每年

ᠮᡝᠨᡳ᠂ ᠮᡳᠨᡳᡴᠠᡳᠨᡳ ᠪᡠᠶᡝᠨ ᠴᡝ ᠰᡠᠮ ᡥᡳᠨᠠ ᡴᡳ ᠵᡠ ᠠᡳ᠊ᠠ ᠰᠠᠠᠠᠠᠨ᠂ ᠮᡠᠪᠠᠠᠨ ᠨ

ᠮᡝᠨᡳ᠂ ᠰᠠᠰᠠᠠᠠᠨ ᠴᡳᠨᡳᠰᠠᠠᠠᠨ᠂ ᡳᠨ ᠮᠠᠠᠠᡳ ᡢ ᠰᡝᠮᠠᠠᠠ ᠪᠠᠠᠪᠠᠠᠠ ᠠᠶᠠᠠᠨ ᠨ

ᠮᡝᠨᡝ ᡢ ᠰᡝᠰᠠᠠᠠᡢ ᡳᡴᠠᡢᠠᡢ ᠰᠠᡢᠠᠠᡢ ᠴᡳᠨᡳᠰᠠᠠᠠᠨ ᡢᠠᠠᠠᡢ᠂ ᠪᠠᠶᠠᠠᠠ

ᡢᠠᠠᠠ ᡢᠠᡥ ᠴᡳ ᠵᠠᠠᠠᠠ ᠮᠠ ᠰᡳᡥᡝᠰᠠᠠᠠ ᠰᡝᠰᡥᡝᠰᠠᠠᠠ ᠵᠠᠠᠠᠠ ᡥᠠᠰᠠᡝᠠᠠ

ᠮᠠᠠᠠᠠᡢ᠂ ᠮᡝᠰᠠᠠᡝ ᠰᠠᠠᠠᡢᠠ ᠪᠠᠠᠠ ᠴᡝᠠᠠ ᠵᠠᠠᡢᡝ ᡢᠠ ᠮᠠ ᠪᡝᠠ ᠮᠠᠠᠠᠠ ᡢᡝ

ᡝᠪᠠᡢᠠᡢᠠᠠ ᠠᡢᡳ ᠠᠠᠠᡝᠰᡝᠠᠨ᠂ ᠮᠠᠰᠠ ᠪᡝ ᠮᠠᠠᠠᡝ ᠪᡝ ᡥᠠᠠᠠᡢ ᠮᠠᠠᠠ ᠪᡝ

ᠠᠠᠠᠠᠠᡳ ᠮᠠᠠᠠᠠᠨ ᠶᠠᠠᠠᡳ᠂ ᠰᡥᡝᠰᠠᠠᠠ ᠠᠠᠠᡝᠰᠠᠠᠠ ᠠᡝᡴᡝᠠᡝ ᠮᡝᠰᠠᠠᠠᠠᠨ

ᠠᡝᡢᠰᡝᡝᠰ ᠶᠠᠰᡝᠰᡝ ᠪᡝᠰᠠᠰᡝᠠ ᠮᠠᠠᡝᠠᡳ᠂ ᡢᠠᠠᠠᠠᠠᡝ ᠮᡝᠰᠠ ᡝᠠᠠᡝᠠᡝᠠᡳ

giyandu mujakū koro bahangge umesi yargiyan. tuttu ofi
bargiyame gaiha ciyanliyang labdu, funcehengge komso.
asuru oyombume baharakū de isinahabi. aha bi furdan i
jemden sara be dahame, ishun aniya ilan biyai juwan emu de
hū šu furdan be, aha sun wen ceng de kamcibufi, faksikan
ciralame fafulafī, furdan de toktobuha kooli songkoi
ciyanliyang gaime, emu aniya tefi, jinkini ciyanliyang, jai
jurgan i tomilaha puhū sa i fonde daisiyoolara menggun ilan
tumen yan ci tulgiyen, hangjeo i

監督著實受害，是以徵收錢糧多，而所餘甚少，以至於不得
早完。奴才因知關口情弊，來年三月十一日，滸墅關由奴
才孫文成兼署後，巧為嚴禁，照關口定例徵收錢糧，駐劄
一年，除正項錢糧及部派鋪戶等代銷銀三萬兩之外，杭州

監督着实受害，是以征收钱粮多，而所余甚少，以至于不得
早完。奴才因知关口情弊，来年三月十一日，滸墅关由奴
才孙文成兼署后，巧为严禁，照关口定例征收钱粮，驻劄
一年，除正项钱粮及部派铺户等代销银三万两之外，杭州

ᠮᡝᠵᡠᡤᡝᠰᡝ᠂ ᠪᠠᡳ ᠪᠠ ᠵᠠᡴᠠ ᡳ ᠪᠠᠶᠠᠨ ᡤᡳᠨ᠂ ᠪᠠᡳ ᠪᠠ ᡤᡝᠯᡝᠴᡠᠨ᠂ ᡤᡝᠯᡝᠴᡠᠨ

ᡠᠪᠠ ᡝᠯᡝᠮᡝ ᠮᡝᠵᡠᠰᡝᠮᡝ ᠰᡳᠮᠪᡳ᠂ ᠵᡳᠩᡴᡳᠨᡳ ᠴᠠᠨᡤᡳᠨ ᡝᠨᡩᡠᡵᡳ ᠪᡝ᠂ ᠪᠠᡳ ᠪᠠ

ᡤᡳᠴᡳᡥᡳᠶᠠᠨ ᡤᡝᠰᡝᡵᡝ᠂ ᠪᠠᡳ ᠪᠠ ᡝᠯᡝᡴᡝᠰᡝ᠂

ᡤᡝᠯᡳ ᠨ ᡤᡝᠯᡳ ᡶᡳ ᠨᡳᡵᡝ ᠪᡝᡥᡝ᠂

ᠵᡳᠨ ᠮᡝᠰᡝᠮᡝᠰᡝᠰᡝ᠂ ᡶᡝᡩᠶᠠ ᠮᡳᠨᡩᡝ ᠪᠠᡩᡝ ᠮᡝᠰᡝᠮ ᠪᡝᠨᡥᡳ᠂ ᡶᡝᡩᡝ

ᡤᡳᠯᠪᡝᡥᡝᠪᡳ᠂᠂ ᠵᡳᠴᡳᠨ ᡩᡝᠪᡝᠨᡥᠠᠨᠵᡳ᠂ ᠵᡝᠰᡝᠮᡳ ᠮᡝᠰᡝᠮ ᡩᡝᡩᡝᡴᠶᡳᠪᡥᡳᠪᡳ᠂᠂

ᠮᡝᡵᡝᡩᡝᠰᡳ ᡤᠠᠨ ᡝᡩᡝᠰᡳᡩᡳᠪᡝ ᡶᡝᠨᡴᡝ ᠮᡝᡥᡝᡩ ᡳᡴ ᠮᡝᠰᡝᠮ ᠮᡝᡩᡝ ᡶᡳ

jodoro bai ciyanliyang nadan tumen yan funcere menggun be malhūšaki. ereci tulgiyen, jai funcehe ciyanliyang be, aha bi, fun eli acinggiyarakū. emu aniya juwe forgon obufi, baha menggun i ton be jedz arafi, donjibume wesimbufi. aha de tacibure, hese wasinjiha manggi, gingguleme dahame yabuki. aha bi, enduringge ejen de mutere teile heni karulame ciyanliyang malhūšame faššaki sembi. aha sun wen ceng de kamcibuci, hengkišeme

織造地方節省錢糧銀七萬餘兩。此外再餘下錢糧，奴才分釐不動，一年為兩季，將所收銀兩數目繕寫摺子奏聞，奴才奉到訓諭後，欽遵施行。奴才竭盡所能節省錢糧以報効聖主，若由奴才孫文成兼署時，

织造地方节省钱粮银七万余两。此外再余下钱粮，奴才分厘不动，一年为两季，将所收银两数目缮写折子奏闻，奴才奉到训谕后，钦遵施行。奴才竭尽所能节省钱粮以报効圣主，若由奴才孙文成兼署时，

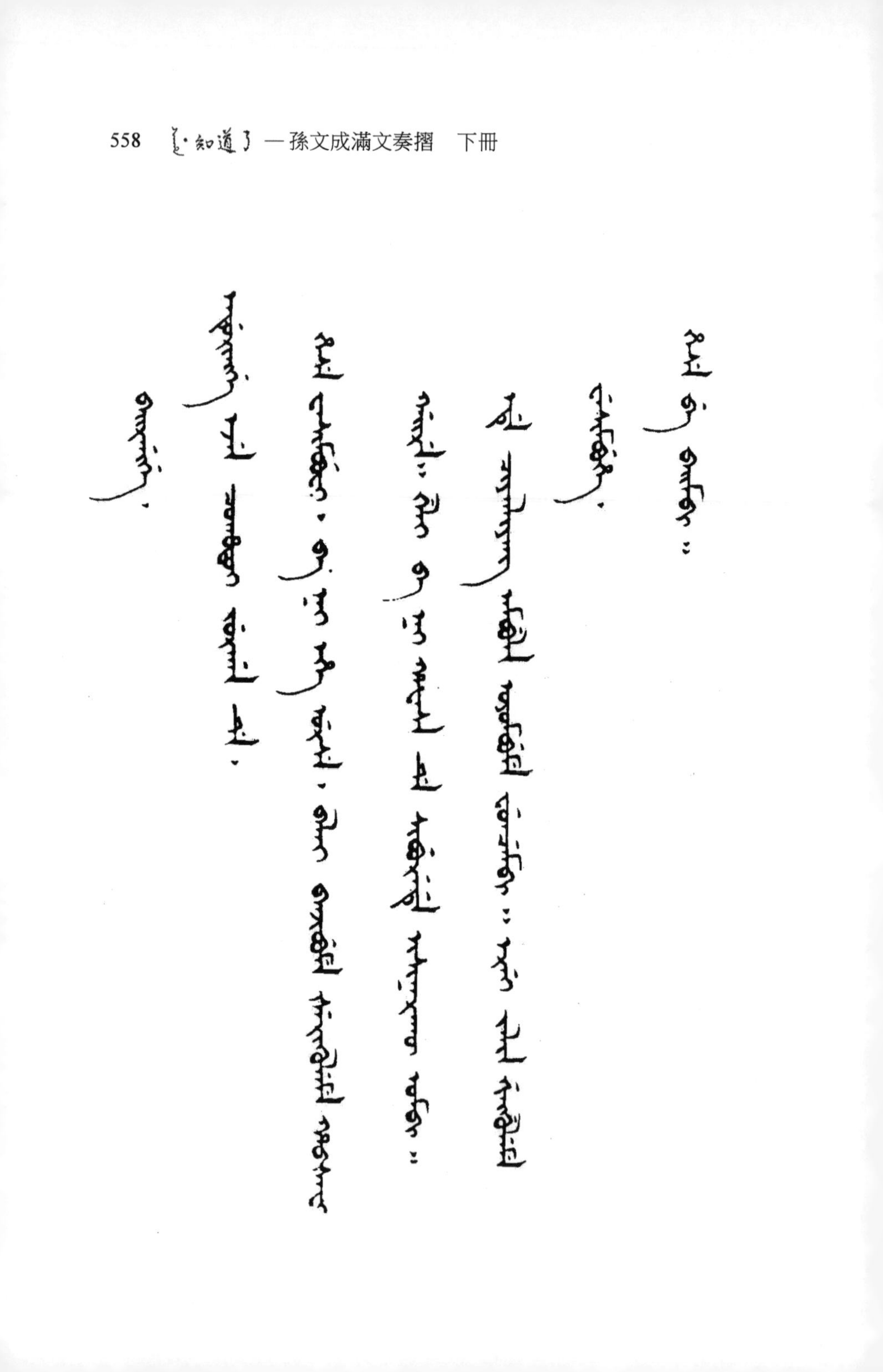

bairengge, enduringge ejen cohotoi jurgan de, hese
wasimbufi, ba nai ehe urse, balai banjibume šerikuleme
habšafi gaire, geli ba nai hafasa de siburede isinarakū ombi.
ede ciyanliyang ambula oyombume funcembi. erei jalin
gingguleme wesimbuhe. hese be baimbi.

叩請聖主特降旨飭部，地方惡徒可不至妄編誣告勒索，地
方官又可不至壅塞，因此錢糧可多盈餘早完。為此謹奏請
旨。

叩请圣主特降旨饬部，地方恶徒可不至妄编诬告勒索，地
方官又可不至壅塞，因此钱粮可多盈余早完。为此谨奏请
旨。

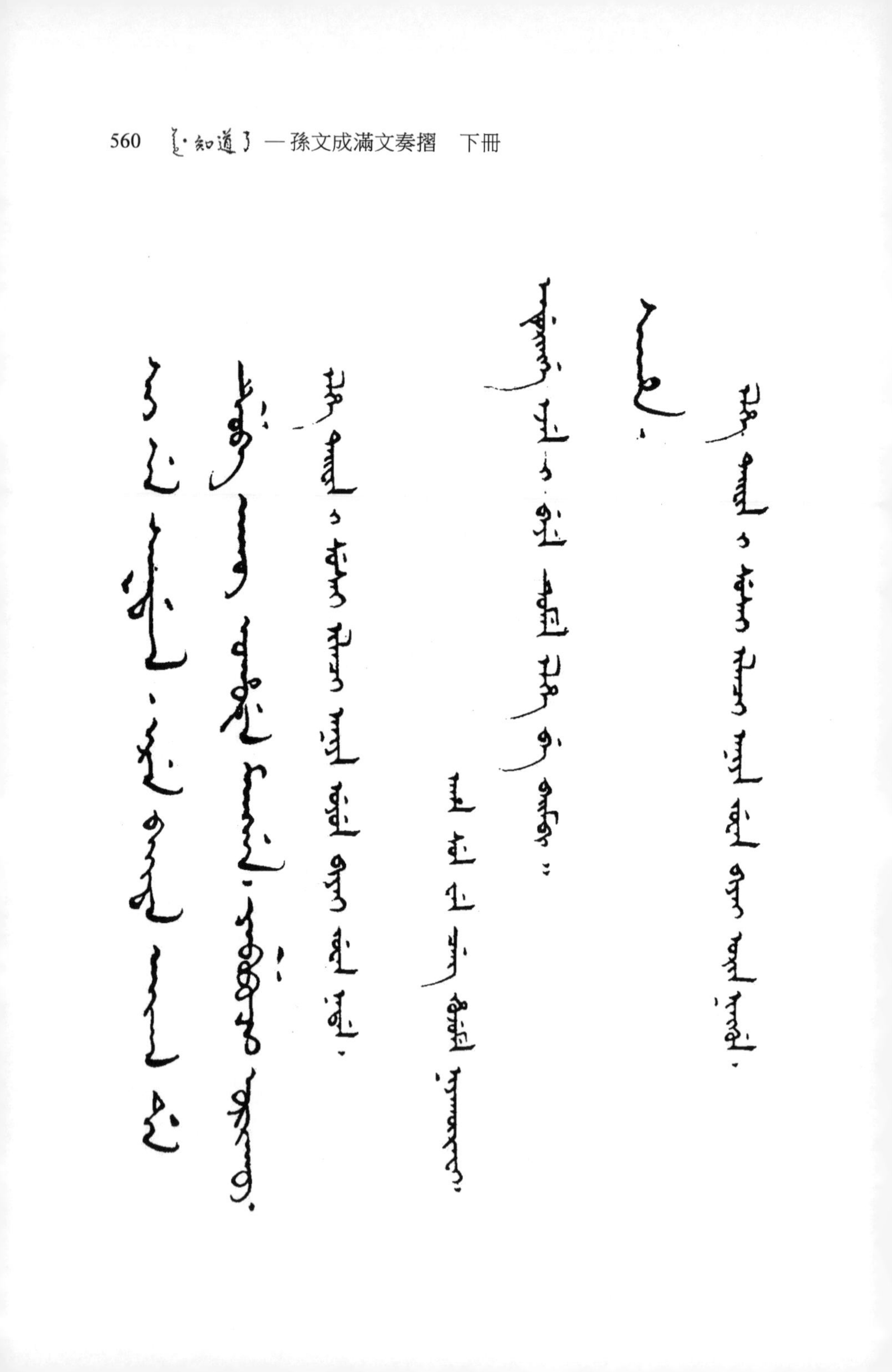

si se sakda, ere baita aika da dube akū ohode mangga,
yabubuci ojirakū.
elhe taifin i susai ilaci aniya uyun biyai juwan nadan.

【135】請安摺

aha sun wen ceng hujume niyakūrafi, enduringge ejen i beye
tumen elhe be baimbi.
saha.
elhe taifin i susai ilaci aniya juwan biyai orin ninggun.

【硃批】爾年歲已老，此事若無本末時則甚難，不可行。
康熙五十三年九月十七日

　　　　　　　　奴才孫文成俯伏跪

請聖主聖躬萬安。
【硃批】知道了
康熙五十三年十月二十六日

【朱批】尔年岁已老，此事若无本末时则甚难，不可行。
康熙五十三年九月十七日

　　　　　　　　奴才孙文成俯伏跪

请圣主圣躬万安。
【朱批】知道了
康熙五十三年十月二十六日

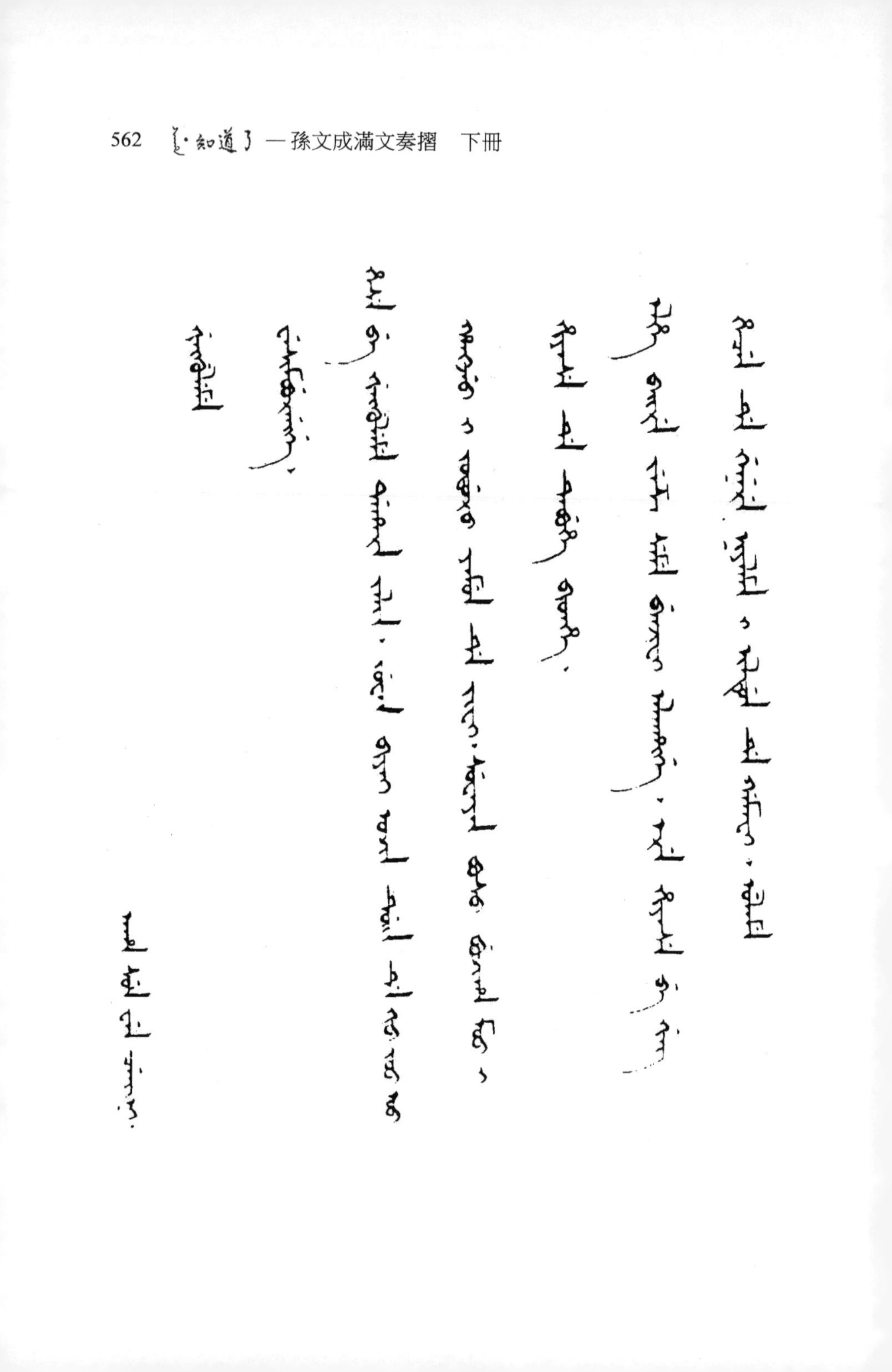

【136】奏聞差人齎送木匣摺

aha sun wen ceng ni, gingguleme wesimburengge, hese be gingguleme dahara jalin, juwan biyai orin duin de kio joo oo hangjeo i jodoro yamun de jifi, suwayan boso buriha moo i hiyase de tebuhe bithe, elhe baire jedz seme benjifi alahangge, ere hiyase be ging hecen de genere niyalma i ildun de gamafi, ulame

　　　　　　　　　　　　　　　　　　奴才孫文成

謹奏，為欽遵諭旨事。十月二十四日，仇兆鰲來至杭州織造衙門，將黃布所蒙裝書及請安摺子之木匣子齎來告稱：將此匣子乘有人前往京城之便齎去轉奏云云。

　　　　　　　　　　　　　　　　　　奴才孙文成

谨奏，为钦遵谕旨事。十月二十四日，仇兆鳌来至杭州织造衙门，将黄布所蒙装书及请安折子之木匣子赍来告称：将此匣子乘有人前往京城之便赍去转奏云云。

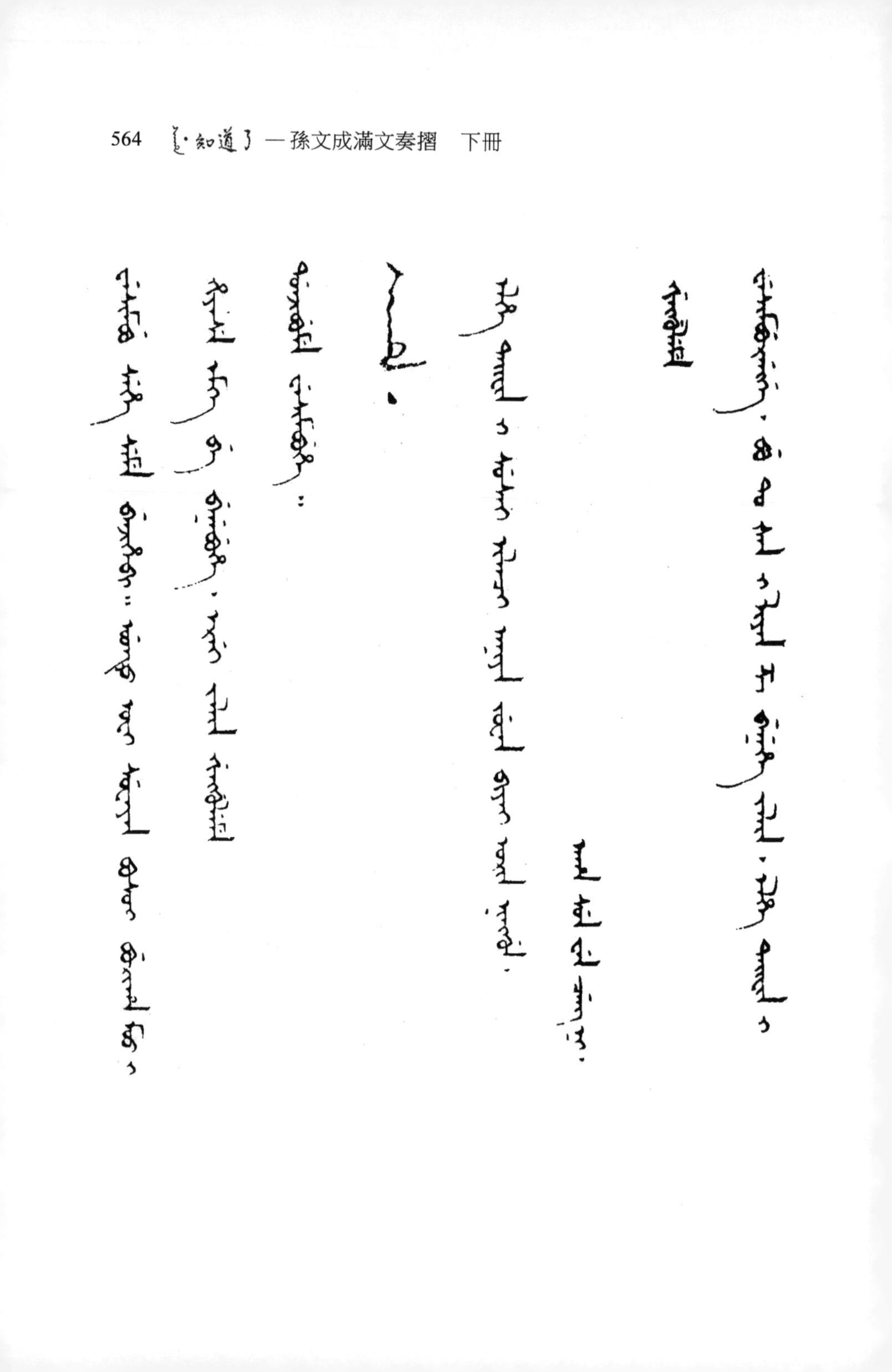

wesimbu sehe seme benjihebi. uttu ofi suwayan bosoi buriha moo i hiyase emke be benebuhe, erei jalin gingguleme donjibume wesimbuhe.

saha.

elhe taifin i susai ilaci aniya juwan biyai orin ninggun.

【137】奏聞普陀山和尚進呈請安摺及蓮子事摺

aha sun wen ceng ni, gingguleme wesimburengge, pu to šan i liyan dz benehe jalin, elhe taifin i

---

是以將黃布所蒙木匣子一個差人齎送，謹此奏聞。

【硃批】知道了。

康熙五十三年十月二十六日

　　　　　　　　　　　　奴才孫文成

謹奏，為齎送普陀山蓮子事。康熙

是以將黃布所蒙木匣子一个差人贲送，谨此奏闻。

【朱批】知道了。

康熙五十三年十月二十六日

　　　　　　　　　　　　奴才孙文成

谨奏，为贲送普陀山莲子事。康熙

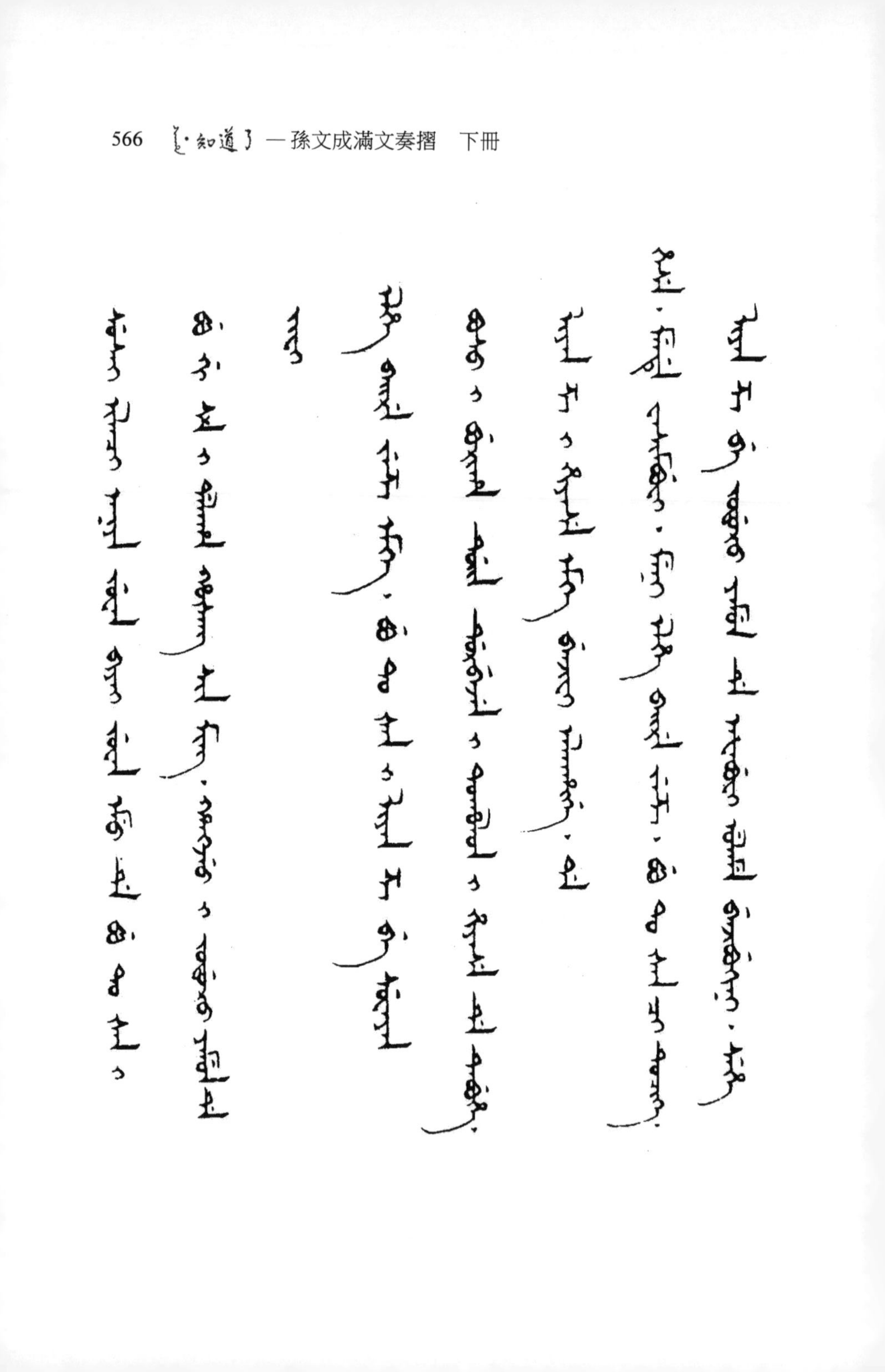

susai ilaci aniya juwan biyai juwan emu de pu to šan i pu gi
sy i dalaha hošang sin ming, hangjeo i jodoro yamun de jifi
elhe baire jedz emke, pu to šan i liyan dz be suwayan boso i
buriha duin durbejen i toholon i hiyase de tebuhe, liyan dz i
hiyase emke benjifi alahangge, da hese, mende wasimbufi,
meni elhe baire jedz, pu to šan ci tucike liyan dz be jodoro
yamun de afabufi ulame benjibukini, sehe

五十三年十月十一日，普陀山普濟寺住持和尚心明來至杭
州織造衙門，將請安摺子一件及裝盛普陀山蓮子以黃布覆
蓋四方錫匣子之蓮子匣子一個齎來告稱：原諭僧等，著僧
等之請安摺子、普陀山所出蓮子，交與織造衙門遞送等語。

五十三年十月十一日，普陀山普济寺住持和尚心明来至杭
州织造衙门，将请安折子一件及装盛普陀山莲子以黄布覆
盖四方锡匣子之莲子匣子一个赍来告称：原谕僧等，着僧
等之请安折子、普陀山所出莲子，交与织造衙门递送等语。

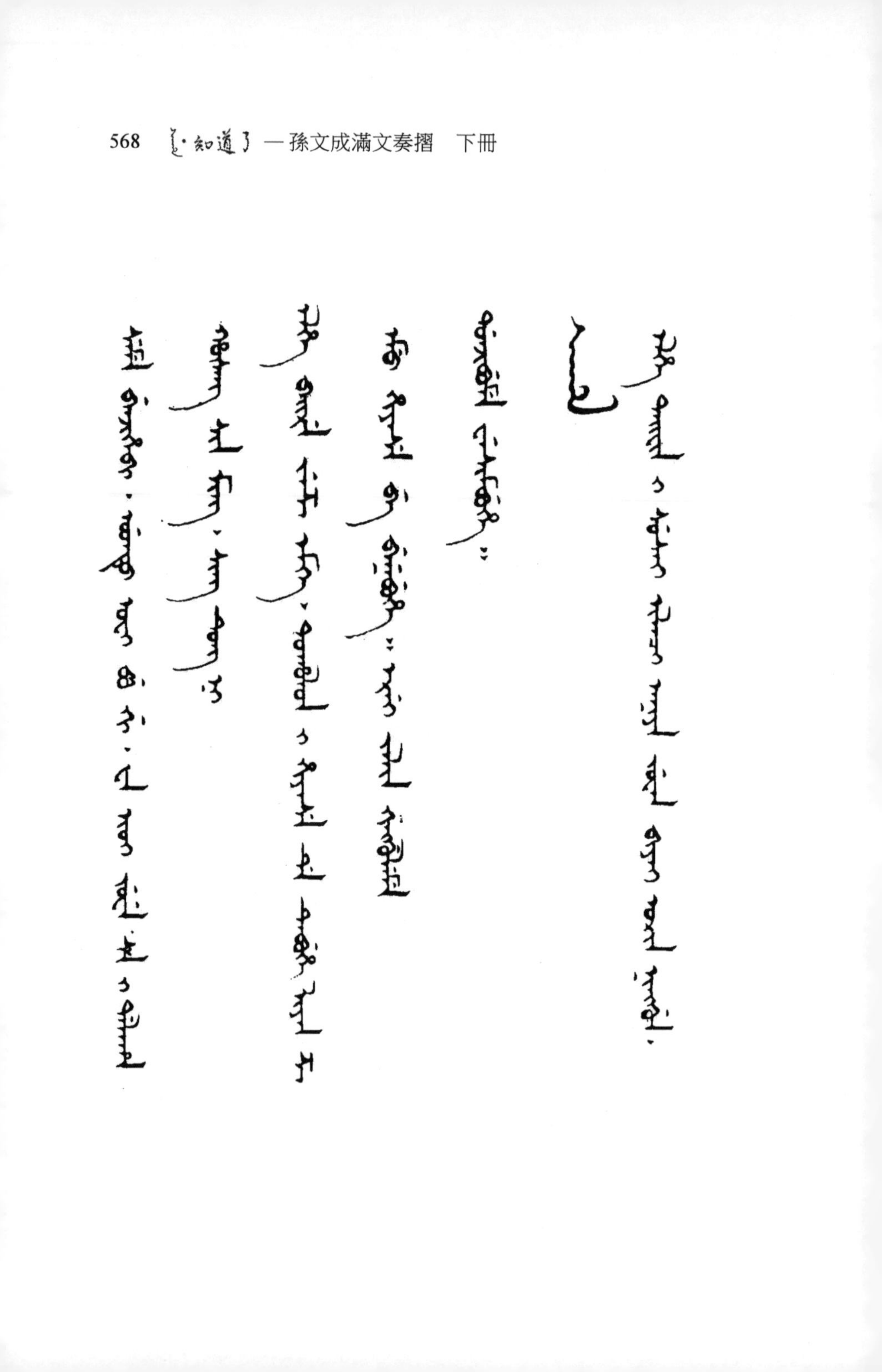

seme benjihebi. uttu ofi pu gi, fa ioi juwe sy i dalaha hošang
sin ming, sing tung ni elhe baire jedz emke, toholon i hiyase
de tebuhe liyan dz emu hiyase be benebuhe. erei jalin
gingguleme donjibume wesimbuhe.

saha

elhe taifin i susai ilaci aniya juwan biyai orin ninggun.

是以將普濟、法雨二寺住持和尚心明、性統之請安摺子一
件、錫匣子所裝蓮子一匣差人齎送。謹此奏聞。

【硃批】知道了。

康熙五十三年十月二十六日

是以將普济、法雨二寺住持和尚心明、性统之请安折子一
件、锡匣子所裝蓮子一匣差人赍送。谨此奏闻。

【朱批】知道了。

康熙五十三年十月二十六日

ᠪᡳᠮᠪᡳ᠈ ᠶᠠᠯᡠ᠈ ᠪᡳᠮᠪᡳ᠈ ᠶᠠᠯᡠ᠈
ᠮᠪᡳᠮᠪᡳ᠈

ᠪᡳᠮᠪᡳ᠈ ᠶᠠᠯᡠ᠈ ᠮᡝᠨᡳ᠈
ᠮᠪᡳᠮᠪᡳ᠈ ᠶᠠᠯᡠ᠈

ᠪᡳᠮᠪᡳ᠈ ᠶᠠᠯᡠ᠈ ᠮᡝᠨᡳ᠈

【138】請安摺

aha sun wen ceng hujume niyakūrafi, enduringge ejen i beye
tumen elhe be baimbi.

mini beye elhe.

elhe taifin i susai ilaci aniya omšon biyai orin ninggun.

【139】請安摺

aha sun wen ceng hujume niyakūrafi, enduringge ejen i beye
tumen elhe be baimbi.

saha.

elhe taifin i susai duin aniya, aniya biyai juwan uyun.

———————

奴才孫文成俯伏跪

請聖主聖躬萬安。
【硃批】朕體安。
康熙五十三年十一月二十六日

奴才孫文成俯伏跪

請聖主聖躬萬安。
【硃批】知道了。
康熙五十四年正月十九日

———————

奴才孙文成俯伏跪

请圣主圣躬万安。
【朱批】朕体安。
康熙五十三年十一月二十六日

奴才孙文成俯伏跪

请圣主圣躬万安。
【朱批】知道了。
康熙五十四年正月十九日

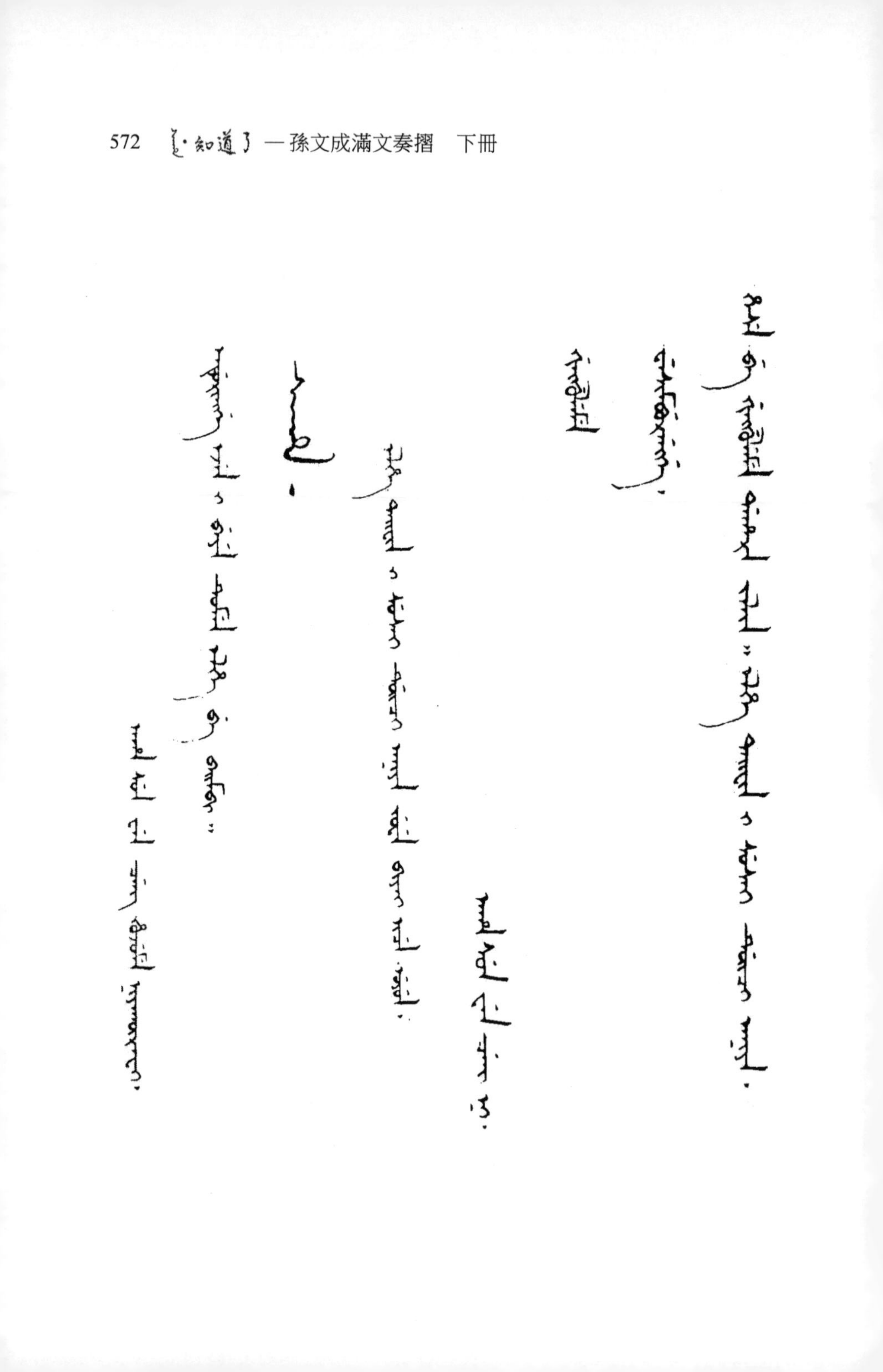

【140】請安摺

aha sun wen ceng hujume niyakūrafi, enduringge ejen i beye
tumen elhe be baimbi.

saha.

elhe taifin i susai duici aniya juwe biyai ice uyun.

【141】奏聞轉呈仇兆鰲請安摺

aha sun wen cen ni, gingguleme wesimburengge, hese be
gingguleme dahara jalin. elhe taifin i susai duici aniya,

奴才孫文成俯伏跪

請聖主聖躬萬安。

【硃批】知道了。

康熙五十四年二月初九日

奴才孫文成

謹奏，為欽遵諭旨事。康熙五十四年

奴才孙文成俯伏跪

请圣主圣躬万安。

【朱批】知道了。

康熙五十四年二月初九日

奴才孙文成

谨奏，为钦遵谕旨事。康熙五十四年

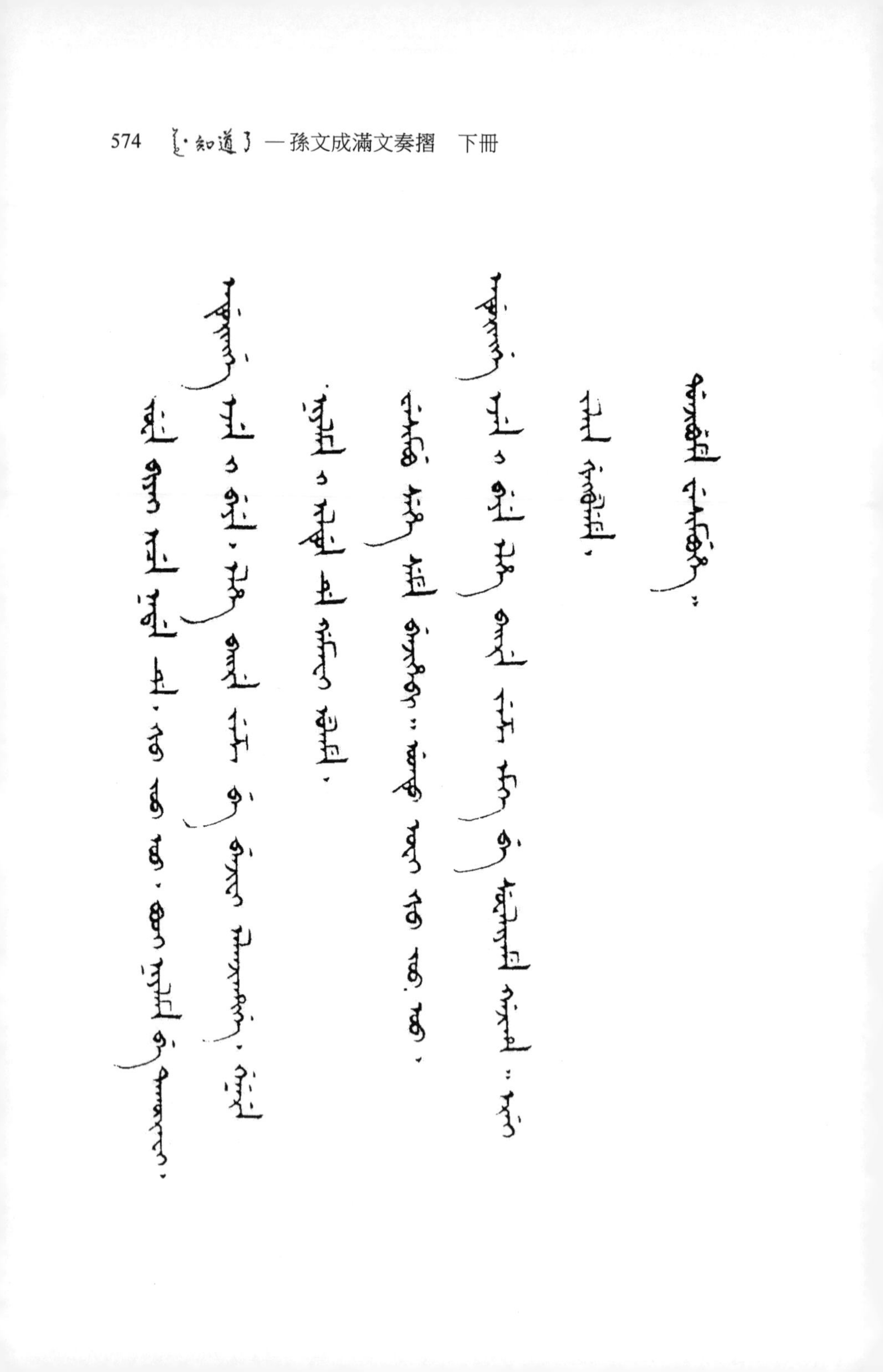

juwe biyai ice nadan de, kio joo oo, booi niyalma be takūrafi, enduringge ejen i beye, elhe baire jedz be benjifi alanjihangge, genere niyalma i ildun de gamafi ulame, wesimbu sehe seme benjihebi. uttu ofi kio joo oo, enduringge ejen i beye elhe baire jedz emke be suwaliyame gajiha. erei jalin gingguleme, donjibume wesimbuhe.

二月初七日，仇兆鰲差家人，將請聖躬安摺子齎來告稱：
乘有人前往之便齎去轉奏云云。是以將仇兆鰲奏請聖躬萬
安摺子一件一併齎來。謹此奏聞。

二月初七日，仇兆鳌差家人，将请圣躬安折子赍来告称：
乘有人前往之便赍去转奏云云。是以将仇兆鳌奏请圣躬万
安折子一件一并赍来。谨此奏闻。

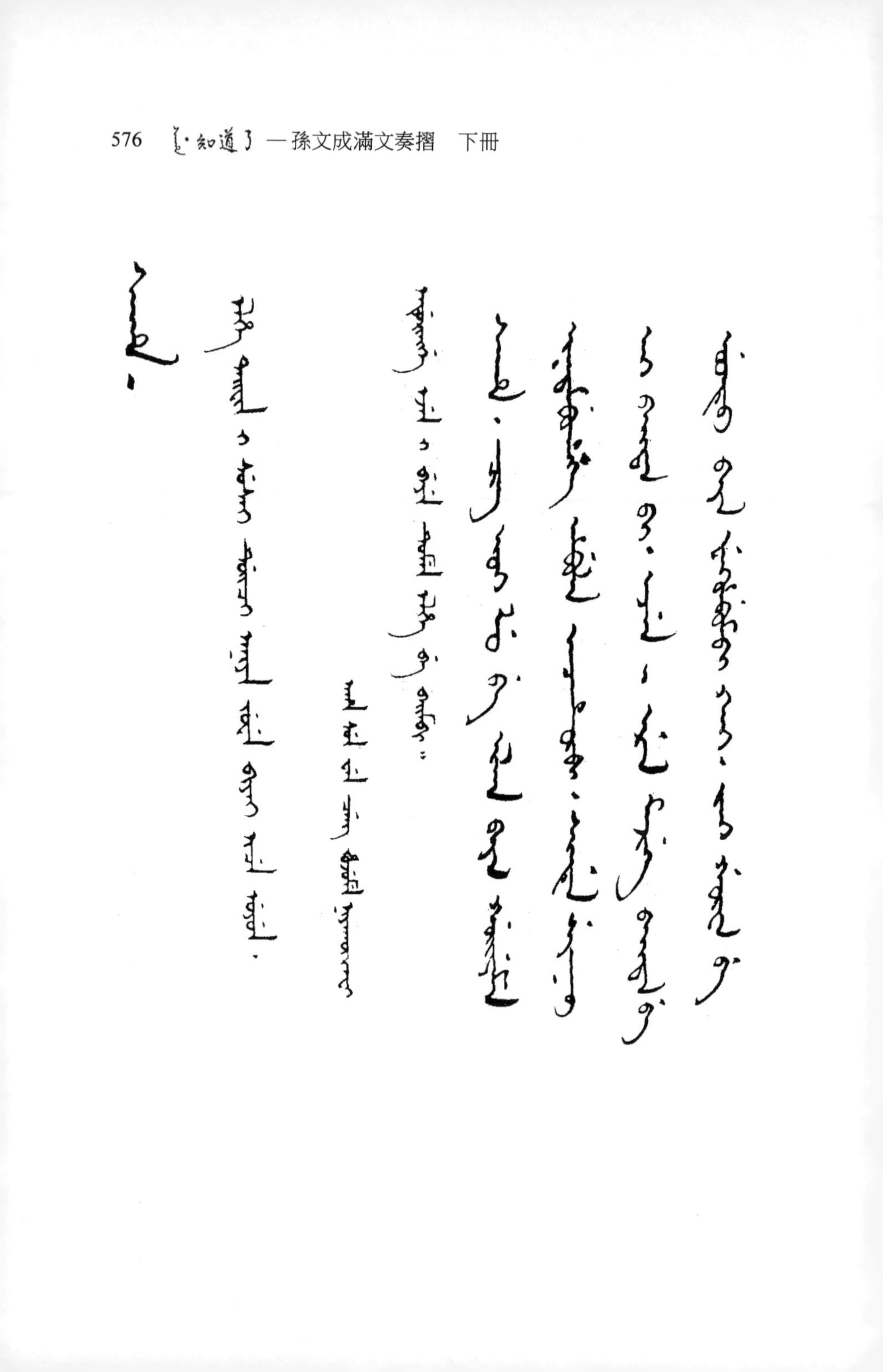

saha.

elhe taifin i susai duici aniya juwe biyai ice uyun.

【142】請安摺

aha sun wen ceng hujume niyakūrafi, enduringge ejen i beye tumen elhe be baimbi.

saha, cing ioi lu be ilan biya goidame iktambuhangge ambula acahakūbi, sinde giyanakū ai baita bi, ejen i ere majige baita be uttu biya fekumbumbi kai, jai gūwa be

---

【硃批】知道了。

康熙五十四年二月初九日

　　　　　　　　　奴才孫文成俯伏跪

請聖主聖躬萬安。

【硃批】知道了，將晴雨録積壓三月之久，甚不合，爾能有何事？朕此些須之事如此踰月，則其他

【朱批】知道了。

康熙五十四年二月初九日

　　　　　　　　　奴才孙文成俯伏跪

请圣主圣躬万安。

【朱批】知道了，将晴雨录积压三月之久，甚不合，尔能有何事？朕此些须之事如此踰月，则其它

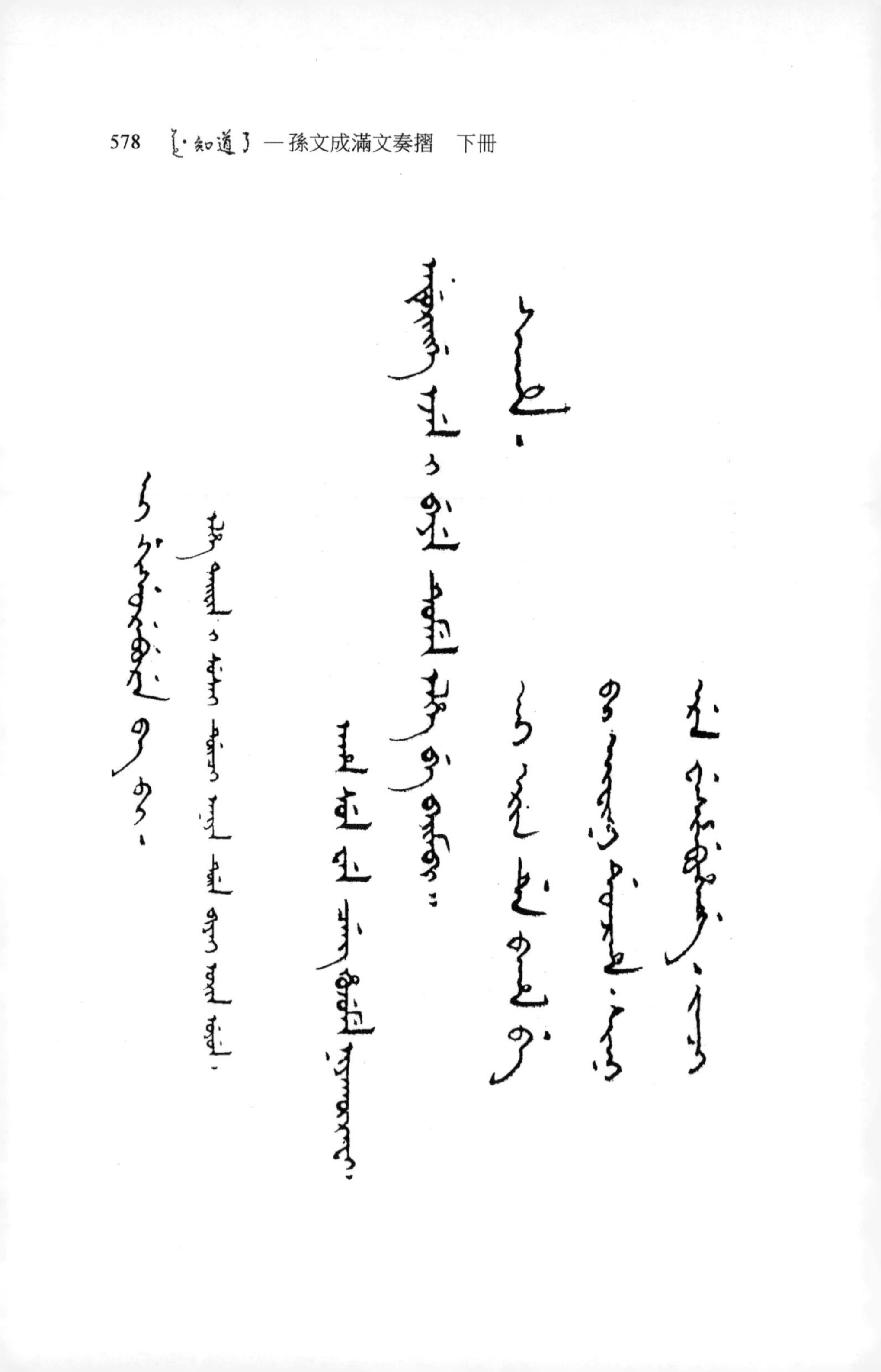

ai gisurebure ba bi.

elhe taifin i susai duici aniya duin biyai orin uyun.

【143】請安摺

aha sun wen ceng hujume niyakūrafi, enduringge ejen i beye tumen elhe be baimbi.

saha. ai erin de baha be bi aifini donjiha, sini ere wesimbuhengge, jaci

---

又有何可說？

康熙五十四年四月二十九日

　　　　　　　　奴才孫文成俯伏跪

請聖主聖躬萬安。

【硃批】知道了，何時獲得，朕早有所聞，爾此奏

又有何可说？

康熙五十四年四月二十九日

　　　　　　　　奴才孙文成俯伏跪

请圣主圣躬万安。

【朱批】知道了，何时获得，朕早有所闻，尔此奏

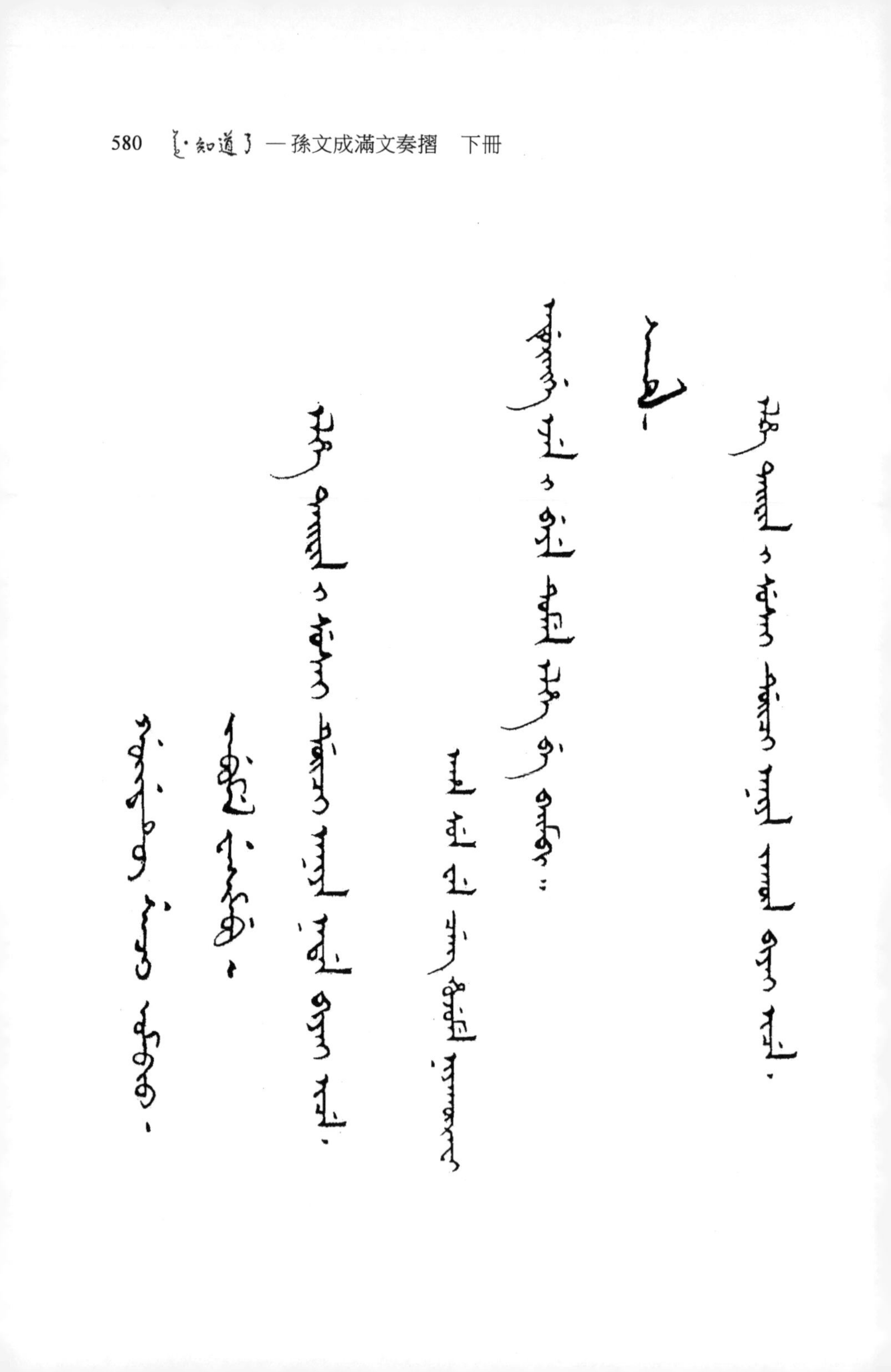

goidahakū seci ombio, jabume wesimbu.

elhe taifin i susai duici aniya nadan biyai ice.

【144】請安摺

aha sun wen ceng hujume niyakūrafi, enduringge ejen i beye tumen elhe be baimbi.

saha.

elhe taifin i susai duici aniya jakūn biyai ice.

可謂不過遲耶？著回奏。

康熙五十四年七月初一日

　　　　　　　　　　　　　奴才孫文成俯伏跪

請聖主聖躬萬安。

【硃批】知道了。

康熙五十四年八月初一日

可谓不过迟耶？着回奏。

康熙五十四年七月初一日

　　　　　　　　　　　　　奴才孙文成俯伏跪

请圣主圣躬万安。

【朱批】知道了。

康熙五十四年八月初一日

[illegible]

【145】奏聞遵旨種植菩提摺

aha sun wen ceng ni, gingguleme wesimburengge, hese be
gingguleme dahafi, tariha puti use jalin, elhe taifin i susai
ilaci aniya juwan biyai ice ninggun de, elhe baire jedz be
aisilakū hafan šuwangciowan, ulin i da sucengge, baita
wesimbure jang wen bin de bufi wesimbuhede, dorgici

奴才孫文成
謹奏，為欽遵諭旨種植菩提種子事。康熙五十三年十月初
六日，將請安摺子給與員外郎雙全、司庫蘇成格、奏事張
文彬奏呈時，由內

奴才孙文成
謹奏，为钦遵谕旨种植菩提种子事。康熙五十三年十月初
六日，将请安折子给与员外郎双全、司库苏成格、奏事张
文彬奏呈时，由内

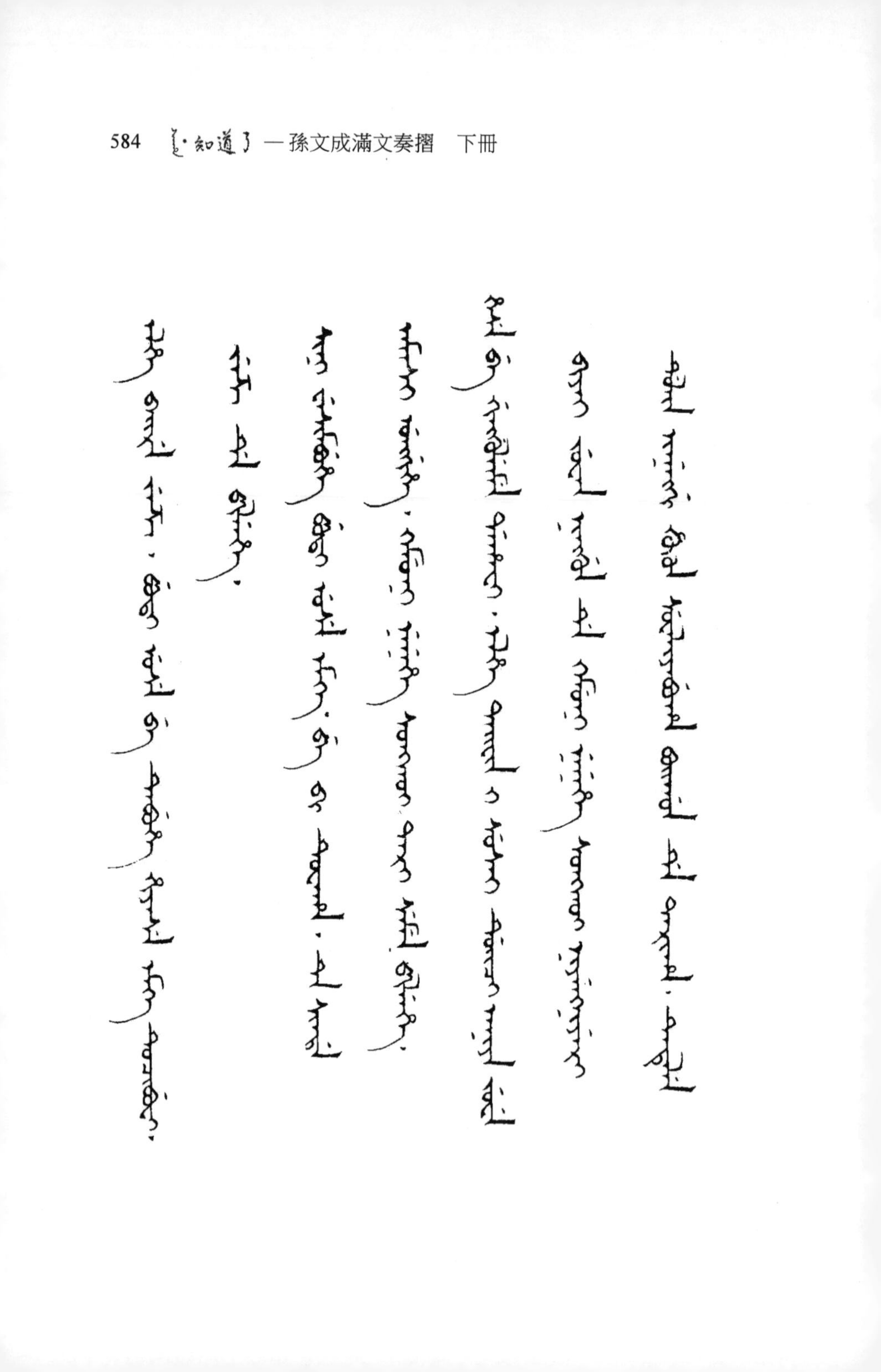

elhe baire jedz, puti use be tebuhe hiyase emke tucibufi, jedz
de pilehe, sini wesimbuhe puti use emke be bi tuwaha, te
sinde amasi unggihe, kemuni nenehe songkoi tari seme
pilehe, hese be gingguleme dahafi, elhe taifin i susai duici
aniya juwe biyai juwan ninggun de kemuni nenehe songkoi
niyengniyeri dulin inenggi hukun suwaliyabuha boigon de
tariha, tetele

取出裝盛請安摺子、菩提種子之匣子一個，摺子上批諭：
爾所呈菩提種子一粒，朕覽矣，今發還與爾，仍照前種植，
欽此。欽遵諭旨於康熙五十四年二月十六日仍照前於春分
之日，種於攪合糞土上，

取出裝盛请安折子、菩提种子之匣子一个，折子上批谕：
尔所呈菩提种子一粒，朕览矣，今发还与尔，仍照前种植，
钦此。钦遵谕旨于康熙五十四年二月十六日仍照前于春分
之日，种于攙合粪土上，

ᠠᠮᠪᠠ᠂ ᠪᠠᠶᠠᠨ ᠪᠣᠯᡴᠣ ᠵᠣᡩᠠᠨ ᠮᠣᠷᠢᠨ ᠪᠣᠷᠣ ᡶᡳᠯᡳ᠂

ᠶᠠᠯᡳᠩᡤᠠ ᠠᠮᠪᠠ ᠪᠣᠳᠣ ᡥᡝᠩᡴᠢᠯᡝᡥᡝ᠂ ᠪᠠᠨ ᠰᡳᠮᠪᡳ᠂ ᠠᠮᠪᠠ ᡥᡝᠩᡴᡳᠯᡝ ᡳᠨᡠ᠂

ᠶᠠᠯᡳᠩᡤᠠ ᠪᠣᡩᠣ᠂ ᡳᠨᡠ ᠵᠠᠯᠪᡝᡥᡝ᠂

ᠶᠠᠯᡳᠩᡤᠠ ᠪᠣᡩᠣ᠂ ᠪᠠᠨ ᠰᡳᠮᠪᡳ᠂

kemuni tucire unde, tucike erinde jai wesimbuki, erei jalin gingguleme donjibume wesimbuhe.

puti use be amasi unggihe, kemuni nenehe songkoi nonggime tari.

elhe taifin i susai duici aniya jakūn biyai ice.

―――――

迄今尚未長出，俟長出時再行具奏。謹此奏聞。

【硃批】菩提種子發還，仍照前加種。

康熙五十四年八月初一日

―――――

迄今尚未长出，俟长出时再行具奏。谨此奏闻。

【朱批】菩提种子发还，仍照前加种。

康熙五十四年八月初一日

ᡝᠯᡝ ᠮᠠᠮᡤᠠᠨ ᠵᡠᠸᠠᠨ ᠮᠠᠨ ᡤᠠᡳ ᡝᠮᠪ ᠪᡝ᠂ ᡤᠠᠮᡤ

ᠮᠠᠨ ᡤᠠᡳ ᠵᠠᠨ ᡠᠮᡝᠰᡳ ᠮᠠᠨ ᠨᠠ ᡤᠠᡳ ᡝᠯᠪ᠂ ᠵᠠᠨ ᠨᠠ ᡤᠠᡳ ᠵᠠᠨ

ᠮᠠᠨ ᡤᠠᡳ ᠵᡠᠸᠠᠨ ᠪᠠᠯᡝ᠂ ᠵᠠᠨ ᠨᠠ ᡤᠠᡳ

ᠮᠠᠨ ᡤᠠᡳ ᠪᠠᠯᡝ᠂ ᠮᠠᠨ ᡤᠠᡳ ᡝᠯᠪ᠂ ᠵᠠᠨ ᡤᠠᡳ

ᡤᠠᠮᡤ ᡝᠯᠪ

ᠮᠠᠨ ᡤᠠᡳ ᠵᠠᠨ ᠨᠠ

【146】奏報菩提樹開花結子日期摺

aha sun wen ceng ni, gingguleme wesimburengge, hese be gingguleme dahafi, tariha puti moo de puti use banjiha jalin, ere aniya hing gung ni amba dukai tule dergi ergide tariha puti moo emke, mutuhangge den emu jang ninggun c'y, muwa juwe ts'un juwe fun, wargi ergide tariha puti moo emke, mutuhangge den

奴才孫文成

謹奏，為欽遵諭旨所種菩提樹已生菩提種子事。今年行宮之大門外東邊所種菩提樹一株，長高一丈六尺，粗二寸二分，西邊所種菩提樹一株，

奴才孙文成

謹奏，为钦遵谕旨所种菩提树已生菩提种子事。今年行宫之大门外东边所种菩提树一株，长高一丈六尺，粗二寸二分，西边所种菩提树一株，

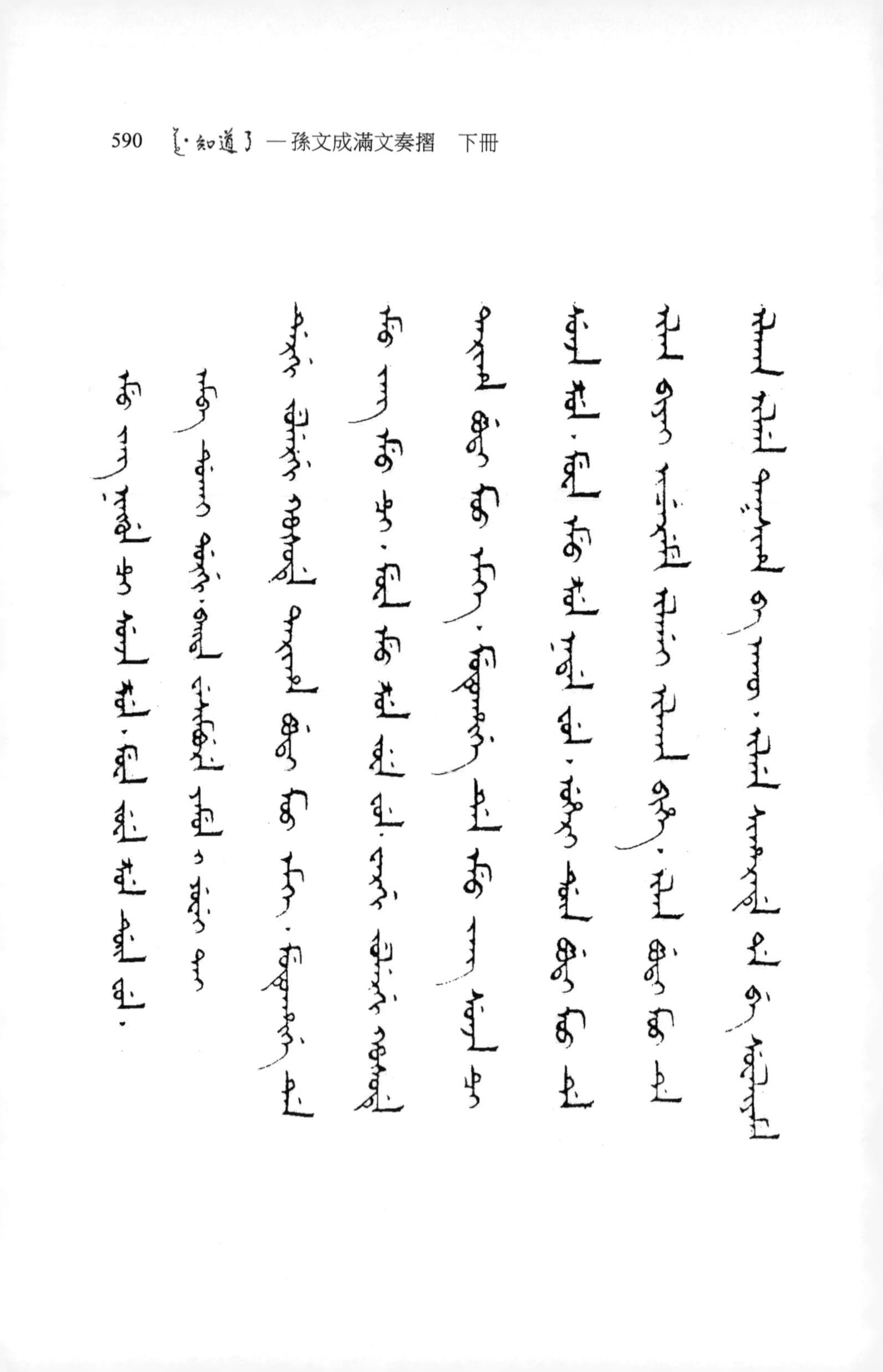

emu jang ninggun c'y sunja ts'un, muwa juwe ts'un duin fun, amba dukai dorgi, baita wesimbure yamun i yuwei tai dergi julergi hošode tariha puti moo emke, mutuhangge den emu jang emu c'y, muwa emu ts'un juwe fun, wargi julergi hošode tariha puti moo emke, mutuhangge den emu jang sunja c'y sunja ts'un, muwa emu ts'un nadan fun, uheri duin puti moo de ilan biyai icereme ilgai ilaka bihe, ilan puti moo de ilaka ilga taksiha ba akū, ilga iharade da be suwaliyame

---

長高一丈六尺五寸，粗二寸四分，大門內奏事衙門月臺東南角所種菩提樹一株，長高一丈一尺，粗一寸二分，西南角所種菩提樹一株，長高一丈五尺五寸，粗一寸七分，通共四株菩提樹已於三月初開花。三株菩提樹所開之花已經無存，花謝時連蒂一起落下。

长高一丈六尺五寸，粗二寸四分，大门内奏事衙门站台东南角所种菩提树一株，长高一丈一尺，粗一寸二分，西南角所种菩提树一株，长高一丈五尺五寸，粗一寸七分，通共四株菩提树已于三月初开花。三株菩提树所开之花已经无存，花谢时连蒂一起落下。

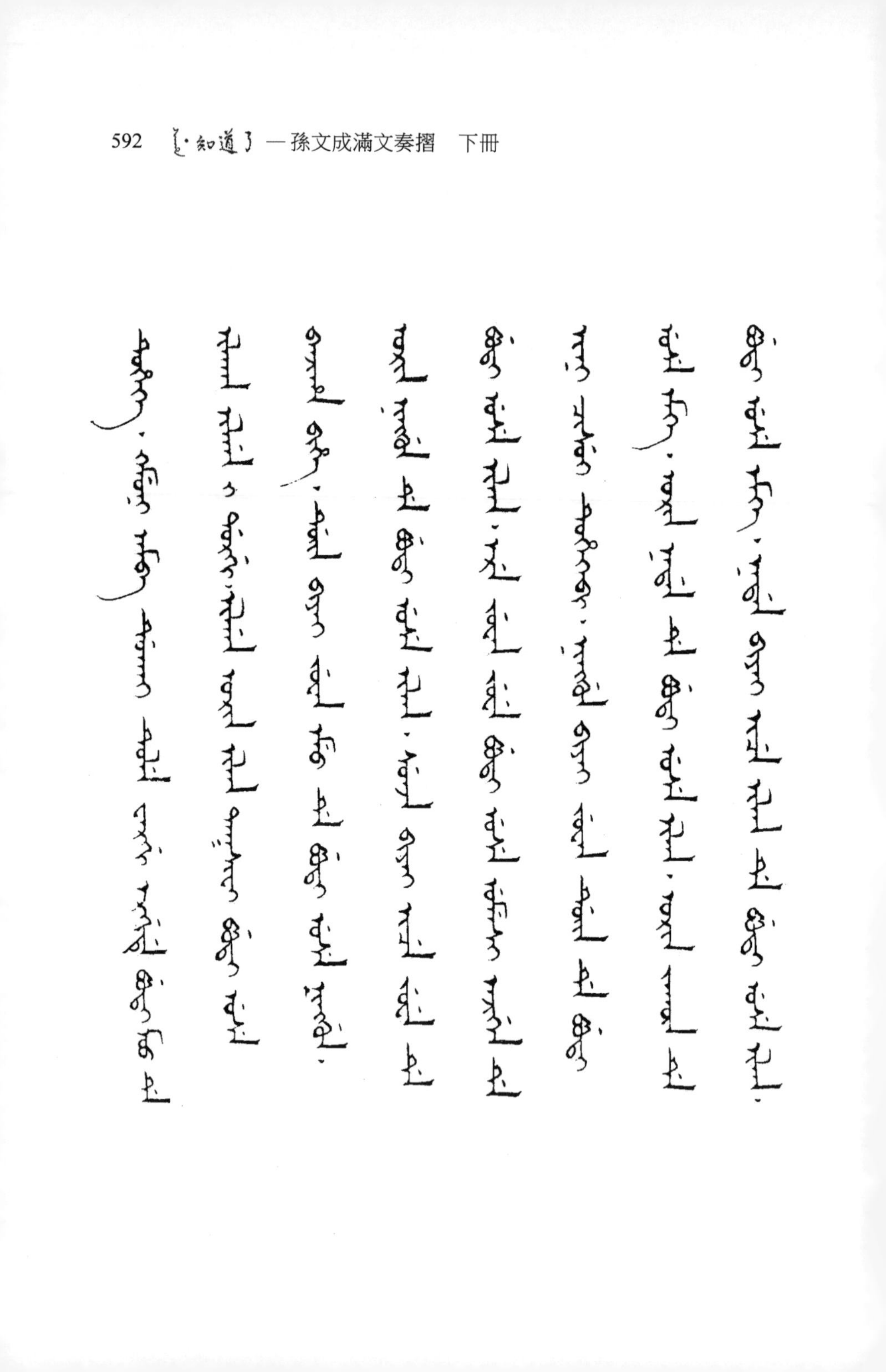

tuheke. kemuni amba dukai tule wargi ergide puti moo de ilaka ilga i dorgi, ilga orin ilan taksifi puti use banjiha bihe. duin biyai juwan emu de puti use ninggun, orin ninggun de puti use ilan, sunja biyai ice juwe de puti use ilan, ere juwan juwe puti use umesi ajigen de ini cisui tuhekebi. ninggun biyai juwan duin de puti use emke, orin nadan de puti use ilan, orin jakūn de puti use emke, nadan biyai ice ilan de puti use ilan,

---

大門外西邊菩提樹所開之花內，花尚存二十三朵，已生菩提種子，四月十一日，生菩提種子六粒，二十六日，生菩提種子三粒，五月初二日，生菩提種子三粒，此十二粒菩提種子因甚小而自動落下。六月十四日，落下菩提種子一粒，二十七日，落下菩提種子三粒，二十八日，落下菩提種子一粒，七月初三日，落下菩提種子三粒，

大门外西边菩提树所开之花内，花尚存二十三朵，已生菩提种子，四月十一日，生菩提种子六粒，二十六日，生菩提种子三粒，五月初二日，生菩提种子三粒，此十二粒菩提种子因甚小而自动落下。六月十四日，落下菩提种子一粒，二十七日，落下菩提种子三粒，二十八日，落下菩提种子一粒，七月初三日，落下菩提种子三粒，

ᡳᠯᠠᠨ᠙

ᠮᠠᠰᠠᠨ ᠮᠪᡳᠨᠠ ᠪᠠᡳᡨᠠᡳ ᡴᠠᠶᠠᠯᠠᠨ ᡵᠠᠨᠰᠠ ᠪᠠᡨᠠ ᡤᠠᡳᠯᠠ᠂

ᠮᠠᠶᠠᠨᠠᡴᠠᠨ ᠶᠠᠨᠠᡴᠠᠨ᠂ ᠮᠪᠠᠨ ᠪᠠᡨᠠ ᠶᠠᡴᠠᠨᠠᡴᠠᠨ

ᠯᠠᠶᠠᠨᠠ ᠶᠠᡴᠠᠨ᠂ ᠪᠪᠠ

ᡨᠠᠶᠠᡴᠠᠨ᠂ ᡳᠶᠠᠨᠠ ᠶᠠᠨᠠ ᠶᠠ ᠶᠠ ᠮᠪᠠᡨᠠ ᡤᠶᠠ ᡤᠶᠠ ᠶᠠ

ᡨᠠᠶᠠᠨᠠ ᡵᠠ ᠮᠠᠶᠠᠨᠠ ᠶᠠᠨᠠ ᡤᠶᠠ ᡨᠠ ᠶᠠᠨᠠᠶᠠᠨ᠂ ᡳᠯ ᠶᠠᠨᠠᡴᠠᠨᠠ

ᡨᠠᠶᠠᠶᠠᠨ᠂ ᠶᠠᠨᠠ ᠶᠠᠨᠠ ᠶᠠᠨᠠ ᠶᠠᠨᠠ ᡤᠶᠠ ᡨᠠ ᠶᠠᠨᠠᡴᠠᠨᠠ᠂ ᡳᠯ ᠶᠠᠨᠠᡴᠠᠨᠠ

ᡳᠯᠠᠨ ᠶᠠᠨᠠ ᡨᠠ ᡤᠶᠠ ᠶᠠᠨᠠ ᠶᠠᠨᠠᠶᠠᠨ᠂ ᠶᠠᠨᠠ ᡨᠠᠶᠠᠨᠠ ᠶᠠᠨᠠᠶᠠᠨᠠ᠂

ice jakūn de puti use emke, ini cisui tuhekebi, funcehe puti use emke moo de banjihabi. ne gajiha ini cisui tuheke amba ajige puti use orin juwe be gingguleme gajiha, funcehe puti m'oo de banjiha emu puti use be tuheke erinde, jai wesimbuki, erei jalin gingguleme tuwabume wesimbuhe.
saha.
elhe taifin i susai duici aniya jakūn biyai ice.

初八日，落下菩提種子一粒，自動落下，所剩菩提種子一粒，生在樹上。茲將自動落下大小菩提種子二十二粒敬謹齎來，所剩菩提樹上所生菩提種子一粒，俟落下時再行具奏。為此敬謹呈覽。
【硃批】知道了。
康熙五十四年八月初一日

初八日，落下菩提种子一粒，自动落下，所剩菩提种子一粒，生在树上。兹将自动落下大小菩提种子二十二粒敬谨赍来，所剩菩提树上所生菩提种子一粒，俟落下时再行具奏。为此敬谨呈览。
【朱批】知道了。
康熙五十四年八月初一日

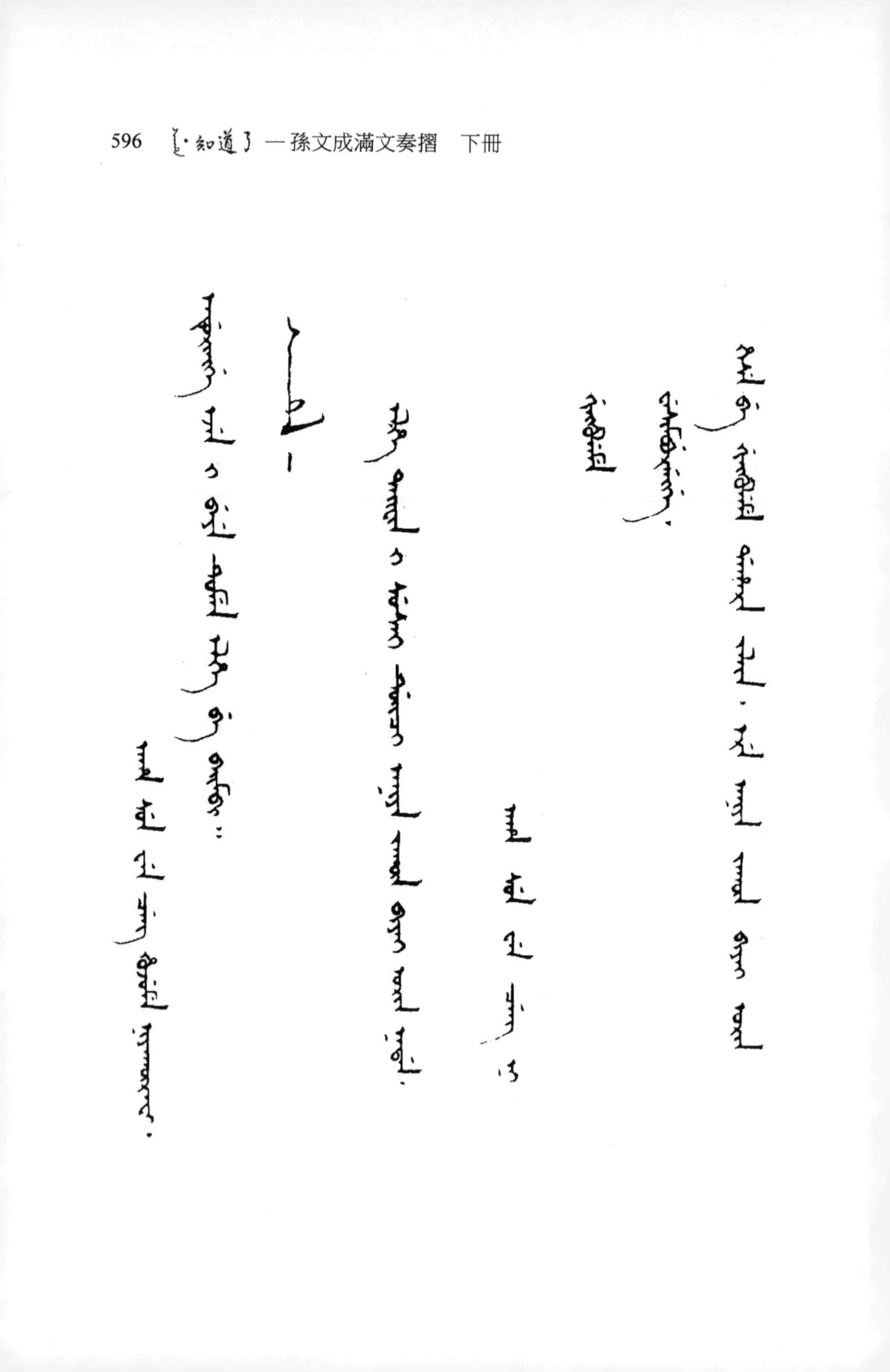

【147】請安摺

aha sun wen ceng hujume niyakūrafi, enduringge ejen i beye
tumen elhe be baimbi.

saha.

elhe taifin i susai duici aniya jakūn biyai orin nadan.

【148】奏陳欽奉硃批遵旨回奏摺

aha sun wen ceng ni gingguleme wesimburengge, hese be
gingguleme dahara jalin, ere aniya jakūn biyai orin

奴才孫文成俯伏跪

請聖主聖躬萬安。

【硃批】知道了。

康熙五十四年八月二十七日

奴才孫文成

謹奏，為欽遵諭旨事。今年八月

奴才孙文成俯伏跪

请圣主圣躬万安。

【朱批】知道了。

康熙五十四年八月二十七日

奴才孙文成

谨奏，为钦遵谕旨事。今年八月

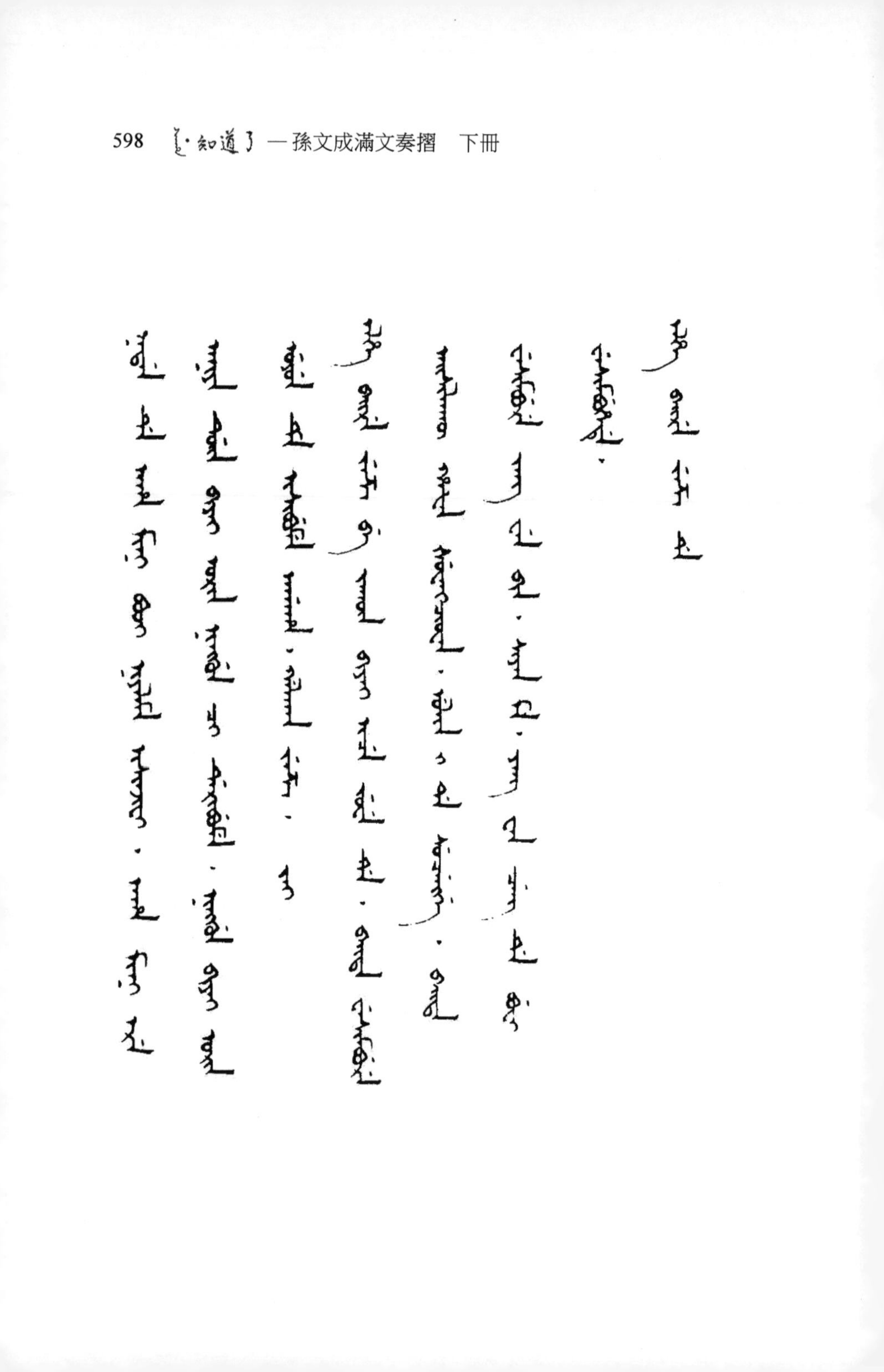

nadan de aha mini booi niyalma isinjifi, aha mini ere aniya duin biyai orin ninggun ci deribume, ninggun biyai orin uyun de isibume agaha, galaka jedz, jai elhe baire jedz be jakūn biyai ice juwe de, baita wesimbure aisilakū hafan šuwangciowan, ulin i da sucengge, baita wesimbure jang wen bin, siyan ma, yang wan ceng de bufi wesimbuhede, elhe baire jedz de

二十七日，奴才家人到來，奴才將今年四月二十六日起至六月二十九日雨暘摺子及請安摺子，於八月初二日給與奏事員外郎雙全、司庫蘇成格、奏事張文彬、洗馬楊萬成奏呈時，請安摺子上

二十七日，奴才家人到来，奴才将今年四月二十六日起至六月二十九日雨旸折子及请安折子，于八月初二日给与奏事员外郎双全、司库苏成格、奏事张文彬、洗马杨万成奏呈时，请安折子上

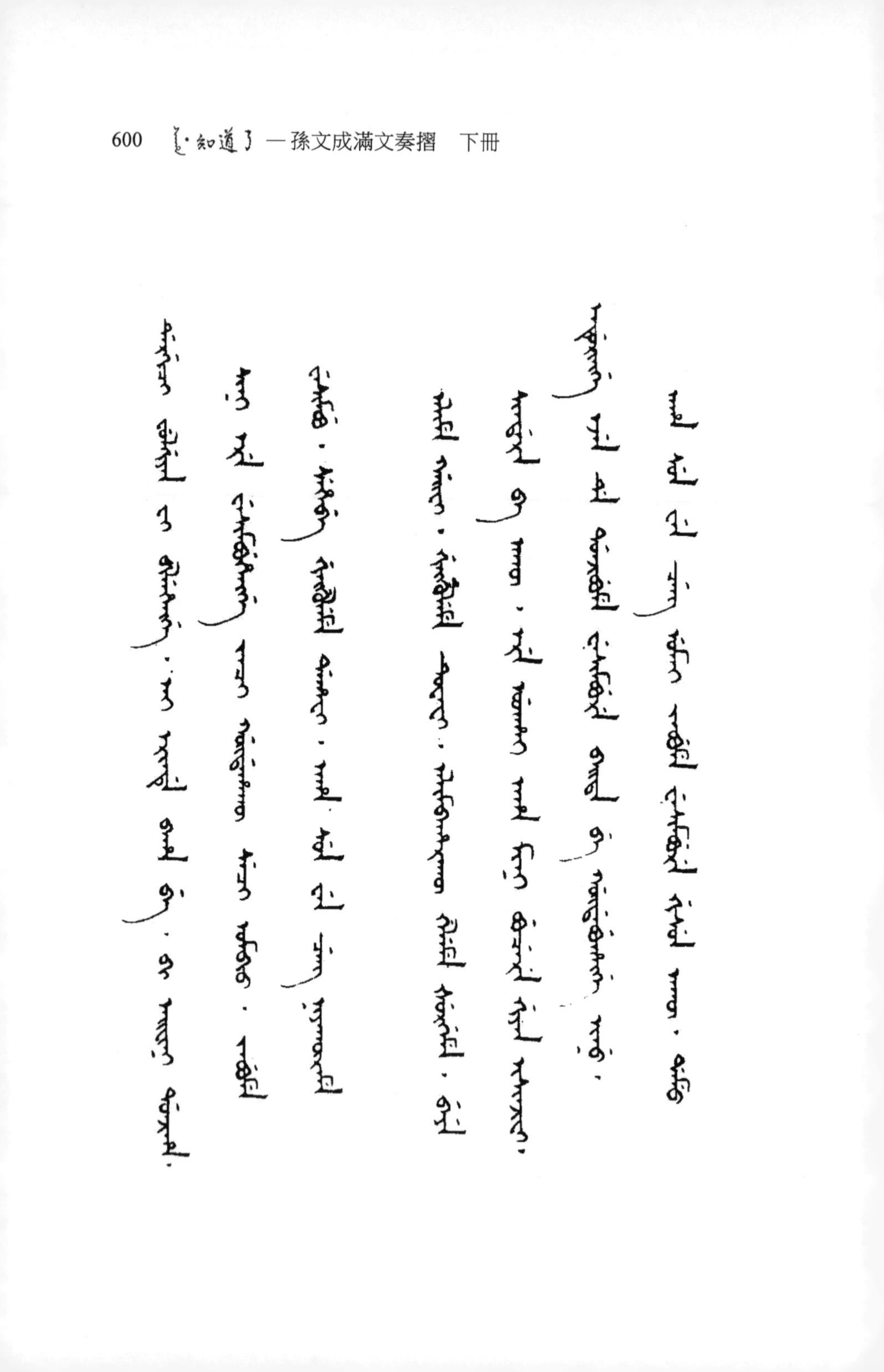

dergici fulgiyan fi pilehengge, ai erinde baha be, bi aifini
donjiha, sini ere wesimbuhengge jaci goidahakū seci ombio,
jabume wesimbu, sehebe gingguleme dahafi, aha sun wen
ceng　niyakūrame　alime　gaifi,　gingguleme　tuwafi.
alimbaharakū geleme šurgeme, beye sindara ba akū, ere
uthai aha mini bucere giyan isinjifi, enduringge ejen de
donjibume wesimbure baita be goidabuhangge inu, aha sun
wen ceng umai jabume wesimbure gisun akū, damu

奉皇上硃批：何時獲得，朕早有所聞，爾此奏可謂不過遲
耶？著回奏，欽此。奴才孫文成跪領，敬謹閱看，不勝惶
恐戰慄，無地自容，此即奴才該死之處，奏聞聖主之事委
實稽遲，奴才孫文成並無回奏之言，

奉皇上朱批：何时获得，朕早有所闻，尔此奏可谓不过迟
耶？着回奏，钦此。奴才孙文成跪领，敬谨阅看，不胜惶
恐战慄，无地自容，此即奴才该死之处，奏闻圣主之事委
实稽迟，奴才孙文成并无回奏之言，

ᠪᠠᡳᠮᠪᡳ᠂ ᠠᠮᠪᠠᠨ ᠪᡳ ᠪᠠᡳᠮᠪᡳ᠂
ᠵᠠᠨᡤᡳᠶᠠᠨ ᡳ ᠵᠠᠯᠠᠨ
ᡳ ᠵᠠᠯᠠᠨ ᠴᠢᠩ

ᡤᡳᠶᠠᠨ᠂ ᠪᠠᠨ ᠪᠠᡳᠮᠪᡳ᠂
ᠵᠠᠯᠠᠨ ᡳ ᠵᠠᠯᠠᠨ᠂
ᠵᠠᠯᠠᠨ ᠵᠠᠯᠠᠨ᠂

ᠵᠠᠯᠠᠨ ᠵᠠᠯᠠᠨ᠂ ᠵᠠᠯᠠᠨ᠂ ᠵᠠᠯᠠᠨ

tumen jergi hengkišehe, erei jalin gingguleme wesimbuhe.
wabureo sin jekui holo, tumen jergi hengkišerede udu inenggi baibumbi, emu yargiyan gisun akū.
elhe taifin i susai duici aniya jakūn biyai orin nadan.

惟有叩頭萬次。為此謹奏。
【硃批】砍頭辛者庫之欺謊[22]，叩頭萬次，需幾日？無一實言。
康熙五十四年八月二十七日

惟有叩头万次。为此谨奏。
【朱批】砍头辛者庫之欺谎[22]，叩头万次，需几日？无一实言。
康熙五十四年八月二十七日

[22] 按辛者庫，滿洲語讀如 sin jeku，意即「內務府管領下食口糧之人」。

ᡤᡳᠰᡠᠨ᠂ ᠪᡳᡨᡥᡝᡳ ᡳᠰᡳᠨᠵᡳᡥᠠ ᡠᠴᡠᡵᡳ ᡥᡝᠩᡴᡳᠯᡝᠮᡝ᠂

ᠠᠮᠪᠠ ᡝᠯᡴᡳᠨ᠂ ᡠᠴᡠᡵᡳ ᠪᠠᡳᡨᠠ ᠪᡝ ᡝᠵᡝᡥᡝᠪᡳ᠃

ᡥᡝᠰᡝᡳ ᠪᠠᡳᡨᠠ᠂ ᡠᠴᡠᡵᡳ ᠴᡳᡥᠠᡳ ᠠᠮᠠᠯᠠ ᠵᠠᡴᠠ ᠴᡳ ᠪᠠᡳᡨᠠ᠃

ᠠᠮᠪᠠᠰᠠ᠂ ᡠᠴᡠᡵᡳ ᡨᡝᠮᡝ ᠪᠠᡳᡨᠠ ᠵᡝ ᡝᠨᡝᠨᡥᡝ᠄

【149】請安摺

aha sun wen ceng hujume niyakūrafi, enduringge ejen i beye
tumen elhe be baimbi.

saha.

elhe taifin i susai duici aniya juwan biyai ice juwe.

【150】請安摺

aha sun wen ceng hujume niyakūrafi, enduringge ejen i beye
tumen elhe be baimbi.

saha.

elhe taifin i susai duici aniya omšon biyai ice.

奴才孫文成俯伏跪

請聖主聖躬萬安。
【硃批】知道了。
康熙五十四年十月初二日

奴才孫文成俯伏跪

請聖主聖躬萬安。
【硃批】知道了。
康熙五十四年十一月初一日

奴才孙文成俯伏跪

请圣主圣躬万安。
【朱批】知道了。
康熙五十四年十月初二日

奴才孙文成俯伏跪

请圣主圣躬万安。
【朱批】知道了。
康熙五十四年十一月初一日

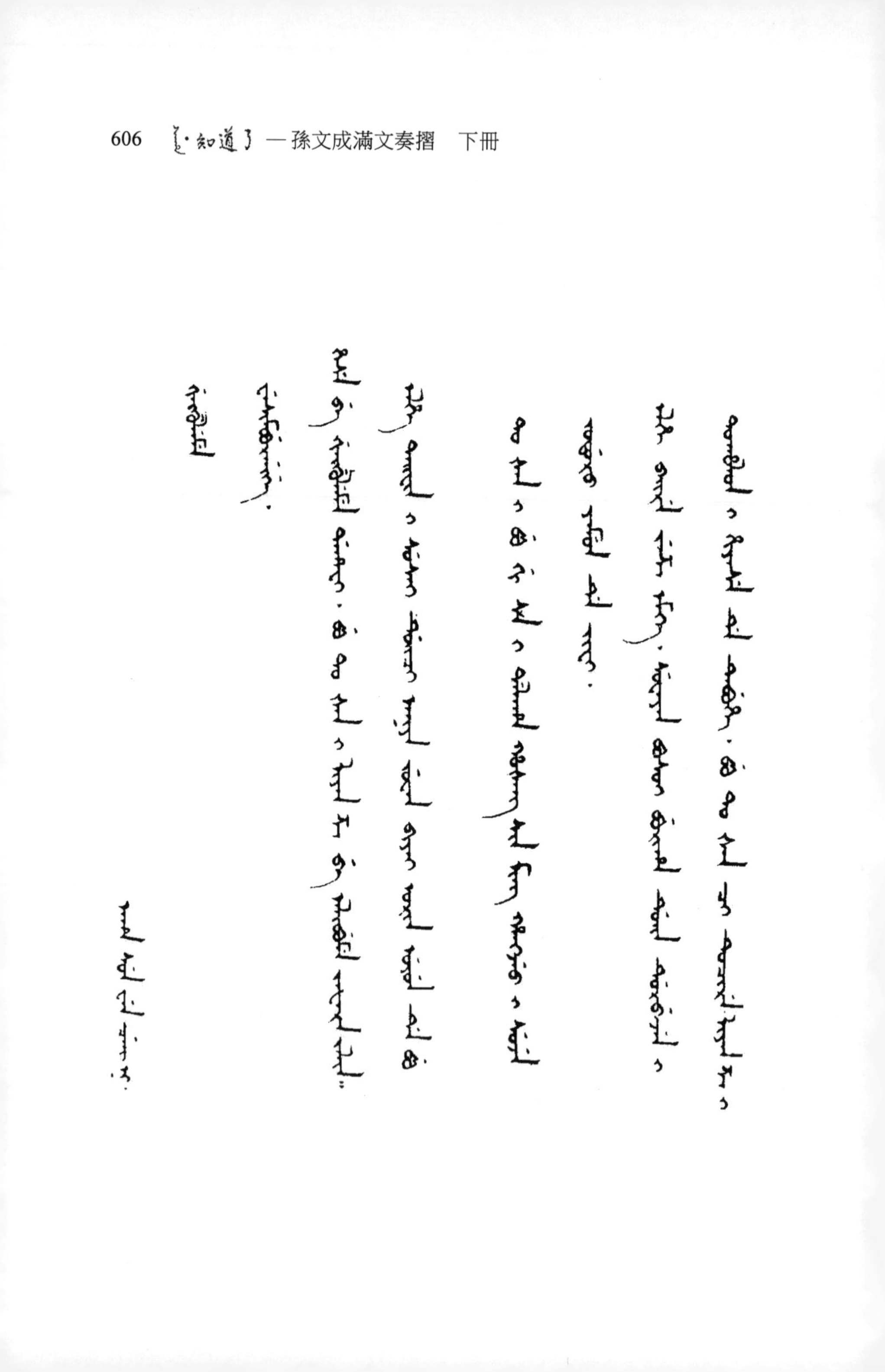

【151】奏呈普陀山和尚所進蓮子摺

aha sun wen ceng ni, gingguleme wesimburengge, hese be gingguleme dahafi, pu to šan i liyan dz be alibume jafara jalin. elhe taifin i susai duici aniya juwan biyai orin uyun de pu to šan i pu gi sy i dalaha hošang sin ming hangjeo i suje jodoro yamun de jifi, elhe baire jedz emke, suwayan bosoi buriha duin durbejen i toholon i hiyase de tebuhe, pu to šan ci tucire liyan dz i

　　　　　　　　　　　　　　　奴才孫文成

謹奏，為欽遵諭旨呈獻普陀山蓮子事。康熙五十四年十月二十九日，普陀山普濟寺住持和尚心明來至杭州緞疋織造衙門，將請安摺子一件，及以黃布覆蓋四方錫匣子所裝普陀山出產之蓮子

　　　　　　　　　　　　　　　奴才孫文成

謹奏，为钦遵谕旨呈献普陀山莲子事。康熙五十四年十月二十九日，普陀山普济寺住持和尚心明来至杭州缎疋织造衙门，将请安折子一件，及以黄布覆盖四方锡匣子所装普陀山出产之莲子

ᠮᡠᠵᡳᠯᡝᠨ
ᠪᠠᡳᡨᠠ᠂

ᡝᡳᡨᡝᠨ ᠪᠠᡳᡨᠠᠪᡝ

ᡠᠮᡝᠰᡳ ᠰᠠᡳᠨ᠂ ᠪᡳ ᠰᠠᡳᠨ

ᡠᠮᡝᠰᡳ ᠰᠠᡳᠨ᠂ ᠪᠠᡳᡨᠠ ᠪᡝ

ᡝᡵᡝ ᠪᠠᡳᡨᠠ ᡝᠵᡳᠶᡝᠨ᠂ ᠪᡳ ᠰᠠᡳᠨ

hiyase emke benjifi alahangge, meni elhe baire jedz, pu to
šan ci tucire liyan dz i hiyase be ildun de gamafi ulame
wesimbureo seme benjihebi. uttu ofi pu gi, fa ioi juwe sy i
dalaha hošang sin ming, sing tung ni elhe baire jedz emke,
toholon i hiyase de tebuhe liyan dz emu hiyase be
gingguleme alibuha. erei jalin gingguleme donjibume
wesimbuhe.
saha.
elhe taifin i susai duici aniya omšon biyai ice.

匣子一個賫來告稱：將僧等之請安摺子及普陀山所出蓮子
之匣子，乘便賫去轉奏云云。是以將普濟、法雨二寺住持
和尚心明、性統之請安摺子一件及錫匣子所裝蓮子一匣，
敬謹進呈。謹此奏聞。
【硃批】知道了。
康熙五十四年十一月初一日

匣子一个赍来告称：将僧等之请安折子及普陀山所出莲子
之匣子，乘便赍去转奏云云。是以将普济、法雨二寺住持
和尚心明、性统之请安折子一件及锡匣子所装莲子一匣，
敬谨进呈。谨此奏闻。
【朱批】知道了。
康熙五十四年十一月初一日

ᠮᠤᠢᠯᠠᠨ ᠂ ᠸᠠᠩᠰᠠᠨ
᠂ ᠴᠣᠣᠪᠠᠨ ᠰᠣᠨᠵᠣᠮᠧ
ᠮᠧᠳᠧᠷᠧ ᠪᡳᡨᡥᡝ᠋ ᠰᡳᠮᠨᡝᡥᡝ ᠃

ᠮᠤᠢᠯᠠᠨ ᠂ ᠸᠠᠩᠰᠠᠨ
᠂ ᠴᠣᠣᠪᠠᠨ ᠰᠣᠨᠵᠣᠮᠧ
ᠪᡳᡨᡥᡝ ᠶᠧ᠋ ᠰᡳᠮᠨᡝᡥᡝ ᠃᠃

ᠮᠤᠢᠯᠠᠨ ᠂ ᠸᠠᠩᠰᠠᠨ
᠂ ᠴᠣᠣᠪᠠᠨ ᠰᠣᠨᠵᠣᠮᠧ
ᠪᡳᡨᡥᡝ ᠶᠧ᠋ ᠰᡳᠮᠨᡝᡥᡝ ᠃

ᠮᠤᠢᠯᠠᠨ ᠂ ᠸᠠᠩᠰᠠᠨ
᠂ ᠴᠣᠣᠪᠠᠨ ᠰᠣᠨᠵᠣᠮᠧ
ᠪᡳᡨᡥᡝ ᠶᠧ᠋ ᠰᡳᠮᠨᡝᡥᡝ ᠃

【152】請安摺

aha sun wen ceng hujume niyakūrafi, enduringge ejen i beye
tumen elhe be baimbi.

saha.

elhe taifin i susai duici aniya jorgon biyai ice.

【153】請安摺

aha sun wen ceng hujume niyakūrafi, enduringge ejen i beye
tumen elhe be baimbi.

saha.

elhe taifin i susai sunjaci aniya aniya biyai ice ilan.

奴才孫文成俯伏跪

請聖主聖躬萬安。
【硃批】知道了。
康熙五十四年十二月初一日

奴才孫文成俯伏跪

請聖主聖躬萬安。
【硃批】知道了。
康熙五十五年正月初三日

奴才孫文成俯伏跪

请圣主圣躬万安。
【朱批】知道了。
康熙五十四年十二月初一日

奴才孫文成俯伏跪

请圣主圣躬万安。
【朱批】知道了。
康熙五十五年正月初三日

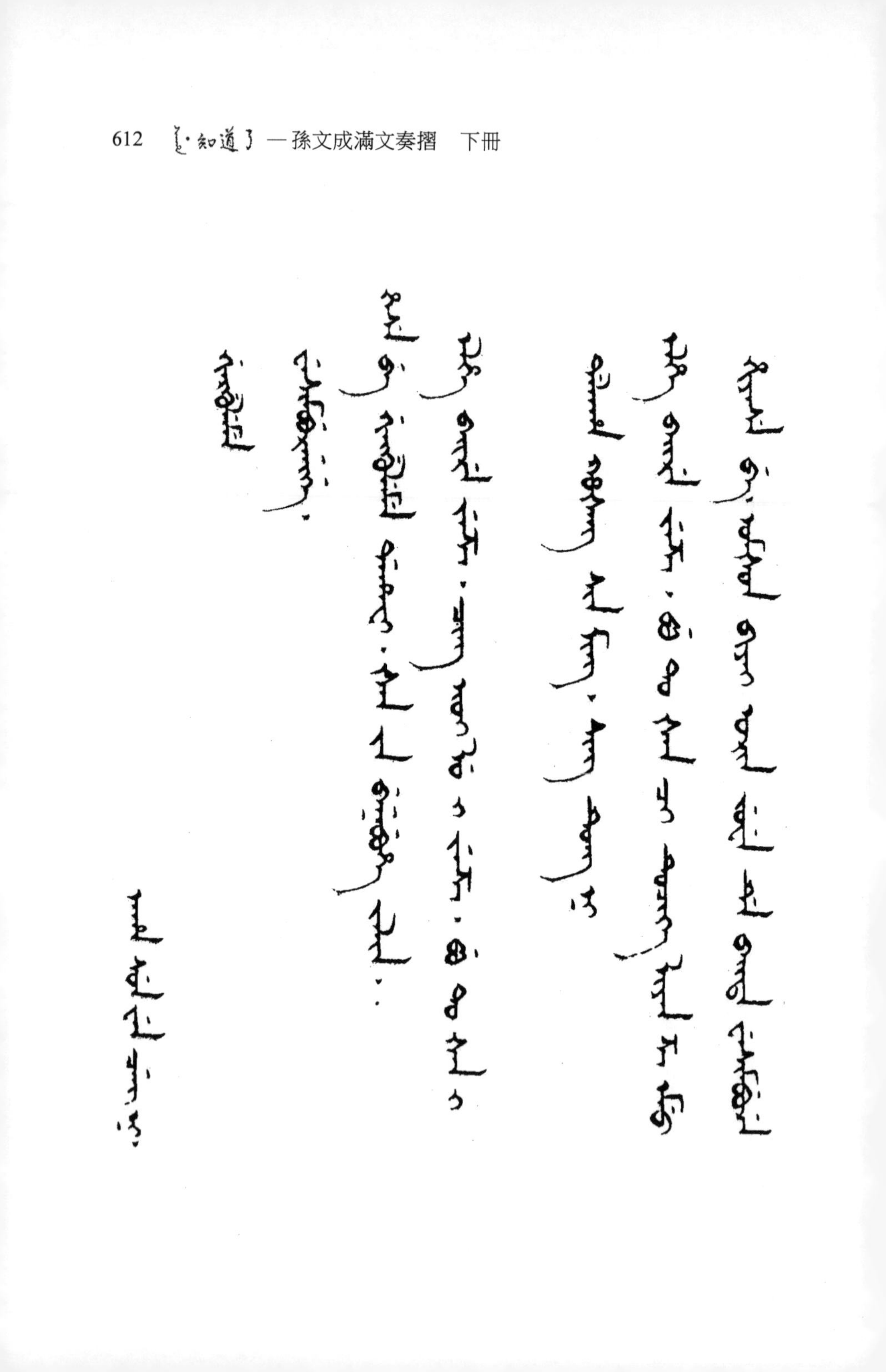

【154】奏聞遵旨齎送御賜山楂摺

aha sun wen ceng ni, gingguleme wesimburengge, hese be
gingguleme dahafi, šan ja benebuhe jalin, elhe baire jedz,
cing ioi lu i jedz, pu to šan i dalaha hošang sin ming, sing
tung ni elhe baire jedz, pu to šan ci tucike liyan dz emu
hiyase be, omšon biyai orin juwe de baita wesimbure

奴才孫文成

謹奏，為欽遵諭旨差人齎送山楂事。十一月二十二日，將
請安摺子、晴雨錄摺子、普陀山住持和尚心明、性統之請
安摺子、普陀山所出蓮子一匣給與奏事

奴才孙文成

谨奏，为钦遵谕旨差人赍送山楂事。十一月二十二日，将
请安折子、晴雨录折子、普陀山住持和尚心明、性统之请
安折子、普陀山所出莲子一匣给与奏事

ᠪᡝ ᡳ ᡥᡝᠩᡴᡳᠯᠠᠮᡝ ᠮᠠᡵᡥᠠ ᠠᠯᠢᠮᡝ ᡤᠠᠯᠮ ᡳ

ᠮᠠᡵᡤᡳ᠂ ᡤᠠᡳᠪᡠᠮᡝ ᡝᠮᡠ ᠪᠠᠨ ᡤᠠᠯᠮᠠ ᡳ ᠪᡝ ᡤᡳᠰᡠᡵ

ᠪᡝ ᠪᠠᠨ ᡳ ᡝᠮᡠ ᠪᠠᡳ᠂ ᠠᠯᡳᠮᡝ ᡳ ᡤᠠᠯᠮᠠ ᡳ ᠪᡝ

ᡝᠯᡳᠨ᠂ ᡝᠮᡠ ᡳ ᠠᠯᡳᠮᡝ ᠪᡝᡳ ᡝᠮᡠ ᠪᡝᡳ

ᠮᠠᡵᡤᡳ ᠪᠠᠨ ᡳ ᠪᡝ ᠮᠠᡵᡤᡳ ᡳ ᠪᡝᠯᡳ ᠪᠠᠨ ᡳ᠂ ᡝᠮᡠ ᠪᡝ

ᡤᠠᠯᠮᠠ᠂ ᠪᡝ ᠮᡝᠯᡳᠨᡝ ᡤᠠᠯᠮᠠ ᡝᠮᡠ ᠪᡝᡳ ᡤᠠᠯ

šuwangciowan, ben pilere bithesi jang wen bin de bufi wesimbuhede, dorgici šan ja juwe tamse, elhe baire jedz be suwaliyame tucibufi, alahangge hese, ere juwe tamse šan ja be pu to šan i dalaha hošang sin ming, sing tung de šangna sehebe, gingguleme gajifi, jorgon biyai juwan nadan de hangjeo de isinjifi, hese be gingguleme dahafi, juwe tamse šan ja be niyalma de

雙全、批本筆帖式張文彬奏呈時，由內取出山楂二罐連同請安摺子告稱：奉旨：將此二罐山楂賞與普陀山住持和尚心明、性統，欽此。欽遵賫來，於十二月十七日至杭州，欽遵諭旨將二罐山楂

双全、批本笔帖式张文彬奏呈时，由内取出山楂二罐连同请安折子告称：奉旨：将此二罐山楂赏与普陀山住持和尚心明、性统，钦此。钦遵赍来，于十二月十七日至杭州，钦遵谕旨将二罐山楂

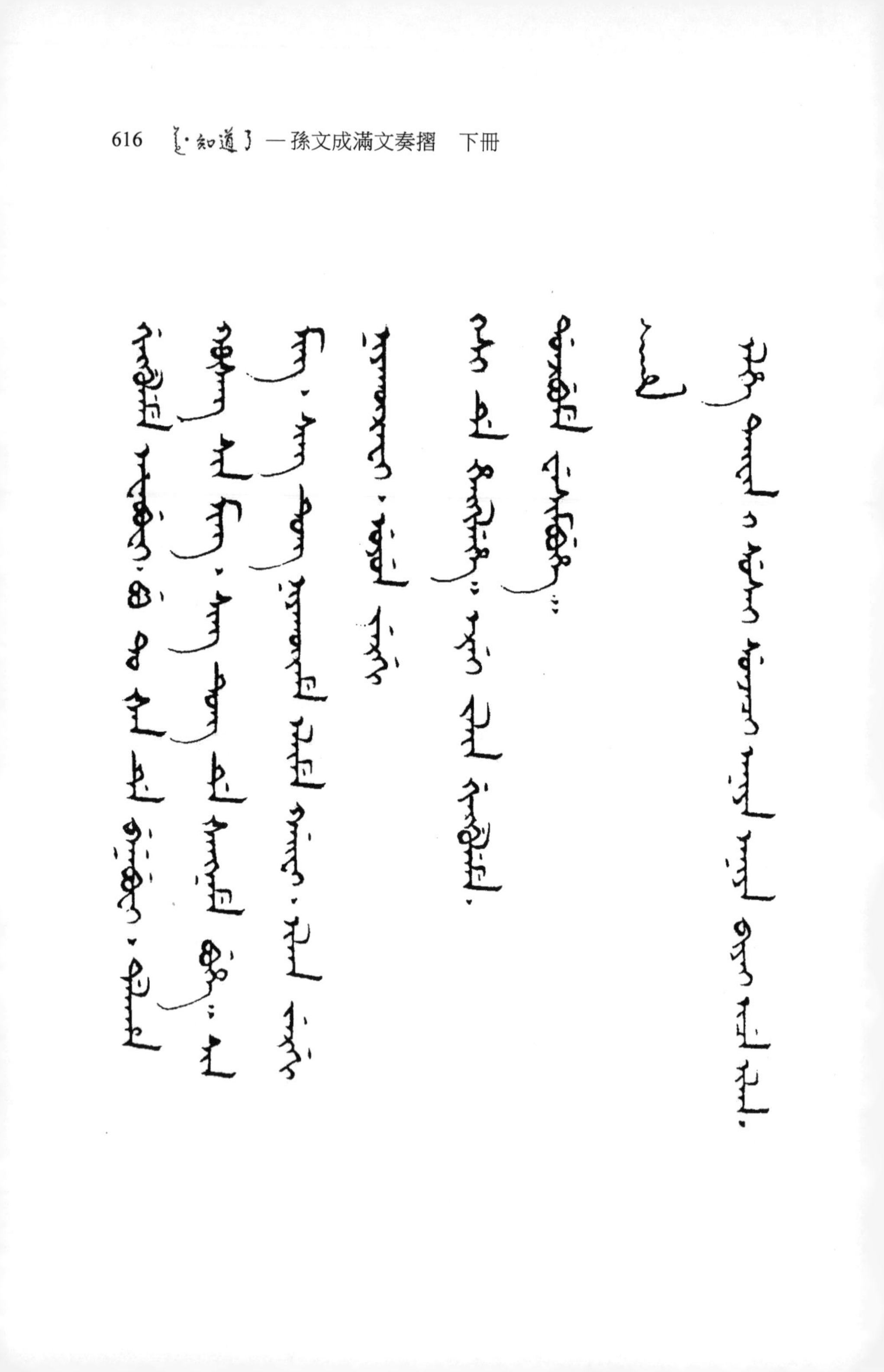

ᠮᠠ᠊ᠨᠵᡠ᠂ ᡥᠠᡶᠠᠨ ᠪᡳᡨᡥᡝ᠂ ᠵᠠᡴᠠ ᠪᡝ ᡝᠯᡝᠮᠪᡝ᠂

gingguleme afabufi, pu to šan de benebufi, dalaha hošang sin
ming, sing tung de šangname buhe. sin ming, sing tung
niyakūrame alime gaifi, ilan jergi niyakūrafi, uyun jergi kesi
de hengkilehe. erei jalin gingguleme, donjibume wesimbuhe.
saha.
elhe taifin i susai sunjaci aniya aniya biyai ice ilan.

敬謹交與人，令其送至普陀山，賞給住持和尚心明、性統。
心明、性統跪領，三跪九叩謝恩。謹此奏聞。
【硃批】知道了。
康熙五十五年正月初三日

敬谨交与人，令其送至普陀山，赏给住持和尚心明、性统。
心明、性统跪领，三跪九叩谢恩。谨此奏闻。
【朱批】知道了。
康熙五十五年正月初三日

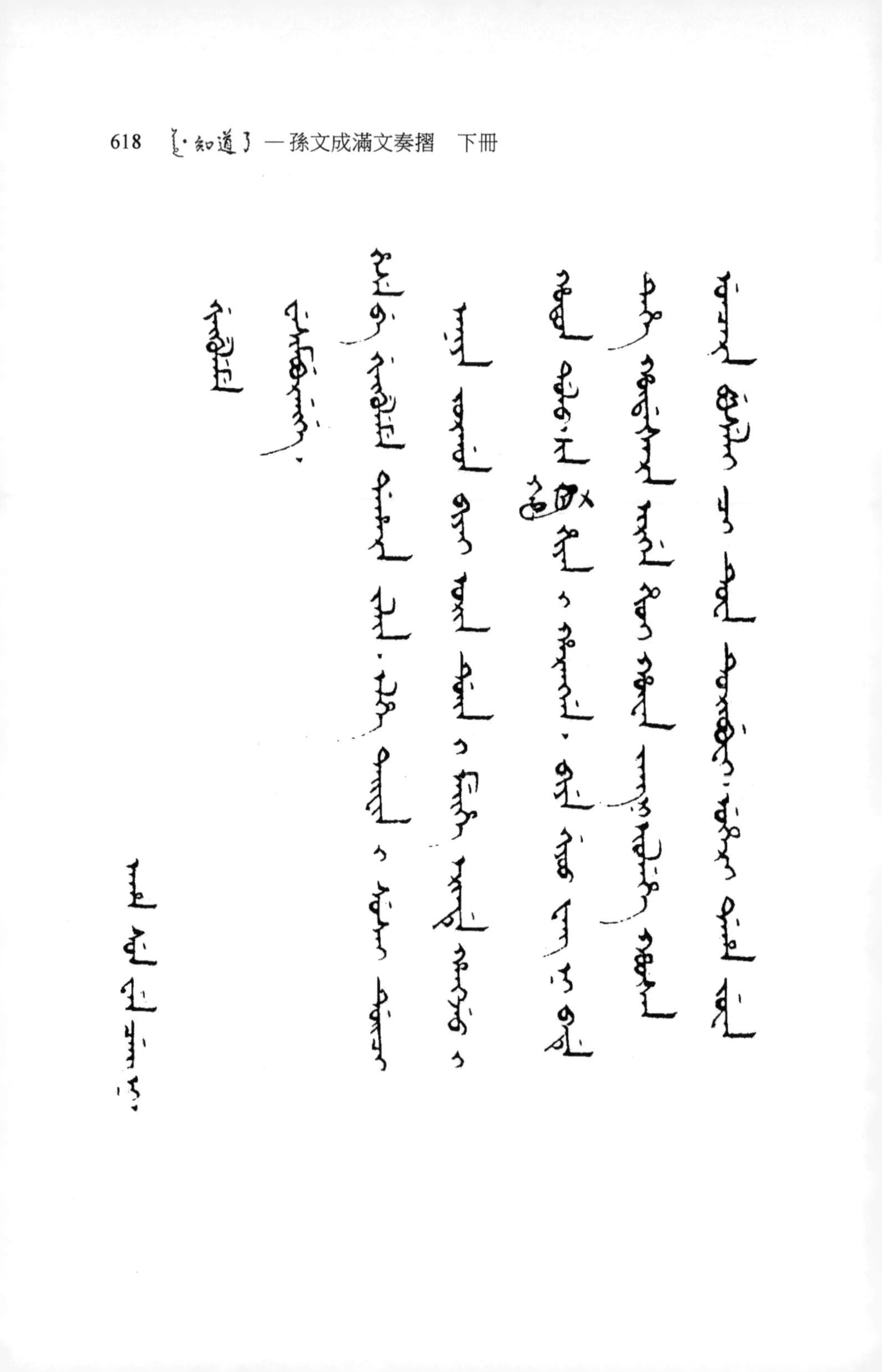

【155】奏聞杭州城內民房失火摺

aha sun wen ceng ni, gingguleme wesimburengge, hese be gingguleme dahara jalin, elhe taifin i susai duici aniya jorgon biyai orin duin i meihe erinde hangjeo i hoton dolo, žin he〔ho〕hiyan i harangga biye giyoo fang ni bade tehe hūdašara irgen hioi hūwan jang ni iolehe hoošan uncara puseli ci tuwa turibufi, uheri daha juwan

奴才孫文成

謹奏，為欽遵諭旨事。康熙五十四年十二月二十四日巳刻，杭州城內仁和縣所屬別校坊地方，自所住商民許煥章出售油紙之舖戶失火，

奴才孙文成

谨奏，为钦遵谕旨事。康熙五十四年十二月二十四日巳刻，杭州城内仁和县所属别校坊地方，自所住商民许焕章出售油纸之铺户失火，

ᠪᡳᡨᡥᡝ ᠨᡳᠶᠠᠯᠮᠠ᠂ ᡠᡥᡝᡵᡳ ᠪᠣᡩᠣᡥᠣ ᠶᠠᠪᡠᠮᠪᡳ᠂ ᠠᠮᠠᠰᡳ
ᠨᡳᠶᠠᠯᠮᠠ᠂

ᠪᠠᡩᠠᡵᠠᠮᠪᡠᡥᠠ ᡨᠣᡥᠣᡵᠣᠨ᠂ ᡵᠠᡴᠰᠠ ᠰᡝᠮᡝ ᡥᡝᠨ᠊
ᡩᡠᠬᡝ᠊᠊᠊

ᠪᡳᡨᡥᡝ ᠨᡳᠶᠠᠯᠮᠠ᠂ ᡝᠯᡝᠮᠠᠩᡤᠠ᠂ ᠪᠠᠨᠵᡳᠮᠪᡳ᠂ ᠨᡳᠶᠠᠯᠮᠠ
ᡤᠠᡳᠴᡳ᠂ ᠯᠠᠪᡩᡠ᠂ ᠪᡝ᠂ ᡤᠠᡳᠰᡠᠨ᠂

ᠪᠠᡩᠠᡵᠠᠮᠪᡠᡥᠠ ᠰᡠᠨᠵᠠ᠂ ᡩᠣᡵᠣᠯᠣᠨ᠂ ᠪᠠᠨᠵᡳᠮᠪᡳ᠂ ᡵᠠᡴᠰᠠ
ᠰᡝᠮᡝ᠂ ᠠᠪᡴᠠ ᠨᠠ᠂ ᠴᡝᠨ᠂ ᡝᠯᡝᠮᠪᡳ᠂ ᠪᠠᠨᠵᡳᠮᠪᡳ᠂

ᠪᠠᡩᠠᡵᠠᠮᠪᡠᡥᠠ ᠨᠠᡩᠠᠨ᠂ ᠰᡳᠨᡳ᠂ ᠪᠠᠨᠵᡳᠮᠪᡳ᠂ ᠠᠮᠪᠠ
ᠨᡳᠶᠠᠯᠮᠠ᠂ ᠠᠮᠠᠰᡳ᠂ ᡨᡝᠮᡝᠨ᠂ ᠪᠠᠨᠵᡳᠮᠪᡳ᠂ ᠮᠣᡥᠣ
ᡩᠣ᠂ ᠪᡝᠨ᠂ ᠪᠠᠨᠵᡳᠮᠪᡳ᠂ ᠪᡝ᠂

boigon i boo juwan juwe giyan, jai ineku biyai orin ninggun
i ulgiyan erinde žin he〔ho〕hiyan i harangga žu sung i du i
bade tehe irgen jeng dz wen i booci tuwa turibufi, uheri daha
ninggun boigon i boo tofohon giyan. erei jalin gingguleme
donjibume wesimbuhe.

saha.

elhe taifin i susai sunjaci aniya aniya biyai ice ilan.

計燒燬十戶人家十二間。再本月二十六日亥刻，仁和縣所
屬如松義都地方，自住民曾子文家失火[23]，計燒燬六戶人
家十五間。謹此奏聞。
【硃批】知道了。
康熙五十五年正月初三日

計燒毀十戶人家十二間。再本月二十六日亥刻，仁和縣所
屬如松義都地方，自住民曾子文家失火 [23]，計燒毀六戶人
家十五間。謹此奏聞。
【朱批】知道了。
康熙五十五年正月初三日

23　hioi hūwan jang，音譯作許煥章。jeng dz wen，音譯作曾子文。

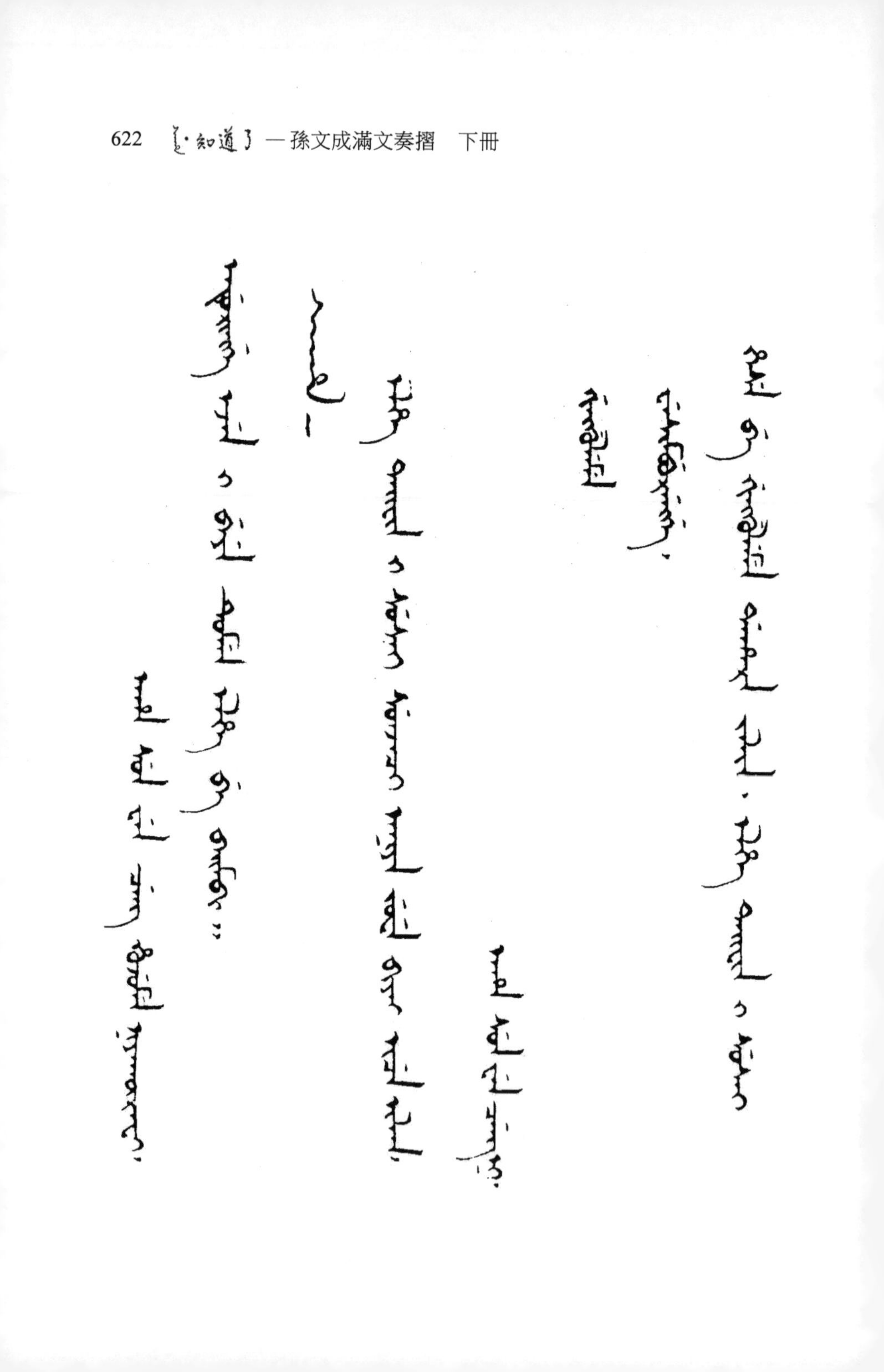

【156】請安摺

aha sun wen ceng hujume niyakūrafi, enduringge ejen i beye
tumen elhe be baimbi.
saha.
elhe taifin i susai sunjaci aniya juwe biyai ice ilan.

【157】奏聞杭州糧道衙門內宅失火摺

aha sun wen ceng ni, gingguleme wesimburengge, hese be
gingguleme dahara jalin, elhe taifin i susai

奴才孫文成俯伏跪

請聖主聖躬萬安。
【硃批】知道了。
康熙五十五年二月初三日

奴才孫文成

謹奏，為欽遵諭旨事。康熙

奴才孫文成俯伏跪

请圣主圣躬万安。
【朱批】知道了。
康熙五十五年二月初三日

奴才孙文成

谨奏，为钦遵谕旨事。康熙

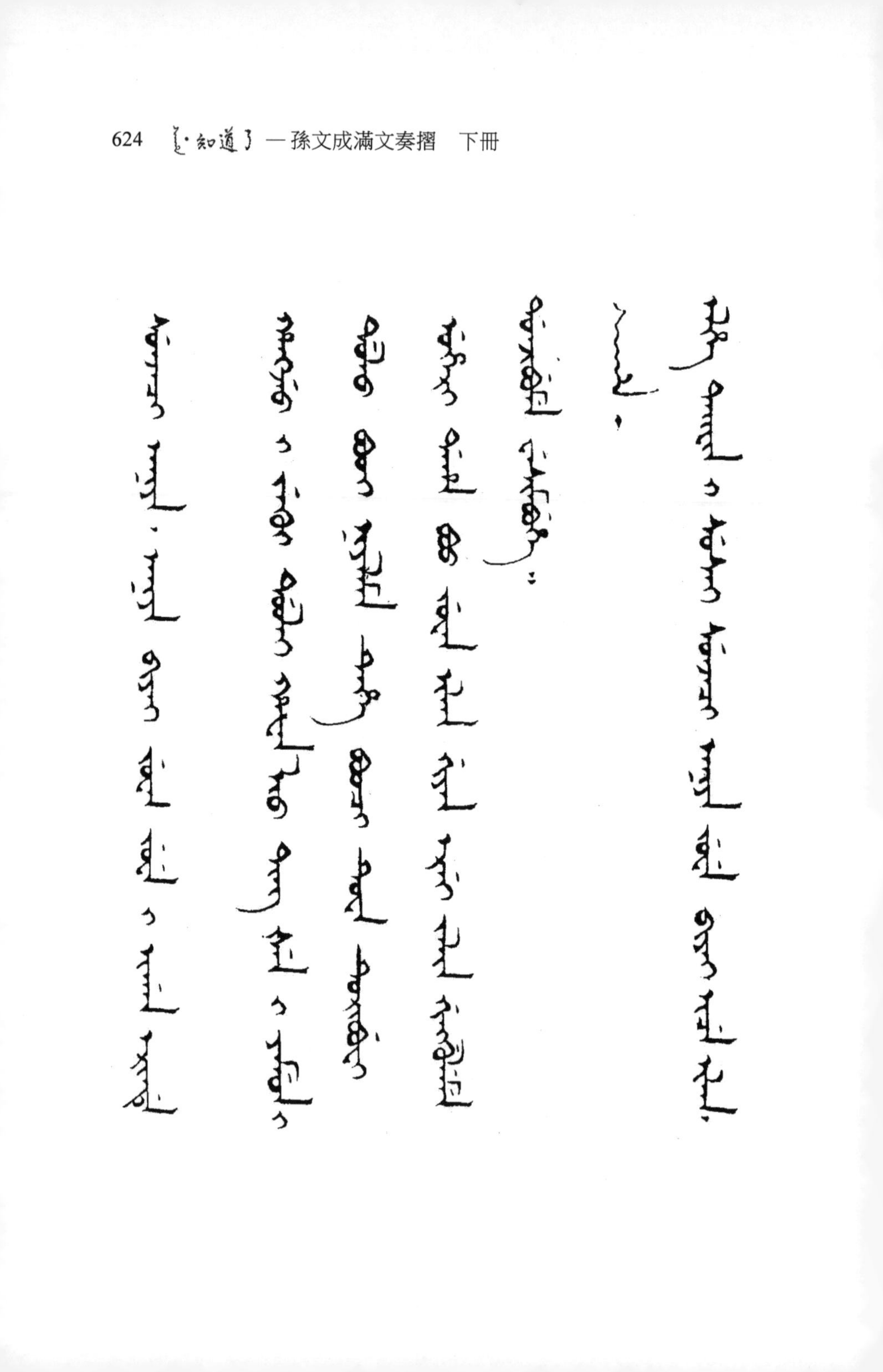

sunjaci aniya, aniya biyai juwan juwe i igan〔ihan〕erinde
hangjeo i jekui dooli hafan lio ting šen i yamun i dolo booi
niyalma tehe booci tuwa turibufi, uheri daha boo juwan ilan
giyan. erei jalin gingguleme donjibume wesimbuhe.
saha.
elhe taifin i susai sunjaci aniya juwe biyai ice ilan.

五十五年正月十二日丑刻，自杭州糧道劉挺伸衙門內家人
住屋失火，共燒燬房屋十三間。謹此奏聞[24]。
【硃批】知道了。
康熙五十五年二月初三日

五十五年正月十二日丑刻，自杭州粮道刘挺伸衙门内家人
住屋失火，共烧毁房屋十三间。谨此奏闻 [24]。
【朱批】知道了。
康熙五十五年二月初三日

---

[24] lio ting šen，音譯作劉挺伸。

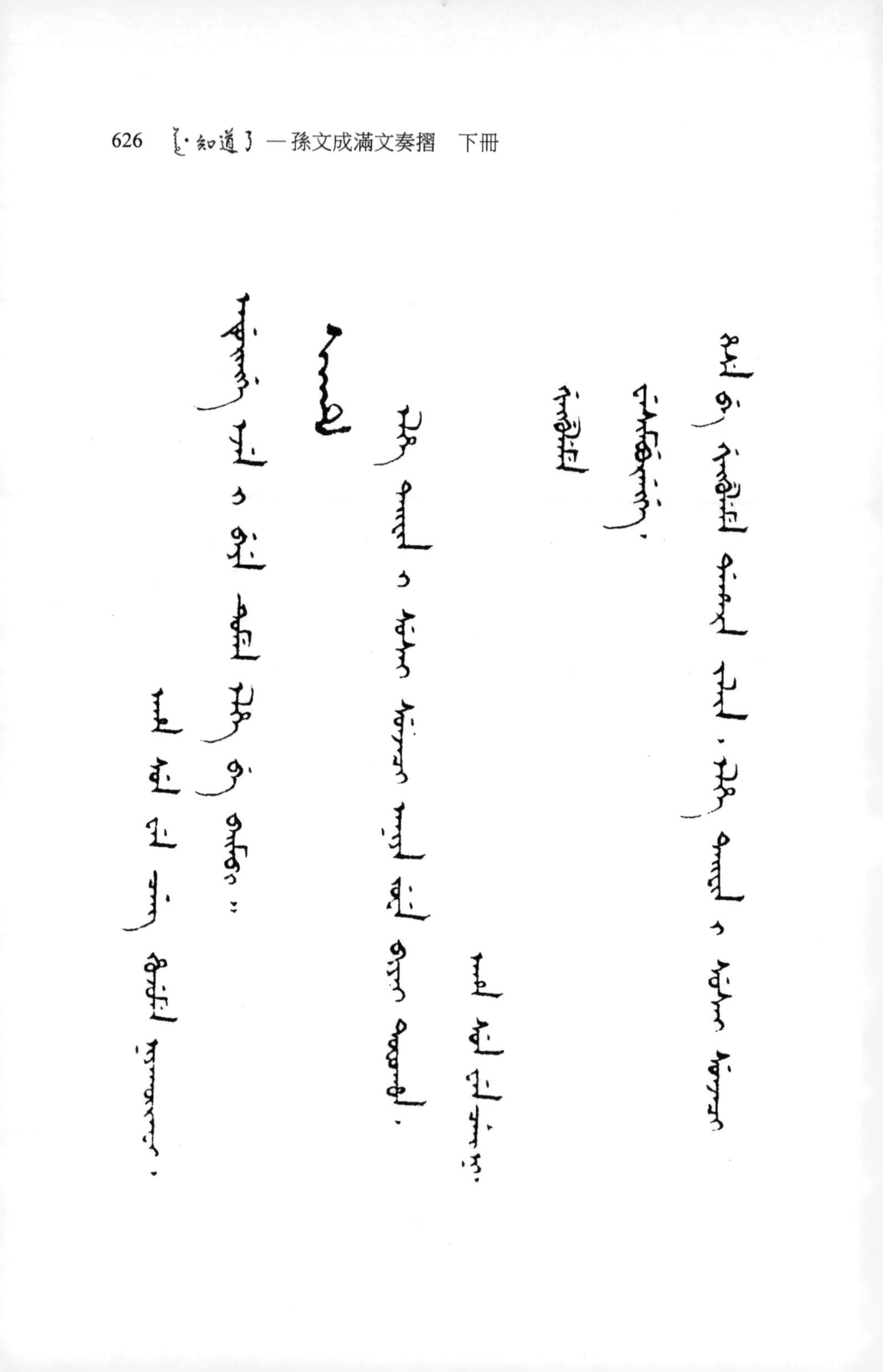

【158】請安摺

aha sun wen ceng hujume niyakūrafi, enduringge ejen i beye
tumen elhe be baimbi.

saha.

elhe taifin i susai sunjaci aniya juwe biyai tofohon.

【159】奏聞轉呈仇兆鰲請安摺

aha sun wen ceng ni, gingguleme wesimburengge, hese be
gingguleme dahara jalin, elhe taifin i susai sunjaci

　　　　　　　　　　　　　　　奴才孫文成俯伏跪

請聖主聖躬萬安。
【硃批】知道了。
康熙五十五年二月十五日
　　　　　　　　　　　　　　　　　奴才孫文成

謹奏，為欽遵諭旨事。康熙五十五

　　　　　　　　　　　　　　　奴才孙文成俯伏跪

请圣主圣躬万安。
【朱批】知道了。
康熙五十五年二月十五日
　　　　　　　　　　　　　　　　　奴才孙文成

谨奏，为钦遵谕旨事。康熙五十五

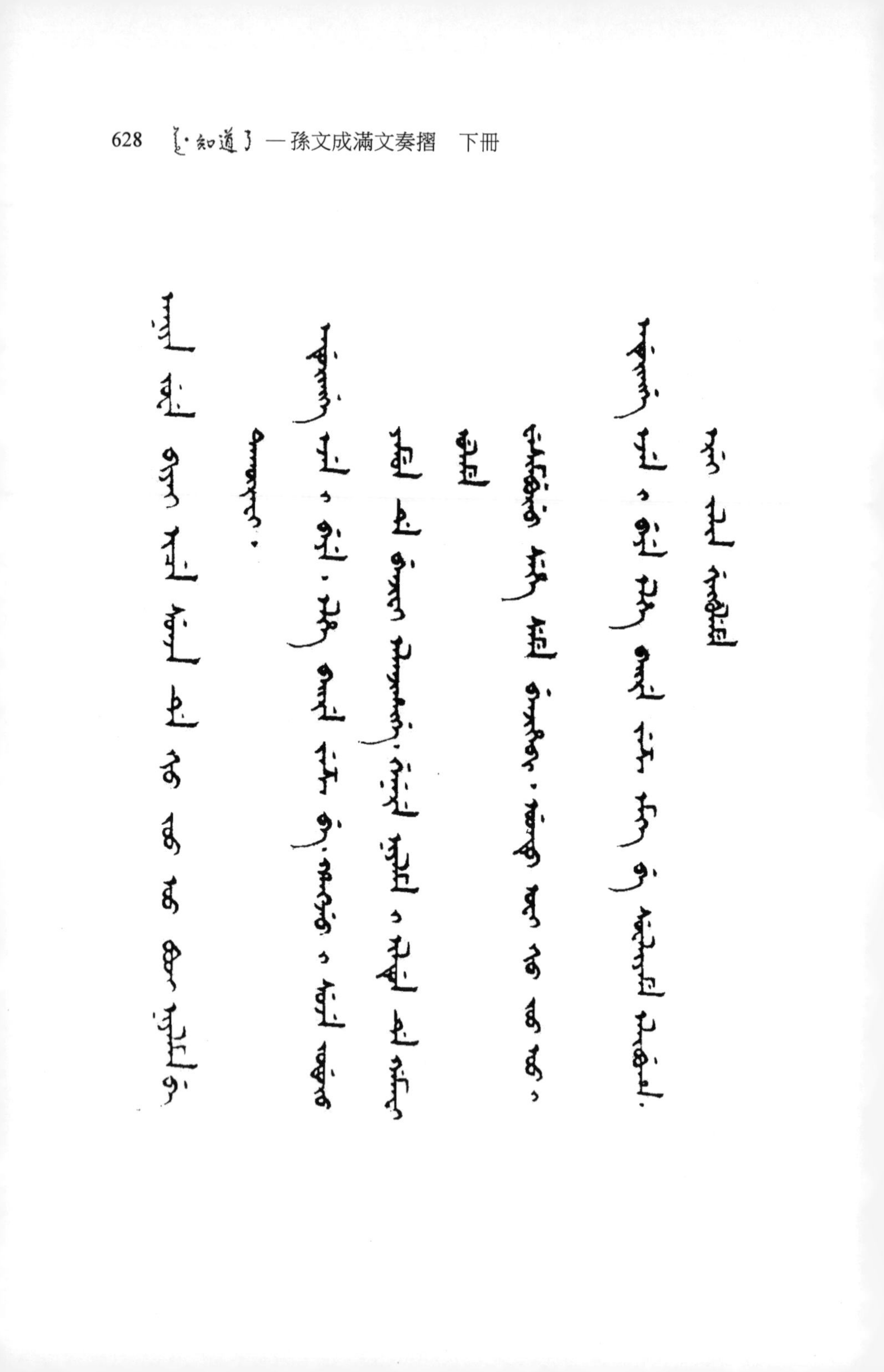

aniya juwe biyai ice sunja de kio joo oo booi niyalma be takūrafi, enduringge ejen i beye, elhe baire jedz be, hangjeo i suje jodoro yamun de benjifi alanjihangge, genere niyalma i ildun de gamafi ulame wesimbureo sehe seme benjihebi, uttu ofi kio joo oo i enduringge ejen i beye elhe baire jedz emke be suwaliyame alibuha. erei jalin gingguleme

年二月初五日，仇兆鰲差家人將請聖躬萬安摺子齎來杭州緞疋織造衙門告稱：乘有人前往之便齎去轉奏云云。是以將仇兆鰲請聖躬萬安摺子一件一併進呈。謹此

年二月初五日，仇兆鰲差家人将请圣躬万安折子赍来杭州缎疋织造衙门告称：乘有人前往之便赍去转奏云云。是以将仇兆鰲请圣躬万安折子一件一并进呈。谨此

ᡝᠯᡝᡥᡝᠨ ᠨᡳᠮᡝᠴᡠᠨ

ᠪᠠᠰᠠ
ᠠᠮᠪᠠ
ᠵᡳᠶᠠᠩ
ᠨᠠᠨ
ᡝᠯᡝ
ᠰᡳᠮᡝᠨᡝ

ᠵᡳᠶᠠ
ᡥᡳᠩ
ᠵᡳᠶᠠ
ᠨᠠᠨ
ᠪᠠᠰᠠ

donjibume wesimbuhe.

saha. mini pilehe jedz uheri emu fempi, mini araha fusheku emu narhūn hiyase erebe ume aššabure, kemuni kio joo oo de benebu.

elhe taifin i susai sunjaci aniya juwe biyai tofohon.

wesimbure bithe arara de si ume fe hoošan de arara.

奏聞。

【硃批】知道了。朕批摺子共一封，朕書扇子一細匣，勿動之，仍差人送與仇兆鰲。

康熙五十五年二月十五日。

具本時，爾勿書於舊紙。

奏闻。

【朱批】知道了。朕批折子共一封，朕书扇子一细匣，勿动之，仍差人送与仇兆鳌。

康熙五十五年二月十五日。

具本时，尔勿书于旧纸。

ᠪᠠᠶᡳᡨᠠ᠈ ᠵᠠᡴᠠ ᡩᠠᠳᠠ᠈ ᠮᠠᠩᡤᠠ ᡤᡝᠯᡳ ᠪᠠᠨᡳ᠈

ᠪᠠᠶᡳᡨᠠ᠈ ᡩᠠᠳᠠ᠈ ᠵᠠᠨᡝ ᠪᠠᠨᡳ ᡝᠯᡝ ᠠᠮᠪᠠ᠈

ᠪᠠᠶᡳᡨᠠ᠈ ᠵᠠᠨᡝ ᠪᠠᡳᡨᠠ᠈ ᡝᠯᡝ ᠠᠮᠪᠠ᠈

ᠪᠠᠶᡳᡨᠠ᠈ ᠵᠠᠨᡝ ᠪᠠᠨᡳ ᡝᠯᡝ ᠠᠮᠪᠠ᠈

【160】請安摺

aha sun wen ceng hujume niyakūrafi, enduringge ejen i beye
tumen elhe be baimbi.

saha.

elhe taifin i susai sunjaci aniya anagan i ilan biyai ice duin.

【161】請安摺

aha sun wen ceng hujume niyakūrafi, enduringge ejen i beye
tumen elhe be baimbi.

mini beye elhe.

elhe taifin i susai sunjaci aniya duin biyai ice juwe.

奴才孫文成俯伏跪

請聖主聖躬萬安。
【硃批】知道了。
康熙五十五年閏三月初四日

奴才孫文成俯伏跪

請聖主聖躬萬安。
【硃批】朕體安。
康熙五十五年四月初二日

奴才孙文成俯伏跪

请圣主圣躬万安。
【朱批】知道了。
康熙五十五年闰三月初四日

奴才孙文成俯伏跪

请圣主圣躬万安。
【朱批】朕体安。
康熙五十五年四月初二日

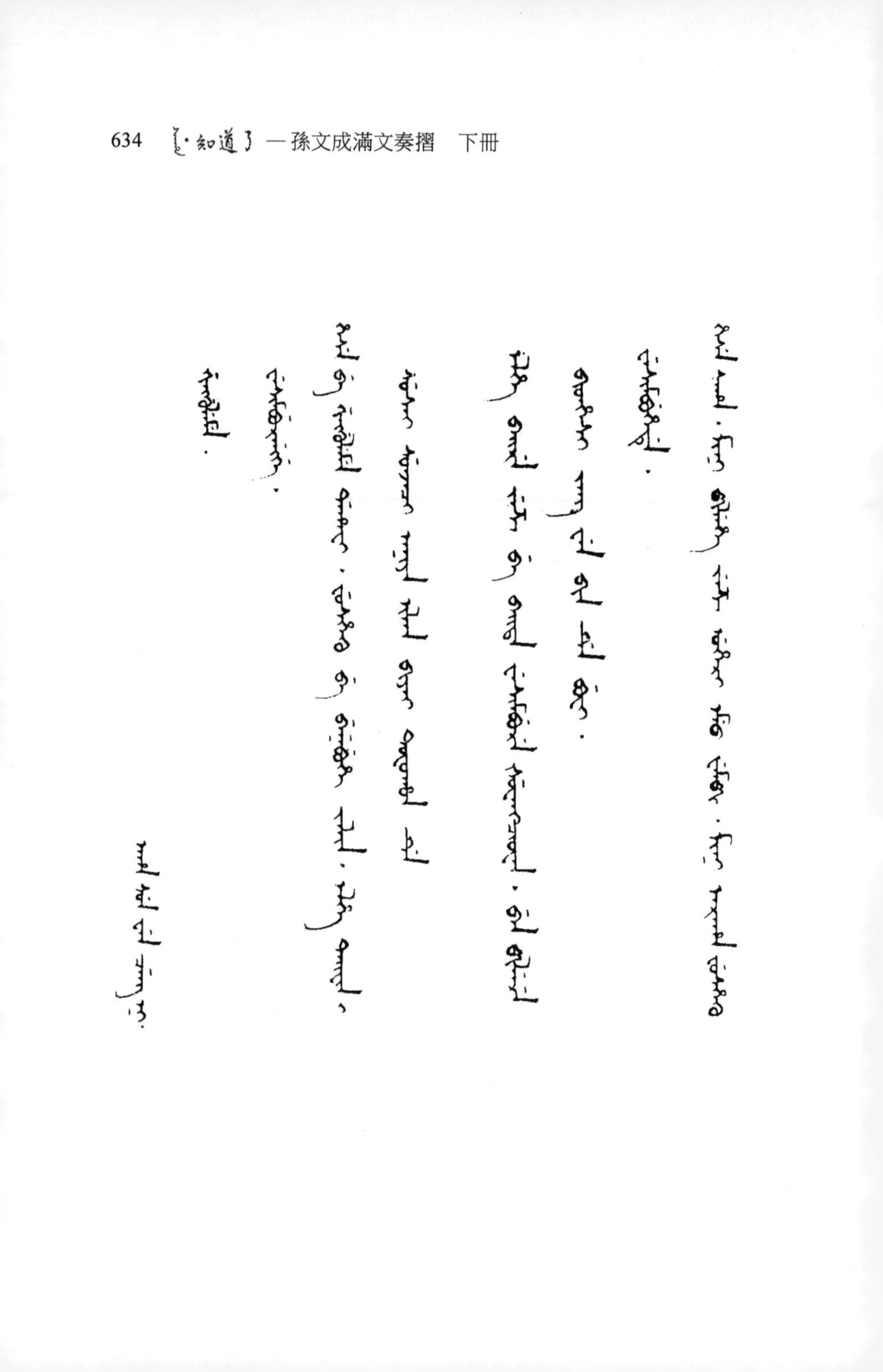

【162】奏聞差人齎送御書扇子等事摺

aha sun wen ceng ni, gingguleme wesimburengge, hese be gingguleme dahafi, fusheku be benebuhe jalin, elhe taifin i susai sunjaci aniya ilan biyai tofohon de elhe baire jedz be baita wesimbure šuwangciowan, ben pilere bithesi jang wen bin de bufi wesimbuhede, hese saha, mini pilehe jedz uheri emu fempi, mini araha fusheku

奴才孫文成
謹奏，為欽遵諭旨差人齎送扇子事。康熙五十五年三月十五日，將請安摺子給與奏事雙全、批本筆帖式張文彬進呈時，奉旨：知道了。朕批摺子共一封，朕書扇子

奴才孙文成
谨奏，为钦遵谕旨差人赍送扇子事。康熙五十五年三月十五日，将请安折子给与奏事双全、批本笔帖式张文彬进呈时，奉旨：知道了。朕批折子共一封，朕书扇子

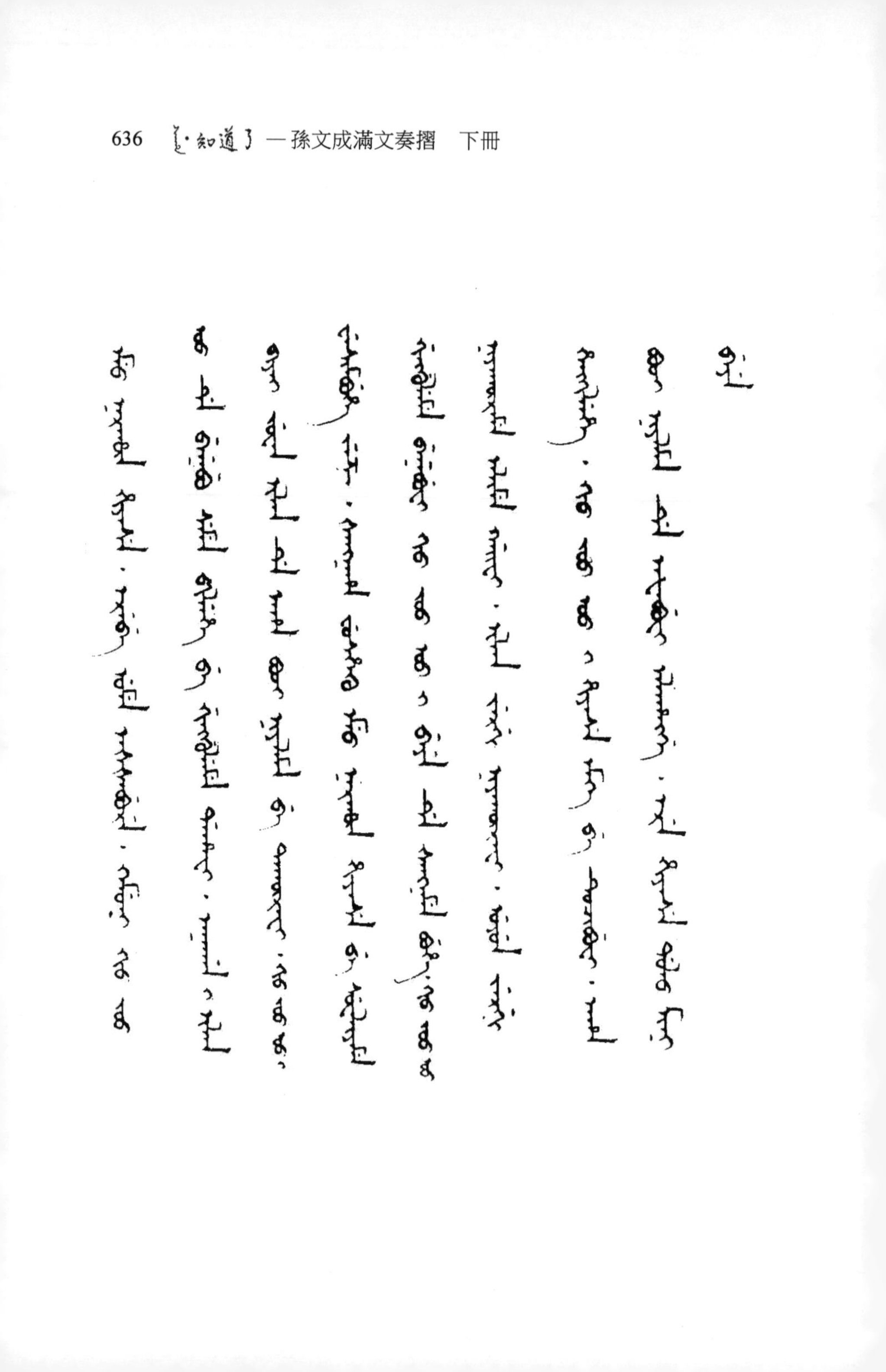

emu narhūn hiyase, erebe ume aššabure, kemuni kio joo oo
de benebu seme pilehe be gingguleme dahafi, anagan i ilan
biyai juwan ilan de aha booi niyalma be takūrafi, kio joo oo i
wesimbuhe jedz, šangnaha fusheku emu narhūn hiyase be
suwaliyame gingguleme benebufi kio joo oo i beye de
šangname buhe, kio joo oo niyakūrame alime gaifi, ilan jergi
niyakūrafi, uyun jergi hengkilehe. kio joo oo i hiyase emke
be tucibufi, aha booi niyalma de afabufi alahangge, ere
hiyase dolo mini beye

一細匣，勿動之，仍差人送與仇兆鼇，欽此。欽遵於閏三
月十三日差奴才家人將仇兆鼇所奏摺子連同所賞扇子一
細匣一併令其恭齎賞給仇兆鼇本人。仇兆鼇跪領，三跪九
叩。仇兆鼇取出匣子一個，交與奴才家人告稱：將此匣子
內我本人

一细匣，勿动之，仍差人送与仇兆鼇，钦此。钦遵于闰三
月十三日差奴才家人将仇兆鼇所奏折子连同所赏扇子一
细匣一并令其恭赍赏给仇兆鼇本人。仇兆鼇跪领，三跪九
叩。仇兆鼇取出匣子一个，交与奴才家人告称：将此匣子
内我本人

ᠮᡳᠨᡳ ᡳᠪ ᡝ᠈ ᠪᠠᡳᡨᠠ ᠪᡝ ᠪᠠᡳᠴᠠᠮᡝ ᡝᠯᡝ ᡝᠩ ᡥᡝ ᡥᡝ᠈

ᠰᡠᠩ ᠵᡠ ᠪᡝ᠈ ᠪᠠᡳᡨᠠ ᠪᡝ᠈

ᠠᠮᠪᠠᡳᡥᠠᡩᠠᡥᠠ ᠵᡠᠸᡝ ᠰᡠᠨ ᡧᡳ

ᠸᡝᠰᡳᠮᠪᡠᡵᡝ᠈

ᡥᡝᠰᡝ ᠸᠠᠰᡳᠮᠪᡠᡥᠠ᠈

ᡝᠯᡝ ᡝ᠈ ᠵᡠᠸᡝ ᠪᡝ᠈ ᡥᡝ ᠰᡝ᠈

kesi de hengkilehe jedz be gamafi baita wesimbure ildun de
ulame wesimbureo sehe seme afabuhabi. uttu ofi kio joo oo i
kesi de hengkilehe jedz i hiyase emke be suwaliyame alibuha.
erei jalin gingguleme donjibume wesimbuhe.
saha, pilehe jedz be kemuni benebu.
elhe taifin i susai sunjaci aniya duin biyai ice juwe.

謝恩摺子齎去，乘奏事之便轉奏云云。是以將仇兆鰲謝恩
摺子匣子一個一併進呈。謹此奏聞。
【硃批】知道了，所批摺子仍差人送去。
康熙五十五年四月初二日

谢恩折子赍去，乘奏事之便转奏云云。是以将仇兆鳌谢恩
折子匣子一个一并进呈。谨此奏闻。
【朱批】知道了，所批折子仍差人送去。
康熙五十五年四月初二日

ᠠᠮᠪᠠ᠂ ᠪᠠᡳᡨᠠ᠂ ᠠᡴᡡ᠂ ᠠᠯᠪᠠᠨ ᡳ ᠪᠠᠶᠠᠨ᠂

ᠵᠠᠩ ᠵᡳᠶᠠᠨ᠂ ᠪᠠᡳᡨᠠ᠂ ᠠᡴᡡ᠂ ᠪᠠᠶᠠᠨ

ᡳ ᠪᠠᡳᡨᠠ᠂ ᠠᡴᡡ᠂

ᡨᠣᠪ ᡤᡳᠶᠠᠨ ᡳ ᡥᠣᡨᠣᠨ ᠪᠠᡳᡨᠠ ᠠᡴᡡ᠂

ᡥᠠᠩ ᠵᡝᠣ ᡳ ᠪᠠᡳᡨᠠ ᠠᡴᡡ ᠰᡝᠮᠪᡳ᠂

【163】請安摺

aha sun wen ceng hujume niyakūrafi, enduringge ejen i beye
tumen elhe be baimbi.

saha.

elhe taifin i susai sunjaci aniya sunja biyai ice juwe.

【164】請安摺

aha sun wen ceng hujume niyakūrafi, enduringge ejen i beye
tumen elhe be baimbi.

saha.

elhe taifin i susai sunjaci aniya ninggun biyai ice juwe.

奴才孫文成俯伏跪

請聖主聖躬萬安。
【硃批】知道了。
康熙五十五年五月初二日

奴才孫文成俯伏跪

請聖主聖躬萬安。
【硃批】知道了。
康熙五十五年六月初二日

奴才孙文成俯伏跪

请圣主圣躬万安。
【朱批】知道了。
康熙五十五年五月初二日

奴才孙文成俯伏跪

请圣主圣躬万安。
【朱批】知道了。
康熙五十五年六月初二日

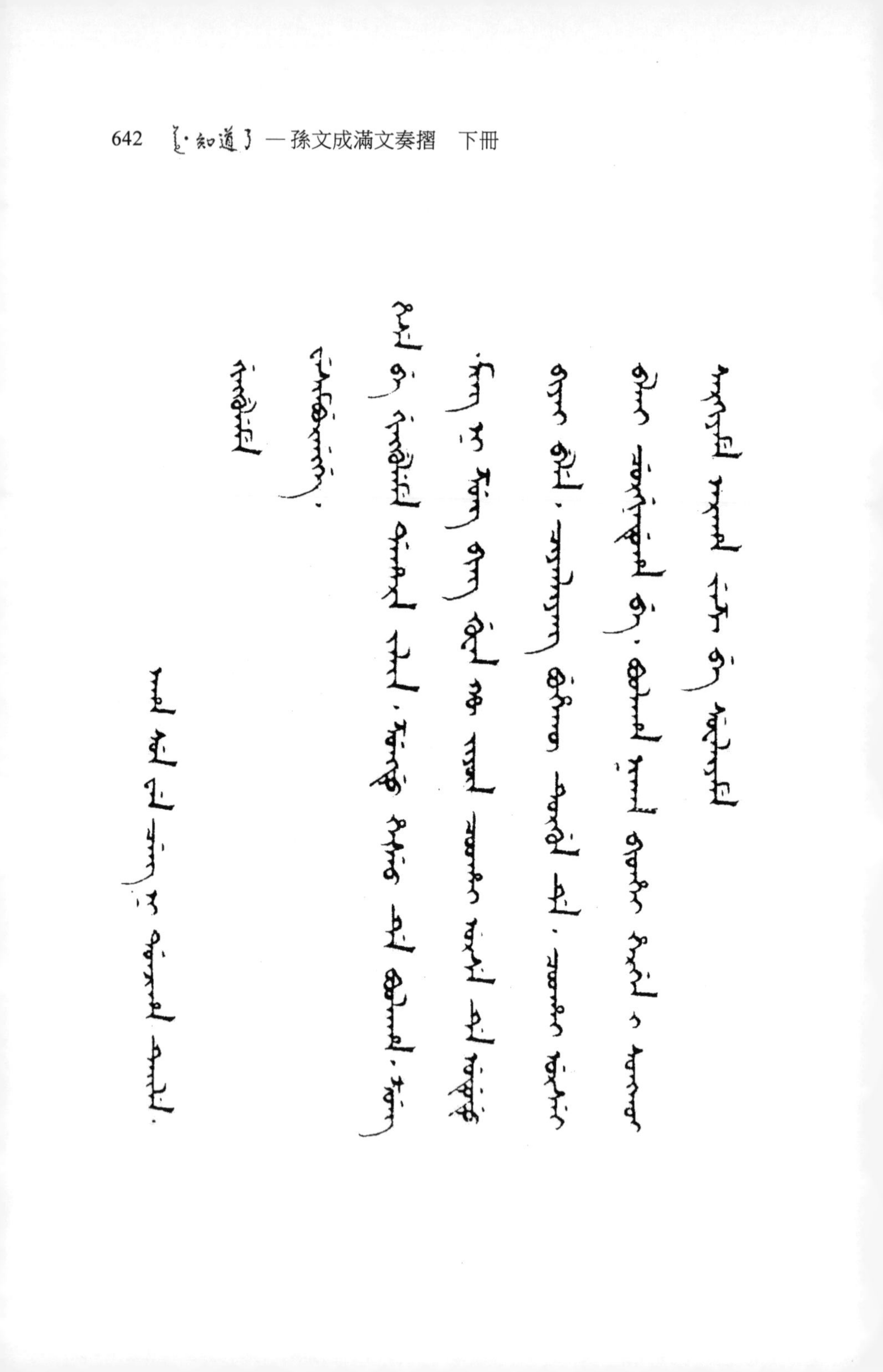

【165】奏聞崇明兵丁鼓譟摺

aha sun wen ceng ni donjiha teile, gingguleme wesimburengge,
hese be gingguleme dahara jalin, dzungdu hešeo de boolaha,
ts'ung ming ni dzung bing guwan hū jiyūn coohai urse de
ududu biyai bele, ciyanliyang buhekū turgun de, coohai ursei
balai curginduha be, boolaha nikan bithei hergen i songkoi
sarkiyame araha jedz be suwaliyame

奴才孫文成僅以所聞
謹奏，為欽遵諭旨事。稟報總督赫壽，因崇明總兵官胡駿
將數月米穀、錢糧未給兵丁，故兵丁妄行鼓譟，按照所報
漢字抄寫摺子一併

奴才孫文成仅以所闻
谨奏，为钦遵谕旨事。禀报总督赫寿，因崇明总兵官胡骏
将数月米谷、钱粮未给兵丁，故兵丁妄行鼓噪，按照所报
汉字抄写折子一并

ᠪᡳᡨᡥᡝ ᠂ ᠠᠮᠪᠠ
ᡥᡡᠸᠠᠯᡳᠶᠠᠰᡠᠨ ᡳ
ᠪᠠᠩᠠᠰᠠ ᠪᠠᡳ᠄

ᠠᠮᠪᠠ
ᡥᡡᠸᠠᠯᡳᠶᠠᠰᡠᠨ
ᠪᠠᡳ᠂ ᡤᡝᠯᡳ
ᠪᠠᡳ

ᡩ᠊ᠠ᠊ᠨ᠊ᠵᠠ
ᡥᠠᠨᠵᠠ
ᡵᠠᡥᠠᠨ

wesimbuhe. erei jalin gingguleme donjibume wesimbuhe.
saha.
elhe taifin i susai sunjaci aniya ninggun biyai ice juwe.

【166】請安摺

aha sun wen ceng hujume niyakūrafi, enduringge ejen i beye
tumen elhe be baimbi.
saha.
elhe taifin i susai sunjaci aniya nadan biyai ice jakūn.

進呈。謹此奏聞。
【硃批】知道了。
康熙五十五年六月初二日

奴才孫文成俯伏跪

請聖主聖躬萬安。
【硃批】知道了。
康熙五十五年七月初八日

进呈。谨此奏闻。
【朱批】知道了。
康熙五十五年六月初二日

奴才孙文成俯伏跪

请圣主圣躬万安。
【朱批】知道了。
康熙五十五年七月初八日

【167】奏報齎交仇兆鰲摺子日期摺

aha sun wen ceng ni, gingguleme wesimburengge, hese be
gingguleme dahafi, pilehe jedz be amasi benebuhe jalin,
enduringge ejen i gala ci araha fusheku be, ere aniya duin
biyai dorgide kio joo oo de šangname buhe jalin, kio joo oo
kesi de hengkilehe jedz be suwaliyame, sunja biyai ice duin
de baita wesimbure šuwangciowan, ben pilerere bithesi

奴才孫文成

謹奏，為欽遵諭旨差人齎還所批摺子事。聖主親書扇子，
於今年四月內賞給仇兆鰲，為此將仇兆鰲謝恩摺子一併於
五月初四日給與奏事雙全、批本筆帖式

奴才孙文成

谨奏，为钦遵谕旨差人赍还所批折子事。圣主亲书扇子，
于今年四月内赏给仇兆鳌，为此将仇兆鳌谢恩折子一并于
五月初四日给与奏事双全、批本笔帖式

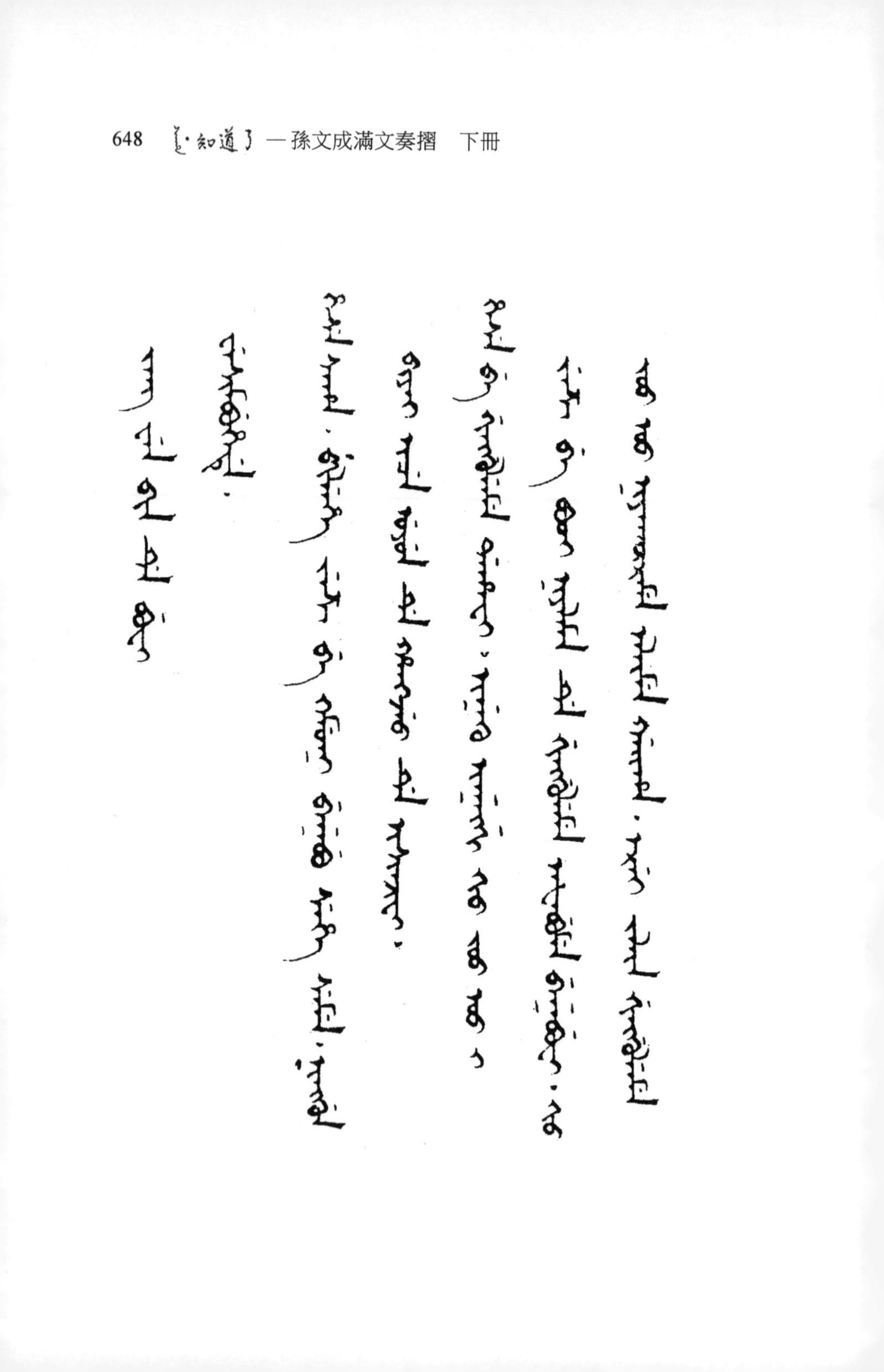

jang wen bin de bufi wesimbuhede, hese saha, pilehe jedz be kemuni benebu sehe seme, ninggun biyai ice uyun de hangjeo de isinjifi, hese be gingguleme dahafi, ineku inenggi kio joo oo i jedz be booi niyalma de gingguleme afabume benebufi, kio joo oo niyakūrame alime gaiha. erei jalin gingguleme

---

張文彬進呈時，奉旨：知道了，所批摺子仍差人送去，欽此。六月初九日至杭州，欽遵諭旨於本日將仇兆鰲摺子令家人敬謹送交，仇兆鰲跪領。謹此

张文彬进呈时，奉旨：知道了，所批折子仍差人送去，钦此。六月初九日至杭州，钦遵谕旨于本日将仇兆鳌折子令家人敬谨送交，仇兆鳌跪领。谨此

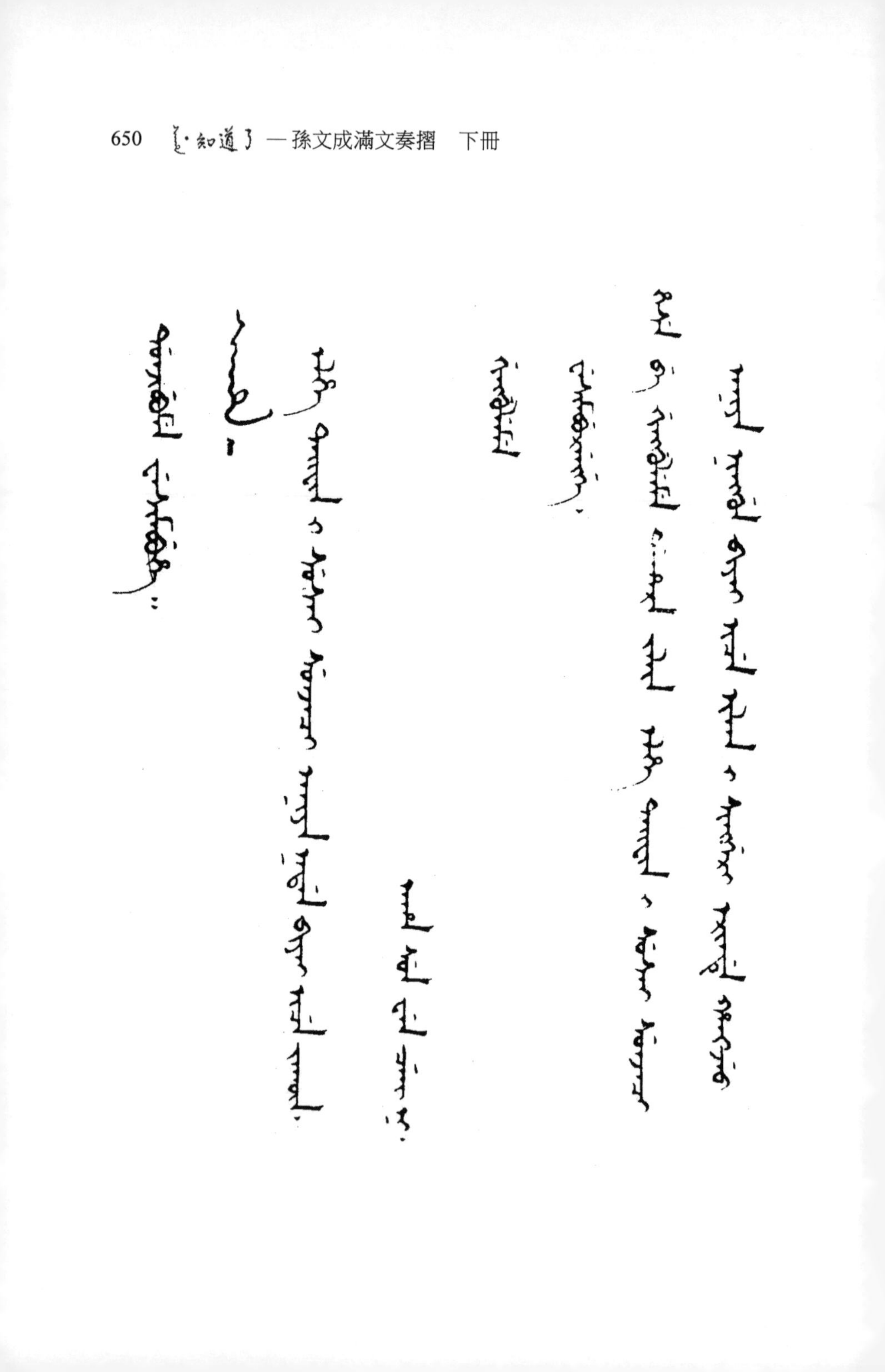

donjibume wesimbuhe.

saha.

elhe taifin i susai sunjaci aniya nadan biyai ice jakūn.

【168】奏聞杭州城內民房失火摺

aha sun wen ceng ni, gingguleme wesimburengge, hese be gingguleme dahara jalin. elhe taifin i susai sunjaci aniya ninggun biyai ice ilan i singgeri erinde hangjeo

---

奏聞。

【硃批】知道了。

康熙五十五年七月初八日

奴才孫文成

謹奏，為欽遵諭旨事。康熙五十五年六月初三日子刻，

奏闻。

【朱批】知道了。

康熙五十五年七月初八日

奴才孙文成

谨奏，为钦遵谕旨事。康熙五十五年六月初三日子刻，

ᠮᡠᡩᠠᠨ᠂ ᠰᡠᠨ ᠸᡝᠨ ᠴᡝᠩ ᠪᠠᠨ ᡥᠠᠯᠠᠩᡤᠠ᠂ ᠮᡠᡩᠠᠨ
ᠵᡳᠩ ᡥᡝᠯᠠ᠂ ᠰᡝᠣᠩ ᠪᠠᠨ ᡥᠠᠯᠠᠩᡤᠠ᠂ ᠰᡠᠨ ᠸᡝᠨ ᠴᡝᠩ
ᡝᠮᠦ ᠸᠠᠰᡳᡴᠠᠨ ᠪᠠᡩᠠᡵᠠᡴᠠ᠂ ᠵᡝᠯᡝᠩ ᠪᠠᠨ ᡥᡠᠰᡝᠮᠪᡳ
ᠮᠠᠨ ᠯᡳᠶᡝᡧᡝᠮᠪᡳ ᠵᡝᠯᡝᠩᡤᡝ᠂ ᠵᡝᠯᠠᠮᠪᡳ᠂ ᡝᠮᡠ
ᠰᠠᠰᠠᠯᠠᠪᡠᠮᠪᡳ ᠰᡝᠮᡝ᠂ ᠵᠠᠨ ᠸᡝᠩ ᠴᡝᠩ
ᡥᡝᠩᡴᡝᠰᡳᠯᡝᡵᡳ ᠪᠠᡩᠠᡵᠠᠮᠪᡳ᠂ ᠨᡳᠶᠠᠯᠮᠠ ᠵᡠᠸᡝ ᠠᠨ
ᠰᠠᠰᠠᠯᠠᠪᡠᠮᠪᡳ᠂ ᠶᠠᠰᡝ᠂ ᡝᠮᡠ ᠵᡠᠸᡝ᠂
ᠮᠠᠨᡳ ᠶᠠᠰᡝ᠂ ᠠᠪᠠᠯᠠᠩᡤᠠ᠂ ᠵᠠᠨ ᠸᡝᠩ ᠴᡝᠩ ᠪᡝ᠂
ᠨᡳᠶᠠᠨ ᠰᡝᠣ᠂ ᠸᡝᠨ ᠴᡝᠩ ᠵᡝᠯᡝᠩ᠂ ᡥᠠᠯᠠᠨ ᠪᡝ᠂ ᠰᡠᠨ

hoton i dolo ciyan tang hiyan i harangga ba, hūng men gioi
tule tehe jodoro faksi siye ši jiya tehe boode dabuha dengjan
i tuwa ci tucibufi, san kiyoo dz ci wargi baru tehe irgen i
dorgi, irgen dehi juwe boigon i taktu boo gūsin ninggun
giyan, wase boo gūsin uyun giyan emu hontoho tuwa de
gaibuhabi. efulehe taktu boo sunja giyan, wase boo orin ilan
giyan, gūsai niyalma i dorgi, gūsai niyalma susai ilan boigon
i taktu boo

杭州城內錢塘縣所屬地方，住在紅門局外織匠謝世嘉住宅
所點之燈失火[25]，自三橋子以西居民內，民人四十二戶之
樓房三十六間，瓦房三十九間，半為火所燬，損壞樓房五
間、瓦房二十三間，旗人內，旗人五十三戶之樓房

杭州城内钱塘县所属地方，住在红门局外织匠谢世嘉住宅
所点之灯失火 [25]，自三桥子以西居民内，民人四十二户之
楼房三十六间，瓦房三十九间，半为火所毁，损坏楼房五
间、瓦房二十三间，旗人内，旗人五十三户之楼房

---

[25]　siye ši jiya，音譯作謝世嘉。hūwa wei cen，音譯作華偉成。

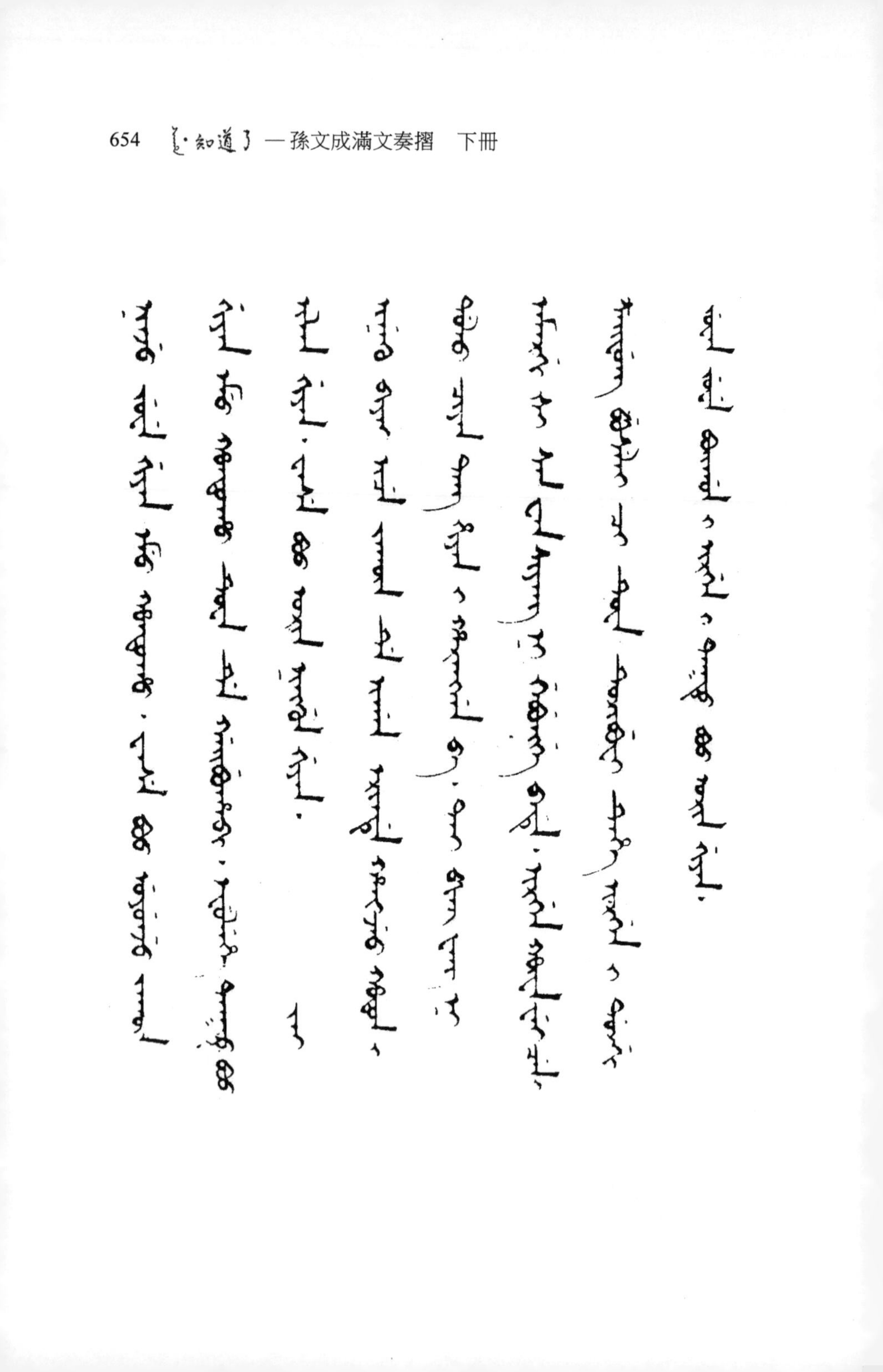

ninju juwe giyan emu hontoho, wase boo uyunju jakūn giyan emu hontoho tuwa de gaibuhabi. efulehe taktu boo ilan giyan, wase boo orin ninggun giyan. jai ineku biyai ice jakūn de igan〔ihan〕erinde hangjeo hoton i dolo ciyan tang hiyan i harangga ba, tai ping fang ni amargi ši san wan siyang ni gebungge bade, irgen hūwa wei cen i ts'aifung puseli ci tuwa turibufi tehe irgen i dorgi juwan juwe boigon i irgen i taktu boo orin giyan,

---

六十二間一半，瓦房九十八間一半為火所燬，損壞樓房三間、瓦房二十六間。再本月初八日丑刻，杭州城內錢塘縣所屬地方，在太平坊後名叫十三萬廂地方，自民人華偉成之裁縫舖失火，居民內十二戶民人之樓房二十間、

六十二间一半，瓦房九十八间一半为火所毁，损坏楼房三间、瓦房二十六间。再本月初八日丑刻，杭州城内钱塘县所属地方，在太平坊后名叫十三万厢地方，自民人华伟成之裁缝铺失火，居民内十二户民人之楼房二十间、

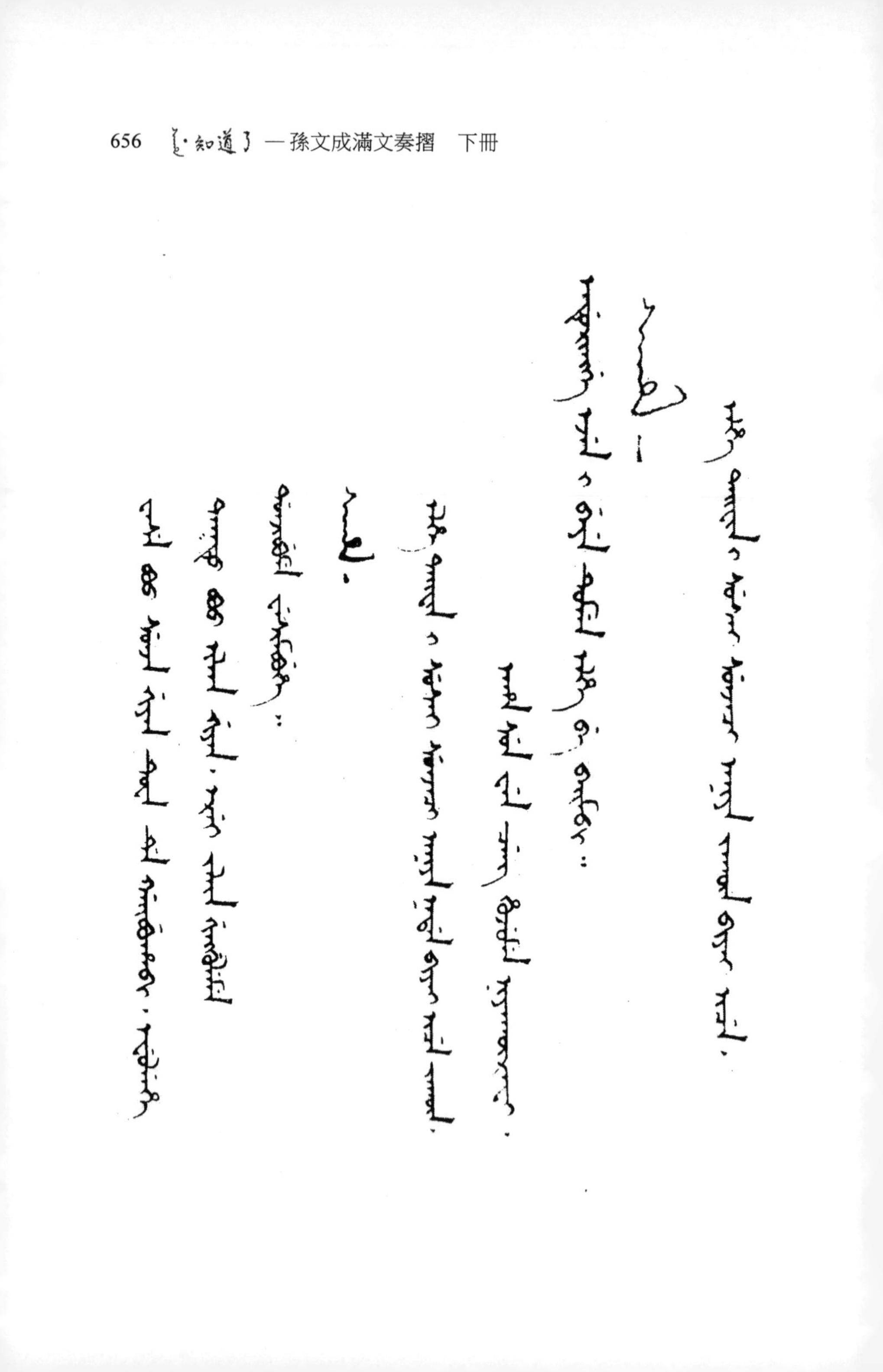

wase boo sunja giyan tuwa de gaibuhabi. efulehe taktu boo
ilan giyan. erei jalin gingguleme donjibume wesimbuhe.
saha.
elhe taifin i susai sunjaci aniya nadan biyai ice jakūn.

【169】請安摺

aha sun wen ceng hujume niyakūrafi, enduringge ejen i beye
tumen elhe be baimbi.
saha.
elhe taifin i susai sunjaci aniya jakūn biyai ice.

瓦房五間為火所燬，損壞樓房三間。謹此奏聞。
【硃批】知道了。
康熙五十五年七月初八日

　　　　　　　　　　　　奴才孫文成俯伏跪

請聖主聖躬萬安。
【硃批】知道了。
康熙五十五年八月初一日

瓦房五间为火所毁，损坏楼房三间。谨此奏闻。
【朱批】知道了。
康熙五十五年七月初八日

　　　　　　　　　　　　奴才孙文成俯伏跪

请圣主圣躬万安。
【朱批】知道了。
康熙五十五年八月初一日

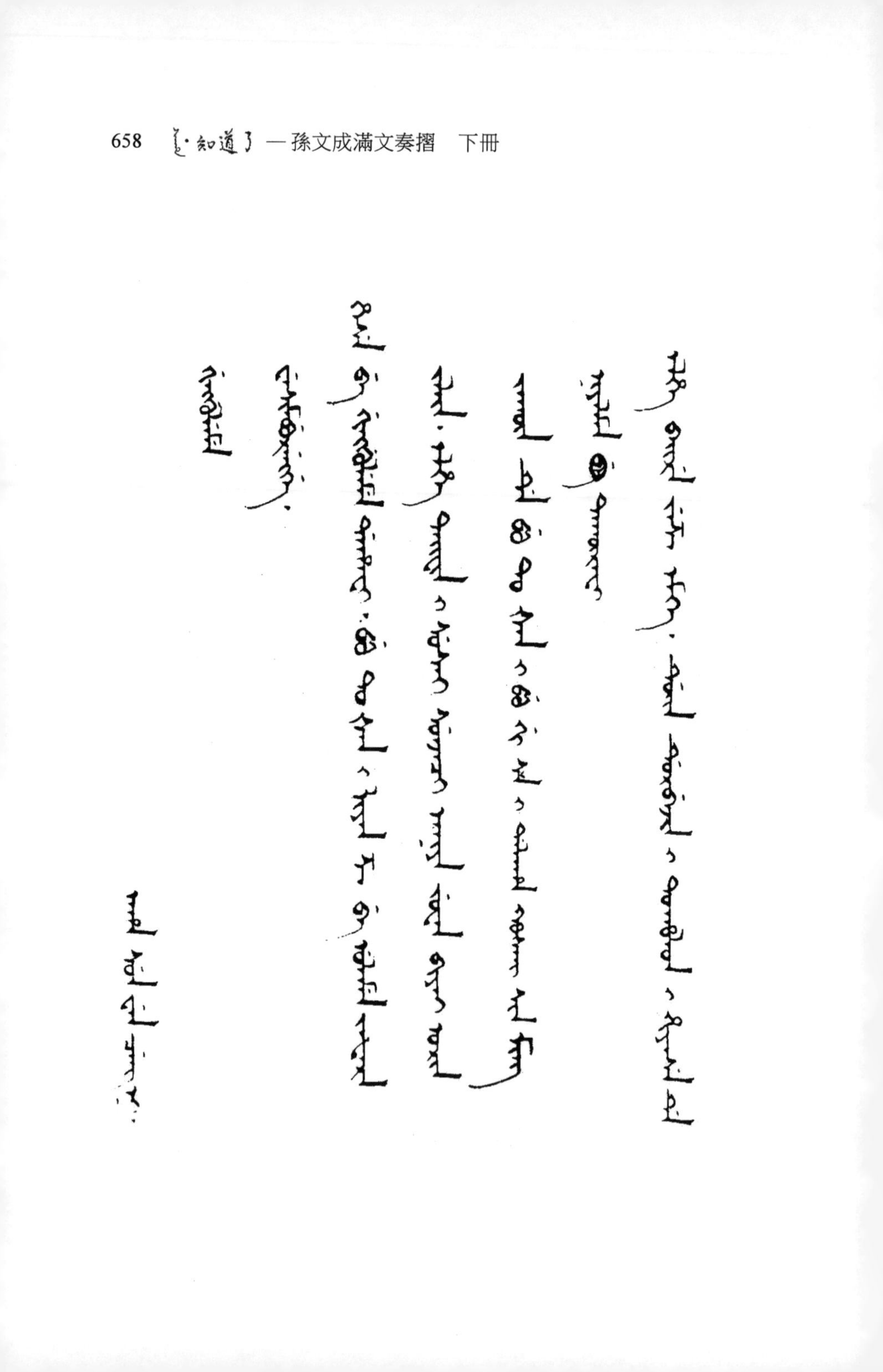

【170】奏聞轉呈普陀山蓮子及請安摺

aha sun wen ceng ni, gingguleme wesimburengge, hese be
gingguleme dahafi, pu to šan i liyan dz be ulame jafara jalin,
elhe taifin i susai sunjaci aniya juwan biyai orin jakūn de pu
to šan i pu gi sy i dalaha hošang sin ming niyalma（be）
takūrafi elhe baire jedz emke, duin durbejin i toholon i
hiyase de

〔分隔線〕

　　　　　　　　　　　　　　　　　　奴才孫文成

謹奏，為欽遵諭旨轉呈普陀山蓮子事。康熙五十五年十月
二十八日，普陀山普濟寺住持和尚心明差人，將請安摺子
一件及四方錫匣子

〔分隔線〕

　　　　　　　　　　　　　　　　　　奴才孙文成

谨奏，为钦遵谕旨转呈普陀山莲子事。康熙五十五年十月
二十八日，普陀山普济寺住持和尚心明差人，将请安折子
一件及四方锡匣子

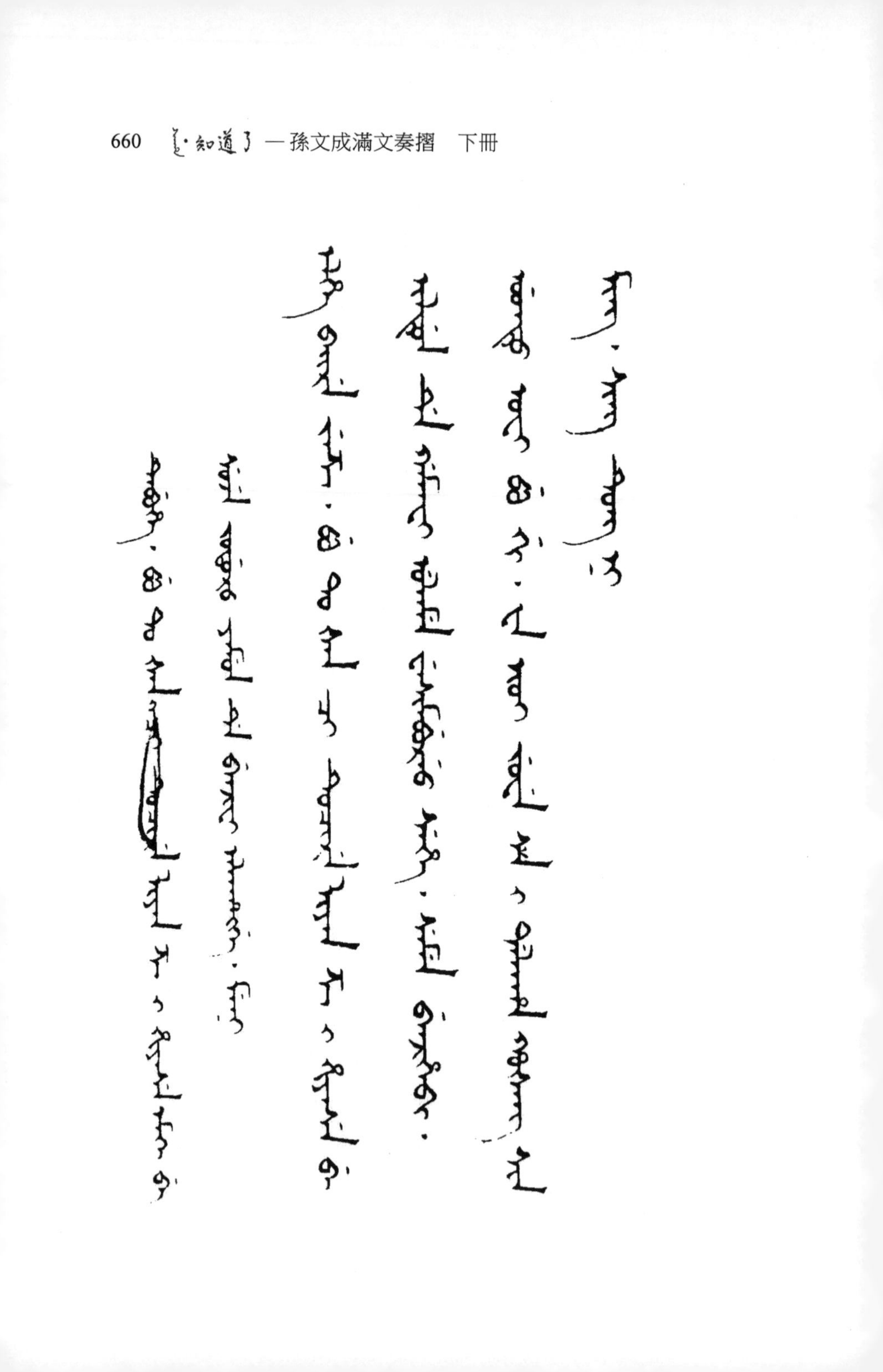

tebuhe, pu to šan ci tucire [i] liyan dz i hiyase emke be, suje
jodoro yamun de benjifi alahangge, meni elhe baire jedz, pu
to šan ci tucire liyan dz i hiyase be ildun de gamafi ulame
wesimbureo sehe, seme benjihebi. uttu ofi pu gi, fa ioi juwe
sy i dalaha hošang sin ming, sing tung ni

所裝普陀山之蓮子匣子一個齎來緞疋織造衙門告稱：請將
僧等之請安摺子、普陀山所出蓮子之匣子，乘便齎去轉呈
云云。是以將普濟、法雨二寺住持和尚心明、性統之

所裝普陀山之莲子匣子一个赍来缎疋织造衙门告称：请将
僧等之请安折子、普陀山所出莲子之匣子，乘便赍去转呈
云云。是以将普济、法雨二寺住持和尚心明、性统之

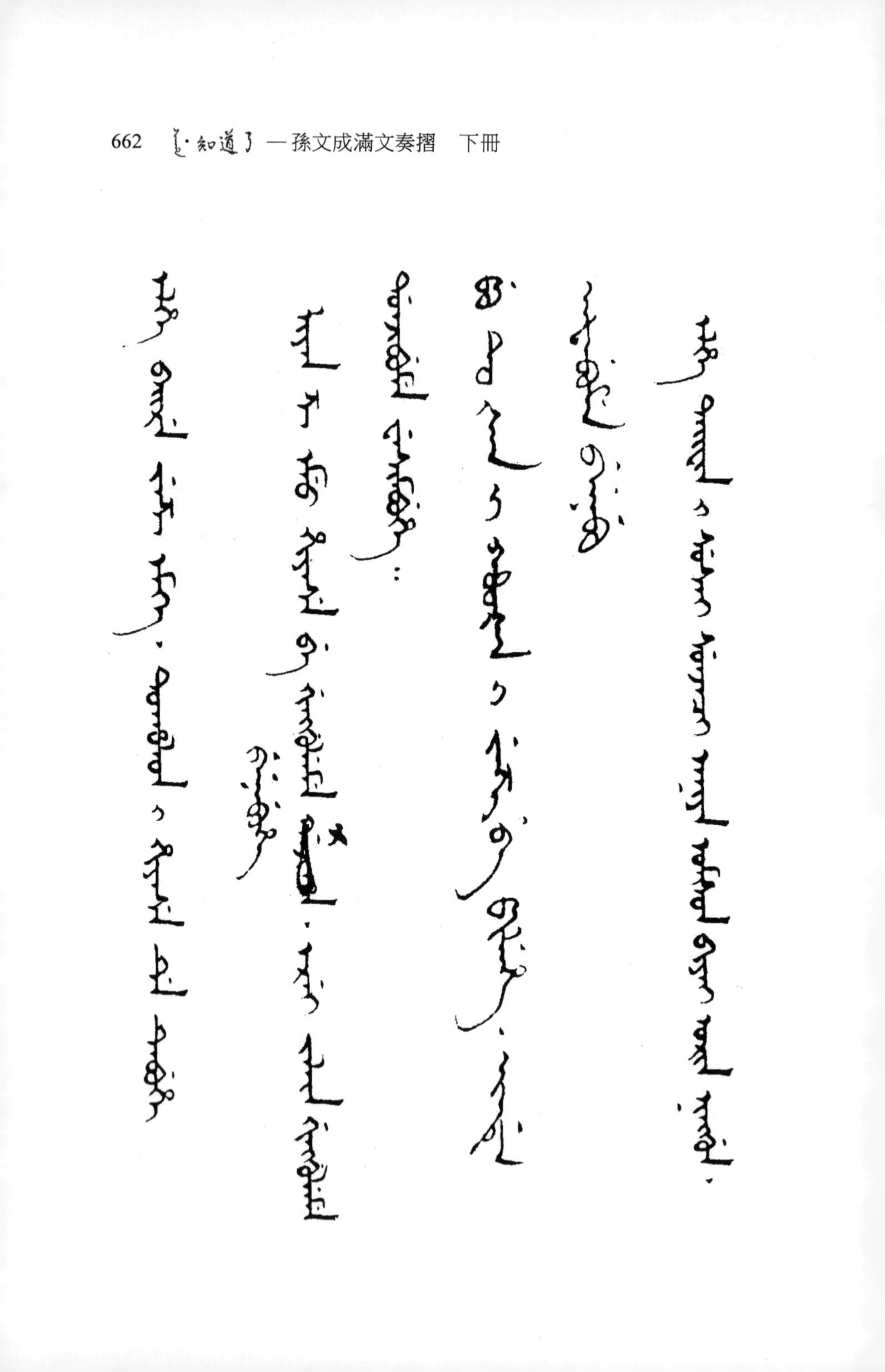

elhe baire jedz emke, toholon i hiyase de tebuhe liyan dz emu hiyase be gingguleme gajiha [benebuhe]. erei jalin gingguleme donjibume wesimbuhe.

pu to šan i hoošan i jedz be pilehe, inde afabume benebu.

elhe taifin i susai sunjaci aniya omšon biyai orin ninggun.

請安摺子一件、錫匣子所裝蓮子一匣敬謹差人齎送，謹此奏聞。

【硃批】普陀山和尚之摺子已批了，差人送去交給他。

康熙五十五年十一月二十六日

请安折子一件、锡匣子所装莲子一匣敬谨差人赍送，谨此奏闻。

【朱批】普陀山和尚之折子已批了，差人送去交给他。

康熙五十五年十一月二十六日

ᠪᡳ ᠵᠠᠮᠪᡳ ᠮᡠᠰᡝᡳ ᡝᠵᡝᠨ ᠪᠠᠨᠵᡳᠨ᠂ ᡝᠵᡝᠨ

ᠪᡳ ᠵᠠᠮᠪᡳ ᠪᠠᠨᠵᡳᠨ ᠪᠠᠨᡥᠠ᠂ ᠪᠠᠨᡥᠠ ᠪᠠᠨᠵᡳᠨ

ᠪᠠᠨᡳ ᠵᠠᠮᠪᡳ ᠪᠠᠨᡥᠠ᠂ ᠪᠠᠨ ᡝ ᠵᡝ ᠪᠠ᠂ ᠵᠠᠮ

ᠪᠠ ᡝᠵᡝᠨ ᡝ ᠪᡝ ᡝᡳ᠂ ᠵᡝᠵᡳ ᠪᠠ ᠵᠠ

ᠪᠠᠨᡳ ᠵᠠᠮᠪᡳ ᠪᠠᠨᠵᡳᠨ ᠪᠠ ᡝᡳ

ᠪᠠᠨᡳ ᠵᠠᠮᠪᡳ ᠪᠠᠨᠵᡳᠨ ᠪᠠᠨ

ᠵᠠᠮᠪᡳ ᠪᠠᠨᡳ

ᠪᠠᠨᡳ ᠵᠠᠮᠪᡳ ᠪᠠᠨᠵᡳᠨ

【171】奏報十月分杭州糧價摺

aha sun wen ceng ni gingguleme wesimburengge, juwan biyade [hangjeo i] jekui [jeku] erin i hūda be boolara jalin, šanggiyan bele emu hule de, menggun emu yan juwe jiha funceme baibumbi, sodz bele emu hule de, menggun emu yan emu jiha funceme baibumbi, maise emu hule de, menggun emu yan emu jiha funceme baibumbi, maise i ufa emu

奴才孫文成

謹奏，為報十月分杭州米穀時價事。白米一石，需銀一兩二錢餘；梭子米一石，需銀一兩一錢餘；麥子一石，需銀一兩一錢餘；麵粉

奴才孙文成

谨奏，为报十月分杭州米谷时价事。白米一石，需银一两二钱余；梭子米一石，需银一两一钱余；麦子一石，需银一两一钱余；面粉

ᠪᡳ ᠮᡳᠨᡳ ᠪᡝᠶᡝ ᡥᠠᠯᠠᠮᡝ
ᠰᠠᡳᠮᠠᡳ ᡤᡝᠯᡳ ᡨᡝᡳᠰᡠ᠈ ᠠᠯᡳᠮᠪᠠ
ᠪᡝ ᡤᡝᠯᡳ ᠪᠠᡳᠮᡝ᠈ ᡠᡨᡨᡠ
ᠪᠠᡳᡨᠠ ᠪᡝ

ᡥᡝᠰᡝᡳ ᠪᠠᡳᡨᠠ

ᠠᠯᡳᠪᡠᠮᡝ ᠸᡝᠰᡳᠮᠪᡠᡵᡝ᠈
ᠮᡝᠨᡳ ᠪᠠᡳᡨᠠ ᠪᡝ
ᠰᠠᡳᠮᡝ᠈

tanggū gin de, menggun emu yan juwe jiha baibumbi. erei
jalin gingguleme donjibume wesimbuhe.
elhe taifin i susai sunjaci aniya omšon biyai orin ninggun.

【172】奏報十二月分杭州糧價摺

aha sun wen ceng ni, gingguleme wesimburengge, jorgon
biyade hangjeo i jeku erin i hūda boolara jalin, šanggiyan
bele emu hule de, menggun emu yan

———————

一百斤，需銀一兩二錢。謹此奏聞。
康熙五十五年十一月二十六日

　　　　　　　　　　　　　　奴才孫文成

謹奏，為報十二月分杭州米穀時價事。白米一石，

———————

一百斤，需银一两二钱。谨此奏闻。
康熙五十五年十一月二十六日

　　　　　　　　　　　　　　奴才孙文成

谨奏，为报十二月分杭州米谷时价事。白米一石，

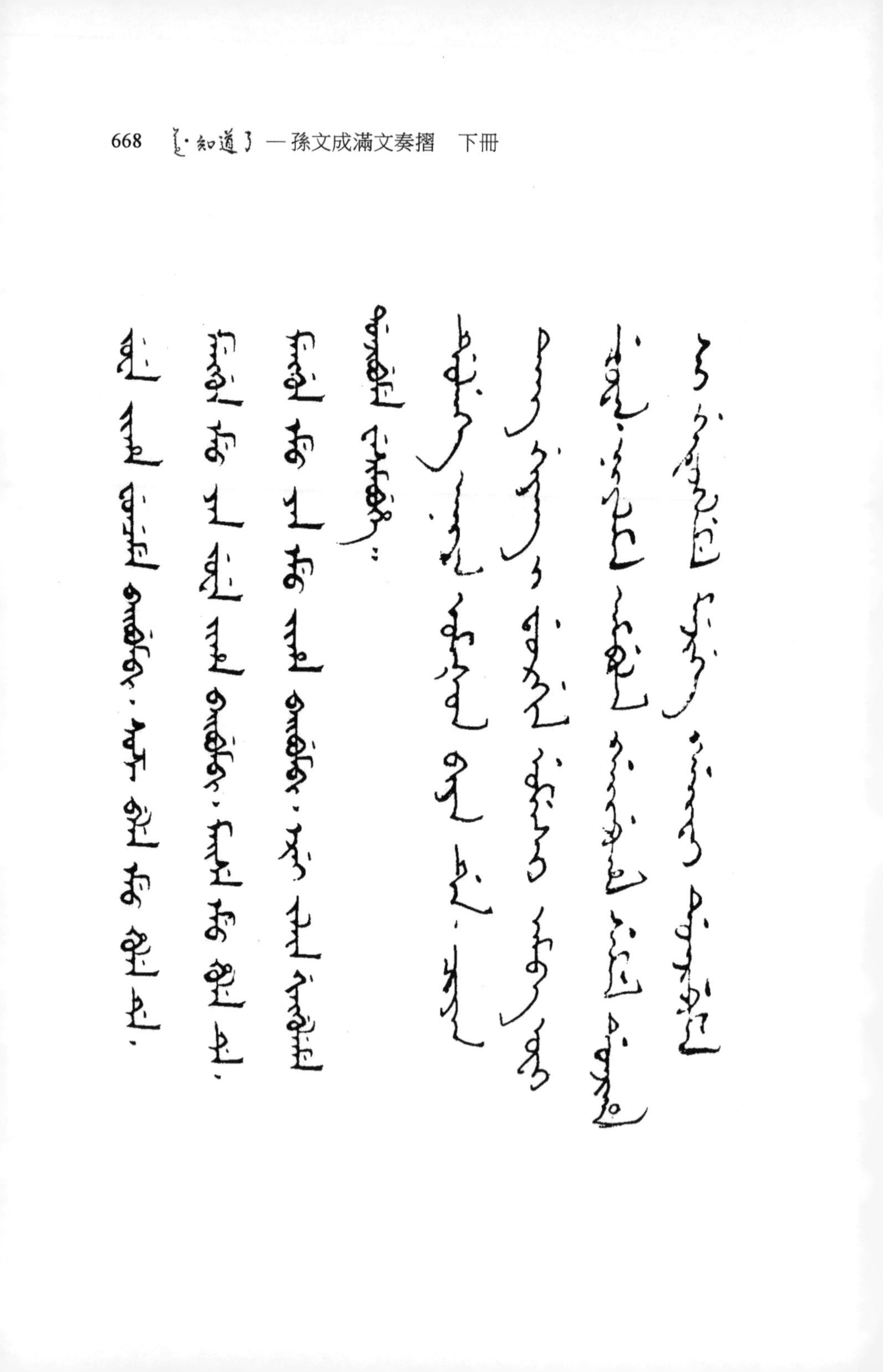

ᠮᠠᠨ ᠠᠮᠪᠠᠨ ᠤ ᠠᠯᠪᠠ

ᠪᠠᠨᠵᠢᠨ ᠠᠮᠪᠠᠨ ᠤ ᠠᠯᠪᠠ

juwe jiha funceme baibumbi, sodz bele emu hule de,
menggun emu yan juwe jiha baibumbi, maise emu hule de,
menggun emu yan emu jiha baibumbi. erei jalin gingguleme
donjibume wesimbuhe.

duleke aniya omšon biya de, ciyan tang giyang i furgin
umesi amba ofi cuwan, niyalma ambula gaibuha seme
donjiha, si getukeleme mejige gaifi donjibume

需銀一兩二錢餘；梭子米一石，需銀一兩二錢；麥子一石，
需銀一兩一錢。謹此奏聞。

【硃批】聞去年十一月間，因錢塘江潮浪甚大，船、人頗
有損失，爾察明探信奏聞。

需银一两二钱余；梭子米一石，需银一两二钱；麦子一石，
需银一两一钱。谨此奏闻。

【朱批】闻去年十一月间，因钱塘江潮浪甚大，船、人颇
有损失，尔察明探信奏闻。

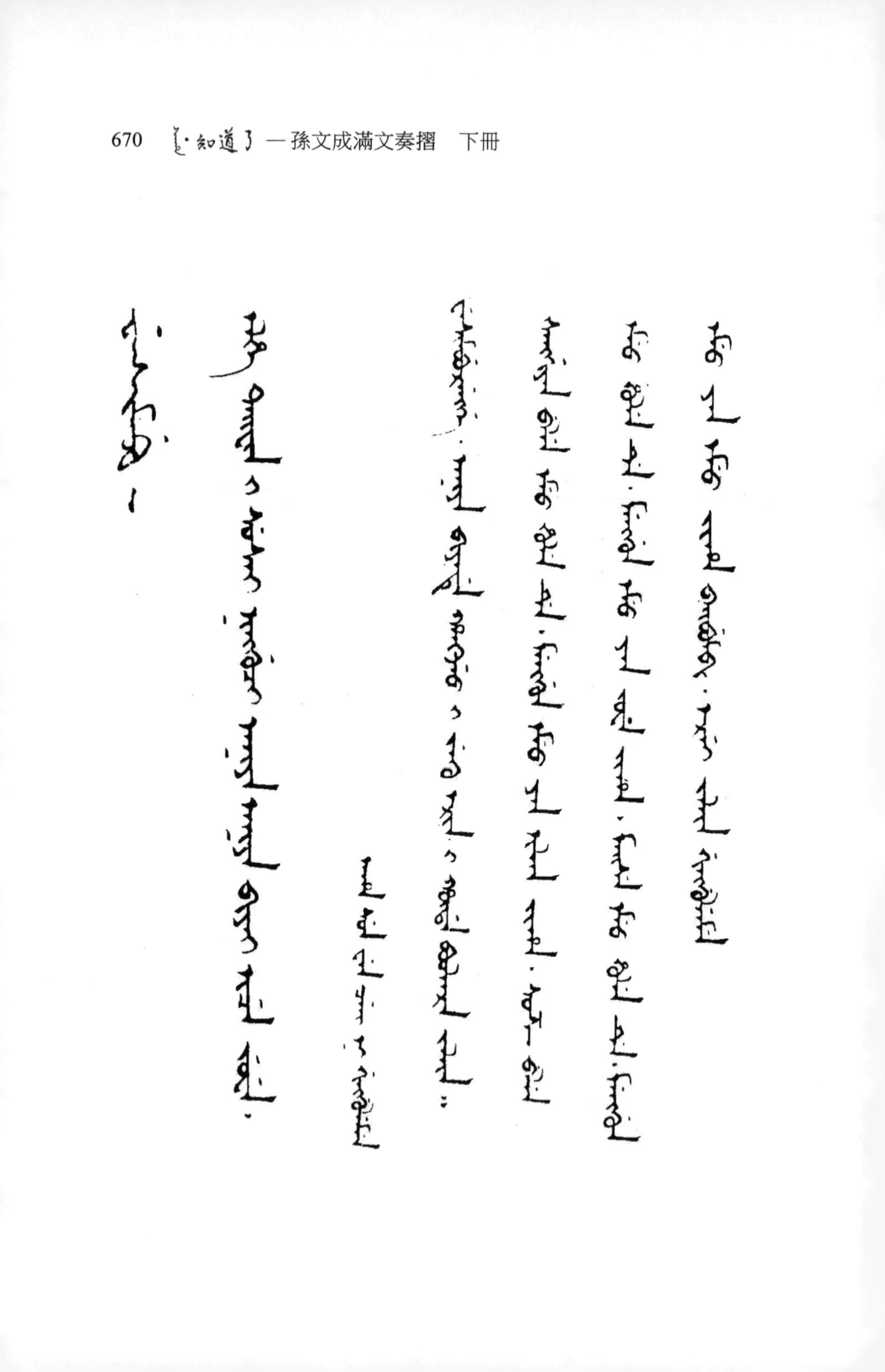

wesimbu.

elhe taifin i susai ningguci aniya aniya biyai ice juwe.

【173】奏報正月分杭州糧價摺

aha sun wen ceng ni gingguleme wesimburengge, aniya biyade hangjeo i jeku erin i hūda boolara jalin. šanggiyan bele emu hule de, menggun emu yan ilan jiha, sodz bele emu hule de, menggun emu yan juwe jiha, maise emu hule de, menggun emu yan emu jiha baibumbi. erei jalin gingguleme

康熙五十六年正月初二日

　　　　　　　　　　奴才孫文成

謹奏，為報正月分杭州米穀時價事。白米一石，需銀一兩三錢；梭子米一石，需銀一兩二錢；麥子一石，需銀一兩一錢。謹此

康熙五十六年正月初二日

　　　　　　　　　　奴才孙文成

谨奏，为报正月分杭州米谷时价事。白米一石，需银一兩三钱；梭子米一石，需银一兩二钱；麦子一石，需银一兩一钱。谨此

ᠵᠠᡴᠠ ᠪᠣᠯᡠᠮᠠ ᠪᠣᠯᡡᠶ᠊

ᠨ᠂ ᠴᠣᡠᠨᡠ ᠪᠣᠮᠠ ᠨᡳ᠂ ᠮᡝ᠊

ᠮᠠᡝ᠂ ᠪᠣᠯᠠ᠂ ᠵᠠᠮᠠ ᠪᠣᠮ

ᠪᠠᠨᠵᠠ ᠪᠣᠮᠠ ᠵᠠᠮᠠ᠊

ᠵᠠᠮᠠ ᠪᠣᠯᠠ

donjibume wesimbuhe.

saha.

elhe taifin i susai ningguci aniya juwe biyai ice.

【174】奏聞轉呈仇兆鼇請安摺

aha sun wen ceng ni, gingguleme wesimburengge, hese be gingguleme dahara jalin, elhe taifin i susai ningguci aniya juwe biyai ice duin de kio joo oo booi niyalma be

奏聞。

【硃批】知道了。

康熙五十六年二月初一日

　　　　　　　　　　　　　　　奴才孫文成

謹奏，為欽遵諭旨事。康熙五十六年二月初四日，仇兆鼇差家人

奏聞。

【朱批】知道了。

康熙五十六年二月初一日

　　　　　　　　　　　　　　　奴才孙文成

谨奏，为钦遵谕旨事。康熙五十六年二月初四日，仇兆鼇差家人

ᡥᠠᠴᡳᠨ
ᠪᡝ ᠪᠠᡳᠴᠠᠠᡳ᠂

ᠪᡝ ᠠᠰᠠᡵᠠᠠᠮᠪ᠂ ᠠᠮᠠᠯᠠ
ᡝᡵᡝ ᠴᠣᠣᡥᠠᡳ ᠪᠠᡳᡨᠠ᠂

ᠰᡳᠮᡝ᠂ ᠪᡳ ᠰᠠᡵᠠᡴᡡ᠂
ᠠᠮᠠᠯᠠ ᠨᡳᠶᠠᠮᠠᠨ
ᠪᠣᠯᠵᠣᡥᠣ ᠰᡝᠮᡝ᠂
ᠪᠠᡳᠴᠠᠮᡝ᠂ ᠠᠮᠠᠯᠠ
ᡤᡳᠰᡠᠨ᠂

ᠮᠠᡵᠠᠮᠪᡳ ᠰᡝᠮᡝ᠂ ᠶᠠᠪᡠᠮᡝ
ᠠᠮᠠᠯᠠ᠂ ᠵᠠᡳ ᠵᠠᡳ
ᠰᠠᡵᠠᠴᡳ ᠣᠵᠣᡵᠣ᠂ ᠵᠠᡳ
ᠠᡴᡡ᠂

ᠰᡝᠮᡝ᠂

takūrafi enduringge ejen i beye elhe baire jedz be, hangjeo i
suje jodoro yamun de benjifi alanjihangge, genere niyalma i
ildun de gamafi ulame wesimbureo sehe seme benjihebi. uttu
ofi kio joo oo i enduringge ejen i beye elhe baire jedz emke
be suwaliyame alibuha. erei ilan gingguleme

將請聖躬安摺子齎來杭州緞疋織造衙門告稱：請乘有人前
往之便齎去轉奏云云。是以將仇兆鼇請聖躬安摺子一件一
併進呈。謹此

将请圣躬安折子赍来杭州缎疋织造衙门告称：请乘有人前
往之便赍去转奏云云。是以将仇兆鼇请圣躬安折子一件一
并进呈。谨此

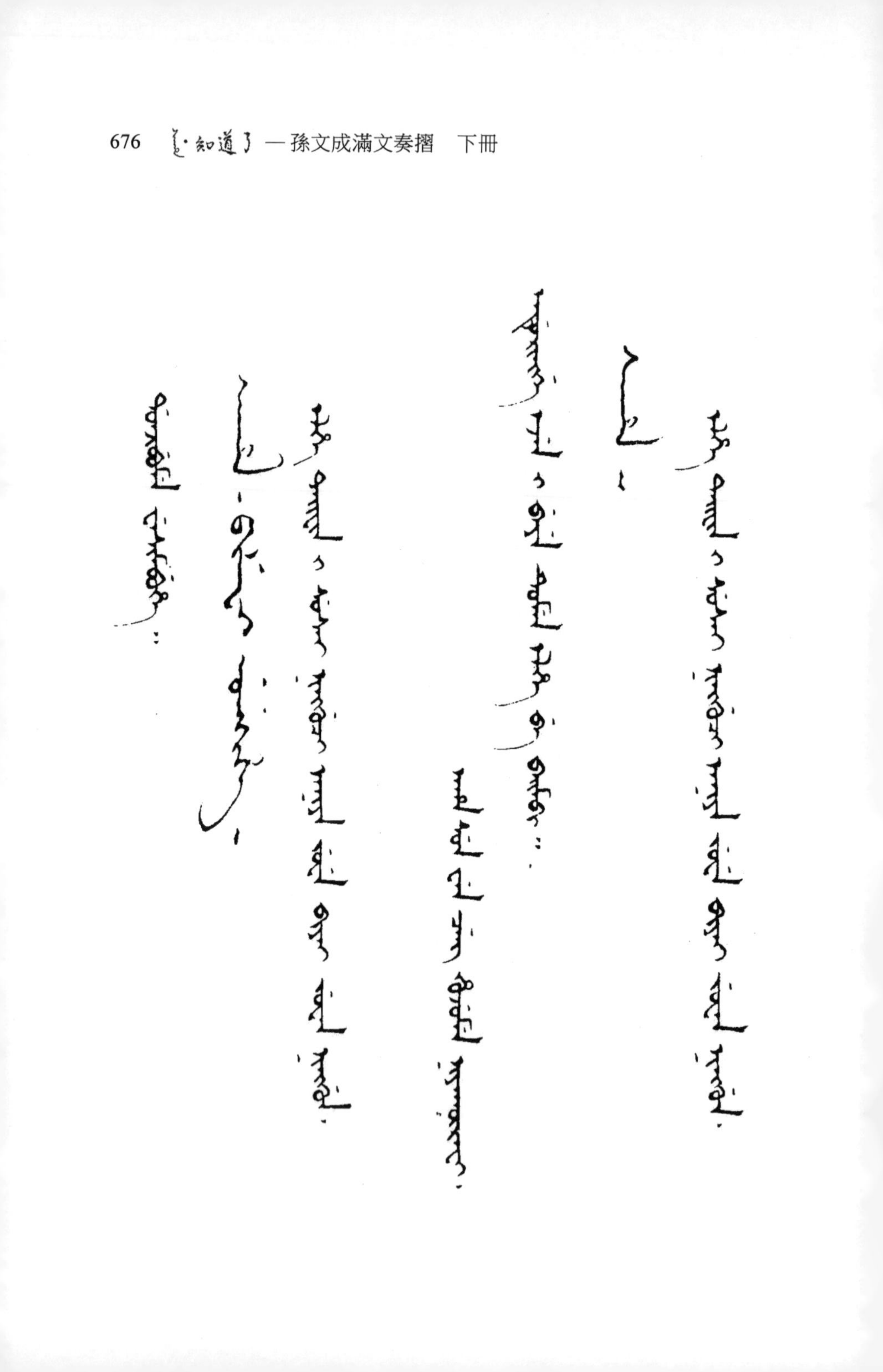

donjibume wesimbuhe.

saha, pilefi unggihe.

elhe taifin i susai ningguci aniya juwe biyai juwan ninggun.

【175】請安摺

aha sun wen ceng hujume niyakūrafi, enduringge ejen i beye
tumen elhe be baimbi.

saha.

elhe taifin i susai ningguci aniya juwe biyai juwan ninggun.

奏聞。

【硃批】知道了，已批發矣。

康熙五十六年二月十六日

　　　　　　　　　　　　　　　　奴才孫文成俯伏跪

請聖主聖躬萬安。

【硃批】知道了。

康熙五十六年二月十六日

奏闻。

【朱批】知道了，已批发矣。

康熙五十六年二月十六日

　　　　　　　　　　　　　　　　奴才孙文成俯伏跪

请圣主圣躬万安。

【朱批】知道了。

康熙五十六年二月十六日

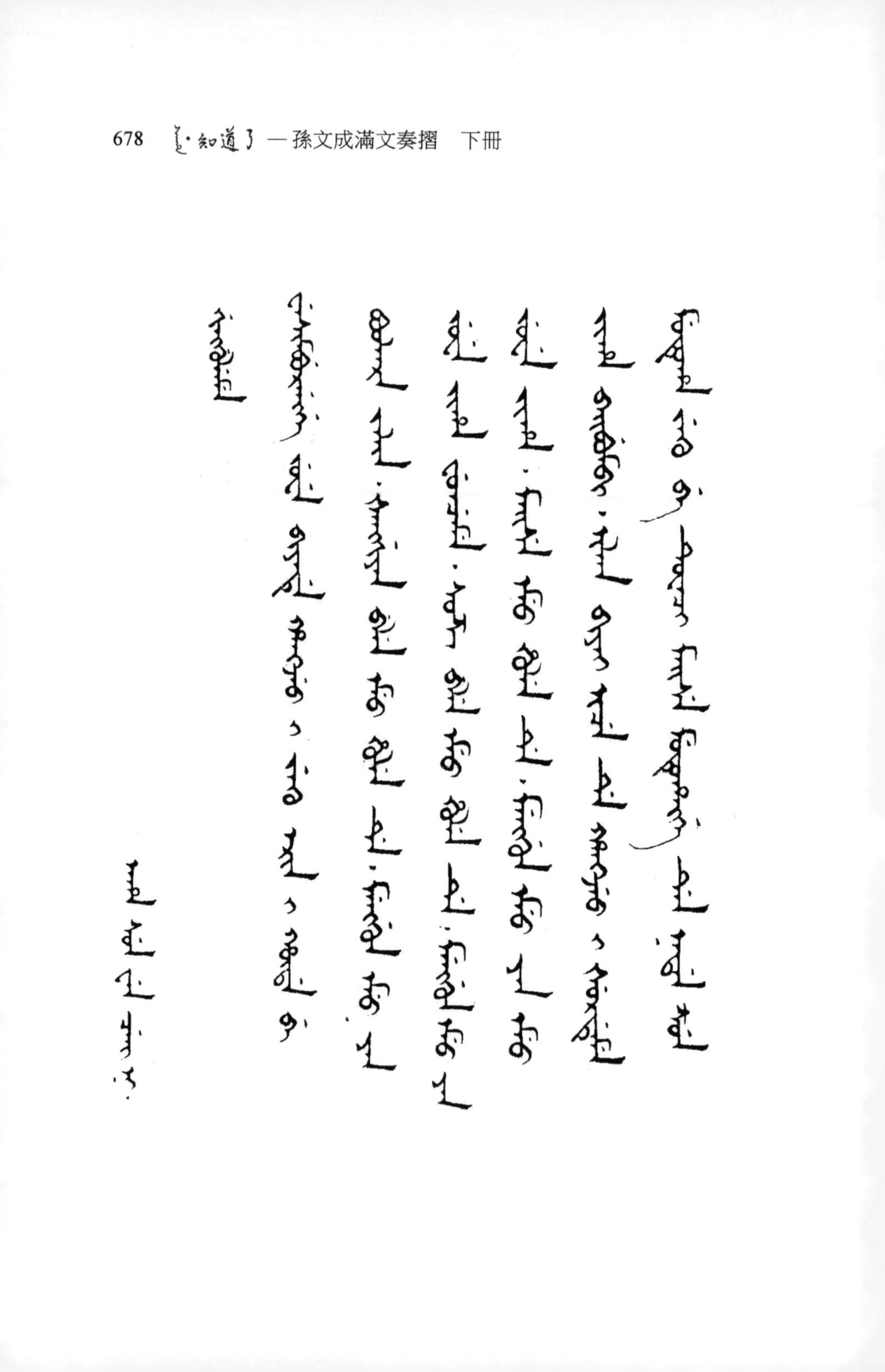

【176】奏報二月分杭州糧價摺

aha sun wen ceng ni, gingguleme wesimburengge juwe biyade hangjeo i jeku erin i hūda be boolara jalin, šanggiyan bele emu hule de, menggun emu yan juwe jiha funceme, sodz bele emu hule de, menggun emu yan juwe jiha, maise emu hule de, menggun emu yan emu jiha baibumbi. ilan biyai ice de hangjeo i šurdeme mutuha jeku be tuwaci, maise mutuhangge den nadan ts'un

奴才孫文成

謹奏，為報二月分杭州米穀時價事。白米一石，需銀一兩二錢餘；梭子米一石，需銀一兩二錢；麥子一石，需銀一兩一錢。三月初一日，見杭州周圍所長之穀類，麥子長高七寸餘，

奴才孙文成

谨奏，为报二月分杭州米谷时价事。白米一石，需银一两二钱余；梭子米一石，需银一两二钱；麦子一石，需银一两一钱。三月初一日，见杭州周围所长之谷类，麦子长高七寸余，

ᡳᠩᡴᠠ
ᠵᡳᡥᠠ
ᠰᡳᠮᠨᡝᠨ
ᡝᡴᡨᡝᠯᡝᠮᡝ
ᠵᠠᡴᡡᠨ
ᠴᠠᡳᠰᡝ

ᠰᡝᡥᡝ᠈
ᡠᡨᡥᠠᡳ
ᡴᠠᡨᠠ
ᠪᠠᡳᡨᠠᠯᠠᠮᡝ
ᡥᡡᠯᠠᡴᠠᠪᡳ᠈
ᠪᠠᡳᡨᠠ

ᡝᠮᡠ
ᡤᡝᠯᡳ
ᡨᠠᠴᡳᠪᡠᠪᠠ
ᠵᠠᡴᠠ
ᠵᡝᠮᡝ
ᠵᠠᠰᠠᠪᡝ
ᡠᠮᡝ

ᠠᡳᠪᡳᡥᡝᠪᡳ᠈

ᠪᠠᡳᡨᠠ
ᠠᠮᠪᠠ
ᠪᠠᡳᡨᠠ
ᡝᠯᡝᠮᠠᠩᡤᠠ᠈

funceme, ts'an deo turi mutuhangge den jakūn ts'un funceme,
ememu usin de jihanahabi, ememu usin de jihanara unde,
ts'ai dz use mutuhangge den ilan c'y funceme gemu
jihanahabi. erei jalin gingguleme donjibume wesimbuhe.
saha.
elhe taifin i susai ningguci aniya ilan biyai ice.

蠶豆長高八寸餘。有的田中已開花，有的田中尚未開花。
菜籽長高三尺餘，皆已開花。謹此奏聞。
【硃批】知道了。
康熙五十六年三月初一日

蚕豆长高八寸余。有的田中已开花，有的田中尚未开花。
菜籽长高三尺余，皆已开花。谨此奏闻。
【朱批】知道了。
康熙五十六年三月初一日

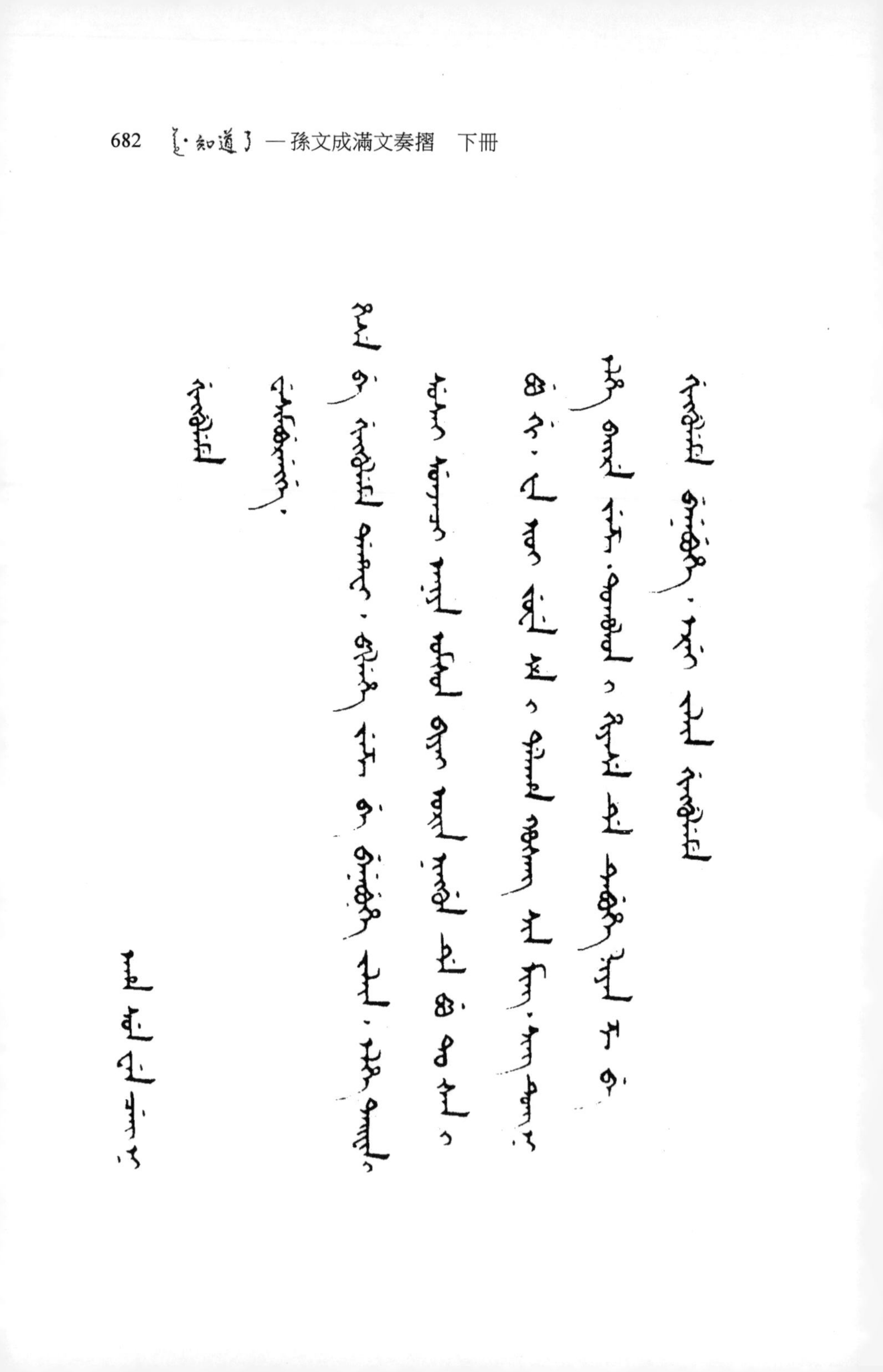

【177】奏聞差人齎還硃批普陀山和尚摺

aha sun wen ceng ni, gingguleme wesimburengge, hese be
gingguleme dahafi, pilehe jedz be benebuhe jalin, elhe taifin
i susai sunjaci aniya omšon biyai orin ninggun de pu to šan i
pu gi, fa ioi juwe sy i dalaha hošang sin ming, sing tung ni
elhe baire jedz, toholon i hiyase de tebuhe liyan dz be
gingguleme benebuhe. erei jalin gingguleme

奴才孫文成

謹奏，為欽遵諭旨差人齎送所批摺子事。康熙五十五年十
一月二十六日，普陀山普濟、法雨二寺住持和尚心明、性
統之請安摺子、錫匣子所裝蓮子，差人恭齎。謹此

奴才孙文成

謹奏，为钦遵谕旨差人赍送所批折子事。康熙五十五年十
一月二十六日，普陀山普济、法雨二寺住持和尚心明、性
统之请安折子、锡匣子所装莲子，差人恭赍。谨此

ᠪᠠᡳᡴᠠ ᠨᠠ ᠴᠣᠣᡥᠠᠨᠴᠠᠪᠣᠮᠪᡳ᠈

ᠪᠠᠷᡴᠣᠨ ᡝᠷᡝ ᡥᠠᡳᠵᠠᠨᠴᠠ ᠨᠠ ᠶᠠᡳᠶᠠᠨᠴᠠ᠈ ᡝᠷᡝ ᡥᠠᠨᠴᠣᡩᠣ

ᠨᡳᠶᠠᠯᠮᠠᡳ ᠪᠠᡳᡨᠠ ᠨᠠ ᠯᠠᠮᡝᡥᠠᠪᠣᠮᠪᡳ᠈ ᠶᠠᠯᠠ ᠮᠠᠶᠠᠯᠠᠨ᠈

ᠨᠠ ᠮᠠᠶᠠᠷᠠᠯᠠᠨ ᡝᠷᡝ ᠨᠠᠷᠠᠨᠴᠠᠪᠣᠮᠪᡳ᠈ ᠶᠠᠷᠠᠨᠴᠠ

ᡤᠠᠯᠠᡥᠠᠨᡳ ᠪᠠᡳᡨᠠ ᡥᠠᠯᠠᠮᠪᡳ᠈ ᡳᠨᡝ�

ᠪᠠᠷᠠᠨᠴᠠ ᠪᠠᠶᠠᠷᠠᠨ ᠮᠠᠷᠠᠨ ᠨᠠᠷᠠᠨᠴᠠᠪᠣᠮᠪᡳ᠈

ᠪᠠᡳᠯᠠᠨᠴᠠᠨ᠈ ᠶᠠᠯᠠᠨ ᠮᠠᠷᠠᠨ ᠨᠠᠷᠠᠨᡳ ᠨᠠᠷᠠᠨᠴᠠᠪᠣᠮᠪᡳ᠈ ᠨᠠ ᠮᠠᠶᠠᠷᠠᠨ

donjibume wesimbuhe, seme baita wesimbure šuwangciowan,
ben pilere bithesi yang wen bin de bufi wesimbuhede, dergi
ci fulgiyan fi pilehengge, pu to šan i hoošan i jedz be pilehe,
inde afabume benebu sehebe gingguleme dahafi, susai
ningguci aniya juwe biyai juwan uyun de aha sun wen ceng
hangjeo de isinjifi, niyalma takūrafi jedz be gingguleme pu
to šan de benebuhe, dalaha hošang sin ming, sing tung

奏聞。給與奏事雙全、批本筆帖式張文彬進呈時，奉皇上
硃批：普陀山和尚之摺子已批了，差人送去交給他，欽此。
欽遵於五十六年二月十九日至杭州奴才孫文成處，差人將
摺子恭齎至普陀山，住持和尚心明、性統

奏闻。给与奏事双全、批本笔帖式张文彬进呈时，奉皇上
朱批：普陀山和尚之折子已批了，差人送去交给他，钦此。
钦遵于五十六年二月十九日至杭州奴才孙文成处，差人将
折子恭赍至普陀山，住持和尚心明、性统

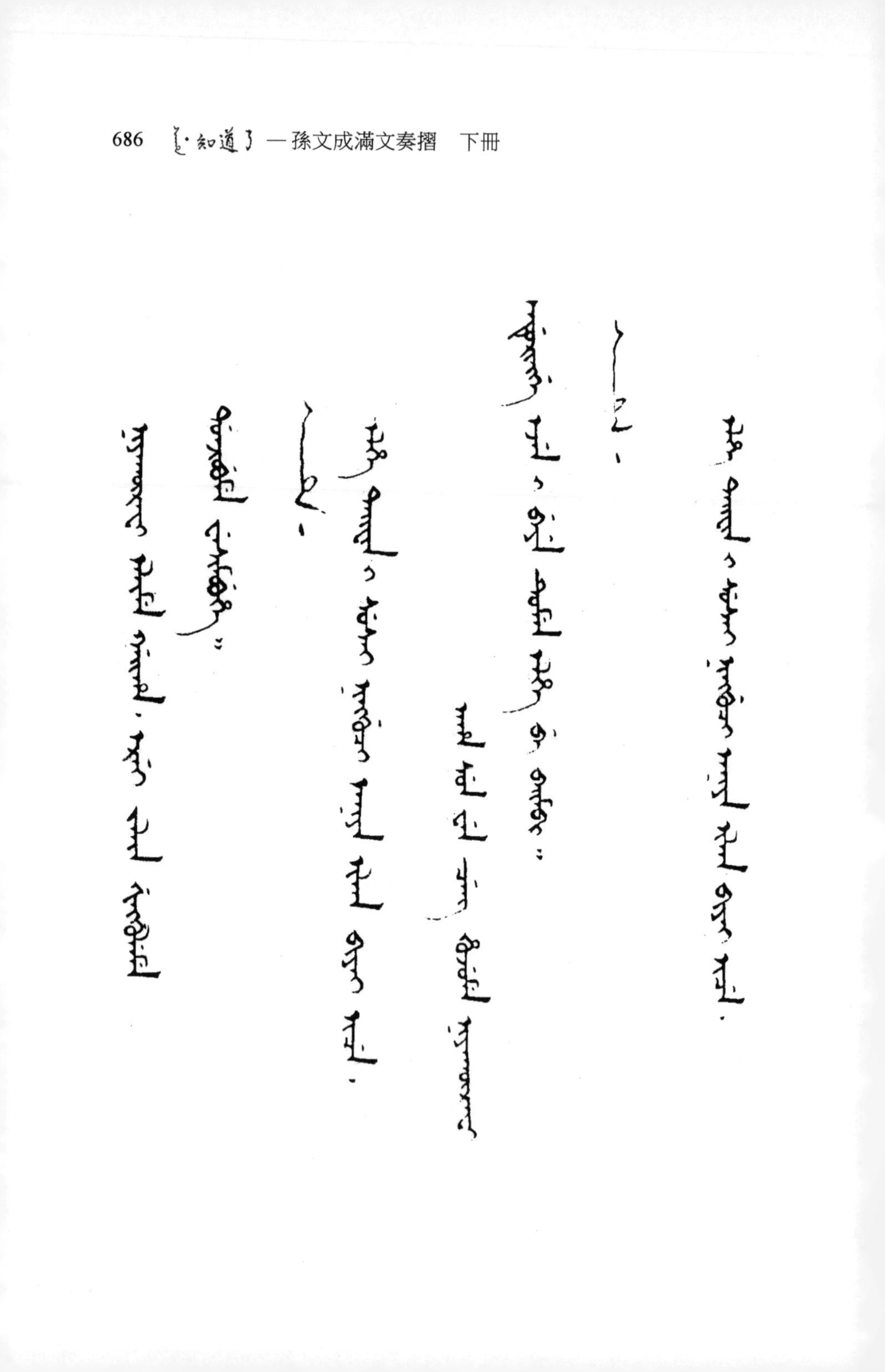

niyakūrafi alime gaiha. erei jalin gingguleme donjibume
wesimbuhe.

saha.

elhe taifin i susai ningguci aniya ilan biyai ice.

【178】請安摺

aha sun wen ceng hujume niyakūrafi enduringge ejen i beye
tumen elhe be baimbi.

saha.

elhe taifin i susai ningguci aniya ilan biyai ice.

跪領。謹此奏聞。
【硃批】知道了。
康熙五十六年三月初一日

奴才孫文成俯伏跪

請聖主聖躬萬安。
【硃批】知道了。
康熙五十六年三月初一日

跪领。谨此奏闻。
【朱批】知道了。
康熙五十六年三月初一日

奴才孙文成俯伏跪

请圣主圣躬万安。
【朱批】知道了。
康熙五十六年三月初一日

ᠵᠠᡳ ᠪᠣᠯᠵᠣᠨ᠂ ᠠᠮᠪᠠ ᠵᠠᠩ ᠪᡳᠮᠪᠠᠨ ᠪᡳ ᠪᠠᡳᡨᠠᠯᠠᠪᡠᠮᠠᡳ᠂

【179】奏報三月分杭州糧價摺

aha sun wen ceng ni, gingguleme wesimburengge, ilan biyade hangjeo i jeku erin i hūda be boolara jalin, šanggiyan bele emu hule de, menggun emu yan duin jiha, sodz bele emu hule de, menggun emu yan ilan jiha, maise emu hule de, menggun uyun jiha funceme baibumbi. duin biyai ice de hangjeo i šurdeme mutuha jeku be tuwaci maise mutuhangge den ilan c'y emu juwe ts'un oho gemu

奴才孫文成

謹奏。為報三月分杭州米穀時價事。白米一石，需銀一兩四錢；梭子米一石，需銀一兩三錢；麥子一石，需銀九錢餘。四月初一日，見杭州周圍生長之穀類，麥子已長高三尺一二寸，

奴才孫文成

謹奏。为报三月分杭州米谷时价事。白米一石，需银一两四钱；梭子米一石，需银一两三钱；麦子一石，需银九钱余。四月初一日，见杭州周围生长之谷类，麦子已长高三尺一二寸，

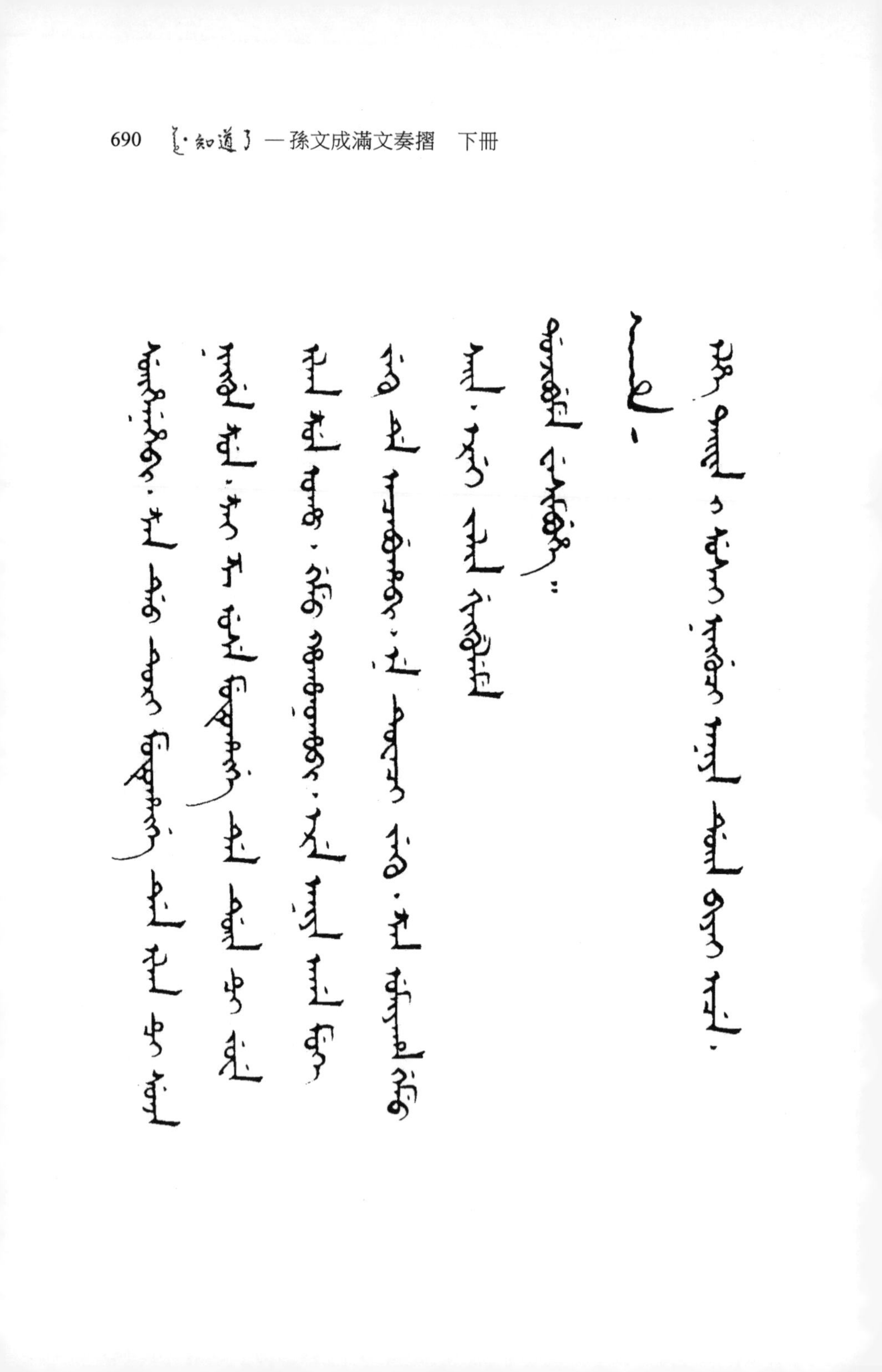

suihenehebi. ts'an deo turi mutuhangge den ilan c'y sunja
ninggun ts'un, ts'ai dz use mutuhangge den duin c'y juwe
ilan ts'un oho, gemu hohonohobi. ere aniya aga muke jeku
de acabuhabi, ne tuwaci jeku, ts'an umiyaha gemu sain. erei
jalin gingguleme donjibume wesimbuhe.
saha.
elhe taifin i susai ningguci aniya duin biyai ice.

皆已出穗。蠶豆長高三尺五六寸，菜籽長高四尺二三寸，
皆已結莢。今年雨水適合稻穀，目下看來稻穀蠶蟲皆好。
謹此奏聞。
【硃批】知道了。
康熙五十六年四月初一日

皆已出穗。蚕豆长高三尺五六寸，菜籽长高四尺二三寸，
皆已结荚。今年雨水适合稻谷，目下看来稻谷蚕虫皆好。
谨此奏闻。
【朱批】知道了。
康熙五十六年四月初一日

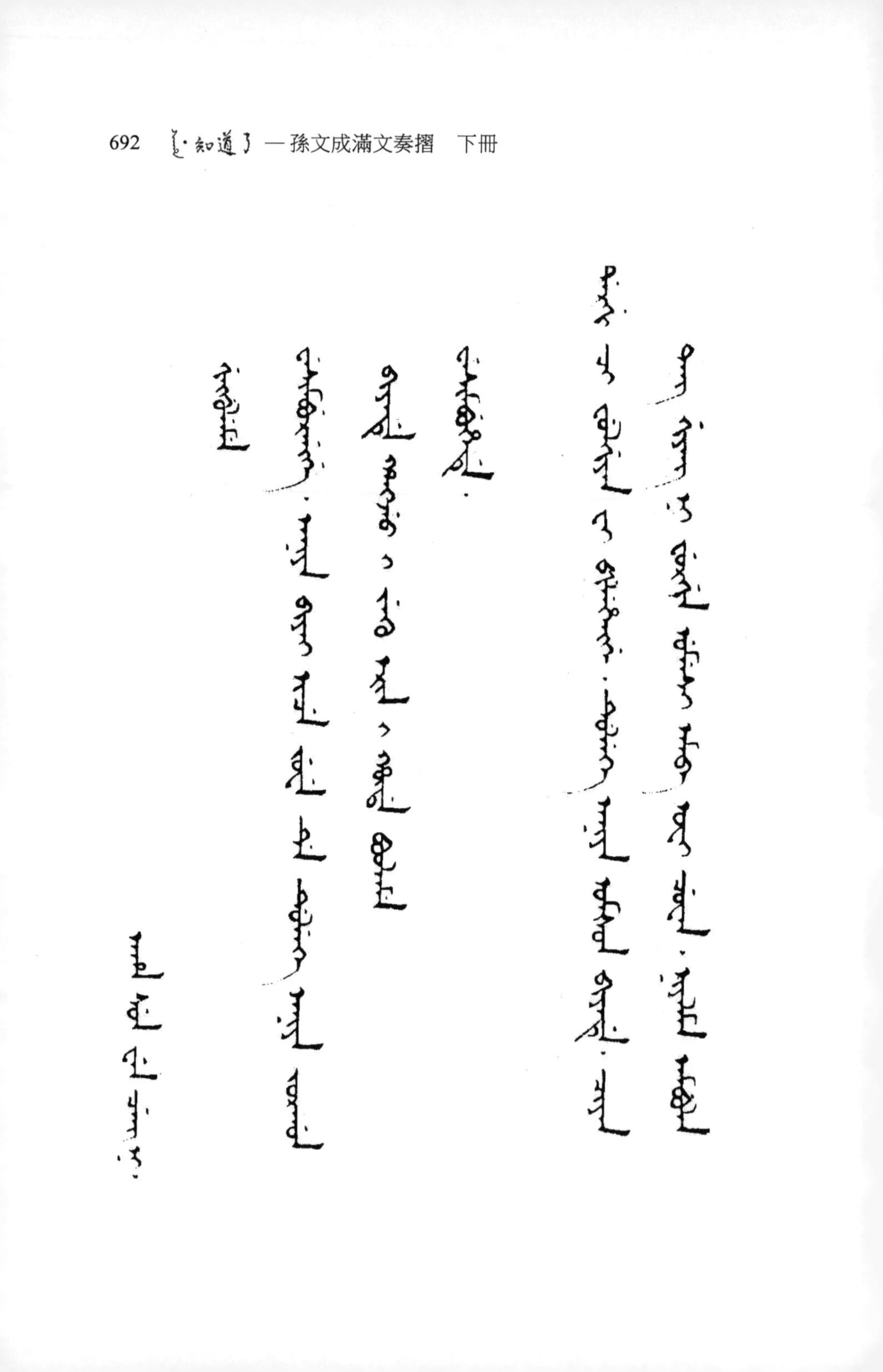

【180】奏覆查明錢塘江潮浪災情摺

aha sun wen ceng ni, gingguleme wesimburengge, aniya biyai ice juwe de duleke aniya jorgon biyade hangjeo i jeku erin i hūda boolame wesimbuhede, dergi ci fulgiyan fi pilehengge, duleke aniya omšon biyade, ciyan tang giyang ni furgin umesi amba ofi cuwan, niyalma ambula

奴才孫文成

謹奏，正月初二日，奏報去年十二月分杭州米穀時價時，奉皇上硃批：聞去年十一月間，因錢塘江潮浪甚大，船、人

奴才孙文成

謹奏，正月初二日，奏报去年十二月分杭州米谷时价时，奉皇上朱批：闻去年十一月间，因钱塘江潮浪甚大，船、人

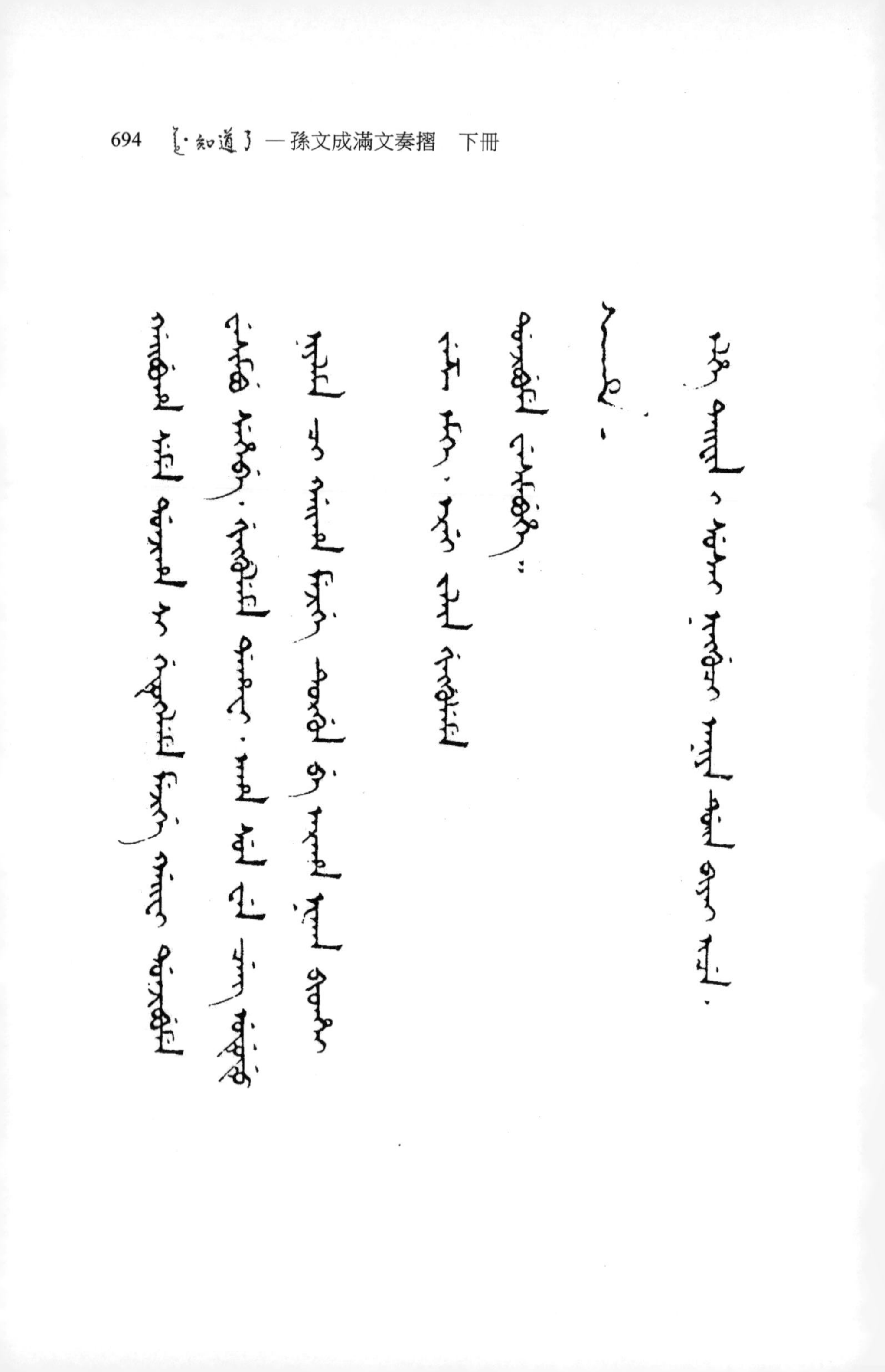

gaibuha seme donjiha, si getukeleme mejige gaifi donjibume
wesimbu sehebe, gingguleme dahafi, aha sun wen ceng
ududu niyalma ci gaiha mejige turgun be araha nikan bithei
jedz emke. erei jalin gingguleme donjibume wesimbuhe.
saha.
elhe taifin i susai ningguci aniya duin biyai ice.

頗有損失，爾察明探信奏聞，欽此。奴才孫文成欽遵向多
人探信，將緣由繕寫漢字摺子一件[26]，謹此奏聞。
【硃批】知道了。
康熙五十六年四月初一日

頗有損失，尔察明探信奏闻，钦此。奴才孙文成钦遵向多
人探信，将缘由缮写汉字折子一件 [26]，谨此奏闻。
【朱批】知道了。
康熙五十六年四月初一日

---

[26] 漢字摺子一件，見附錄一。

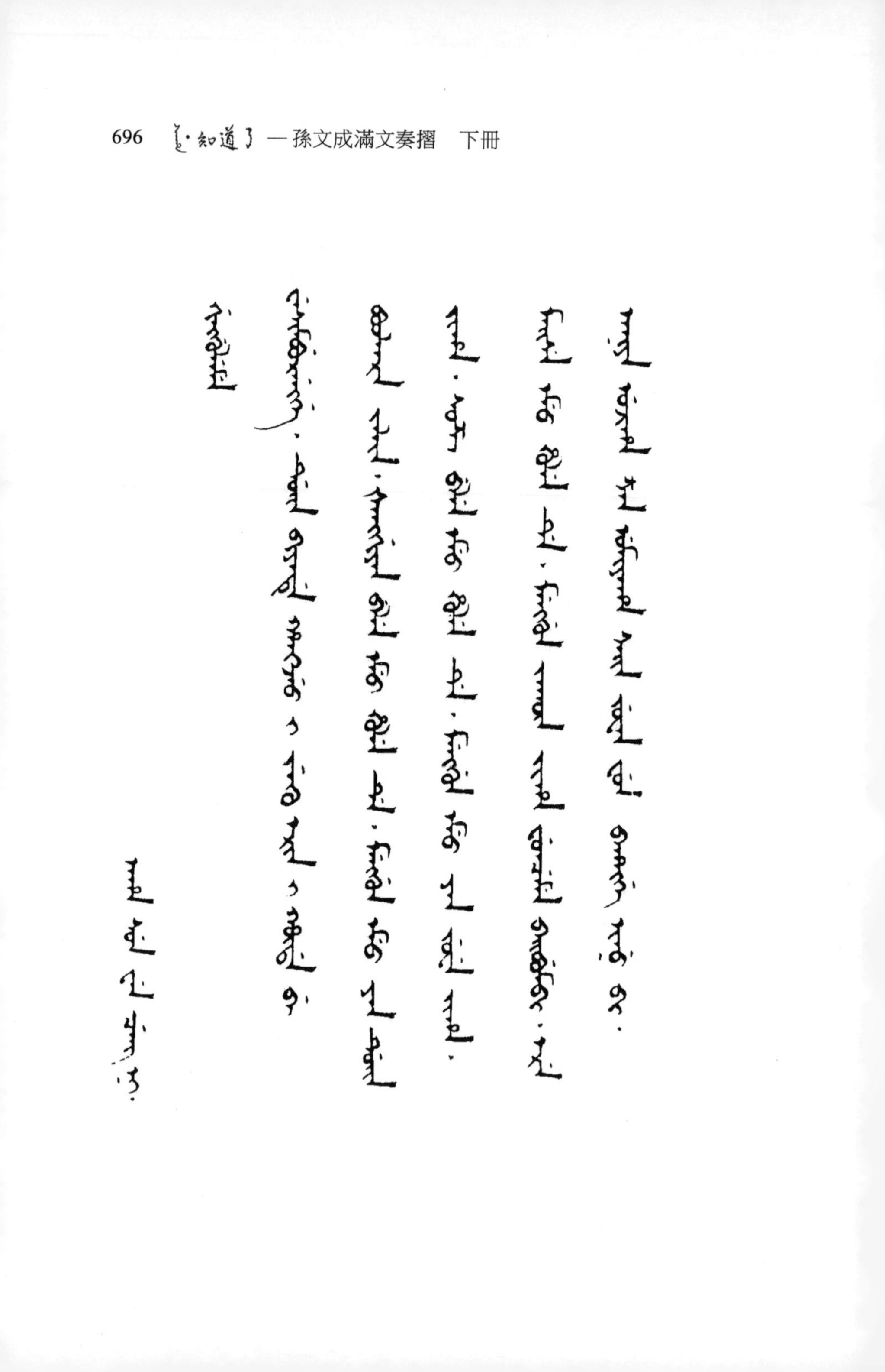

ᠮᠠᠨᠵᡠ ᡥᡝᡵᡤᡝᠨ

【181】奏報四月分杭州糧價摺

aha sun wen ceng ni, gingguleme wesimburengge, duin biyade hangjeo i jeku erin i hūda be boolara jalin, šanggiyan bele emu hule de, menggun emu yan duin jiha, sodz bele emu hule de, menggun emu yan juwe jiha, maise emu hule de, menggun jakūn jiha funceme baibumbi. ere aniya ujiha ts'an umiyaha sain juwan fun bahangge inu bi,

　　　　　　　　　　　　　　　　奴才孫文成

謹奏，為報四月分杭州米穀時價事。白米一石，需銀一兩四錢；梭子米一石，需銀一兩二錢；麥子一石，需銀八錢餘。今年所養蠶蟲甚好，亦有得十分者，

　　　　　　　　　　　　　　　　奴才孙文成

谨奏，为报四月分杭州米谷时价事。白米一石，需银一两四钱；梭子米一石，需银一两二钱；麦子一石，需银八钱余。今年所养蚕虫甚好，亦有得十分者，

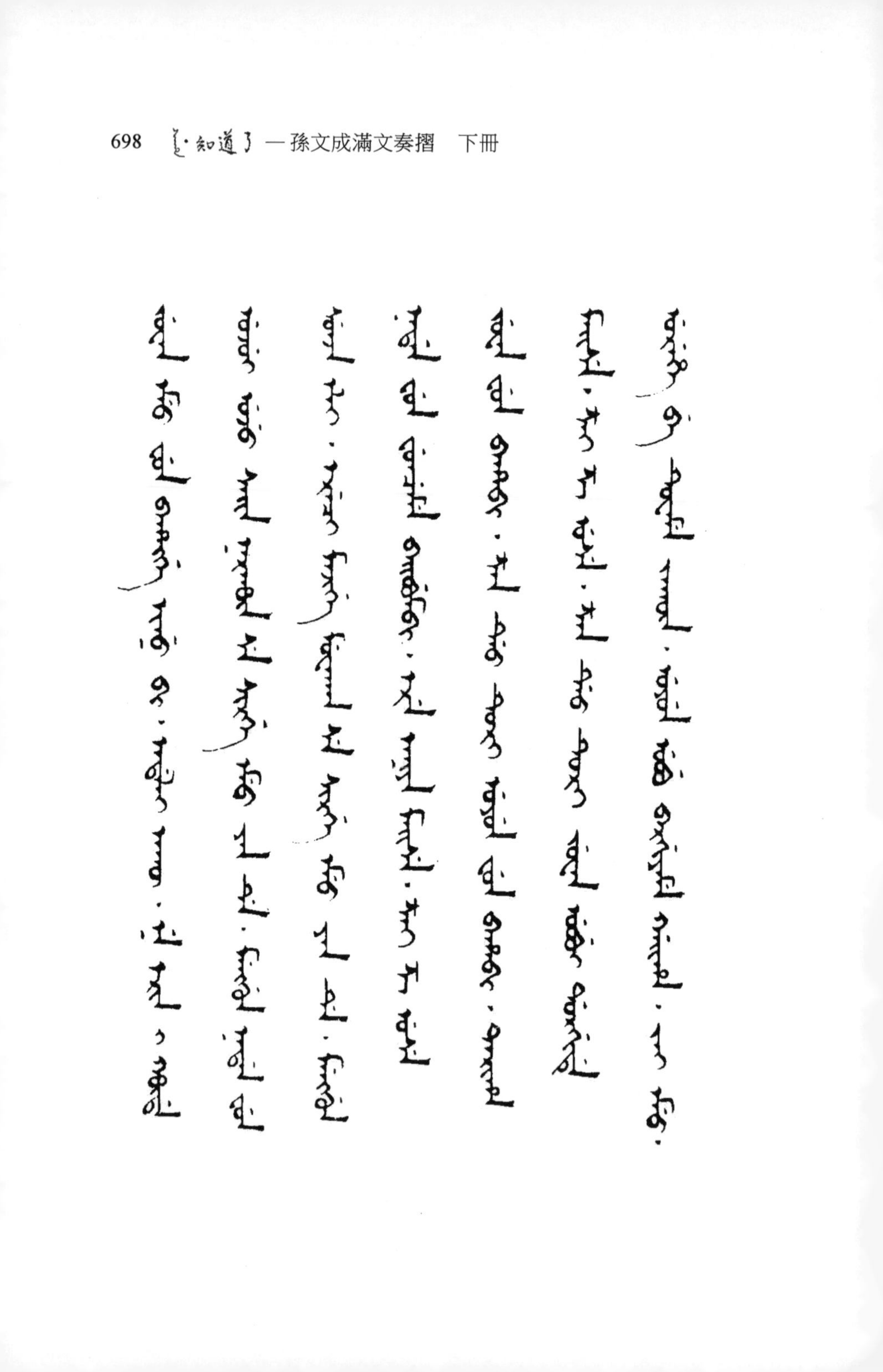

（滿文）

juwan emu fun bahangge inu bi, adali akū. ne erin i hūda ujui uju sain narhūn se sirge emu yan de, menggun nadan fun sunja eli, ereci majige muwakan se sirge emu yan de, menggun nadan fun funceme baibumbi. ere aniya maise, ts'ai dz use juwan fun bahabi, ts'an deo turi uyun fun bahabi. tariha maise, ts'ai dz use, ts'an deo turi juwan ubui dorgide urehe be tuwame jakūn, uyun ubu bargiyame gaiha, jai emu

———————

亦有得十一分者不等。目下時價，頭等上好細生絲一兩，需銀七分五釐，較其略粗生絲一兩，需銀七分餘。今年麥子、菜籽得十分，蠶豆得九分。所種麥子、菜籽、蠶豆十分內，見成熟收取八九分，

———————

亦有得十一分者不等。目下时价，头等上好细生丝一两，需银七分五厘，较其略粗生丝一两，需银七分余。今年麦子、菜籽得十分，蚕豆得九分。所种麦子、菜籽、蚕豆十分内，见成熟收取八九分，

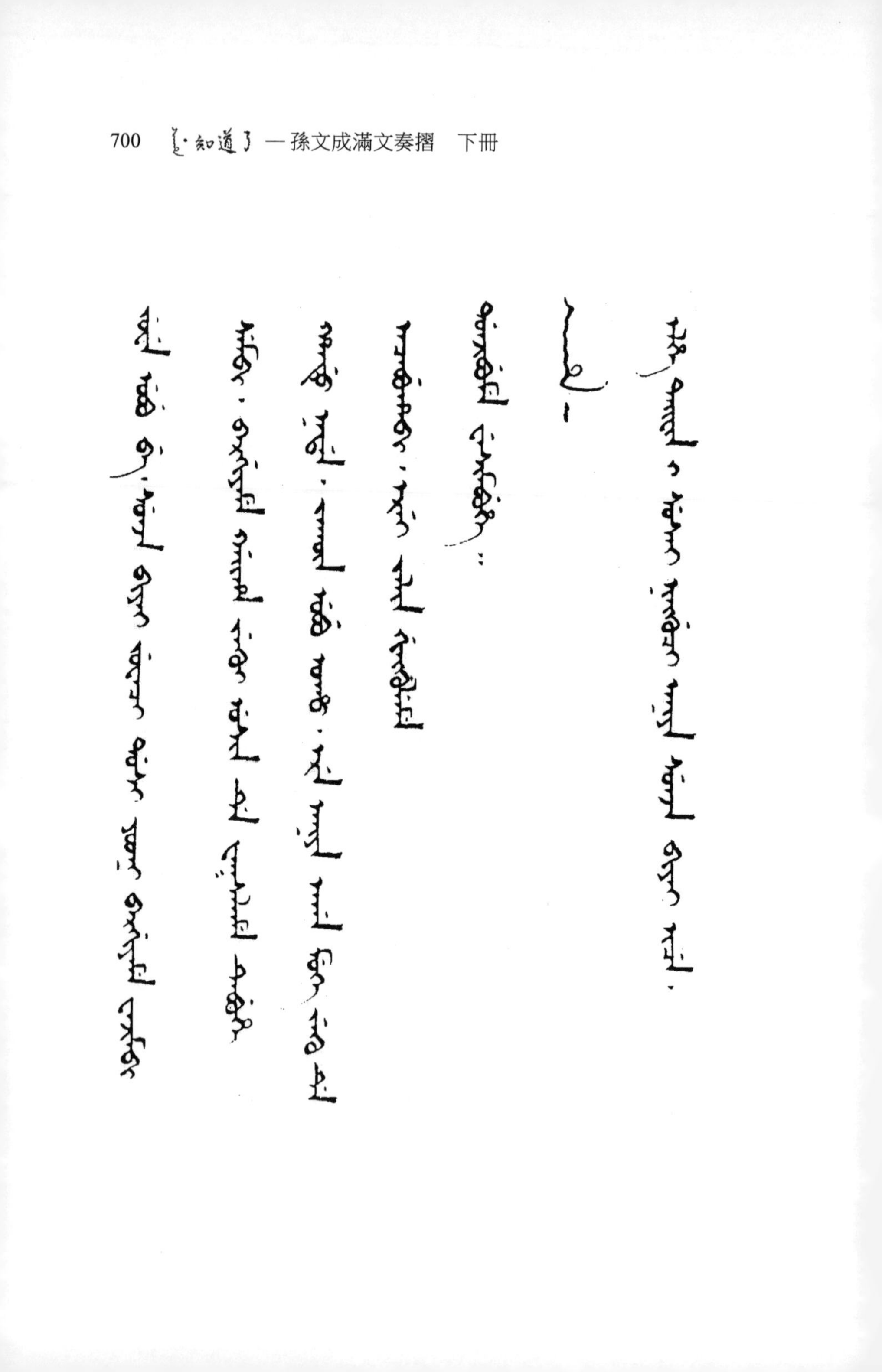

juwe ubu be, sunja biyai juwaci dosi yooni bargiyame
wajimbi sembi. bargiyame gaiha jekui usin de faksalame
tebuhe handu nadan, jakūn ubu oho. ere aniya aga muke jeku
de acabuhabi. erei jalin gingguleme donjibume wesimbuhe.
saha.
elhe taifin i susai ningguci aniya sunja biyai ice.

所餘一二分，自五月初十日以後俱可收畢云云。於所收取
稻田中分蒔之粳稻已有七八分。今年雨水適合稻穀。謹此
奏聞。
【硃批】知道了。
康熙五十六年五月初一日

所余一二分，自五月初十日以后俱可收毕云云。于所收取
稻田中分莳之粳稻已有七八分。今年雨水适合稻谷。谨此
奏闻。
【朱批】知道了。
康熙五十六年五月初一日

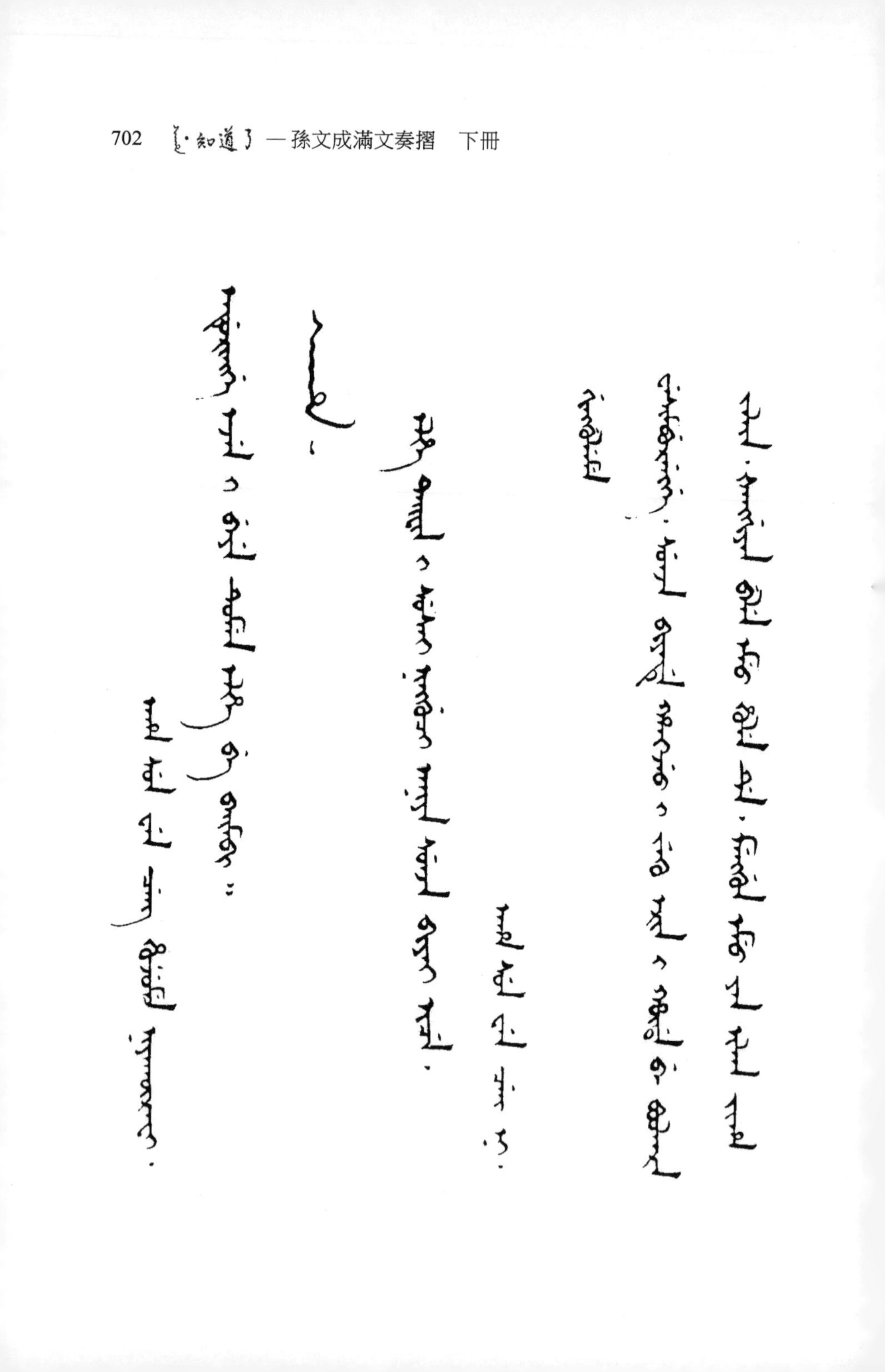

【182】請安摺

aha sun wen ceng hujume niyakūrafi, enduringge ejen i beye
tumen elhe be baimbi.

saha.

elhe taifin i susai ningguci aniya sunja biyai ice.

【183】奏報五月分杭州糧價摺

aha sun wen ceng ni, gingguleme wesimburengge, sunja
biyade hangjeo i jeku erin i hūda be boolara jalin, šanggiyan
bele emu hule de, menggun emu yan ilan jiha

奴才孫文成俯伏跪

請聖主聖躬萬安。

【硃批】知道了。

康熙五十六年五月初一日

奴才孫文成

謹奏，為報五月分杭州米穀時價事。白米一石，需銀一兩
三錢

奴才孙文成俯伏跪

请圣主圣躬万安。

【朱批】知道了。

康熙五十六年五月初一日

奴才孙文成

谨奏，为报五月分杭州米谷时价事。白米一石，需银一两
三钱

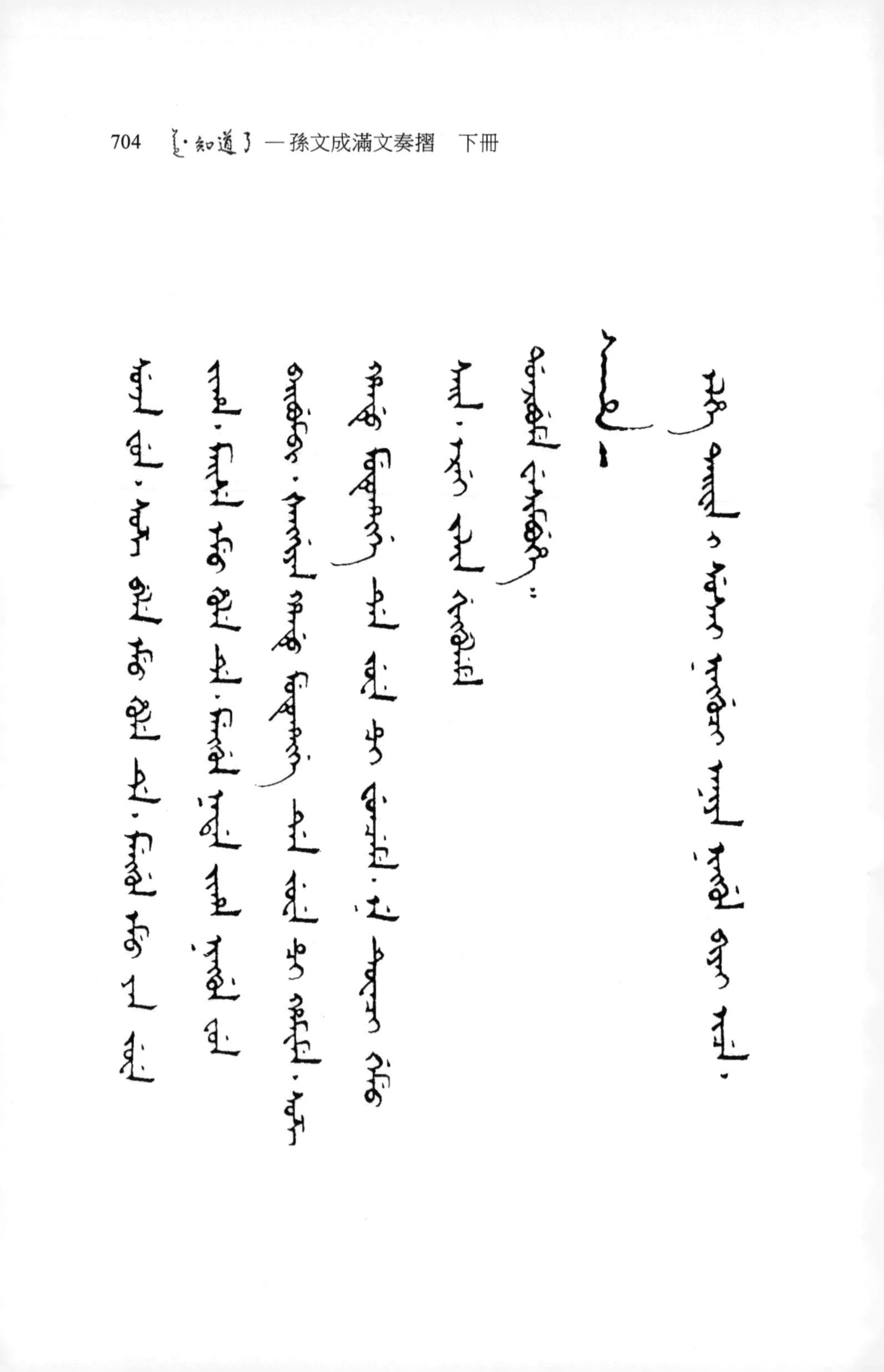

ᠪᠢᡨᡥᡝ ᠊᠊᠊᠊

ᠠᠮᠪᠠᠨ ᠪᡳ ᠨᠠᠮᠪᡳᡥᠠ ᠊᠊᠊

ᡴᡝᠰᡳ ᠂ ᠊᠊᠊

ᠪᠠᡳᠮᠪᡳ ᠊᠊᠊

sunja fun, sodz bele emu hule de, menggun emu yan juwe
jiha, maise emu hule de, menggun nadan jiha ninggun fun
baibumbi. šanggiyan handu mutuhangge den juwe c'y
hamime, sodz handu mutuhangge den juwe c'y funceme, ne
tuwaci gemu sain. erei jalin gingguleme donjibume wesimbuhe.
saha.
elhe taifin i susai ningguci aniya ninggun biyai ice.

五分；梭子米一石，需銀一兩二錢；麥子一石，需銀七錢
六分。白粳稻長高將近二尺，梭子粳稻長高二尺餘，目下
看來皆好。謹此奏聞。
【硃批】知道了。
康熙五十六年六月初一日

五分；梭子米一石，需银一两二钱；麦子一石，需银七钱
六分。白粳稻长高将近二尺，梭子粳稻长高二尺余，目下
看来皆好。谨此奏闻。
【朱批】知道了。
康熙五十六年六月初一日

ᡥᡡᠸᠠᠩ ᠰᡝᡵᡝᠮᡝ᠈ ᡨᡝᠯᡝ ᠪᡝ ᡥᠠᠮᠠᠰᡳ ᠠᠮᠠᠰᡳ

ᠶᠠᠪᡠᠮᡝ ᠰᡝᡵᡝ ᡨᡝᠯᡝ ᠪᡝ ᠠᠯᡳᡥᠠ ᠰᡝᠮᡝ᠈

ᠮᡝᡳ ᡤᡝᠯᡳ ᡝᡳᠴᡳ ᠸᡝᠰᡳᠮᠪᡠᡵᡝ ᠪᡝ ᠠᠯᡳᠮᠪᡳ᠈

ᡩᡝᠯᡝ ᠠᠯᡳᠮᡝ ᡤᠠᠮᠪᡠᠮᡝ᠈ ᡠᠮᡝᠰᡳ

ᠶᠠᠪᡠᠮᡝ ᠰᡝᡵᡝ ᡤᡝᠯᡳ ᡩᠠᠴᡳ ᡩᠠᠮᠠᠩ ᠪᡝ

ᠠᠯᡳᠮᠪᡠᠮᡝ

【184】奏聞官兵拏獲海賊摺

aha sun wen ceng donjiha teile, gingguleme wesimburengge, jafaha mederi i hūlga be boolara jalin, hūwang yan jen i ici ergi ing ni šeo bei hafan li io, ciyandzung, badzung cooha be gaifi duin cuwan de tefi, mederi be giyarime genehede, duin biyai juwan ninggun de ši tang šan i mederi yang de isinafi hūlgai cuwan juwe, niyalma gūsin emu baha. jai wen jeo jen i dulimbai ing ni io

奴才孫文成僅以所聞謹奏，為報拏獲海賊事。黃巖鎮右營守備李有、千總、把總領兵乘船四隻，前往巡海時，於四月十六日行至石塘山海洋，獲賊船二隻，人三十一名。再溫州鎮中營

奴才孫文成仅以所闻谨奏，为报拏获海贼事。黄岩镇右营守备李有、千总、把总领兵乘船四只，前往巡海时，于四月十六日行至石塘山海洋，获贼船二只，人三十一名。再温州镇中营

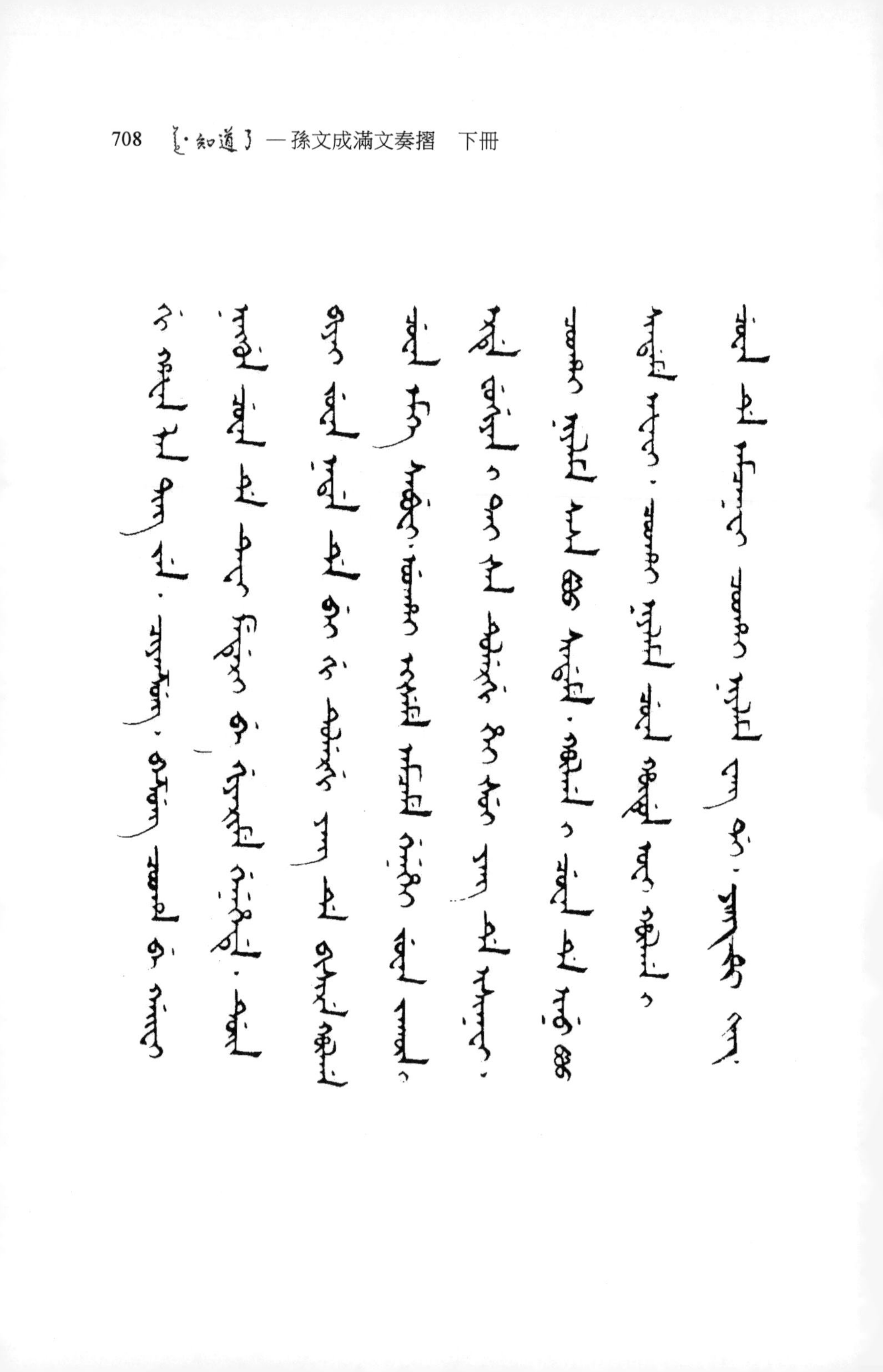

gi hafan lan ting jen, ciyandzung, badzung cooha be gaifi ninggun cuwan de tefi mederi be giyarime genehede, duin biyai juwan nadan de bei gi tulergi yang de bisire hūlga cuwan emke sabufi, uthai ekšeme amcame genehei juwan jakūn i erde fugiyan i tai šan tulergi hei šui yang de isinafi, coohai niyalma sasa poo sindame, hūlga i cuwan de inu poo sindame afafi, coohai niyalma cuwan hūdun ofi hūlga i cuwan de amcanafi coohai niyalma wang di, yang jy king,

遊擊藍廷珍、千總、把總領兵乘船六隻，前往巡海時，於四月十七日在北麂外洋見有賊船一隻，即急忙追去，十八日晨，至福建臺山外黑水洋，兵丁一齊放礮，賊船亦放礮攻打。因兵船快，追及賊船，兵丁王第、楊知慶

游击蓝廷珍、千总、把总领兵乘船六只，前往巡海时，于四月十七日在北麂外洋见有贼船一只，即急忙追去，十八日晨，至福建台山外黑水洋，兵丁一齐放炮，贼船亦放炮攻打。因兵船快，追及贼船，兵丁王第、杨知庆

ᠪᠠᡳᡨᠠ ᡩᡝᠩᠨᡝᡥᡝ᠂ ᠰᡳᠴᡝ ᠰᡥᠣᠩᡤᡝ ᡩᠠᡴᠠ ᡳᠯᠠᠨ ᠨᠠᡩᠠᠨ

ᡤᡳ ᠯᡳᠩ ᠰᡤᠣᡥᠣᠩᡴᠣ ᠰᡥᠣᠨ ᠪᠠᠨᠠᡩᡠᡥᠠ ᠴᡳᠣᡥᠣ ᠰᠠᡴᡩᠠᠩ

ᡤᠣ ᠰᠣ ᠨᠠ ᠴᠠᡩᡠᡥᠠ ᠪᠠᡩᡠᡥᠠ ᠨᡠᡴᡝ ᠮᡳᠩᡥᠠ ᡩᠠᠩᡤᡳᠰᡝᡥᡝ᠂ ᡤᡝᠩᡤᡳᠶᡝᡥᡝ᠂

ᠮᡝᠨᠨᠣᡥᠠᠨ ᠨᡳᡴᠠᠨ ᡶᠠ ᠨᠠᠩᡤᠠᡩᡠᠨ ᠨᠠᠴᡩᠠ ᡩᠠ᠂ ᡳᠴᡝ ᠰᡳᠴᡝ ᡴᡥᠠᠰᠣᡠ ᡤᡳᠯᡳᠩ᠂

ᡤᠣᠨᡥᠣᡳᡩᠠᠨ ᠨᠠᡩᡠᡥᠠ ᡩᠠ᠂ ᡳᠴᡝ ᡩᠠ ᠰᡴᠠᠨᡤᡳᠰᡤᠠᡥᠠ ᠴᡳᠣᡤᠣᠨᡩᠣ ᠨᠠᠴᡩᠠ ᡩᠠ᠂

ᡥᠣᡥᡠ ᠪᠠᡩᡠ ᡤᠣᡥᡩᡝ ᠯᠠᡳᡥᡠᠩᡤᡳᠰᠠᡩᡠᡥ ᠨᠣᠩᡥᠣ ᠴᠣᡥᠣᡩᠣ ᠮᠠᠰᡥᠠᠩ᠂

ᠴᠣᡴᠣᡥᠣ ᠨᠠᡩᡠ᠂ ᠴᠠᡩᡠᡥᡝᠩᡠ ᡩᡝᠩᠩᠠᡩᡩ ᠮᡝᠩᠩᠠ ᠴᠣᡩᠠ ᡩᡝᠩ᠂ ᠴᠣᡥᠣ

ᡥᠣᡩᠠ ᠮᡝᠩᠣᠩᡤᠣ ᠮᠠᠩᡩᠠ ᡩᠠ᠂ ᠰᡳᠨᠠᠩ ᡤᡝᠩᡤᡳᠰᠣᡩ ᡤᡝᠴᡳ ᡨᠠ ᠰᠠᡩᠠᠨᠣ

tuwai oktu tamse be gaifi hūlgai cuwan de fekufi maktaha, sirandume ududu coohai niyalma cuwan de tafaka. tuttu ofi hūlga ambula facuhūrafi tuwai okto de bucehengge inu bi, muke de sengsereme bucehengge inu bi, coohai niyalma de wabuhangge inu bi. ede g'an dzeng cuwan emke, sun šeng ni jergi hūlga nadanju nadan baha, esede fonjici, sun šeng jabuhangge, ula baci ukafi jihe niyalma uheri orin ilan bihe, erei dorgi juwan juwe niyalma encu

持火藥罐子躍上賊船，兵丁數名相繼登船。是以賊眾大亂，亦有為火藥燒死者，亦有在水裡淹死者，亦有為兵丁所殺者。獲趕繒船一隻，拏獲孫森等賊七十七名，審訊彼等，據孫森供稱：自江河地方逃出來之人共二十三名，此內十二人

持火药罐子跃上贼船，兵丁数名相继登船。是以贼众大乱，亦有为火药烧死者，亦有在水里淹死者，亦有为兵丁所杀者。获赶缯船一只，拏获孙森等贼七十七名，审讯彼等，据孙森供称：自江河地方逃出来之人共二十三名，此内十二人

ᠪᠠᡳᡨᠠ ᠪᡝ ᠰᠠᠮᠪᡳ᠈᠈

ᠰᡠᠨ ᠸᡝᠨ ᠴᡝᠩ᠈ ᠰᠠᡳ᠈ ᠰᠠᡳᠨ ᠪᡳᠮᡝ᠈
ᠪᠠᡳ᠈ ᠮᡝᠨᡳ ᠪᠠᡳ ᠮᠠᠰᠠᡳ ᠪᠠ

ᠮᠤᠵᡳᠯᡝᠨ ᡠᡤᠠᠯᠠᠨ᠈ ᠠᡳᠰᡳᠨ ᡠᡤᠠᠯᠠᠨ ᠪᡝ᠈
ᡳᠨᡝᡢᡤᡳᡩᠠᡵᡳ ᡠᠮᡝᠰᡳ ᠪᠠᠨᠵᡳ᠈

ᠪᠠ ᠪᠠᡳᡨᠠᠪᡝ ᠰᠠᠮᠪᡳᠮᡝ᠈ ᡩᡝ ᡝᠯᡝ᠈ ᡣᡝᡵᠰᡳ
ᡝᠵᡳᠨ ᡳ ᡤᡝᡵᡝᠨ

ᠮᡝᠨᡳ ᠮᡠᠵᡳᠯᡝᠨ ᠪᡝ ᠪᠠ ᡠᡤᠠᠯᠠᠨ ᠪᡝ᠈
ᠪᠠᡳ ᡝᠵᡳᠨ ᠨᡳ ᡩᠤᠷᠤᠨ ᡠᡣᠠᠮᠪᡳ᠈

ᠪᠠᡳ᠈ ᡳᠨᡝᡢᡤᡳᡩᠠᡵᡳ ᠮᡝᠨᡳ ᠪᠠᡳᡨᠠᠪᡝ ᠰᠠᠮᠪᡳᠮᡝ᠈
ᠮᡝᠨᡳ ᠪᠠᡳ

cuwan de tefi guwangdung de genehe, meni juwan emu
niyalma cuwan de tefi, wen jeo baru jihe, coohai cuwan de
ucarabufi afarade, meni juwan emu niyalma i dorgi duin
niyalma be coohai niyalma de wabuha, ne funcehe sun šeng,
lin lai, wei tiyan sy, jeng kung deng, cen kuwan, cen yuwan,
cen yan sembi. erei jalin gingguleme donjime wesimbuhe.
saha, ere baita aifini isinjiha, ere

乘坐他船前往廣東。我等十一人乘船往溫州而來，遭遇兵
船後於攻戰時，我等十一人內有四人為兵丁所殺，現今剩
下孫森、林賴、魏天時、曾孔登、陳寬、陳源、陳顏云云
[27]。謹此奏聞。
【硃批】知道了，此事早已到來，

乘坐他船前往广东。我等十一人乘船往温州而来，遭遇兵
船后于攻战时，我等十一人内有四人为兵丁所杀，现今剩
下孙森、林赖、魏天时、曾孔登、陈宽、陈源、陈颜云云
[27]。谨此奏闻。
【朱批】知道了，此事早已到来，

[27] wang di 等，俱按讀音譯出漢字。

ᠪᡳᡨᡥᡝ ᠂ ᡶᡠᠵᡠᡵᡠ ᡥᠠᡶᠠᠨ ᠨᡳ ᠵᠠᡳ ᠪᠠᠴᡳ ᡤᡝᠨ ᠪᡝ ᠂

ᠪᡳᡨᡥᡝ ᠂ ᡶᡠᠵᡠᡵᡠ ᡥᠠᡶᠠᠨ ᠨᡳ ᠵᠠᡳ ᠪᠠᠴᡳ ᡤᡝᠨ ᠪᡝ ᠂

ᡝᠮᡠ ᠨᠠᡩᠠᠨ ᠴᡳ ᠪᡝ ᠂

ᡨᡳ ᠪᠠᡨᡠᠯᠠᠮᠪᡳ ᠪᠠᡨᡠᠯᠠᠮᠪᡳ ᠂

ᡤᡳᠰᡠᠨ ᠪᡝ ᠪᠠᡨᡠᠯᠠᠮᠪᡳ ᠪᡝ ᡝᠯᡝᠮᠠᠩᡤᠠ ᠪᡝ ᠪᠠᡨᡠᠯᠠᠮᠪᡳ

mejige geli encu hūlga be jafahao. kemuni fe baitao.

elhe taifin i susai ningguci aniya ninggun biyai ice.

【185】請安摺

aha sun wen ceng hujume niyakūrafi, enduringge ejen i beye
tumen elhe be baimbi.

saha.

elhe taifin i susai ningguci aniya ninggun biyai ice.

此信息是否又獲他賊？仍係舊事耶？

康熙五十六年六月初一日

　　　　　　　　　　　　奴才孫文成俯伏跪

請聖主聖躬萬安。

【硃批】知道了。

康熙五十六年六月初一日

此信息是否又获他贼？仍系旧事耶？

康熙五十六年六月初一日

　　　　　　　　　　　　奴才孙文成俯伏跪

请圣主圣躬万安。

【朱批】知道了。

康熙五十六年六月初一日

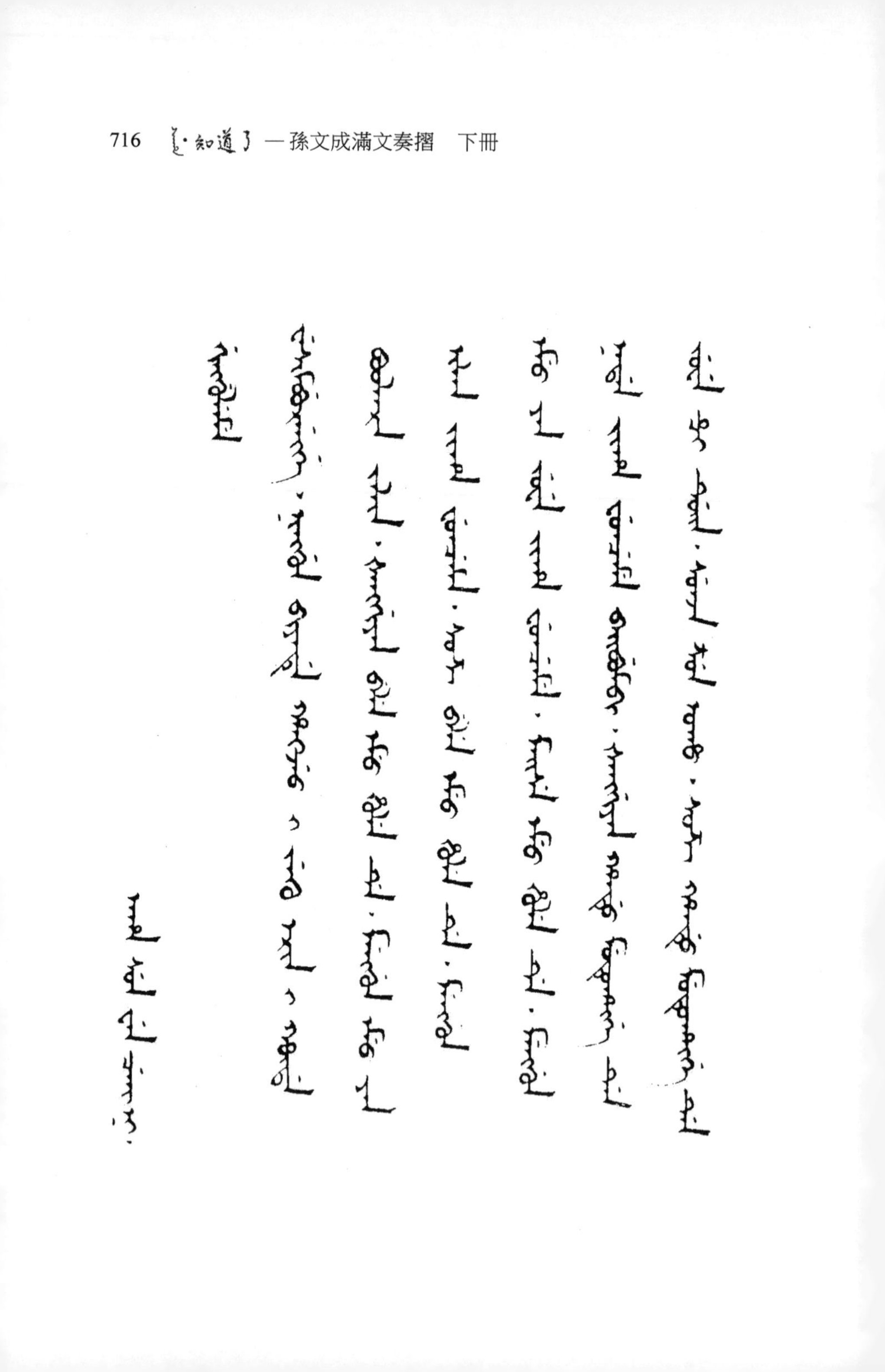

【186】奏報六月分杭州糧價及錢塘江災情摺

aha sun wen ceng ni, gingguleme wesimburengge, ninggun biyade hangjeo i jeku erin i hūda boolara jalin, šanggiyan bele emu hule de, menggun emu yan ilan jiha funceme, sodz bele emu hule de, menggun emu yan juwe jiha funceme, maise emu hule de, menggun nadan jiha funceme baibumbi. šanggiyan handu mutuhangge den juwe c'y duin, sunja ts'un oho, sodz handu mutuhangge den

---

　　　　　　　　　　　　　　　　　奴才孫文成

謹奏，為報六月分杭州米穀時價事。白米一石，需銀一兩三錢餘；梭子米一石，需銀一兩二錢餘；麥子一石，需銀七錢餘。白粳稻已長高二尺四五寸，梭子粳稻

　　　　　　　　　　　　　　　　　奴才孙文成

谨奏，为报六月分杭州米谷时价事。白米一石，需银一两三钱余；梭子米一石，需银一两二钱余；麦子一石，需银七钱余。白粳稻已长高二尺四五寸，梭子粳稻

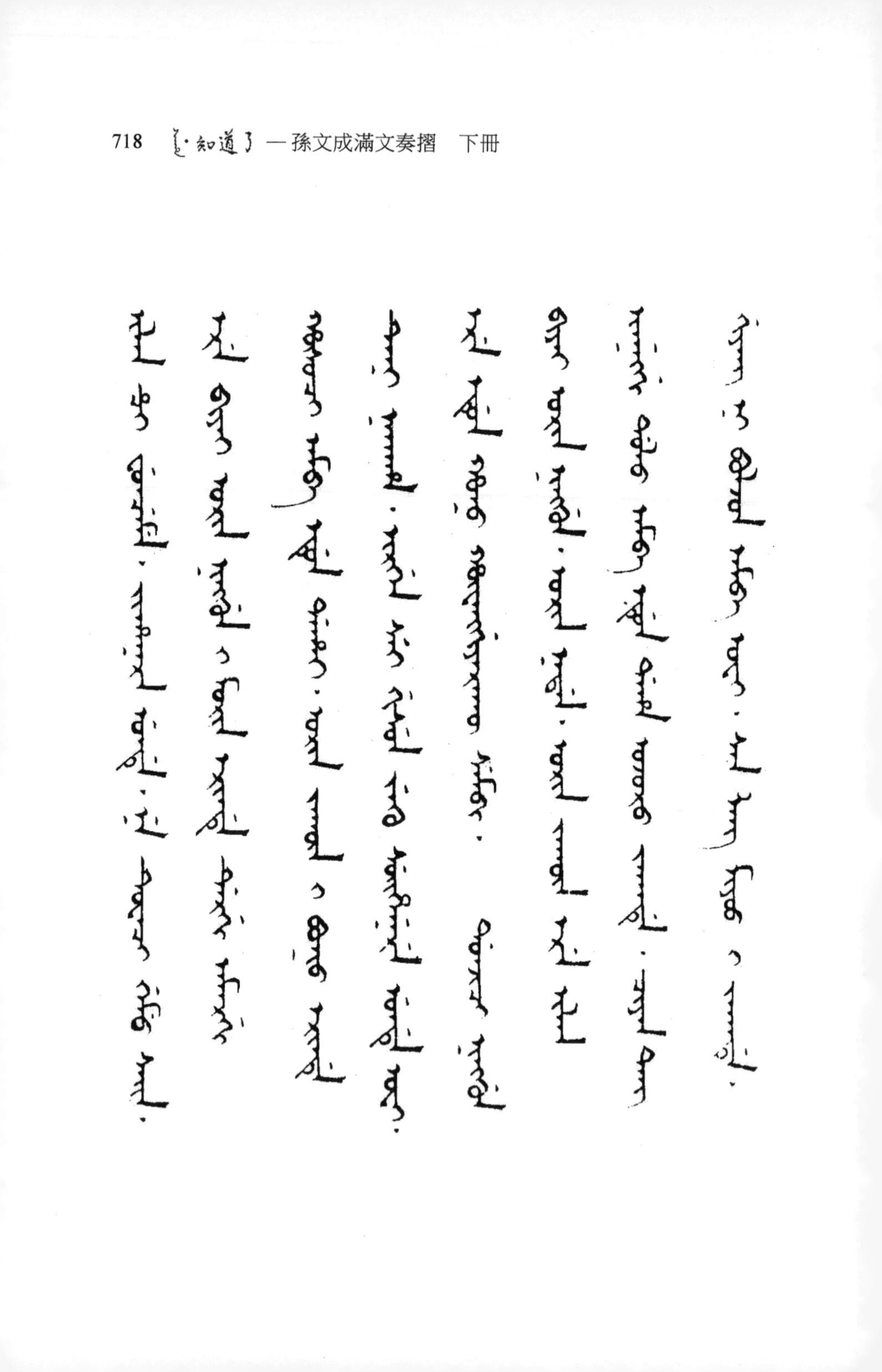

ilan c'y funceme, jihanara unde, ne tuwaci gemu sain. ere biyai orin ninggun i morin erinde dergi amargi hošoci amba edun dahai, orin jakūn i bonio erinde teni nakaha. irgen sei gisun, jeku suihenere unde ofi, ere edun hono hūwanggiyarakū sembi. donjici ninggun biyai orin ninggun, orin nadan, orin jakūn ere ilan inenggi dolo amba edun daha ojoro jakade, ciyan tang giyang ni boljon amba ofi, san lang miyoo i jakade,

已長高三尺餘，尚未開花，目下看來皆好。本月二十六日午刻，東北風大作，至二十八日申刻始停。百姓言，因稻穀尚未出穗，此風尚無妨云云。聞六月二十六、二十七、二十八此三日內，因刮大風，故錢塘江浪大，三郎廟前

已长高三尺余，尚未开花，目下看来皆好。本月二十六日午刻，东北风大作，至二十八日申刻始停。百姓言，因稻谷尚未出穗，此风尚无妨云云。闻六月二十六、二十七、二十八此三日内，因刮大风，故钱塘江浪大，三郎庙前

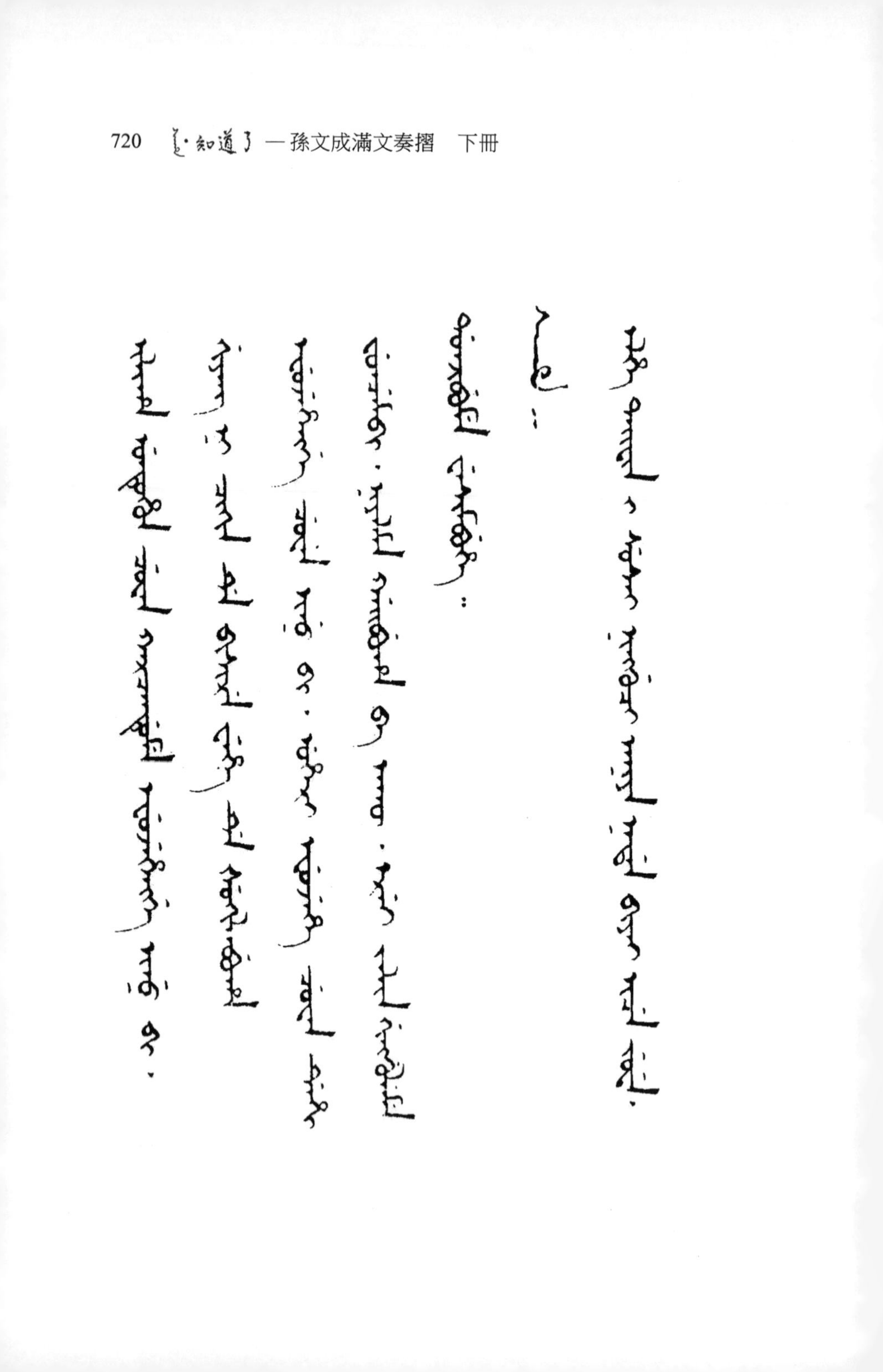

iliha untuhun cuwan karcandume efujehengge inu bi, giyang
ni cikin de bisire wehe de šukilabuha efujehengge cuwan inu
bi, uheri efujehe cuwan dehi funcembi, niyalma gaibuha ba
akū. erei jalin gingguleme donjibume wesimbuhe.
saha.
elhe taifin i susai ningguci aniya nadan biyai ice juwe.

所停空船亦有撞壞者，亦有搗毀於江岸石頭之船，共損壞
船四十餘隻，人無傷亡。謹此奏聞。

【硃批】知道了。

康熙五十六年七月初二日

所停空船亦有撞坏者，亦有搗毀于江岸石头之船，共损坏
船四十余只，人无伤亡。谨此奏闻。

【朱批】知道了。

康熙五十六年七月初二日

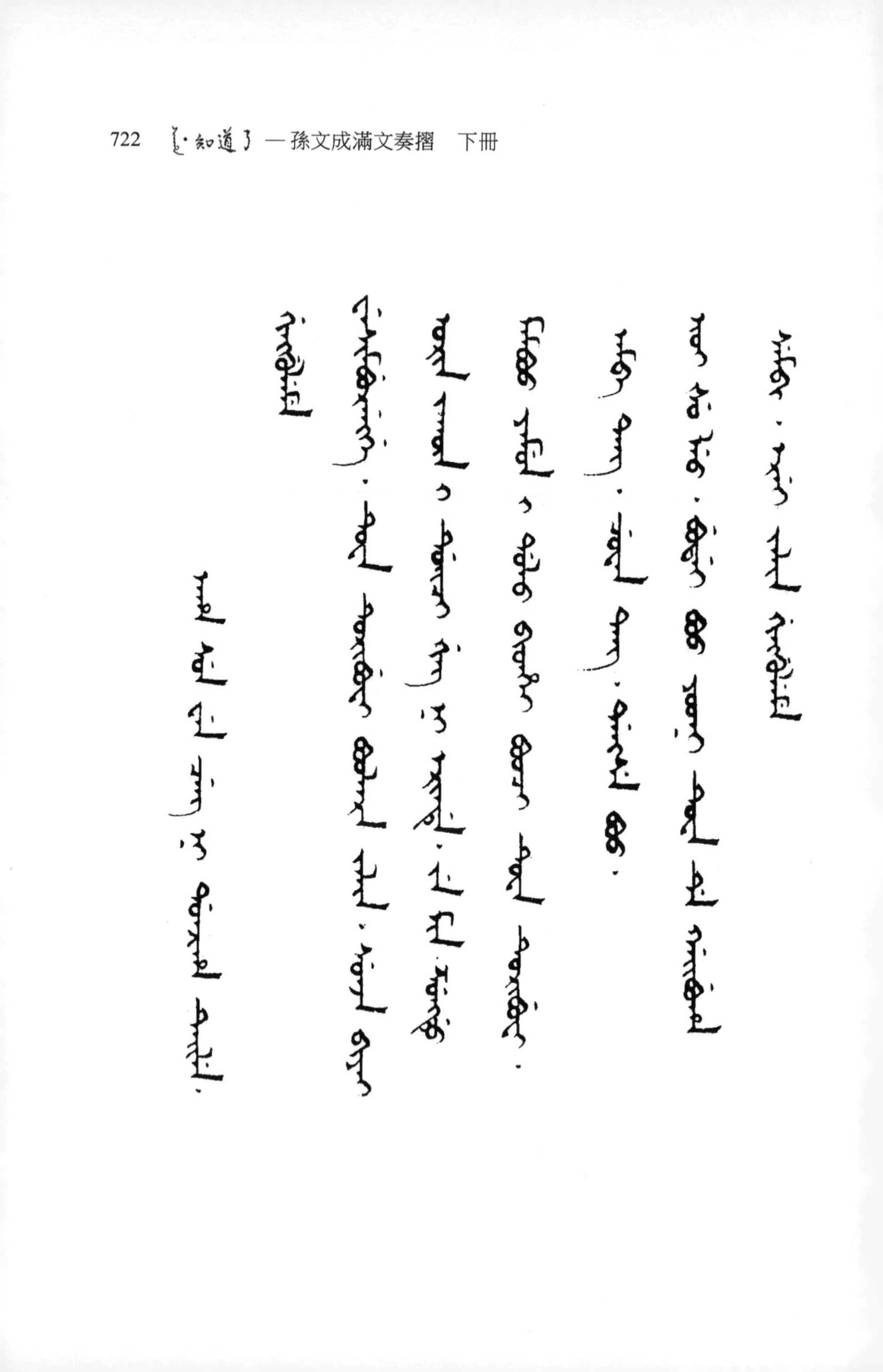

【187】奏報閩浙督署失火摺

aha sun wen ceng ni donjiha teile, gingguleme wesimburengge,
tuwa turibufi boolara jalin, sunja biyai orin jakūn i duici
ging ni erinde, je min dzungdu mamboo yamun i dolo bithei
booci tuwa turibufi, amba tang, cuwan tang, dangse boo, ioi
šu leo, budai boo yooni tuwa de gaibuha sembi. erei jalin
gingguleme

奴才孫文成僅以所聞
謹奏，為報失火事。五月二十八日四更時分，浙閩總督滿
保衙門內，自書房失火，大堂、川堂、檔子房、御書樓、
飯廳，俱為火所燬云云。謹此

奴才孙文成仅以所闻
谨奏，为报失火事。五月二十八日四更时分，浙闽总督满
保衙门内，自书房失火，大堂、川堂、档子房、御书楼、
饭厅，俱为火所毁云云。谨此

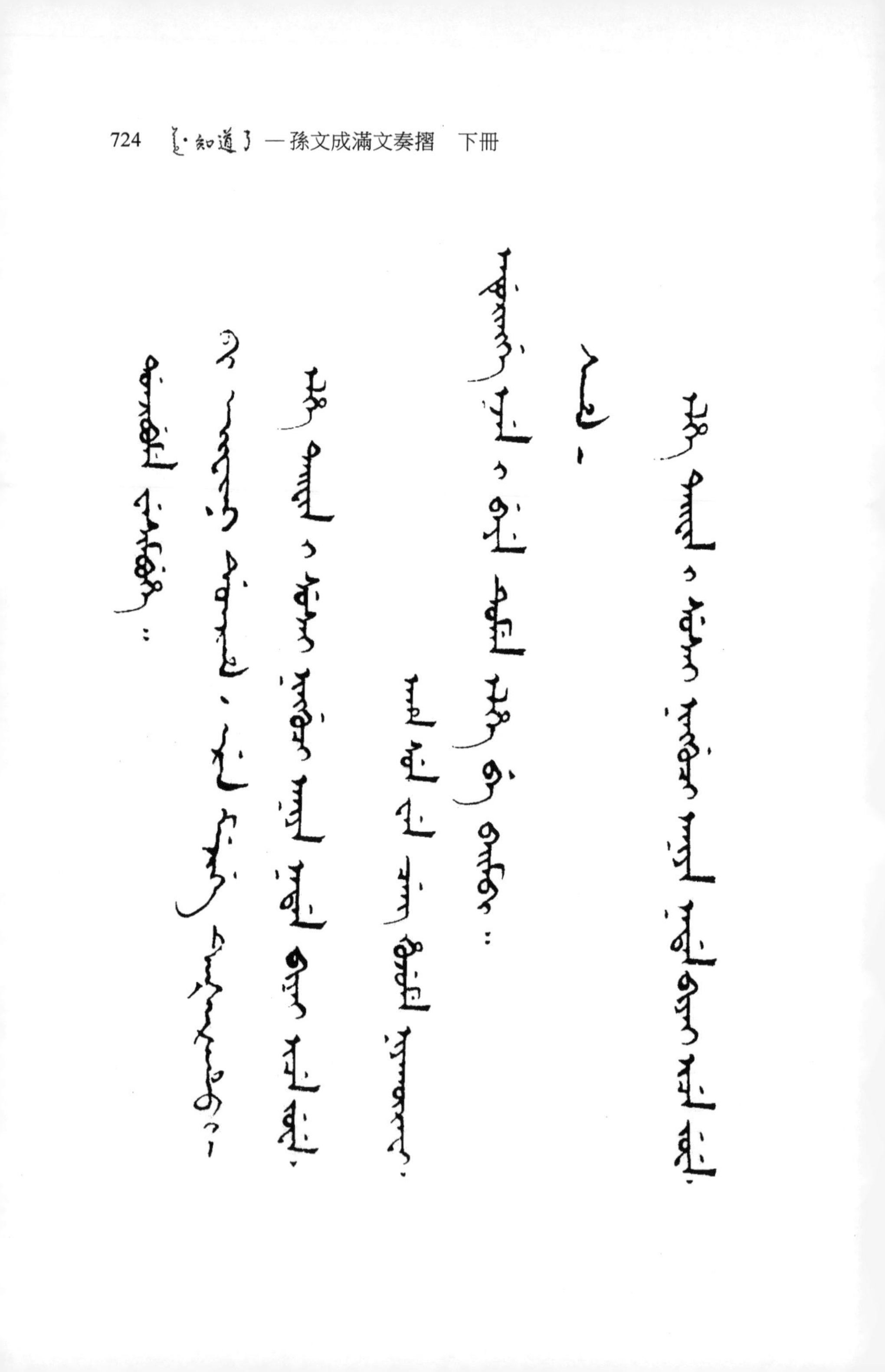

donjibume wesimbuhe.

bi aifini donjiha, ere mejige tašarahabi.

elhe taifin i susai ningguci aniya nadan biyai ice juwe.

【188】請安摺

aha sun wen ceng hujume niyakūrafi, enduringge ejen i beye tumen elhe be baimbi.

saha.

elhe taifin i susai ningguci aniya nadan biyai ice juwe.

奏聞。

【硃批】朕早有所聞，此信息錯了。

康熙五十六年七月初二日

奴才孫文成俯伏跪

請聖主聖躬萬安。

【硃批】知道了。

康熙五十六年七月初二日

奏闻。

【朱批】朕早有所闻，此信息错了。

康熙五十六年七月初二日

奴才孙文成俯伏跪

请圣主圣躬万安。

【朱批】知道了。

康熙五十六年七月初二日

ᠣᠮᠣᠰᠣᠩᡤᠠ ᠂ ᠵᠠᠩ ᠴᠠᠩ ᠴᠧᠩ ᠂ ᠵᠠᠩ
ᠪᠠᠩᠵᠣᠸᠠ ᠂ ᠵᡳ ᡥᡡᡳ ᠮᠠ ᠪᠠᡳ ᠂ ᡤᡳ
ᡥᡠᠸᠠ ᠪᠠᡳ ᠂ ᡥᡝ ᡤᡳ ᡥᡠᠸᠠ ᠪᠠᡳ ᠂ ᠵᡝ
ᠵᡝ ᠂ ᡳᠯᡳ ᡥᡳᠶᠠ ᠪᠠᡳ ᠂ ᠵᡳ ᡥᡡᡳ ᠪᠠᡳ ᠰᠠ
ᠵᠠᡳᡳᠴᠠ ᠂ ᡳ ᠶᠠ ᡥᠠ ᠂ ᠰᡝᠩ ᡥᡳ ᠂ ᡤᠠᠰᠠ
ᠪᠣᠣ ᠮᡝᡳ ᠵᠠᡳᡳᠴᠠ ᠰᡝᠮᠪᡳ ᠰᡝ

【189】奏報七月分杭州糧價摺

aha sun wen ceng ni, gingguleme wesimburengge, nadan
biyade hangjeo i jeku erin i hūda boolara jalin, šanggiyan
bele emu bule de, menggun emu yan ilan jiha funceme, sodz
bele emu hule de, menggun emu yan funceme, maise emu
hule de, menggun madan jiha funceme baibumbi. hangjeo i
šurdeme tariha šanggiyan handu

奴才孫文成

謹奏，為報七月分杭州米穀時價事。白米一石，需銀一兩
三錢餘；梭子米一石，需銀一兩餘；麥子一石，需銀七錢
餘。杭州周圍所種白粳稻，

奴才孙文成

谨奏，为报七月分杭州米谷时价事。白米一石，需银一两
三钱余；梭子米一石，需银一两余；麦子一石，需银七钱
余。杭州周围所种白粳稻，

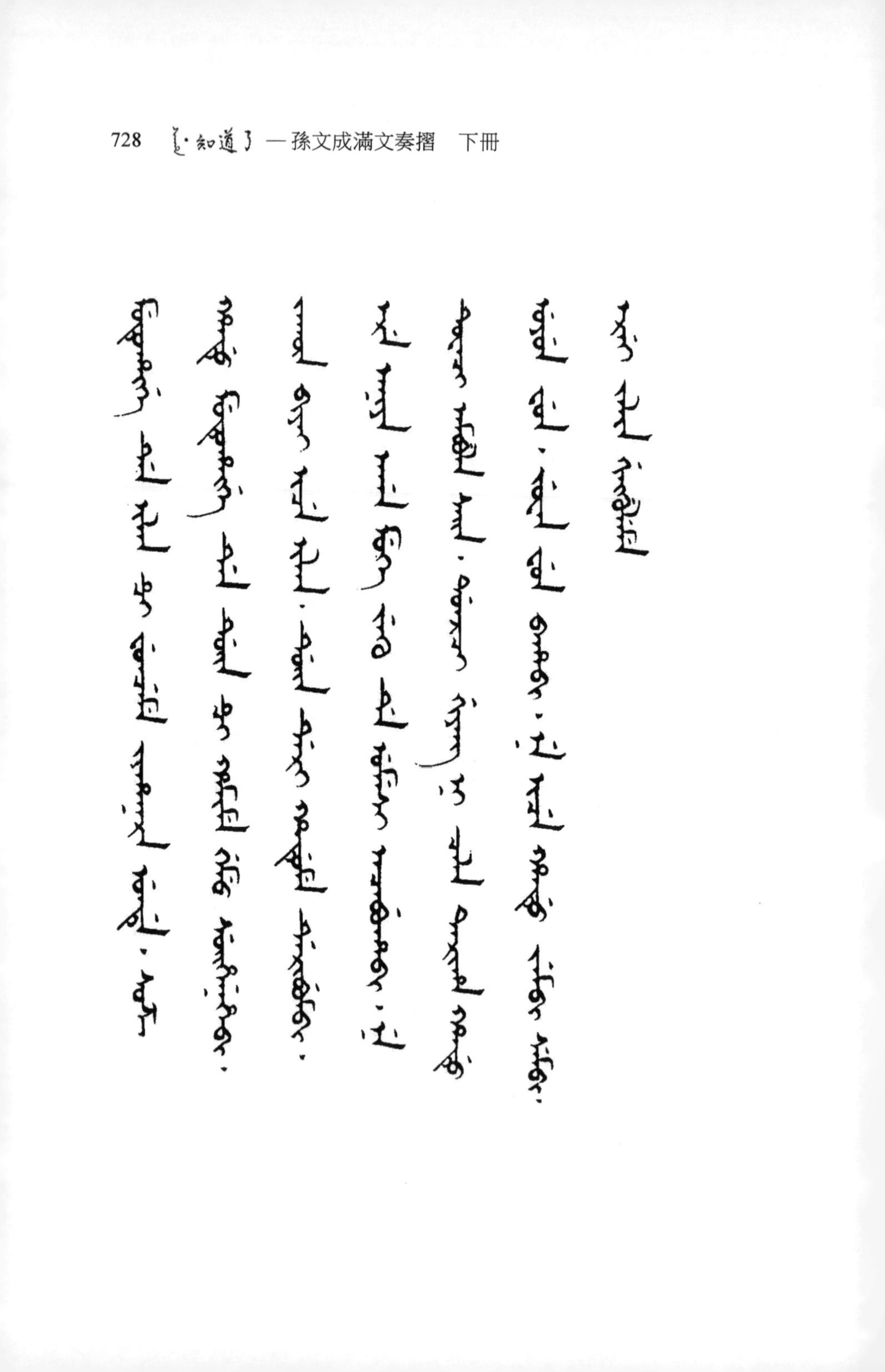

mutuhangge den ilan c'y funceme jihanara unde. sodz handu
mutuhangge den duin c'y hamime gemu suihenehebi. jakūn
biyai ice ilan, duin deri hadume deribumbi. ere aniya aga
muke jeku de umesi acabuhabi, ne tuwaci ambula sain.
donjici giyang ni cala tariha handu uyun fun, juwan fun
bahabi, ne ice handu jembi sembi. erei jalin gingguleme

長高三尺餘，尚未開花。梭子粳稻，長高將近四尺，皆已
出穗。自八月初三、四日起收割。今年雨水甚適合稻穀，
目下看來甚好。聞江之彼岸所種粳稻得九分、十分，目下
吃食新粳米云云。謹此

长高三尺余，尚未开花。梭子粳稻，长高将近四尺，皆已
出穗。自八月初三、四日起收割。今年雨水甚适合稻谷，
目下看来甚好。闻江之彼岸所种粳稻得九分、十分，目下
吃食新粳米云云。谨此

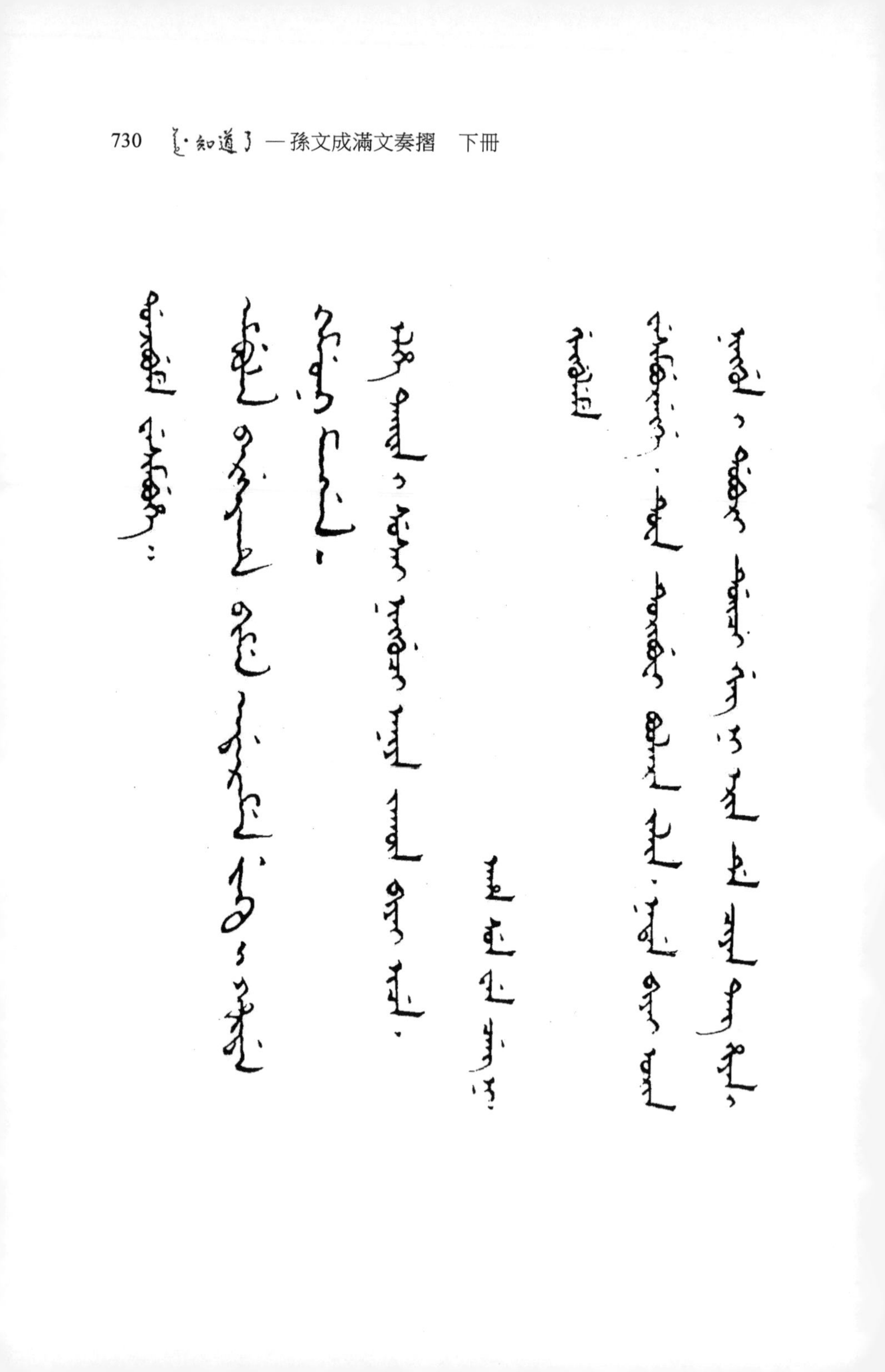

donjibume wesimbuhe.

ambula bargiyaha bime adarame jeku i hūda kemuni mangga.

elhe taifin i susai ningguci aniya jakūn biyai ice.

【190】奏報錢塘縣民房失火摺

aha sun wen ceng ni, gingguleme wesimburengge, tuwa turibufi boolara jalin, nadan biyai orin ninggun i dobori duici ging ni erin de ciyan tang hiyan i

奏聞。

【硃批】既豐收，而何以穀價仍貴？

康熙五十六年八月初一日

奴才孫文成

謹奏，為報失火事。七月二十六日夜四更時分，錢塘縣

奏聞。

【朱批】既丰收，而何以谷价仍贵？

康熙五十六年八月初一日

奴才孙文成

谨奏，为报失火事。七月二十六日夜四更时分，钱塘县

ᠪᠢᡨᡥᡝ ᠂ ᠠᠮᠪᠠᠨ ᠠᠯᠪᠠᠨ ᠰᠣᠯᠪᠣᡴᠣ ᠠᡴᡡ ᠰᡝᠮᡝ ᠪᡳᡨᡥᡝ ᠂

ᠠᠮᠪᠠᠨ ᠪᡳ ᠪᠠᡳᠮᡝ᠂

ᠵᡝᠯᡝᠨ ᡝᠵᡳ ᠂ ᠮᠪᠠᠨ ᠪᠢ ᠠᠯᠪᠠᠨ ᠰᠣᠯᠪᠣᡴᠣ ᠠᡴᡡ ᠪᡳᡨᡥᡝ ᠂

ᠵᠠᠯᠠᠨ ᠂ ᠮᠪ ᠪᡳ ᠠᠯᠪᠠᠨ ᠰᠣᠯᠪᠣᡥᠣᠨᡵ ᠵᡝᠰᡝ ᠪᡳᡨᡥᡝ ᠪᡳ

ᠵᠠᠯᠠᠨ ᠠᠮᠪᠠᠨ ᠂ ᠮᠪ ᠠᠮᠪᠠᠨ ᠪᡳ ᠰᠣᠪᡠᠮᠪᡳᠮᠪᡝ ᠰᡝᠮᡝ ᠪᡳ

ᠠᠮᠪᠠᠨ ᠪᡳᡨᡥᡝ ᠂ ᠠᠮᠪᠠᠨ ᠪᡳ ᠂ ᠠᠯᠪᠠᠨ ᠂ ᠰᠣᠯᠪᠣᡴᠣ ᠮᠪᡳᠯ ᠵᡝᠨᡝᠰᡝ

harangga ba, jeng yang men i tule ciyan tang giyang ni
cikirame tehe irgen ho tiyan ceng ni dambagu puseli dabuha
dengjan i tuwa ci turibufi jakūnju ilan boigon i boo emu
tanggū gūsin giyan funceme tuwa de gaibuha. erei jalin
gingguleme donjibume wesimbuhe.
saha.
elhe taifin i susai ningguci aniya jakūn biyai ice.

所屬地方，自正陽門外錢塘江岸居民何天成之菸草舖子所
點之燈失火[28]，八十三戶房屋一百三十餘間為火所毀。謹
此奏聞。
【硃批】知道了。
康熙五十六年八月初一日

所属地方，自正阳门外钱塘江岸居民何天成之烟草铺子所
点之灯失火 [28]，八十三户房屋一百三十余间为火所毁。谨
此奏闻。
【朱批】知道了。
康熙五十六年八月初一日

---

[28]　ho tiyan ceng，音譯作何天成。

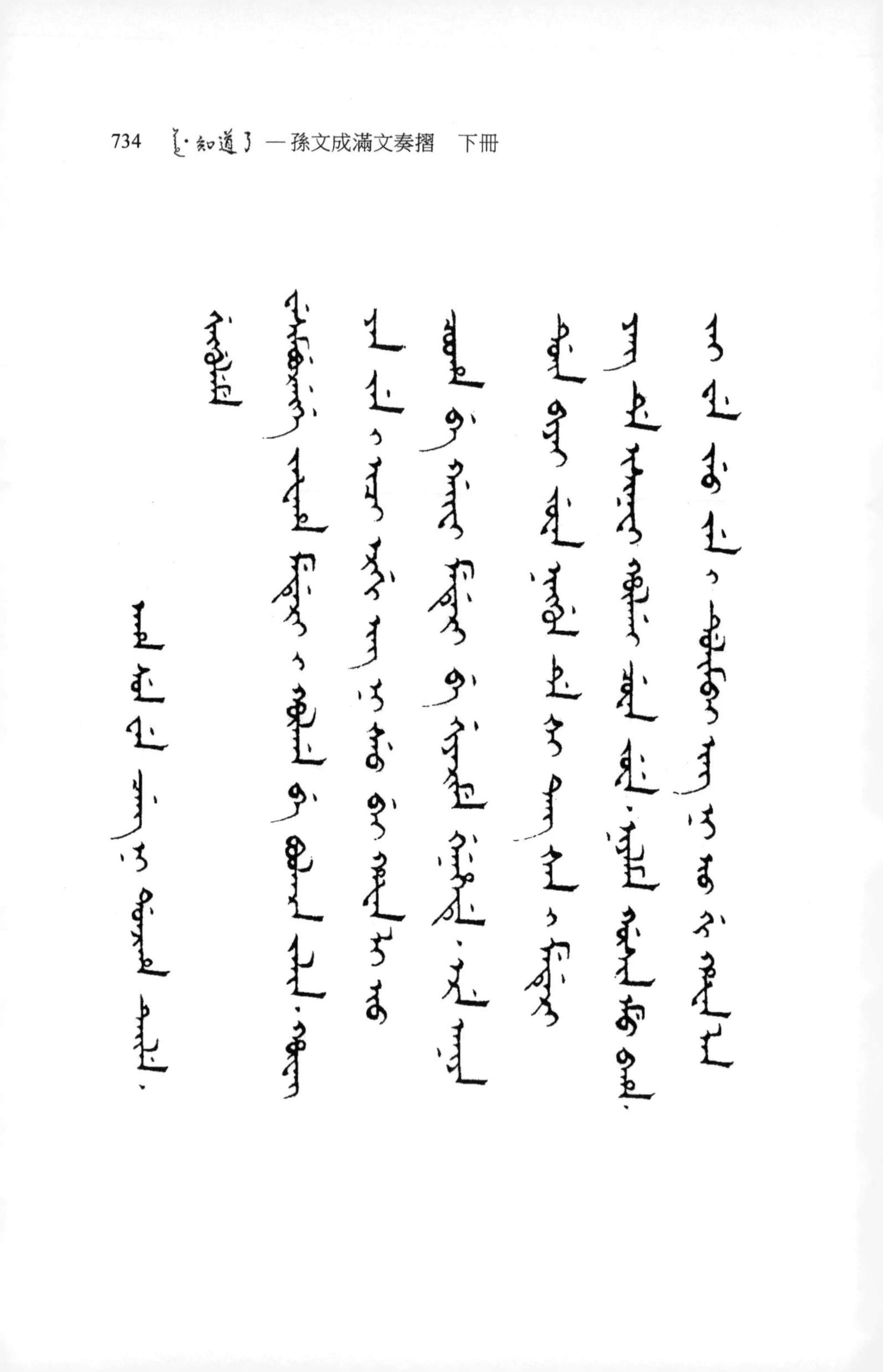

【191】奏覆官兵拏獲海賊摺

aha sun wen ceng ni donjiha teile, gingguleme
wesimburengge jafaha mederi i hūlga be boolara jalin,
hūwang yan jen i ici ergi ing ni šeo bei hafan li io cooha be
gaifi mederi be giyarime genehede, ere aniya duin biyai
juwan ninggun de ši tang šan i mederi yang de isinafi hūlgai
cuwan juwe, niyalma gūsin emu baha. jai wen jeo jen i
dulimbai ing ni io gi hafan lan

　　　　　　　　　　　　　奴才孫文成僅以所聞
謹奏，為報拏獲海賊事。黃巖鎮右營守備李有領兵前往巡
海時，於今年四月十六日行至石塘山海洋，獲賊船二隻，
人三十一名。再溫州鎮中營遊擊

　　　　　　　　　　　　　奴才孙文成仅以所闻
谨奏，为报拏获海贼事。黄岩镇右营守备李有领兵前往巡
海时，于今年四月十六日行至石塘山海洋，获贼船二只，
人三十一名。再温州镇中营游击

ᠮᠠᠨ᠂ ᠰᠠᠮᠪᠠᠢ ᠪᠠᠨ ᠮᠡᠵᠢᠯᠡᡴᠡ
ᠪᠠᠨ ᠮᠡᠰᠡᠯᠡ ᠪᠠᠨ᠂ ᠰᠡ ᠮᠠᠨᠳᠠ ᠪᠠᠨ
ᠮᠠᠨ᠂ ᠰᠡ ᠪᠠᠨᠳᠠ ᠮᠠᠨ᠂ ᠰᠡ ᠮᠠᠨᠳᠠ ᠪᠠᠨ᠂
ᠰᠠᠮᠪᠠᠢ ᠪᠠᠨ᠂ ᠰᠡ ᠮᠠᠨᠳᠠ ᠪᠠᠨ᠂
ᠰᠡ ᠮᠠᠨᠳᠠ ᠮᠠᠨᠳᠠ ᠪᠠᠨ᠂

ting jen cooha be gaifi mederi be giyarime genehede, ere
aniya duin biyai juwan nadan de bei gi tulergi yang de bisire
hūlga cuwan emke sabufi, uthai ekšeme amcame genehei
juwan jakūn i erde fugiyan i tai šan tulergi he šui yang de
amcanafi ishunde poo, miyoocan sindame afahai hūlgai
cuwan be gidafi, ede baha g'an dzeng cuwan emke, sun šeng
ni jergi hūlga nadanju nadan jafaha. esede fonjici, sun šeng
jabuhangge, ula baci

藍廷珍領兵前往巡海時，於今年四月十七日在北麂外洋見
有賊船一隻，即急忙追去，十八日晨，在福建臺山外黑水
洋追及，彼此施礮放鎗交戰，擊敗賊船，獲趕繒船一隻，
擒獲孫森等賊七十七名。審訊彼等，據孫森供稱：自江河
地方

蓝廷珍领兵前往巡海时，于今年四月十七日在北麂外洋见
有贼船一只，即急忙追去，十八日晨，在福建台山外黑水
洋追及，彼此施炮放鎗交战，击败贼船，获赶缯船一只，
擒获孙森等贼七十七名。审讯彼等，据孙森供称：自江河
地方

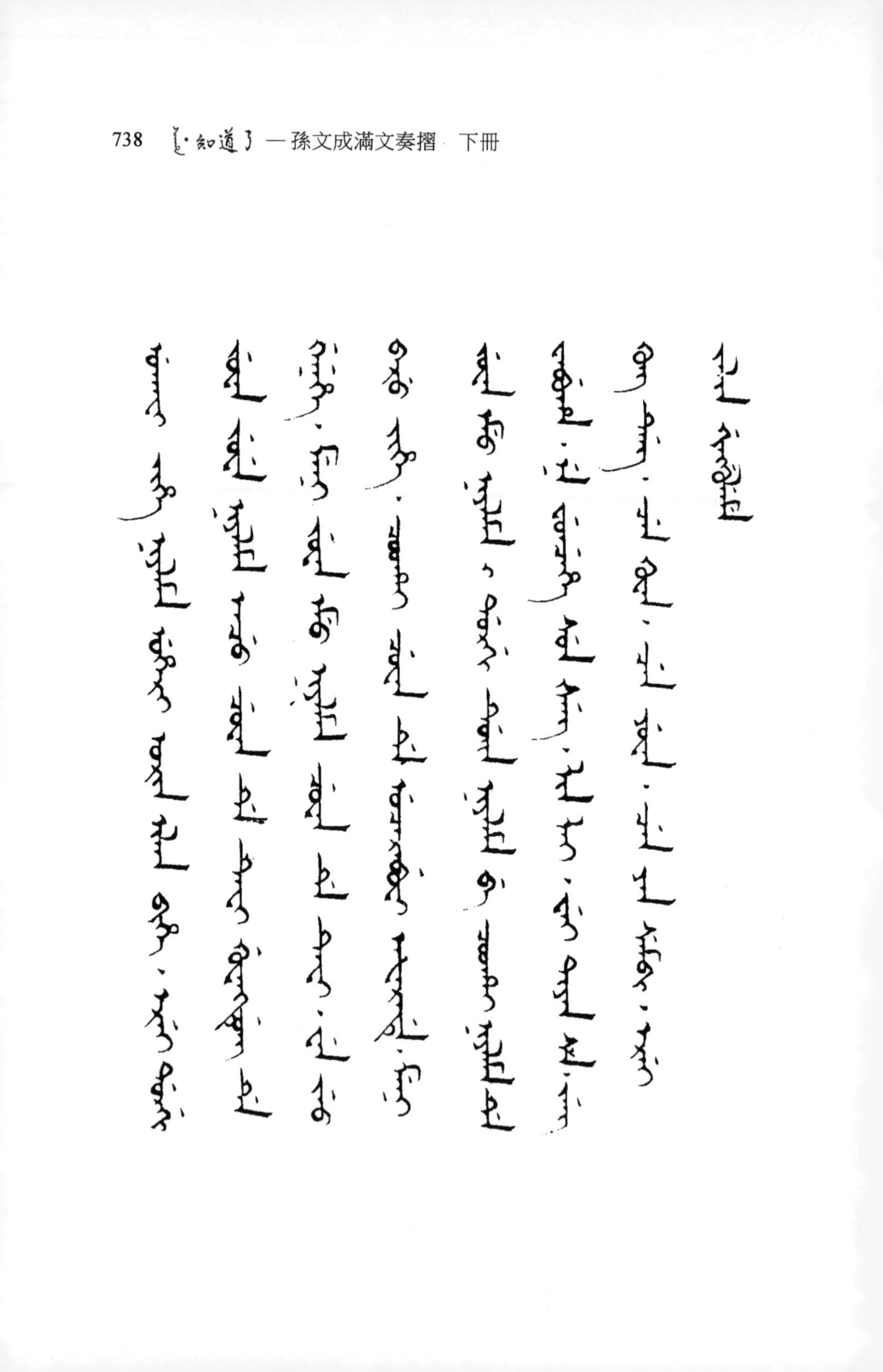

ᠮᠠᠨᠵᡠ ᠪᡳᡨᡥᡝ

ukafi jihe niyalma uheri orin ilan bihe, erei dorgi juwan juwe
niyalma encu cuwan de tefi guwangdung de genehe, meni
juwan emu niyalma cuwan de tefi, wen jeo baru jihe, coohai
cuwan de ucarabufi afarade, meni juwan emu niyalma i dorgi
duin niyalma be coohai niyalma de wabuha, ne funcehe sun
šeng, lin lai, wei tiyan sy, jeng kung deng, cen kuwan, cen
yuwan, cen yan sembi. erei jalin gingguleme

逃出來之人共二十三名，此內十二人乘坐他船前往廣東，
我等十一人乘船往溫州而來，遭遇兵船交戰時，我等十一
人內有四人為兵丁所殺，現今剩下孫森、林賴、魏天時、
曾孔登、陳寬、陳源、陳顏云云。謹此

逃出来之人共二十三名，此內十二人乘坐他船前往广东，
我等十一人乘船往溫州而来，遭遇兵船交战时，我等十一
人內有四人为兵丁所杀，現今剩下孙森、林赖、魏天时、
曾孔登、陈寬、陈源、陈颜云云。謹此

ᠣᠮᡳᠶᠠᡥᠠ ᠪᡝ ᠰᠣᠩᡴᠣᠮᡝ ᠪᠠ ᠨᠠ ᡩᡝ ᡥᠠᠴᡳᠨ ᠪᡝ ᠨᡳᠶᠠᠮᠨᡳᠶᠠᠮᡝ ᡥᠠᠯᠠᠮᡝ᠂

ᠪᡝᠶᡝ ᠪᡝ ᠶᠠ ᠪᠠ ᠪᡝ ᠣᠮᡳᠶᠠᠨ ᡥᠠᠯᠠᠮᡳ ᠰᡳᠮᠨᡝ

ᠣᠮᡳᠶᠠᠨ᠂ ᡥᠠᠯᠠᡳ ᠣᠮᡳᠶᠠᠨ ᠪᡝ ᠣᠰᠣᡥᠣᠨ ᠪᡝ ᠣᠰᠣᡥᠣᠨ

ᡥᠠᠯᠠᡳ ᠪᡝ ᠰᠣᠩᡴᠣᠮᡝ ᠪᠠ ᠨᠠ ᠪᡝ ᠣᠰᠣᡥᠣᠨ ᡥᠠᠯᠠᠮᡝ᠂ ᡝᡵᡝ ᠣᠮᡳᠶᠠᠨ ᠪᡝ

ᡥᠠᠯᠠᠮᡝ᠂ ᡝᡵᡝ ᠣᠮᡳᠶᠠᠨ ᠪᡝ

ᠰᠣ ᠪᠠ ᠨᠠᠮᠨᡝ᠂ ᠪᡝ ᠣᠮᡳᠶᠠᠨ ᡥᠠᠯᠠᠮᠨᡝ ᠪᠠ ᠨᠠ ᠪᡝ ᠨᠠ ᠪᠠ

ᠣᠮᡳᠶᠠᡥᠠᠨ ᠰᠣᠩᡴᠣᠮᡝ᠂ ᠪᠠᠨ ᠨᠠᡳᠨ ᠪᡝ ᠨᠠ ᠮᠨᡝ ᠪᡝ

donjibume wesimbuhe, seme ninggun biyai orin uyun de že
ho de isinafi, ben pilere bithesi jang wen bin de bufi
wesimbuhede hese saha, ere baita aifini isinjiha, ere mejige
geli encu hūlga be jafahao. kemuni fe baitao. seme pilehe be
gingguleme dahafi, geli fujurilame fonjici, hūwang yan jen i
ici ergi ing ni šeo bei hafan li io jafaha gūsin emu niyalma be
hangjeo fu de benjifi loo de horifi beidembihe,

奏聞等因，於六月二十九日至熱河，給與批本筆帖式張文
彬奏呈時，奉批諭：知道了，此事早已到來，此信息是否
又獲他賊？仍係舊事耶？欽此。欽遵又訪詢，黃巖鎮右營
守備李有所拏獲三十一人解來杭州府，監禁牢內審訊。

奏聞等因，于六月二十九日至熱河，給与批本筆帖式張文
彬奏呈時，奉批諭：知道了，此事早已到來，此信息是否
又獲他賊？仍系旧事耶？欽此。欽遵又訪詢，黃岩鎮右營
守備李有所拏獲三十一人解來杭州府，監禁牢內審訊。

ᡝᠯᡝᡳ᠂ ᠪᠠᡳᡨᠠ ᠪᡳ᠂ ᠠᠮᠪᠠ ᠠᡴᡡ᠂ ᠪᠠᠨ ᠵᡳᡥᠠᠠᡴᡡ᠂

ᠠᠮᠪᠠ᠂ ᡥᠠᡥᠠ᠂ ᡥᠠᠯᠠᠮᠪᡳ᠂ ᡠᠪᠠ ᠪᡳᡥᡝ᠂

ᠠᠮᠪᠠ ᠵᡳᠮᠪᡳ᠂ ᡥᠠᠯᠠ᠂ ᡥᠠᠮᠪᡳ᠂

ᠠᠨ ᡩᡝ᠂ ᡥᠠᠨ ᡨᡠᠸᠠᠮᠪᡳ᠂ ᠵᡳᡥᠠ ᡥᠠᠮᠪᡳ᠂

ᠠᠯᠠ᠂ ᠰᡝᠮᠪᡳ᠂ ᠸᡝᠰᠢᠮᠪᡳ᠂ ᠵᡳᡥᠠ ᡝᠮᠪᡳ᠂

ᡩᡝ᠂ ᠪᡳ ᠰᠠᠮᠪᡳ᠂ ᠠᠯᠠ᠂ ᠰᡝᠮᠪᡳ᠂ ᠠᠮᠪᠠ᠂

ᠵᡳᡥᠠ᠂ ᠵᡳᠮᠪᡳ᠂ ᡥᠠᠯᠠ᠂ ᠸᡝᠰᠢᠮᠪᡳ᠂

wen jeo jen i dulimbai ing ni io gi hafan lan ting jen jafaha
hūlga nadanju nadan niyalma i dorgi, hūlga sun šeng ni
duwali niyalma orin ilan guilefi, elhe taifin i susai sunjaci
aniya omšon biyai orin duin i dobori, lioi šūn ing ni gašan ci
ukafi tucike, juwan juwe niyalma cuwan de tefi,
guwangdung de genehe, meni juwan emu niyalma, wang
yung šūn i cuwan de tefi wen jeo i baru jihe, coohai cuwan
de ucarabufi

溫州鎮中營遊擊藍廷珍所獲賊七十七名內，賊孫森糾合同
黨二十三人，於康熙五十五年十一月二十四日夜，自柳生
營村莊逃出，十二人乘船前往廣東，我等十一人乘坐王永
順之船往溫州而來，遭遇兵船

温州镇中营游击蓝廷珍所获贼七十七名内，贼孙森纠合同
党二十三人，于康熙五十五年十一月二十四日夜，自柳生
营村庄逃出，十二人乘船前往广东，我等十一人乘坐王永
顺之船往温州而来，遭遇兵船

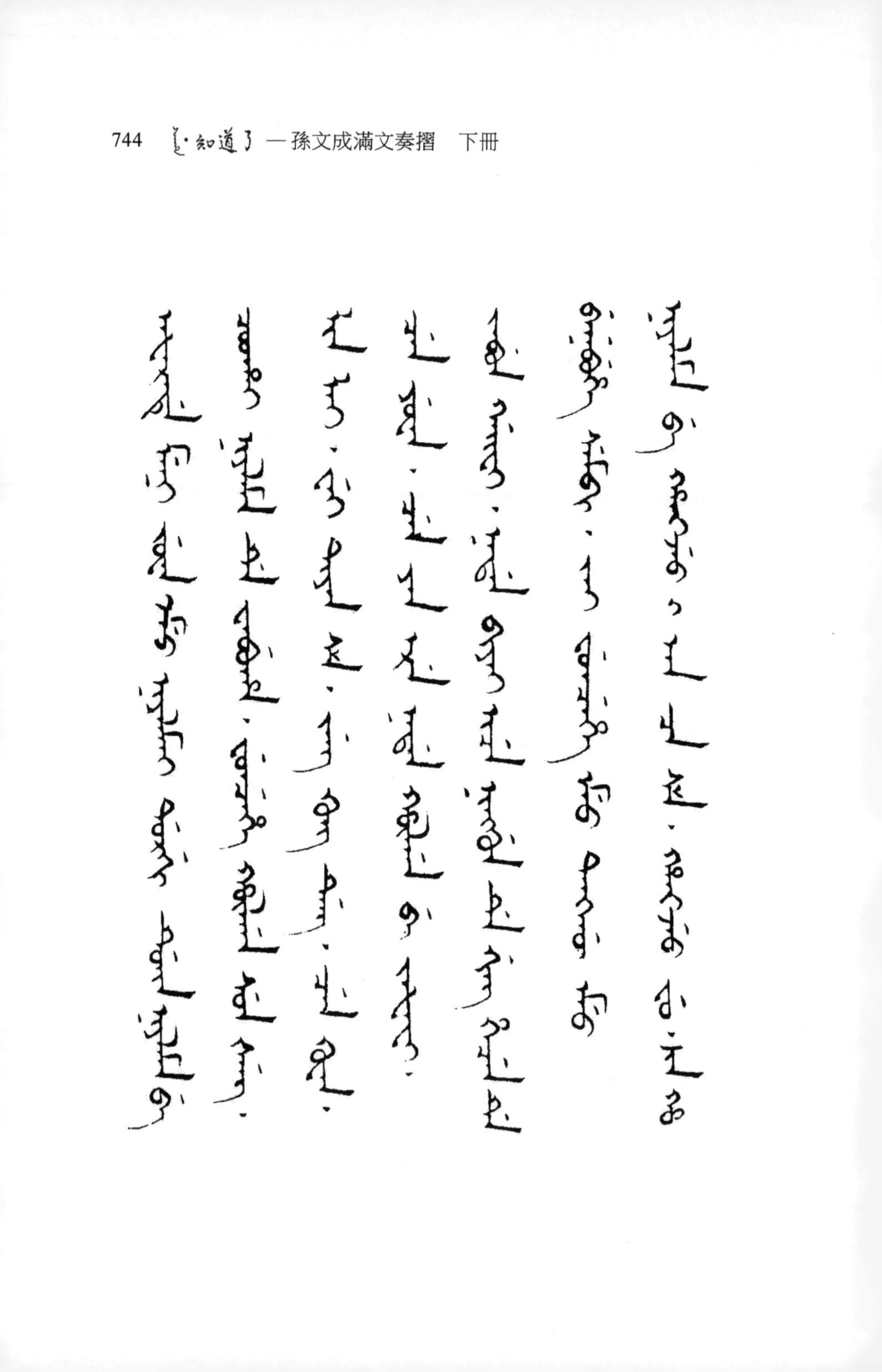

�6ᠠ

afarade meni juwan emu niyalmai dorgi duin niyalma be
coohai niyalma de wabuha, funcehe hūlga sun šeng, lin lai,
wei tiyan sy, jeng kung deng, cen kuwan, cen yuwan, cen
yan ere nadan hūlga be jafafi, jabun gaifi, nadan biyai ice
ninggun de ging hecen de benebuhe sembi. jai funcehe emu
tanggū emu niyalma be hangjeo i an ca sy, hangjeo fu, žin ho

彼此交戰時，我等十一人內有四人為官兵所殺，剩下賊孫
森、林賴、魏天時、曾孔登、陳寬、陳源、陳顏，拏獲此
七名賊，訊取口供，七月初六日，差人送往京城。再剩下
一百零一人，分由杭州按察司、杭州府、仁和縣、

彼此交战时，我等十一人内有四人为官兵所杀，剩下贼孙
森、林赖、魏天时、曾孔登、陈宽、陈源、陈颜，拏获此
七名贼，讯取口供，七月初六日，差人送往京城。再剩下
一百零一人，分由杭州按察司、杭州府、仁和县、

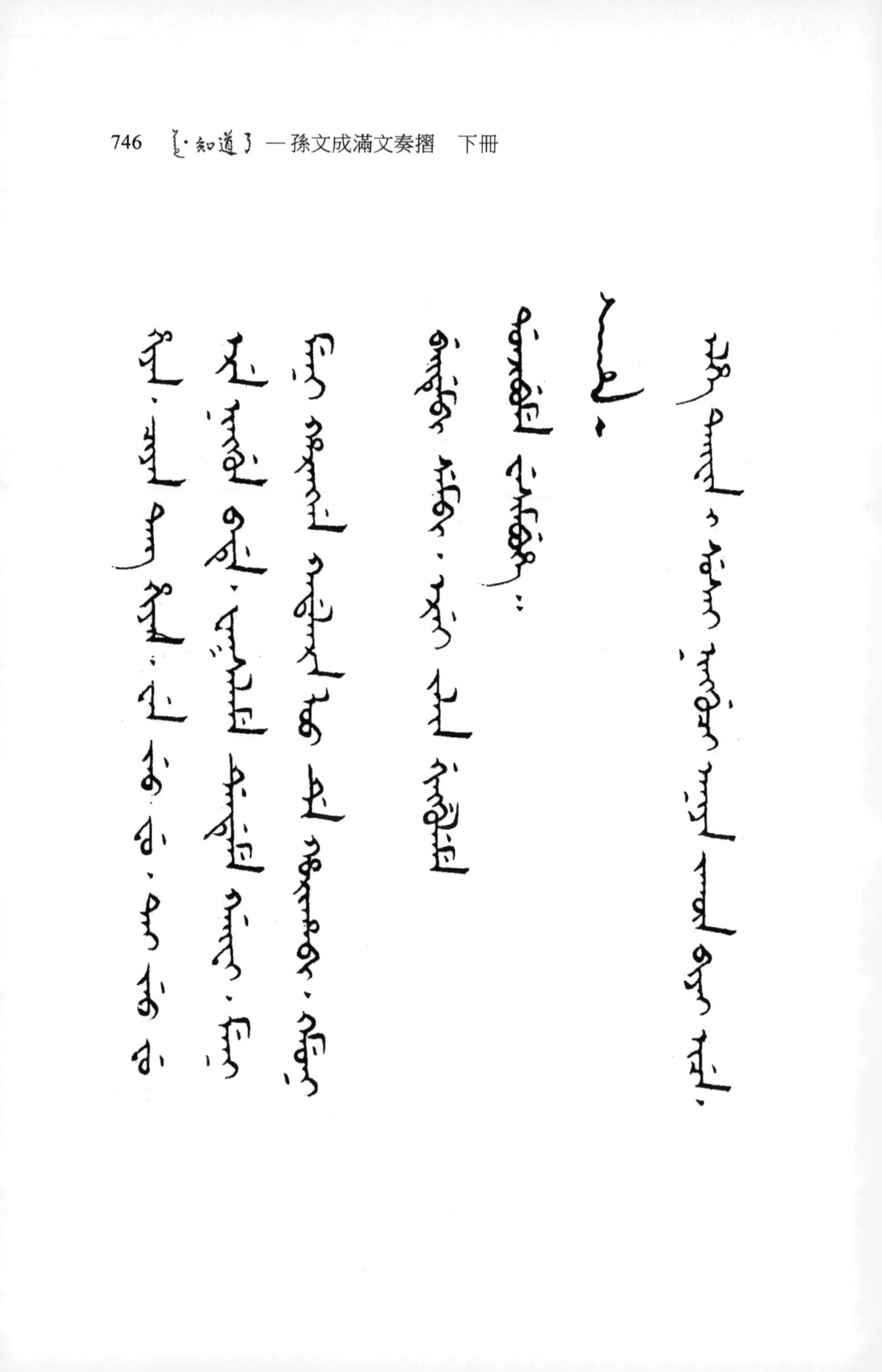

hiyan, ciyan tang hiyan, wen jeo fu, tai jeo fu ere ninggun
bade, faksalame dendeme gaifi, meni meni harangga
kadalara loo de horihabi, kemuni beidembi sembi. erei jalin
gingguleme donjibume wesimbuhe.
saha.
elhe taifin i susai ningguci aniya jakūn biyai ice.

錢塘縣、溫州府、臺州府此六處，各自所管轄牢內監禁，
仍在審訊中云云。謹此奏聞。
【硃批】知道了。
康熙五十六年八月初一日

钱塘县、温州府、台州府此六处，各自所管辖牢内监禁，
仍在审讯中云云。谨此奏闻。
【朱批】知道了。
康熙五十六年八月初一日

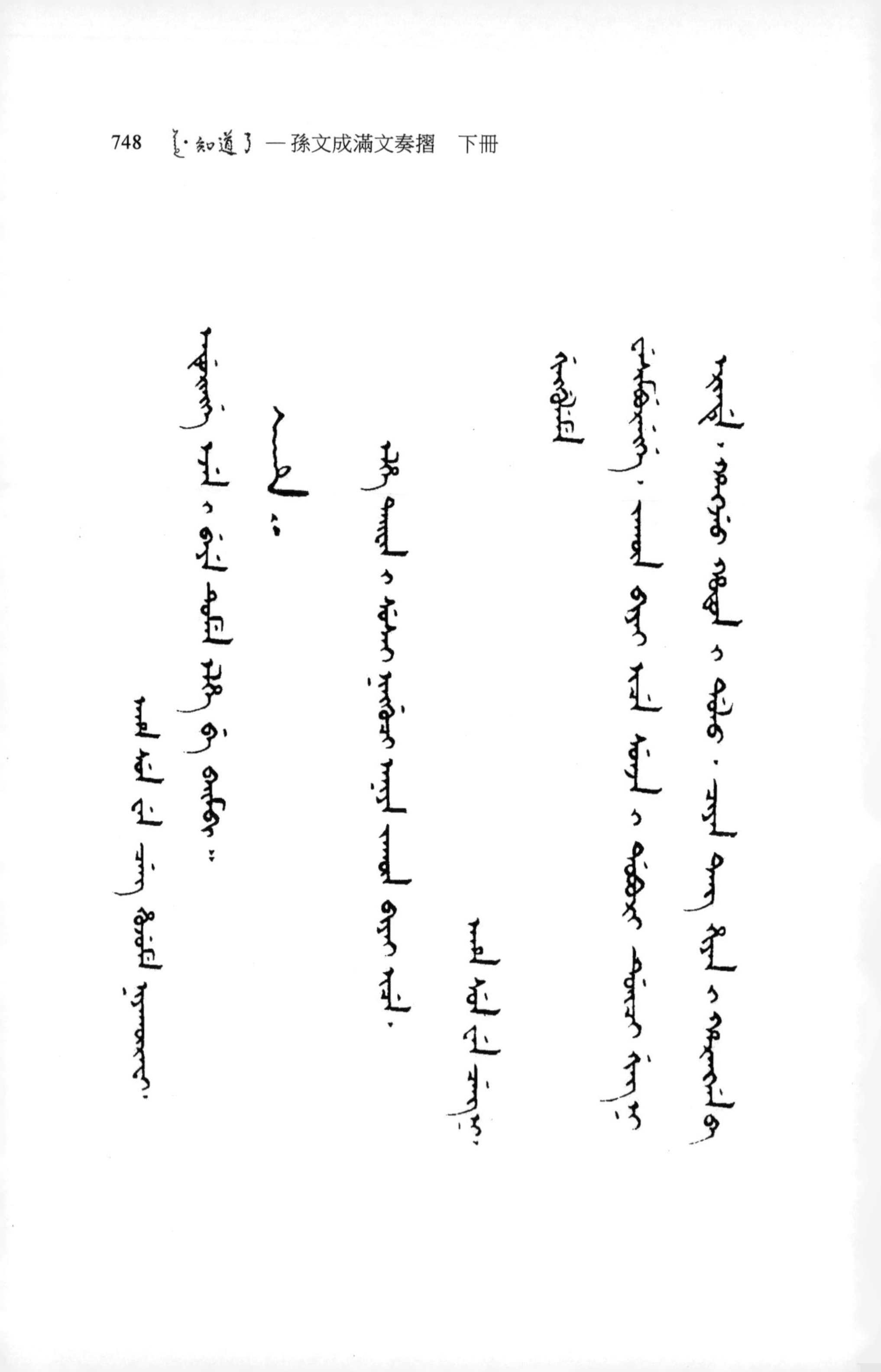

【192】請安摺

aha sun wen ceng hujume niyakūrafi, enduringge ejen i beye tumen elhe be baimbi.

saha.

elhe taifin i susai ningguci aniya jakūn biyai ice.

【193】奏報錢塘縣失火摺

aha sun wen ceng ni, gingguleme wesimburengge, jakūn biyai ice sunja i dobori duici ging ni erinde, hangjeo hoton i dolo, ciyan tang hiyan i harangga ba

―――――

　　　　　　　　　　　奴才孫文成俯伏跪

請聖主聖躬萬安。

【硃批】知道了。

康熙五十六年八月初一日

　　　　　　　　　　　奴才孫文成

謹奏，八月初五日夜四更時分，杭州城內錢塘縣所屬地方，

―――――

　　　　　　　　　　　奴才孙文成俯伏跪

请圣主圣躬万安。

【朱批】知道了。

康熙五十六年八月初一日

　　　　　　　　　　　奴才孙文成

谨奏，八月初五日夜四更时分，杭州城内钱塘县所属地方，

ᠪᠤᠵᠠᠨ ᠂ ᠰᠠᠷᠠᡴᡡ ᠠᠮᠪᠠ ᠂ ᡝᠩᡤᡝ ᠪᡝ ᠠᠮᠪᠠ ᠨᠠᠮᠠ ᠪᠠ

ᠵᠠᡴᠠ ᠪᡝ ᠰᠠᡵᠠᡴᡡ ᠂ ᠨᡝᠮᡝ ᠠᡥᡡᠩ ᡤᡝ ᠂ ᠰᡝᠮᠪᡳ ᠂

ᠪᡝᠵᡝ ᠨᠠᠮᠠ ᠪᡝ ᡥᡝᠰᡝᠪᡠᠮᡝ ᠂ ᠪᡝᠵᡝ ᠪᡝ ᡤᡝᠯᡳ ᠂

ᡝᠮᡝᠯᡝ ᠠᡵᠠ ᠮᠠᠩᡤᠠ ᠠᠮᠪᠠ ᠂ ᠵᠠᠮᠠ ᡤᡝ ᡥᠠᠯᠠᠮᡝ ᠂

ᠵᠠᡴᡡᠨ ᡴᠠ ᡝᠮᡝ ᡝᠮᡳ ᠨᡝᠮᡝ ᡤᡝᠯᡳ ᠂ ᠵᠠᠮᠠ ᠪᠠ ᠰᡝᠮᠪᡳ ᠂

ᠮᡝᠯᡝ ᡝᡩᡝ ᡤᡝᠯᡳ ᠂ ᠨᡝᠮᡝ ᠵᠠᠮᠠ ᠪᠠ ᡝᠮᡝᠯᡝ ᠨᡝᠮᡝ ᠂

ᠵᠠᠮᠠ ᠪᠠ ᠂ ᠨᡝᠮᡝ ᡝᠮᡝᠯᡝ ᠮᠠᠩᡤᠠ ᠠᠮᠪᠠ ᠪᡝᠵᡝ ᠨᡝᠮᡝ ᡤᡝᠯᡳ

siyūn fu yamun i juleri, wargi julergi hošode tehe irgen hūwa
wen šeng nure uncara puseli neihebi. erei boobe giyalahangge
gemu hūwalaha cuse moo i fajiran ojoro jakade, tulergi deri
kimungge niyalma fajiran de tuwa sindafi daha boo jakūnju
sunja giyan, uheri dehi juwe boigon. siyūn fu yamun i wargi
ergide bisire pailu, fu, ting, hiyan i hafasa isara yamun i boo
juwan giyan inu tuwa de

巡撫衙門前面西南角民人花文盛所開賣酒舖子[29]，因此屋
隔間皆以劈開之竹片為壁，仇人由外面於壁上放火，焚燒
房屋八十五間，共四十二戶。巡撫衙門西邊所有牌樓、府、
廳、縣官員集會衙門房屋十間，

巡抚衙门前面西南角民人花文盛所开卖酒铺子 [29]，因此屋
隔间皆以劈开之竹片为壁，仇人由外面于壁上放火，焚烧
房屋八十五间，共四十二户。巡抚衙门西边所有牌楼、府、
厅、县官员集会衙门房屋十间，

---

[29] hūwa wen šeng，音譯作花文盛。

ᠮᠠᠷᠠ ᠮᡝᠨᡳ ᠵᠠᡴᠠ ᠰᡝᠮᡝᠨᡳ ᡤᡝᠯᡳ ᡥᡝᠨᡩᡠᠮᡝ᠃

ᠵᠠᡴᠠ ᠵᡠᠸᡝ ᡠᡥᠠᡳ ᡳ ᡝᠵᡝᠨ ᡤᡝᠯᡳ ᡴᡳᠮᠴᡳᠮᡝ᠂

ᡥᠠᡥᠠᡳ ᠵᠠᠯᠠᠨ ᡥᠠᠯᠠᠮᡝ ᠰᡝᠮᡝᠨᡳ᠂ ᠵᠠᠯᠠᠨ

gaibuha, efulehe boo orin giyan funcembi. erei jalin gingguleme
donjibume wesimbuhe.
siyūn fu giyan i uthai beye nikenefi mukiyebuci acambihe.
elhe taifin i susai ningguci aniya uyun biyai ice.

亦為火所燬，損壞房屋二十餘間。謹此奏聞。
【硃批】巡撫理應親臨撲滅。
康熙五十六年九月初一日

亦为火所毁，损坏房屋二十余间。谨此奏闻。
【朱批】巡抚理应亲临扑灭。
康熙五十六年九月初一日

ᠮᠠᠩᡤ᠊᠊᠊ᠠ ᠂ ᠁

ᡥᠠᠨ ᠰᡳ
ᡝᡵᡝ ᠪᡝ
ᠪᡳᡨ᠌ᡥᡝᠸᡝᠨ ᠮᡳᠨ
ᠪᡳᡨ᠌ᡥᡝ ᠪᡳ

ᠪᡳᡨ᠌ᡥᡝ ᠪᡳ
ᡝᠮᡠ
ᠮᡠᠰᡝᠢ
ᡥᠠᠨ ᠪᡳ

ᠪᡳᡨ᠌ᡥᡝ ᠪᡳ
ᡝᠮᡠ ᠮᠠᠩ
ᠮᡠᠰᡝᡳ ᠪᡳ
ᡥᠠᠨ ᠪᡳ
ᡝᠮᡠ ᠪᡳ

ᡝᠮᡠ ᡥᠠᠨ
ᡝᠮᡠ ᠰᡳᠨ

【194】奏報八月分杭州糧價摺

aha sun wen ceng ni, gingguleme wesimburengge, jakūn biyade hangjeo i jeku erin i hūda boolara jalin, šanggiyan bele emu hule de, menggun emu yan ilan jiha, sodz bele emu hule de, menggun emu yan, maise emu hule de, menggun nadan jiha funceme baibumbi. hangjeo i šurdeme šanggiyan handu ne tuwaci suihenehengge, teksin bime saikan, erei jalin gingguleme

　　　　　　　　　　　　　　　奴才孫文成

謹奏，為報八月分杭州米穀時價事。白米一石，需銀一兩三錢；梭子米一石，需銀一兩；麥子一石，需銀七錢餘。杭州周圍之白粳稻，目下看來出穗，既整齊且美觀。謹此

　　　　　　　　　　　　　　　奴才孙文成

谨奏，为报八月分杭州米谷时价事。白米一石，需银一两三钱；梭子米一石，需银一两；麦子一石，需银七钱余。杭州周围之白粳稻，目下看来出穗，既整齐且美观。谨此

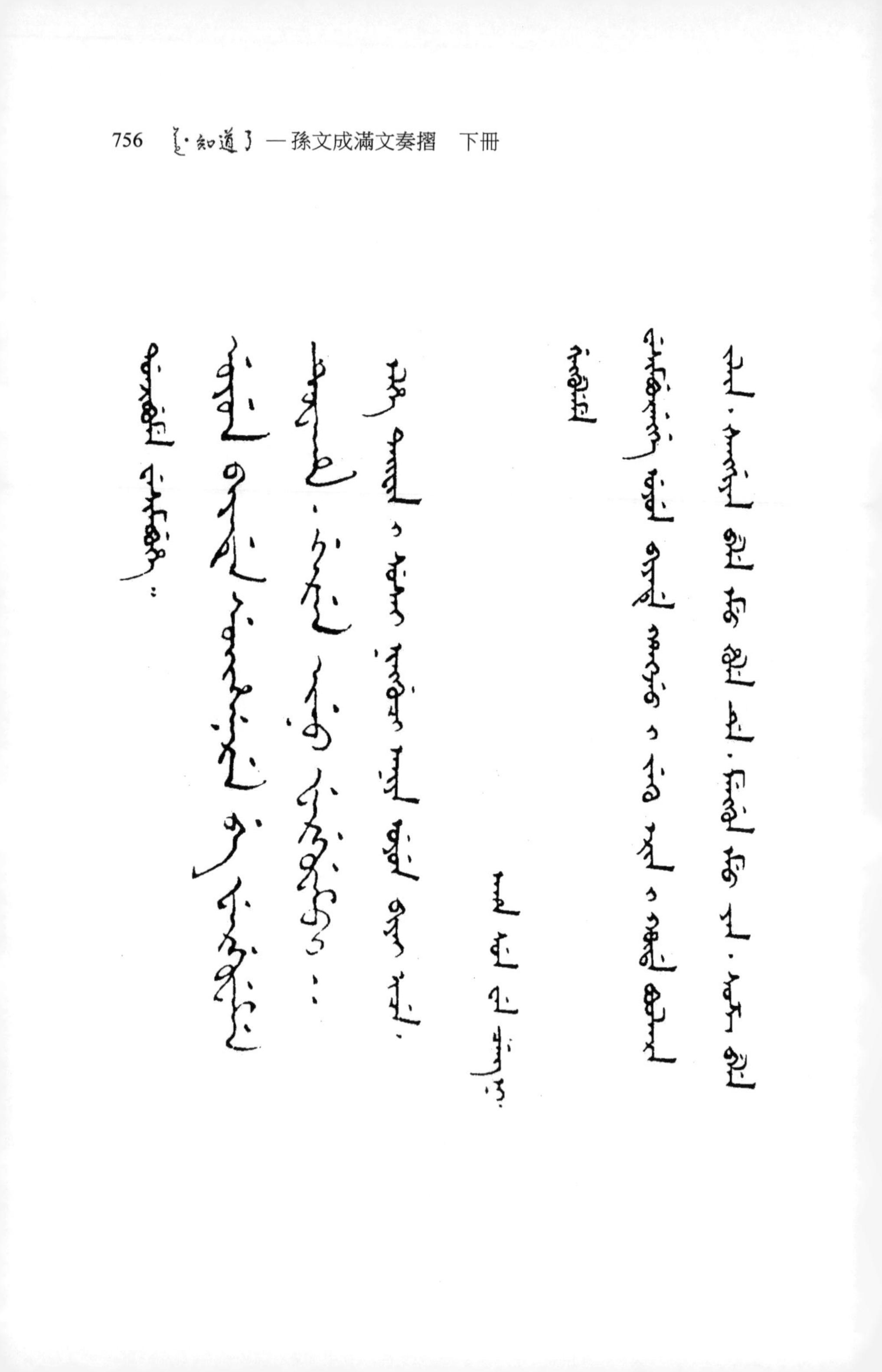

donjibume wesimbuhe.

uyun biyade suihenere be ferguweme tuwaha, geren inu ferguwembi.

elhe taifin i susai ningguci aniya uyun biyai ice.

【195】奏報九月分杭州糧價摺

aha sun wen ceng ni, gingguleme wesimburengge, uyun biyade hangjeo i jeku erin i hūda boolara jalin, šanggiyan bele emu hūle de, menggun emu yan, sodz bele

---

奏聞。

【硃批】奇見九月時出穗，眾人亦驚奇。

康熙五十六年九月初一日

奴才孫文成

謹奏，為報九月分杭州米穀時價事。白米一石，需銀一兩；梭子米

奏闻。

【朱批】奇见九月时出穗，众人亦惊奇。

康熙五十六年九月初一日

奴才孙文成

谨奏，为报九月分杭州米谷时价事。白米一石，需银一两；梭子米

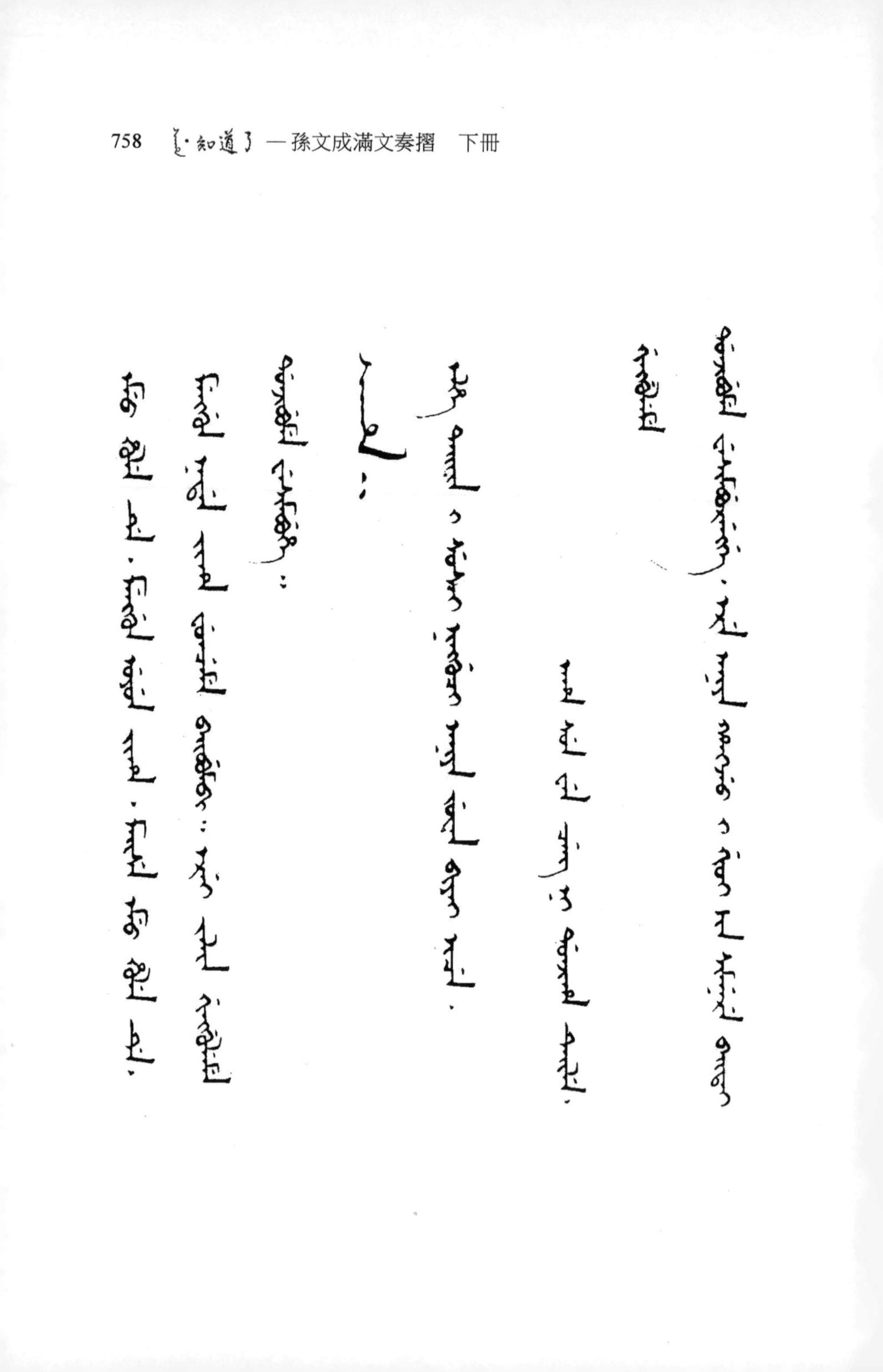

ᠮᠠᠨᠵᡠ

ᠪᡳᡨᡥᡝ

ᠮᠠᠨᠵᡠ

emu hule de, menggun uyun jiha, maise emu hule de,
menggun nadan jiha funceme baibumbi. erei jalin
gingguleme donjibume wesimbuhe.
saha.
elhe taifin i susai ningguci aniya juwan biyai ice.

【196】奏聞杭州鄉試情弊摺

aha sun wen ceng ni donjiha teile, gingguleme donjibume
wesimburengge, ere aniya hangjeo i gioi žin simnere baitai

一石，需銀九錢；麥子一石，需銀七錢餘。謹此奏聞。
【硃批】知道了。
康熙五十六年十月初一日
　　　　　　　　　　　奴才孫文成僅以所聞
謹奏，為今年杭州舉人考試事。

一石，需银九钱；麦子一石，需银七钱余。谨此奏闻。
【朱批】知道了。
康熙五十六年十月初一日
　　　　　　　　　　　奴才孙文成仅以所闻
谨奏，为今年杭州举人考试事。

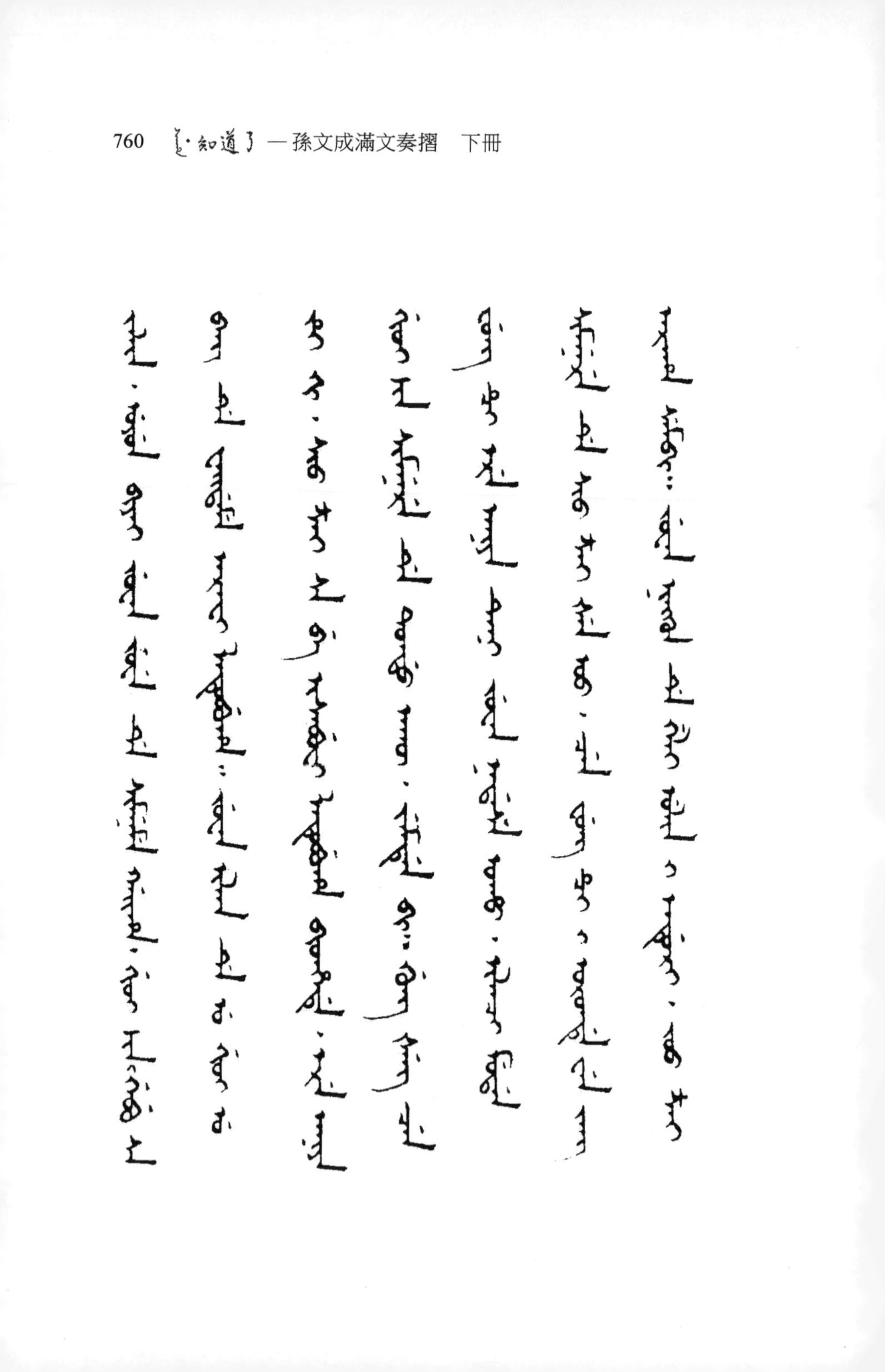

jalin, uyun biyai juwan juwe de simneme gaiha, gioi žin i
gebu sa bang de faidame arafi latubuha. juwan ilan de u gioi
u jy ki, sio ts'ai sa be isabufi latubuha bithede, ere aniya gioi
žin simnere de tondo akū, jemden bi. gung šeng cen fung c'y
ere aniya teni juwan nadase oho, ilaci mudan simnere de sio
ts'ai šen oo, cen fung c'y i oronde wen jang araha sembi.
juwan ninggun de geli ulin i enduri, joo ts'ai

九月十二日，考取之舉人名字已列榜粘貼。十三日，武舉
吳之杞集眾秀才，粘貼之文內稱：今年舉人考試不公，有
情弊。貢生陳鳳墀今年方十七歲，於第三場考試時，秀才
沈敖頂替陳鳳墀作文章。十六日，復擡財神趙財

九月十二日，考取之举人名字已列榜粘贴。十三日，武举
吴之杞集众秀才，粘贴之文内称：今年举人考试不公，有
情弊。贡生陈凤墀今年方十七岁，于第三场考试时，秀才
沈敖顶替陈凤墀作文章。十六日，复抬财神赵财

ᠵᠠᠰᠠᠨ ᠵᠠᠰᠠᡳ ᠪᡝ ᡝᡵᡝᡵᡝᠨ᠈ ᠪᡝᡯᡝᠨ ᠮᠠ ᡵᠠᠨ ᠵᠠᡥᡡᠨ ᠪᡝᡨᡝᠮᡝ ᠪᡝᡴᡝᠨ

ᠮᡝᡯᡝᡥᠯᡝᠨ ᡡᡝᡥ ᠪᡝᡥᡝᠮᠪᡝᡥᠨ ᠂᠈ ᡝᡥᡝᠨ ᡝᡝᠮᡝᠨ ᡡᡝᡥ ᠪᡝᡥᡝ ᠪᡝᡥ ᠪᡝᡥᠨ

ᡝᡝᠨ᠈ ᠪᡝᡥᡝᠨ ᡡᡝᡥ ᡝᡝᡥᠨ ᡝᡥᡝ ᡝᡥ᠈ ᡝᡥᡝᡥ ᡡᡝᡥ ᡝᡥ ᡝᡥ ᡡᡝᡥ

ᠪᡝᡥᡝᠨ ᡝᡝᡥᡝ ᠪᡝᡥ ᡝᡥᠨ᠈ ᡝᡥᡝ ᡥᡝᡝᡝ ᠪᡝᡝᡝᡝᡝᠨ ᡝᡥᡝᡝ ᠪᡝᡥᡝᡥᡝᠨ ᠂᠈

ᡝᡥᡝᠨ᠈ ᡝᡝᠨ ᡝᡝᠮᡝᡥ ᡝᡝᡥᠨ ᡝᡥ ᡥ ᠪᡝᡥᡝᡥ ᡝᡥ ᡝᡥ ᡝᡥᡝᡝᠨ ᠂᠈ ᡝᡥᡝᡝ ᠬ

ᡝᡝᡥᡝ᠈ ᡝᡥᡝᠨ᠈ ᡝᡝᠨ ᡝᡥ ᡝᡥᡝᡝᡥᠨ ᡝᡝ ᡝᡝᠨ ᡝᡝᡥ ᠂

ᡝᡝᡝᠨ ᡝᡝ ᡝᡝᡥᡝᠨ᠈ ᡝᡝᡥᡝᡝ ᡝᡝᡝᡝᡝ ᡝᡝ ᡝᡝᡝᡝᡝᡝ᠈ ᡝᡝᡝ ᡝᡝᡝᡝᠨ

enduri be tukiyefi, kungfudz miyoo de dosimbuha. ememu
niyalma hendume, ulin i enduri, joo ts'ai enduri waka, dz
tung enduri jakade juwe dalbade iliha ju i enduri sembi.
hangjeo fu i jyfu hafan jang wei jeng niyalma be unggifi
miyoo de dosimbuha enduri be juwan ninggun i yamji forgon
gaifi tucibuhe sembi. ere baita be siyūn fu ju ši, jyfu hafan
jang wei jeng be tucibufi ne beidembi. geli donjici ju k'ao
sotai juwan biyai ice juwe de jurambi, ilhi ju k'ao jang moo
neng juwan biyai

神進入孔夫子廟。有人說財神非趙財神，係在梓潼神前兩
旁站立之朱衣神。十六日夜晚時分，杭州府知府張為政差
人前往將擡入廟內之神取出。此事現由巡撫朱軾派出知府
張為政審訊中[30]。又聞主考索泰於十月初二日啟程，副主
考張懋能於十月

神进入孔夫子庙。有人说财神非赵财神，系在梓潼神前两
旁站立之朱衣神。十六日夜晚时分，杭州府知府张为政差
人前往将抬入庙内之神取出。此事现由巡抚朱轼派出知府
张为政审讯中 [30]。又闻主考索泰于十月初二日启程，副主
考张懋能于十月

---

[30] šen oo，音譯作沈敖。dz tung，漢字作梓潼。ju i，漢字作朱衣。趙財神，
滿文音譯作"joo tsai enduri"，即「玄壇真君趙公明」梓潼神，滿文音譯"dz
tung enduri"，即「文昌帝君」。朱衣神，滿文音譯作"ju i enduri"，即「珠
衣真君」。皆為民間信仰之神祇。

ᡩᠠᠮᡠᠰᠠ᠈ ᡝᠮᡝ
ᡥᡝᠴᡝᠨ ᠪᡝ
ᠮᠠᠷᡳᠶᠠᠮᠪᡳ᠈
ᠣᠩᡤᠣᠯᠣ ᠠᠪᠠ᠈
ᠪᠣᠯᠠᡳ ᠪᠣᡥᠣᠨ

ᠪᠠᠨᠵᡳᠮᠠ᠈ ᠠᠮᠠᠨ
ᠵᠣᠯᠣ ᠮᠠᠨᡤᠠ᠈
ᡝᠮᡝ ᠮᠠᡳ
ᠪᠠᠨᠵᡳᠮᠠ᠈

ᠴᠣᠣᡥᠠᡳ
ᠪᠠᠨᠵᡳᠨ
ᠮᠠᠷᡳ᠈

ice duin de jurambi sembi. erei jalin gingguleme donjibume wesimbuhe.

geli yargiyalame mejige gaifi boola.

elhe taifin i susai ningguci aniya juwan biyai ice.

【197】奏覆杭州米貴緣由摺

aha sun wen ceng ni, gingguleme wesimburengge, jakūn biyai ice de wesimbuhengge, nadan biyade hangjeo i jeku erin i hūda boolara

---

初四日啟程云云。謹此奏聞。

【硃批】再確實探信具報。

康熙五十六年十月初一日

　　　　　　　　　　　　奴才孫文成

謹奏，為八月初一日奏報七月分杭州米穀時價事。

初四日启程云云。谨此奏闻。

【朱批】再确实探信具报。

康熙五十六年十月初一日

　　　　　　　　　　　　奴才孙文成

谨奏，为八月初一日奏报七月分杭州米穀时價事。

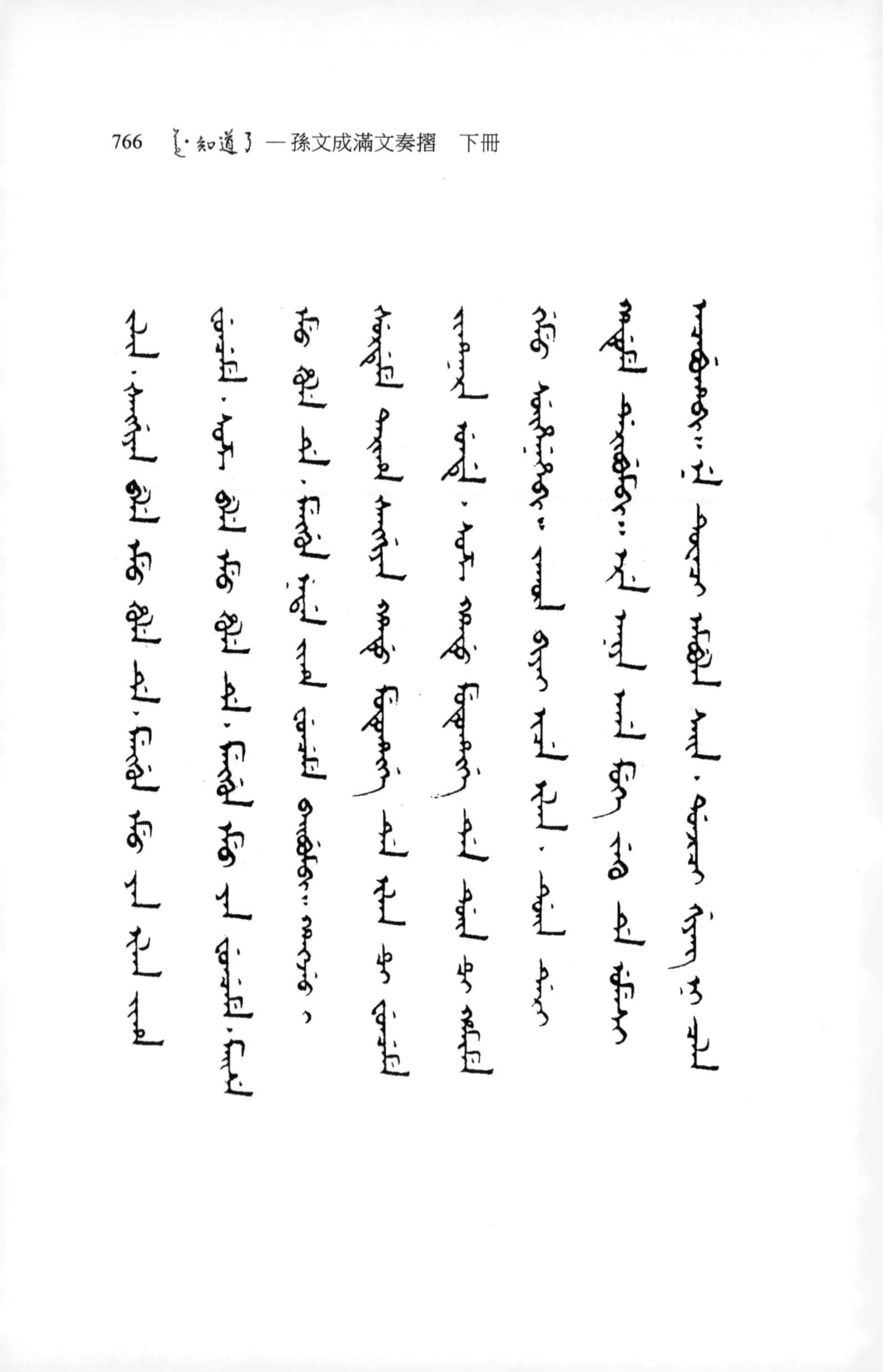

jalin, šanggiyan bele emu hule de, menggun emu yan ilan jiha funceme, sodz bele emu hule de, menggun emu yan funceme, maise emu hule de, menggun nadan jiha funceme baibumbi. hangjeo i šurdeme tariha šanggiyan handu mutuhangge den ilan c'y funceme jihanara unde, sodz handu mutuhangge den duin c'y hamime gemu suihenehebi. jakūn biyai ice ilan, duin deri hadume deribumbi. ere aniya aga muke jeku de umesi acabuhabi. ne tuwaci ambula sain, donjici giyang ni cala

---

白米一石，需銀一兩三錢餘；梭子米一石，需銀一兩餘；麥子一石，需銀七錢餘。杭州周圍所種白粳稻，長高三尺餘，尚未開花。梭子粳稻，長高將近四尺，皆已出穗。自八月初三、四日起收割。今年雨水甚適合稻穀，目下看來甚好。聞江之彼岸

白米一石，需银一两三钱余；梭子米一石，需银一两余；麦子一石，需银七钱余。杭州周围所种白粳稻，长高三尺余，尚未开花。梭子粳稻，长高将近四尺，皆已出穗。自八月初三、四日起收割。今年雨水甚适合稻谷，目下看来甚好。闻江之彼岸

ᠮᠠᠵᡳᠭᡝ ᠮᠠᡳᡣᠠᠨ ᡳᠨᠠᠨᡳ ᡤᠠᠯᠠ
ᠪᡝᡳ᠂ ᠮᠠᠵᡳᡤᡝ ᠮᠠᡳᡣᠠᠨ᠂
ᠠᠮᠪᠠᠨᡳ ᡥᠠᠯᠠᠨ ᡩᠠ ᡝᠮᡤᡳ ᠰᠠᠮᠪᠠ᠂
ᠮᡝᡳᡳᠨᡠ ᡝᠮᡤᡳ ᠪᠠ

tariha handu uyun fun, juwan fun bahabi, ne ice handu jembi
sembi. erei jalin gingguleme donjibume wesimbuhe, seme
jakūn biyai gūsin de bayan holo de isinafi, baita wesimbure
šuwangciowan, ben pilere bithesi jang wen bin, siyan ma
yang wan ceng de bufi wesimbuhede dergi ci fulgiyan fi
pilehengge, ambula bargiyaha bime adarame jeku i hūda kemuni
mangga seme pilehe be, gingguleme dahafi, hangjeo i

所種粳稻得九分、十分，目下吃食新粳米云云。謹此奏聞
等因，於八月三十日至巴顏和洛，給與奏事雙全、批本筆
帖式張文彬、洗馬楊萬成奏呈時，奉皇上硃批諭旨：既豐
收，而何以穀價仍貴？欽此。

所种粳稻得九分、十分，目下吃食新粳米云云。谨此奏闻
等因，于八月三十日至巴颜和洛，给与奏事双全、批本笔
帖式张文彬、洗马杨万成奏呈时，奉皇上朱批谕旨：既丰
收，而何以谷价仍贵？钦此。

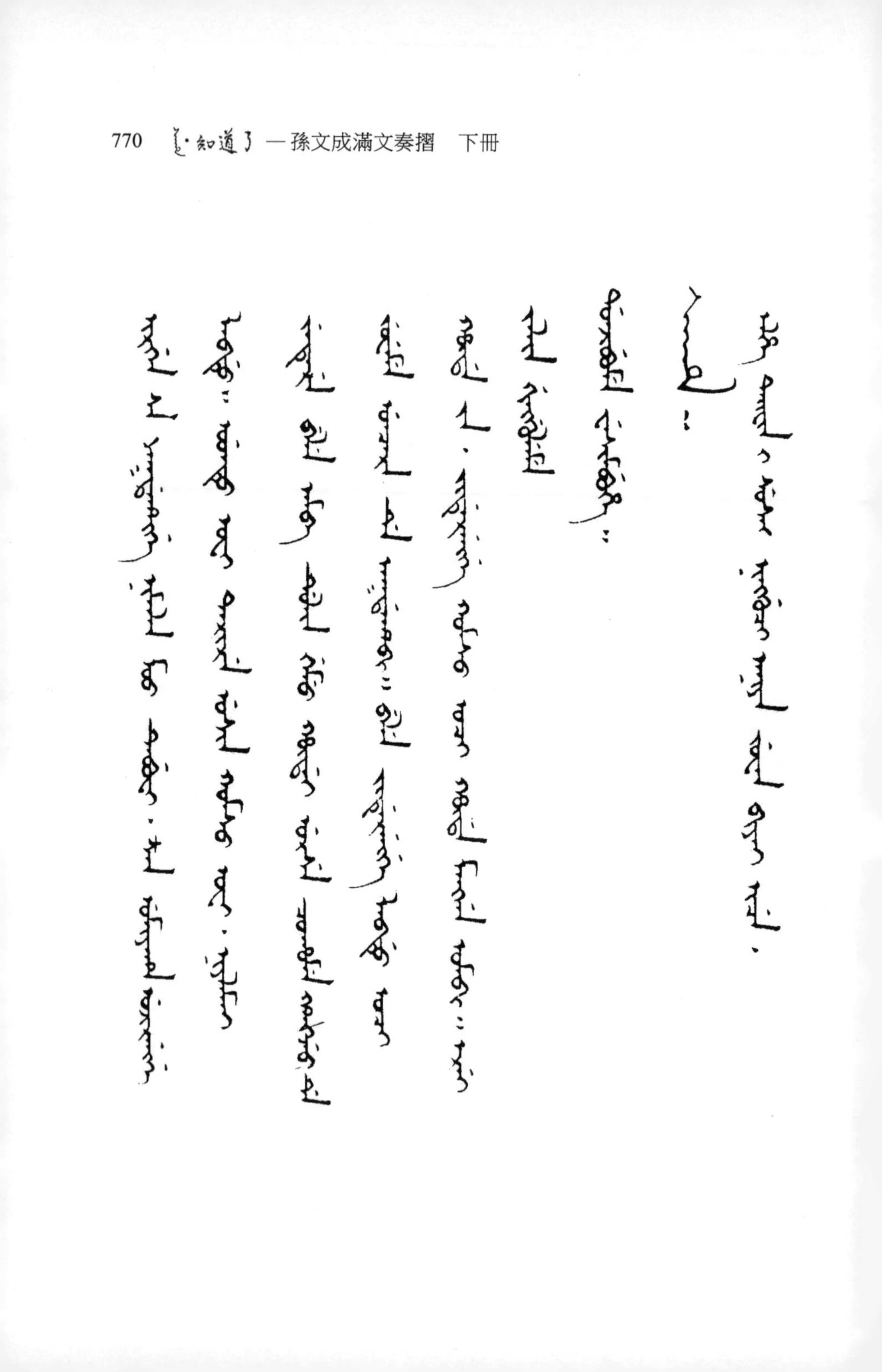

irgen sa akdahahangge nimala moo tebufi, ts'an umiyaha
ujirengge labdu. uttu ofi tarire usin komso ofi, niyalmai
jetere bele amba dulin gemu hūdai urse cohome hangjeo de
juweme uncara de akdahabi. bele jiderengge labdu oci hūda
ja, jiderengge koso oci hūda mangga ombi. erei jalin
gingguleme donjibume wesimbuhe.
saha.
elhe taifin i susai ningguci aniya juwan biyai ice.

杭州百姓所恃者以種桑樹養蠶為多，因此種田者少，人之
食米大半靠商人運至杭州出售，米若來多則價賤，若來少
則價昂。謹此奏聞。
【硃批】知道了。
康熙五十六年十月初一日

杭州百姓所恃者以种桑树养蚕为多，因此种田者少，人之
食米大半靠商人运至杭州出售，米若来多则价贱，若来少
则价昂。谨此奏闻。
【朱批】知道了。
康熙五十六年十月初一日

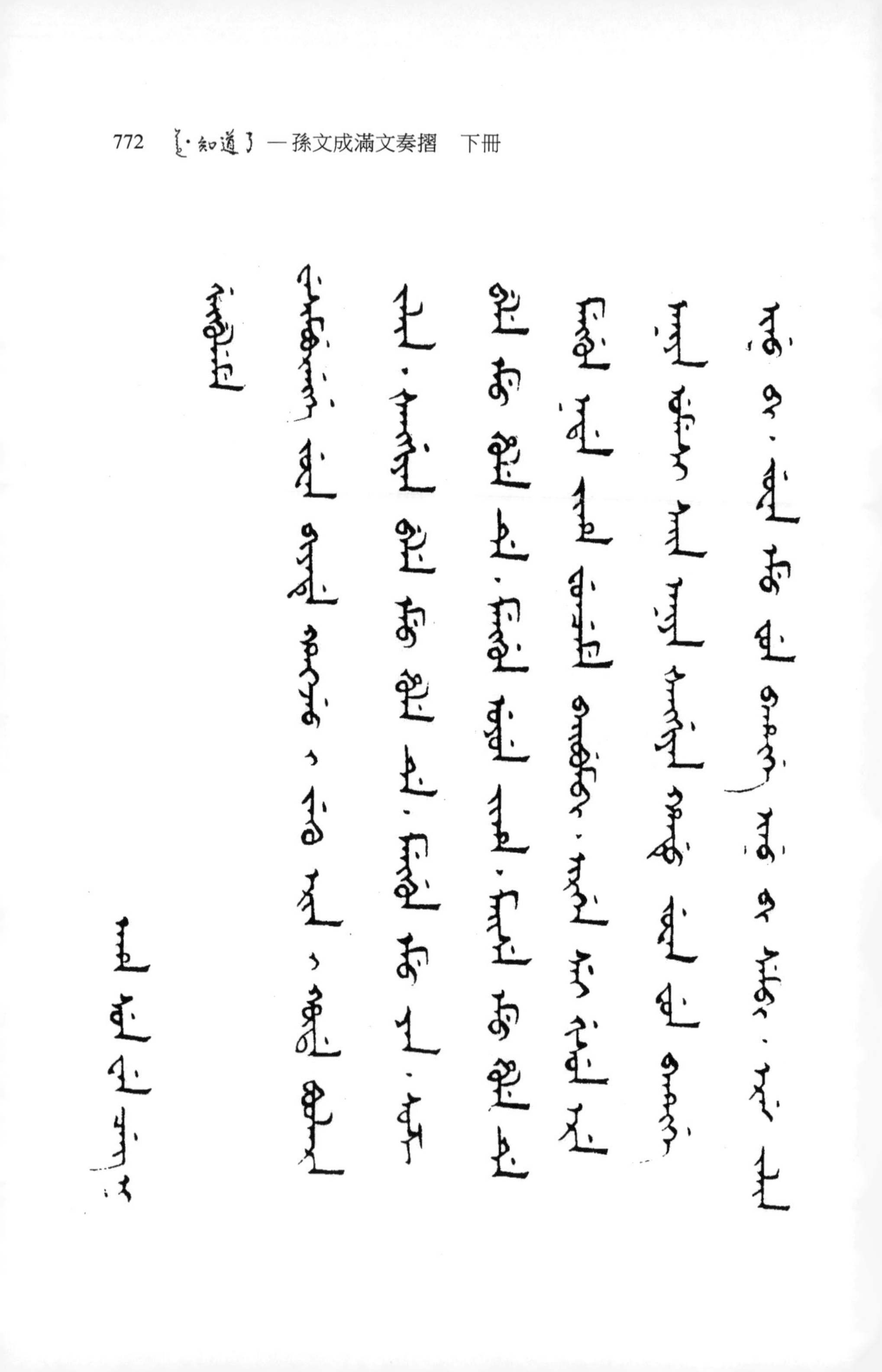

【198】奏報十月分杭州糧價摺

aha sun wen ceng ni, gingguleme wesimburengge, juwan
biyade hangjeo i jeku erin i hūda boolara jalin, šanggiyan
bele emu hule de, menggun emu yan, sodz bele emu hule de,
menggun uyun jiha, maise emu hule de, menggun nadan jiha
funceme baibumbi. irgen sei gisun, ere aniya umesi sain
aniya šanggiyan handu juwan fun bahangge inu bi, juwan
emu fun bahangge inu bi sembi. erei jalin

　　　　　　　　　　　　　　　　　奴才孫文成
謹奏。為報十月分杭州米穀時價事。白米一石，需銀一兩；
梭子米一石，需銀九錢；麥子一石，需銀七錢餘。百姓言：
今年係甚好之年，白粳稻亦有得十分者，亦有得十一分者
云云。謹此

　　　　　　　　　　　　　　　　　奴才孙文成
谨奏。为报十月分杭州米谷时价事。白米一石，需银一两；
梭子米一石，需银九钱；麦子一石，需银七钱余。百姓言：
今年系甚好之年，白粳稻亦有得十分者，亦有得十一分者
云云。谨此

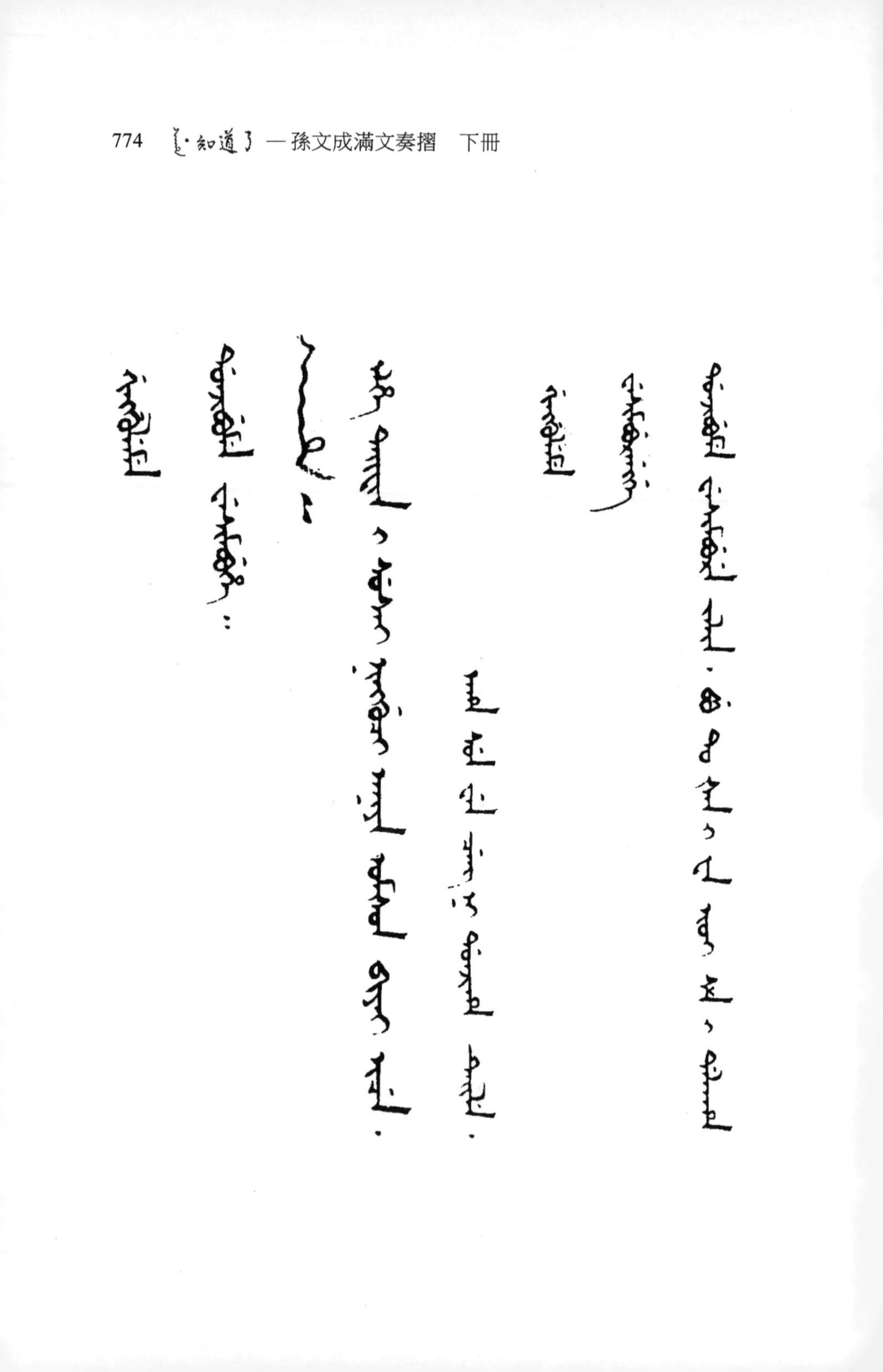

gingguleme donjibume wesimbuhe.

saha.

elhe taifin i susai ningguci aniya omšon biyai ice.

【199】奏聞性統仇兆鰲病故摺

aha sun wen ceng ni donjiha teile, gingguleme wesimburengge,
donjibume wesimbure jalin, pu to šan i fa ioi sy i dalaha

────────

此奏聞。

【硃批】知道了。

康熙五十六年十一月初一日

　　　　　　　　　　　　　　奴才孫文成僅以所聞

謹奏，為奏聞事。普陀山法雨寺

────────

此奏闻。

【朱批】知道了。

康熙五十六年十一月初一日

　　　　　　　　　　　　　　奴才孙文成仅以所闻

谨奏，为奏闻事。普陀山法雨寺

ᠰᠠᡳᠨ ᠰᠠᡳᠨ ᠣᠰᠣᡴᠣ᠂ ᠵᠠᠰᠠᡤᠠᠨ ᠮᠠᠶᡳᠠᠨ ᡴᡝᠨ᠂

ᠠᠮᠪᠠᠨ ᠪᡳ ᡵᡝᠨ ᡤᡳᠶᠠᠮ ᠪᠠ ᠠᠮᠪᠠ ᠨᡳᠶᠠᠯᠮᠠ ᠪᡝ᠂

ᡳᠨᡝᠩᡤᡳ ᠶᠠᠪᡠᠮᡝ ᠪᠠᠯᠠᠮᠠ ᡤᡝᠨᡳᠶᡝᠨ᠂

ᠵᠠᠰᠠᡤᠠᠨ ᠮᠠᠶᡳᠠᠨ ᠪᠠ᠂

ᠰᠠᡳᠨ ᠶᠠᠪᡠᠮᡝ ᠰᠠᠮᠪᠠ ᠠᠮᠪᠠ ᠨᡳᠶᠠᠯᠮᠠ᠃

hošang sing tung juwan biyai ice de nimeme akūha. jai kio joo oo ineku biyai ice sunja de nimeme akūha. erei jalin gingguleme donjibume wesimbuhe.

saha. sini elhe baire bithe be, ere bithe i emu fungtoo de tebufi wesimbuhengge, doro akū, ginggun akū,

---

住持和尚性統於十月初一日病故。再仇兆鰲於同月初五日病故。謹此奏聞。

【硃批】知道了。爾之請安文裝在此文一個封套內具奏，無禮，不敬，

住持和尚性统于十月初一日病故。再仇兆鳌于同月初五日病故。谨此奏闻。

【朱批】知道了。尔之请安文装在此文一个封套内具奏，无礼，不敬，

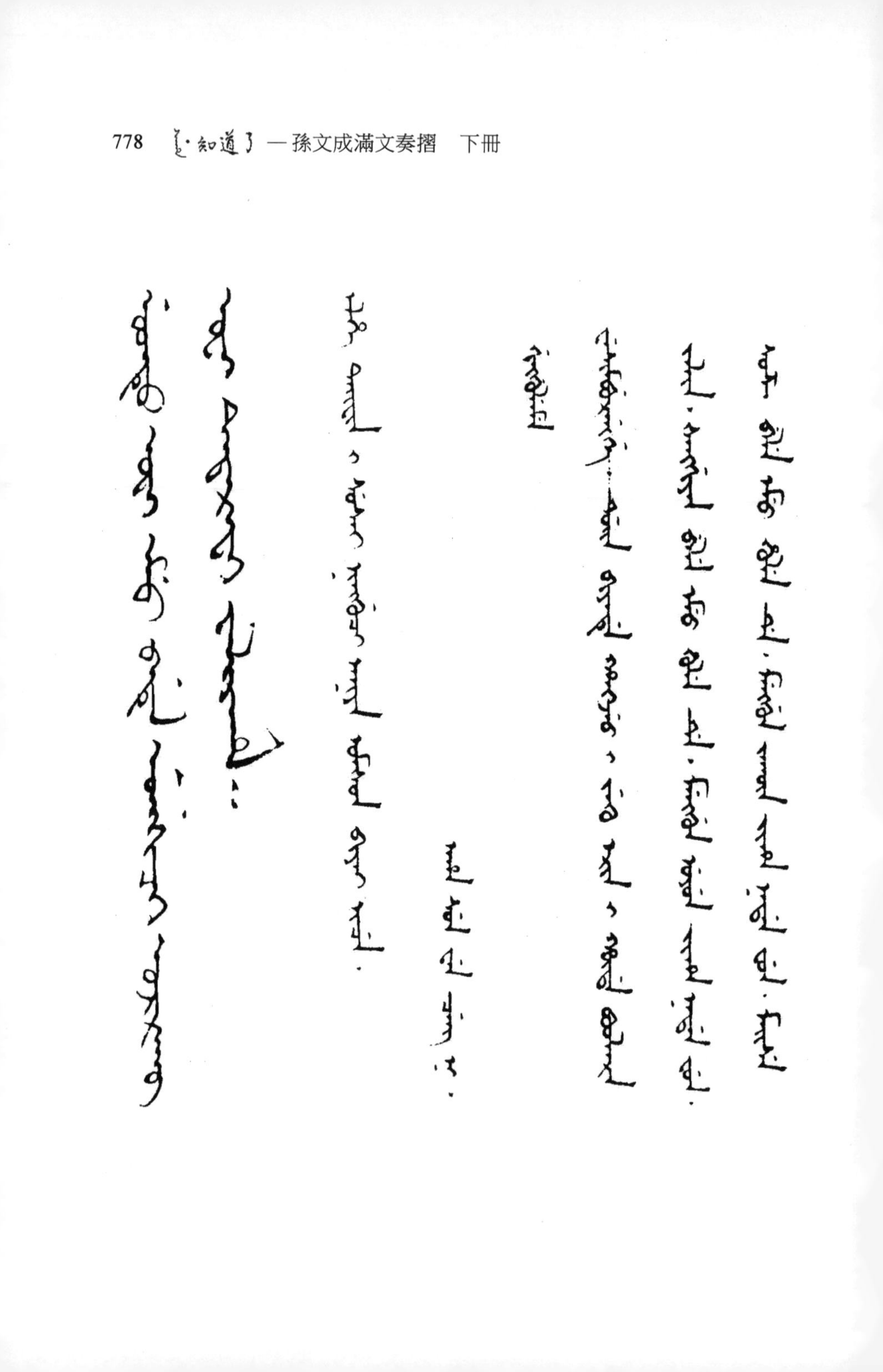

ᠮᠠᠨᠵᡠ
ᡥᡝᡵᡤᡝᠨ
ᠪᡳᡨᡥᡝ

ᠪᡳ ᠠᠯᠪᠠᠨ

uttu ofi emu bade unggici ojirakū ofi tatarafi waliyaha.

elhe taifin i susai ningguci aniya omšon biyai ice.

【200】奏報四月分杭州糧價摺

aha sun wen ceng ni, gingguleme wesimburengge, duin biyade hangjeo i jeku erin i hūda boolara jalin, šanggiyan bele emu hule de, menggun uyun jiha nadan fun, sodz bele emu hule de, menggun jakūn jiha nadan fun, maise

是以不可一處發去，已撕棄矣。

康熙五十六年十一月初一日

奴才孫文成

謹奏，為報四月分杭州米穀時價事。白米一石，需銀九錢七分；梭子米一石，需銀八錢七分；

是以不可一处发去，已撕弃矣。

康熙五十六年十一月初一日

奴才孙文成

谨奏，为报四月分杭州米谷时价事。白米一石，需银九钱七分；梭子米一石，需银八钱七分；

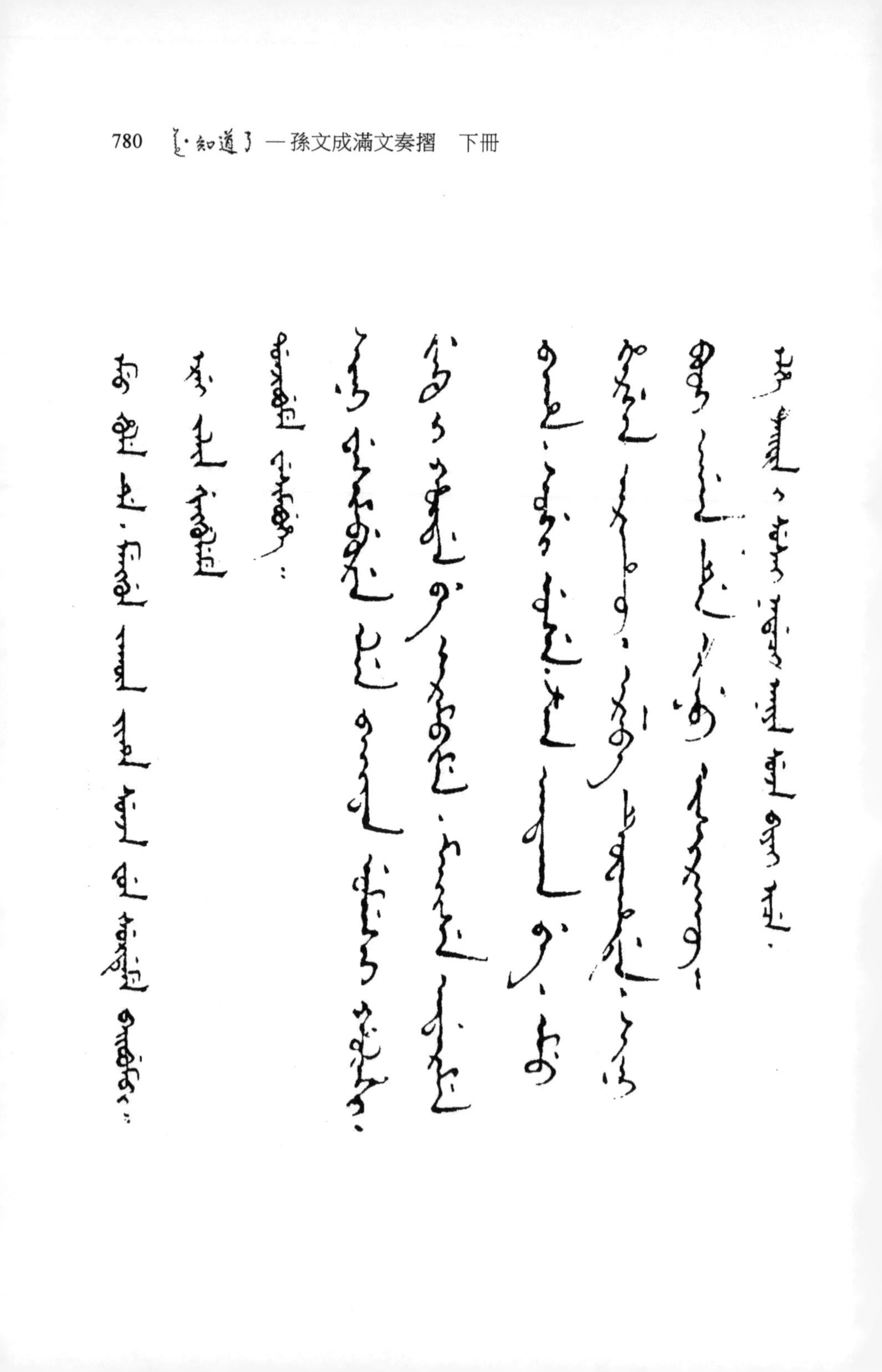

emu hule de, menggun jakūn jiha sunja fun šurdeme baibumbi. erei jalin gingguleme donjibume wesimbuhe.

sini wesimbure ele baita umesi hūlhi, jeku i hūda be arambime, maise adarame baha, sogi use, ts'an antaka be, emu hergen arahakū. erebe tuwahade, sini booi aga〔aha〕de inu isirakū.

elhe taifin i susai nadaci aniya sunja biyai ice.

麥子一石，需銀八錢五分左右。謹此奏聞。
【硃批】爾奏所有之事甚糊塗，既書穀價，麥子如何獲得？菜籽、蠶何如？一字未寫。觀此，連爾家奴僕亦不如。
康熙五十七年五月初一日

麦子一石，需银八钱五分左右。谨此奏闻。
【朱批】尔奏所有之事甚胡涂，既书谷价，麦子如何获得？菜籽、蚕何如？一字未写。观此，连尔家奴仆亦不如。
康熙五十七年五月初一日

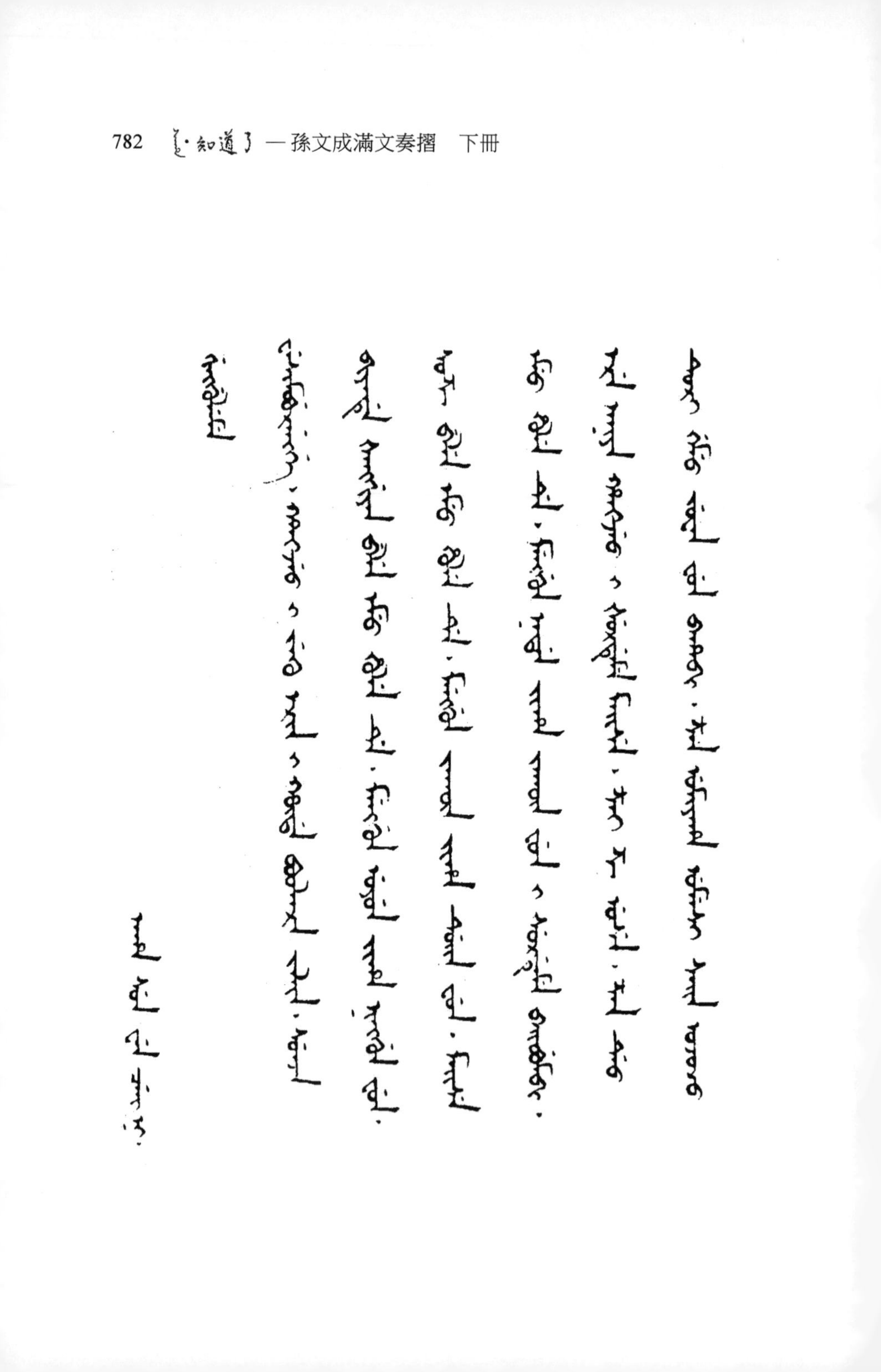

【201】奏報五月分杭州糧價摺

aha sun wen ceng ni, gingguleme wesimburengge, hangjeo i
jeku erin i hūda boolara jalin, sunja biyade šanggiyan bele
emu hule de, menggun uyun jiha ninggun fun, sodz bele emu
hule de, menggun jakūn jiha duin fun, maise emu hule de,
menggun nadan jiha jakūn fun i šurdeme baibumbi. ere aniya
hangjeo i šurdeme maise, ts'ai dz use, ts'an deo turi gemu
juwan fun bahabi, ts'an umiyaha umesi sain ojoro

奴才孫文成
謹奏，為報杭州米穀時價事。五月間，白米一石，需銀九
錢六分；梭子米一石，需銀八錢四分；麥子一石，需銀七
錢八分左右。今年杭州周圍，麥子、菜籽、蠶豆皆得十分。
因蠶蟲甚好，

奴才孙文成
谨奏，为报杭州米谷时价事。五月间，白米一石，需银九
钱六分；梭子米一石，需银八钱四分；麦子一石，需银七
钱八分左右。今年杭州周围，麦子、菜籽、蚕豆皆得十分。
因蚕虫甚好，

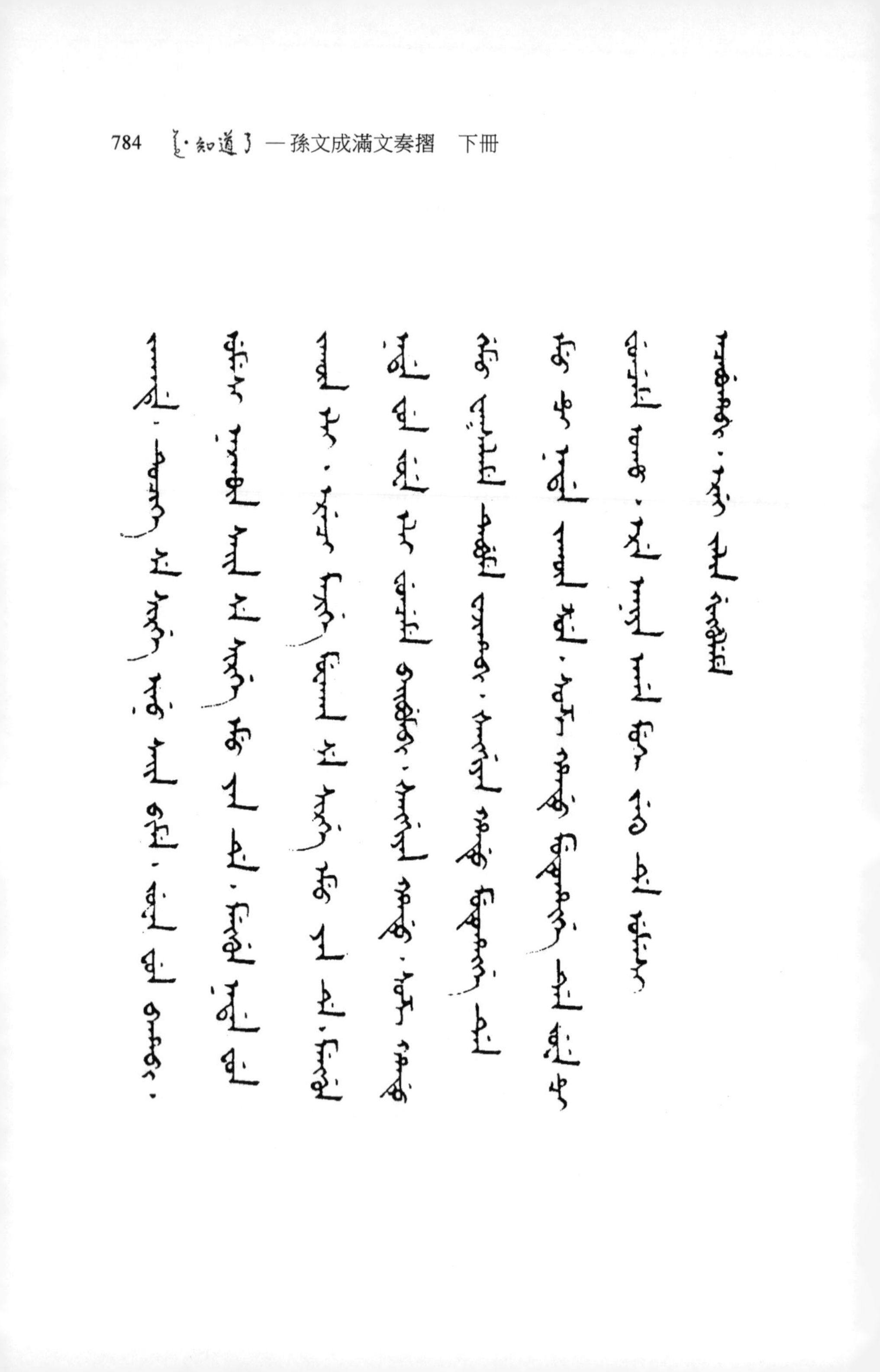

jakade, tucike se sirge inu sain bime, juwan fun bahabi.
umesi narhūn sain se sirge emu yan de, menggun nadan fun
jakūn eli, ereci majige muwakan se sirge emu yan de,
menggun nadan fun juwe eli funceme baibumbi. šanggiyan
handu, sodz handu gemu faksalame tebume wajihabi.
šanggiyan handu mutuhangge den emu c'y nadan jakūn ts'un,
sodz handu mutuhangge den juwe c'y funceme oho, ere
aniya aga muke jeku de umesi acabuhabi. erei jalin
gingguleme

故所出生絲亦好，且得十分。極細好生絲一兩，需銀七分
八釐；較其稍粗生絲一兩，需銀七分二釐餘。白粳稻、梭
子粳稻，皆已分蒔完竣。白粳稻長高一尺七八寸，梭子粳
稻長高二尺餘，今年雨水甚適合稻穀。謹此

故所出生丝亦好，且得十分。极细好生丝一两，需银七分
八厘；较其稍粗生丝一两，需银七分二厘余。白粳稻、梭
子粳稻，皆已分莳完竣。白粳稻长高一尺七八寸，梭子粳
稻长高二尺余，今年雨水甚适合稻谷。谨此

ᠪᠠᡳᡨᠠ ᠪᡝ ᡩᠣᠨᠵᡳᠮᡝ᠂ ᡳᠨᡝᠩᡤᡳ ᠠᠮᠪᠠ ᡥᡡᠸᠠᠩᡩᡳ

ᠣᠮᠣᠯᠣ ᠴᡝᠨ ᠪᡝᠨ᠂ ᡝᠯᡝ ᡴᡝᠰᡳ ᡳᠰᡳᠪᡠᠮᡝ

ᡝᠯᡝᠮᠠᠩᡤᠠ᠂ ᡝᠯᡝ ᡳᠰᡳᠪᡠᠮᡝ᠂ ᠮᡳᠨᡳ

ᡝᠵᡝᠨ᠂ ᠰᠠᡳᠨ ᠪᡝ ᠪᠠᡳᠮᡝ

ᡳᠮᠠᠨᠠ ᠪᠠᠨᠵᡳᠮᡝ᠂ ᡝᠯᡝ

ᡤᠣᠰᡳᠮᡝ᠂

donjibume wesimbuhe.

saha.

elhe taifin i susai nadaci aniya ninggun biyai ice.

【202】奏報閏八月分杭州糧價摺

aha sun wen ceng ni, gingguleme wesimburengge, anagan i jakūn biyade hangjeo i jeku erin i hūda boolara jalin, ere aniya jeku [bargiyara aniya] sain ofi, bele i hūda nenehe hūda ci wasikabi, šanggiyan bele emu hule de,

---

奏聞。

【硃批】知道了。

康熙五十七年六月初一日

奴才孫文成

謹奏，為報閏八月分杭州米穀時價事。今年稻穀甚好，米價較先前之價跌落，白米一石，

奏闻。

【朱批】知道了。

康熙五十七年六月初一日

奴才孙文成

谨奏，为报闰八月分杭州米谷时价事。今年稻谷甚好，米价较先前之价跌落，白米一石，

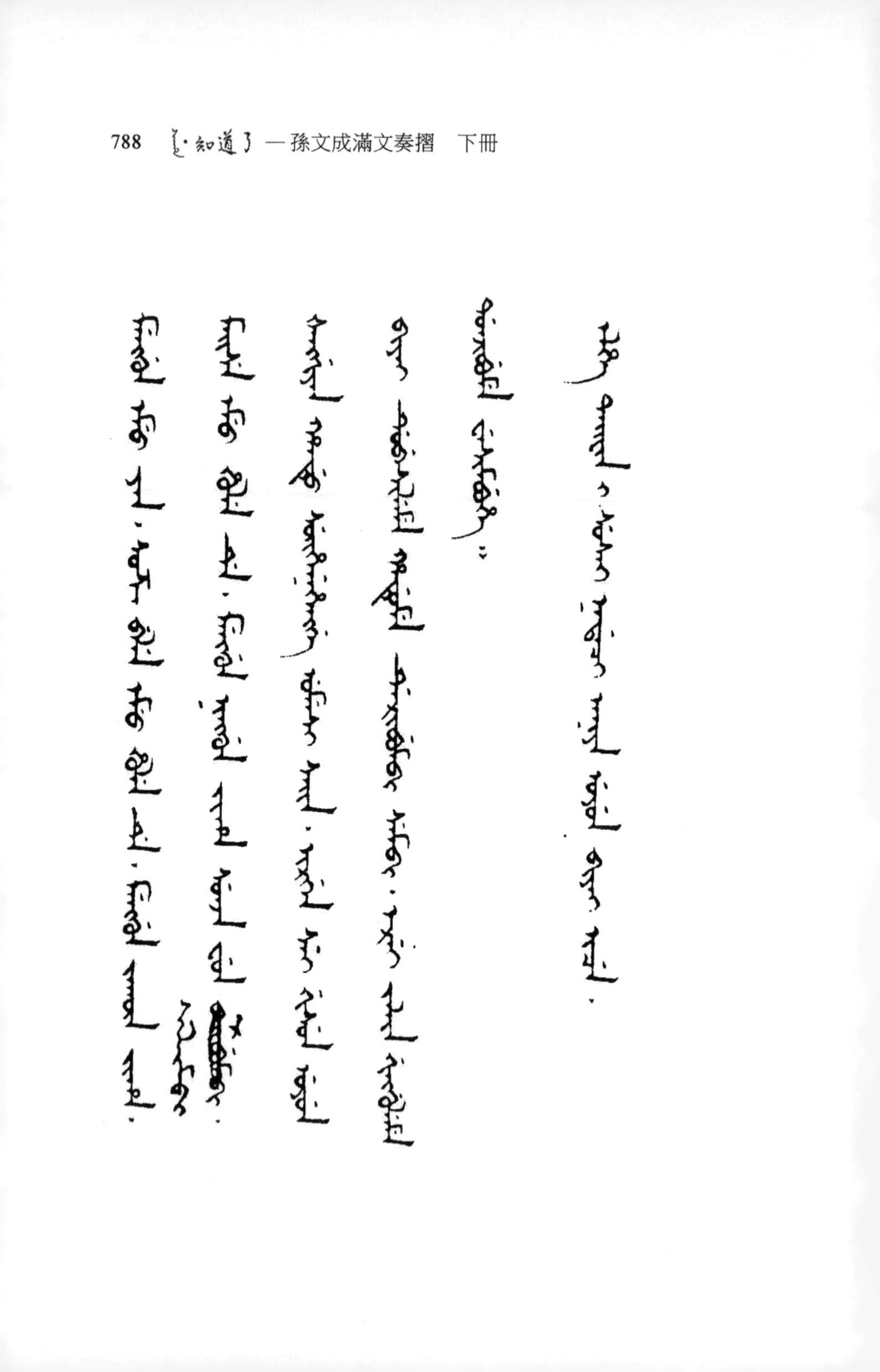

menggun emu yan, sodz bele emu hule de, menggun jakūn
jiha, maise emu hule de, menggun ninggun jiha sunja fun
baibumbi [salimbi]. šanggiyan handu suihenehengge umesi
sain, irgen sei gisun, uyun biyai dubesileme hadume deribumbi
sembi. erei jalin gingguleme donjibume wesimbuhe.
elhe taifin i susai nadaci aniya uyun biyai ice.

值銀一兩；梭子米一石，值銀八錢；麥子一石，值銀六錢
五分。白粳稻出穗甚好，百姓言：九月底起收割云云。謹
此奏聞。
康熙五十七年九月初一日

值银一两；梭子米一石，值银八钱；麦子一石，值银六钱
五分。白粳稻出穗甚好，百姓言：九月底起收割云云。谨
此奏闻。
康熙五十七年九月初一日

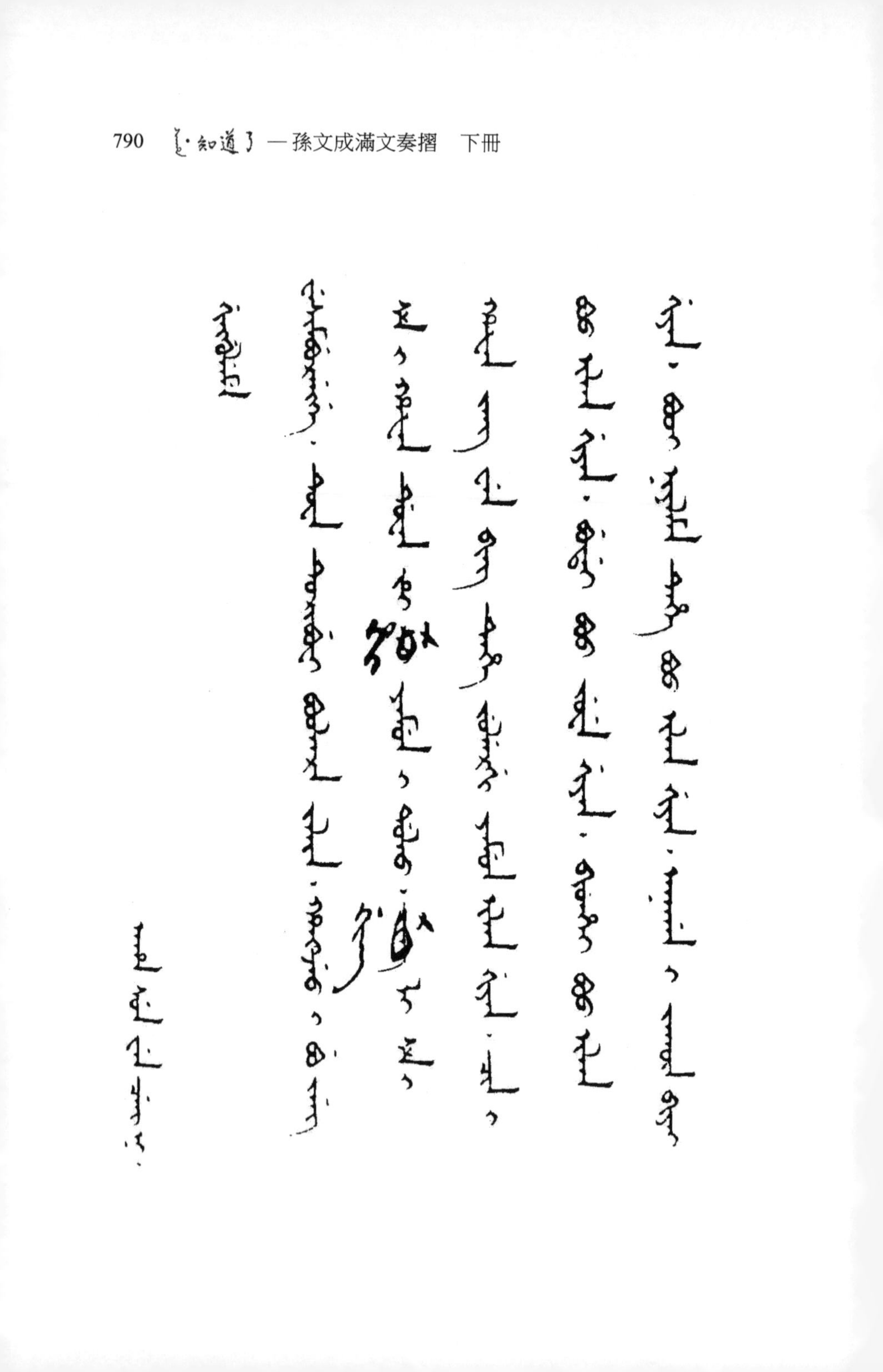

ᡝᠯᡝᠮᠪᡳᠮᠪᡳ᠈ᡝᠯᡝᠮᠪᡳ

【203】奏報杭州衙署失火摺

aha sun wen ceng ni, gingguleme wesimburengge, tuwa
turibufi boolara jalin, hangjeo i bu jeng sy i hafan duwan jy
si [hi] yamun i dolo, jing [ging] li sy i hafan jang wen bing
tehe julergi yamun ilan giyan, cin i boo ilan giyan, budai boo
juwe giyan, bithei boo ilan giyan, booi niyalma tehe boo ilan
giyan, anagan i jakūn biyai

　　　　　　　　　　　　　　　奴才孫文成

謹奏，為報失火事。杭州布政司段志熙衙門內經歷司張文
彬所住前衙門三間，正廳三間，飯廳二間，書房三間，家
人住屋三間，於閏八月

　　　　　　　　　　　　　　　奴才孫文成

謹奏，为报失火事。杭州布政司段志熙衙门内经历司张文
彬所住前衙门三间，正厅三间，饭厅二间，书房三间，家
人住屋三间，于闰八月

ᠮᡠᠰᡝ ᠂ ᠮᡝᠨᡳ
ᠵᠠᡴᠠ ᠪᡝ
ᠮᡝᠨᡳ
ᠰᡳᠮᠨᡝᡴᡝ ᠂

ᠮᡠᠵᠠᠨ
ᠪᠠᡳᡨᠠ ᡩᡝ ᠮᡠᠵᠠᠨᡤᠠ

ᠠᠪᡴᠠ ᠶᠠ ᠮᠠᠨᡩᡠ ᡝᠮᡠ
ᠮᡠᠰᡝ ᠮᡝᠨᡳ ᡝᠯᡝᡳ
ᠪᠠᡳ ᠠᠮᠪᠠ ᠮᠠᠨᡩᡠ ᠂

ᡨᡝᠯᡝ ᠪᡝ ᠂ ᠮᡝᠨᡳ ᡝᠯᡝᠮᠪᡳ

ᠵᠠᠰᠠ ᠂ ᠠᠯᡳᠨ ᠮᡝᠨᡳ ᡝᠯᡝᠨ ᠂ ᠮᡝᠨᡳ ᠰᡝᡴᡝ ᡩᡝ ᡨᡝᠯᡝ ᡝᠮᠪᡳ

orin jakūn i bonio erinde budai booci tuwa turibufi uheri
daha boo juwan duin giyan, damu funcehe jai duka emu
giyan, erei jalin gingguleme donjibume wesimbuhe.
ere emu udu giyan i boo ai oyonggo baita.
elhe taifin i susai nadaci aniya uyun biyai ice.

二十八日申刻，自飯廳失火，共燒燬房屋十四間，僅剩下
二進一間。謹此奏聞。
【硃批】此數間房屋有何要事？
康熙五十七年九月初一日

二十八日申刻，自饭厅失火，共烧毁房屋十四间，仅剩下
二进一间。谨此奏闻。
【朱批】此数间房屋有何要事？
康熙五十七年九月初一日

� ᠪᠠᡳᡨᠠ ᠰᡝᡵᡝ᠈

【204】奏報二月分杭州糧價摺

aha sun wen ceng ni, gingguleme wesimburengge, juwe biyade hangjeo i jeku [i] erin i hūda [be] boolara jalin, šanggiyan bele emu hule de, menggun uyun jiha jakūn fun, sodz bele emu hule de, menggun jakūn jiha uyun fun, maise emu hule de, menggun nadan jiha nadan fun i šurdeme salimbi. erei jalin gingguleme donjibume wesimbuhe.

elhe taifin i susai jakūci aniya ilan biyai ice.

奴才孫文成

謹奏，為報二月分杭州米穀時價事。白米一石，值銀九錢八分；梭子米一石，值銀八錢九分；麥子一石，值銀七錢七分左右。謹此奏聞。

康熙五十八年三月初一日

奴才孙文成

谨奏，为报二月分杭州米谷时价事。白米一石，值银九钱八分；梭子米一石，值银八钱九分；麦子一石，值银七钱七分左右。谨此奏闻。

康熙五十八年三月初一日

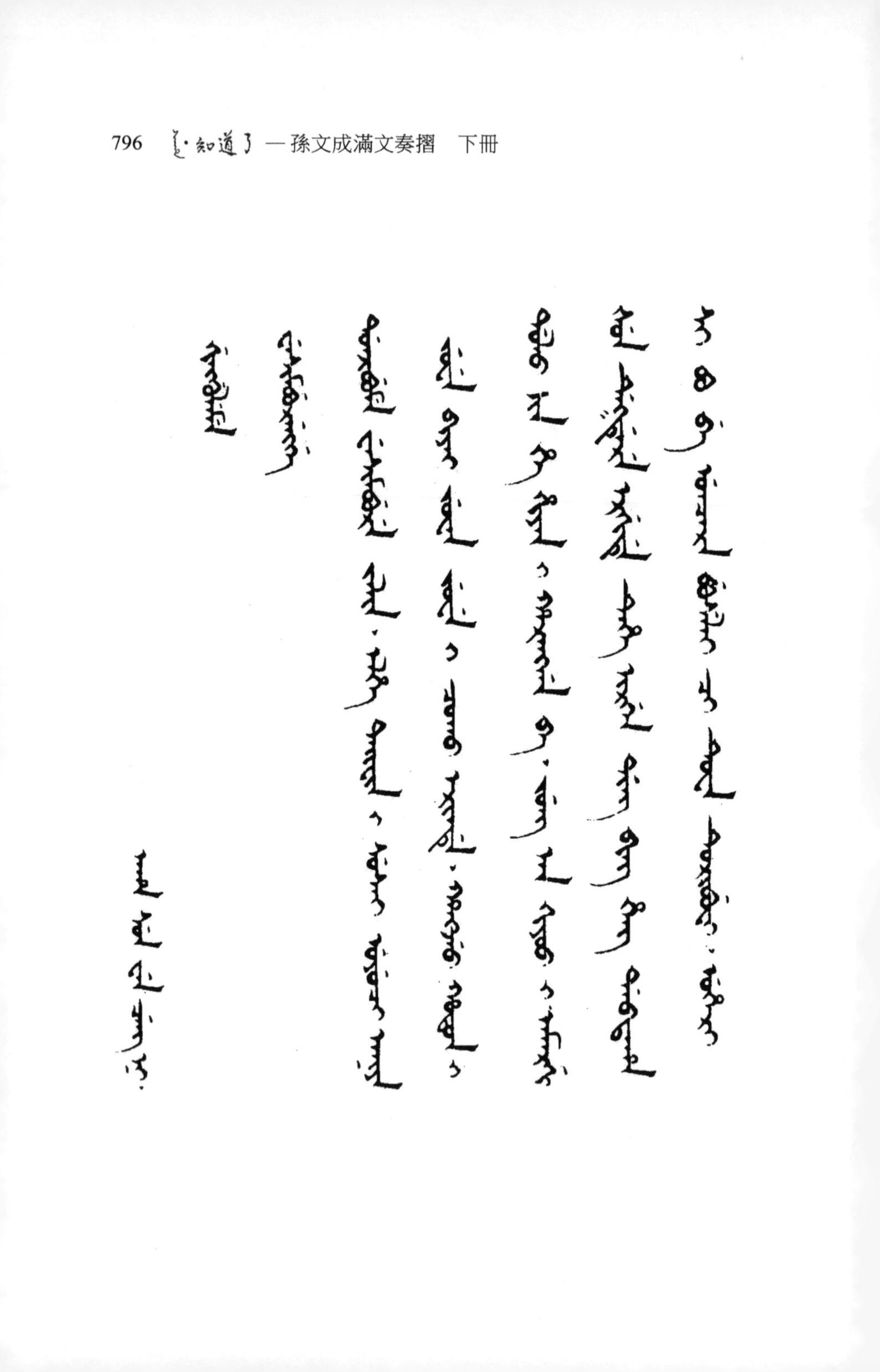

【205】奏報杭州民房失火摺

aha sun wen ceng ni, gingguleme wesimburengge, donjibume wesimbure jalin, elhe taifin i susai uyuci aniya juwe biyai juwan juwe i coko erinde, hangjeo hoton i dolo žin he hiyan i harangga ba, jung an kiyoo i amargi šun dekdere ergide tehe irgen ding bing heng dabtaha si bo be uncara puseli ci tuwa turibufi, uheri

---

　　　　　　　　　　　　　　　　奴才孫文成

謹奏，為奏聞事。康熙五十九年二月十二日酉刻，杭州城內仁和縣所屬地方，自眾安橋東北方居民丁炳衡出售所捶打錫鉑之舖子失火，

　　　　　　　　　　　　　　　　奴才孙文成

谨奏，为奏闻事。康熙五十九年二月十二日酉刻，杭州城内仁和县所属地方，自众安桥东北方居民丁炳衡出售所捶打锡铂之铺子失火，

ᠪᡳᡨᡥᡝ ᡥᡝᠨᡩᡠᠮᠪᡳ ᠪᡝ ᠪᠠᡳᡨᠠᠯᠠᠮᡝ᠈

ᠰᡠᡵᡝ ᡥᠠᡶᠠᠨ ᡳ ᠪᠠᡳᡨᠠ ᠪᡝ᠈ ᠮᡳᠨᡳ ᠪᠠᡳᡨᠠ ᠪᡝ᠈

ᡝᠵᡝᠨ ᠪᡝ᠈ ᠪᠠᡳᡨᠠ ᠪᡝ᠈ ᠰᠠᡳᠨ ᡳᠨᡝᠩᡤᡳ ᠪᡝ᠈

ᡥᡝᠨᡩᡠᠮᡝ᠈ ᠪᠠᡳᡨᠠᠯᠠᠮᠪᡳ ᡥᡝᠨᡩᡠᠮᡝ᠈

ᠪᠠᡳᡨᠠ ᠪᡝ᠈ ᡥᠠᡶᠠᠨ ᡳ ᠪᠠᡳᡨᠠ ᠪᡝ ᠪᠠᡳᡨᠠᠯᠠᠮᡝ᠈

ᠰᠠᡳᠨ ᡳᠨᡝᠩᡤᡳ ᠪᡝ ᠪᠠᡳᡨᠠᠯᠠᠮᡝ᠈ ᠮᡳᠨᡳ ᠪᠠᡳᡨᠠ ᠪᡝ᠈

ᠪᠠᡳᡨᠠᠯᠠᠮᡝ ᡥᡝᠨᡩᡠᠮᡝ ᡳᠨᡝᠩᡤᡳ ᠪᡝ᠈ ᠪᠠᡳᡨᠠ ᠪᡝ ᠪᠠᡳᡨᠠᠯᠠᠮᠪᡳ

tuwa de gaibuha irgen i boo juwe tanggū nadanju duin
boigon i dorgi wase boo orin emu giyan, taktu boo ilan
tanggū orin giyan, efulehe taktu boo orin emu giyan. ineku
biyai juwan jakūn i indahūn erinde, hangjeo hoton i dolo
ciyan tang hiyan i harangga ba, tai ping fang ni šun dekdere
ergide tehe irgen li siyan jang šufa, jodon fungku i jergi
buyarame hacin be uncara puseli ci tuwa turibufi,

共燒燬民房二百七十四戶內瓦房二十一間，樓房三百二十
間，損壞樓房二十一間。本月十八日戌刻，杭州城內錢塘
縣所屬地方，自太平坊東方居民李顯彰出售頭紗、葛布手
巾等雜貨舖失火，

共烧毁民房二百七十四户内瓦房二十一间，楼房三百二十
间，损坏楼房二十一间。本月十八日戌刻，杭州城内钱塘
县所属地方，自太平坊东方居民李显彰出售头纱、葛布手
巾等杂货铺失火，

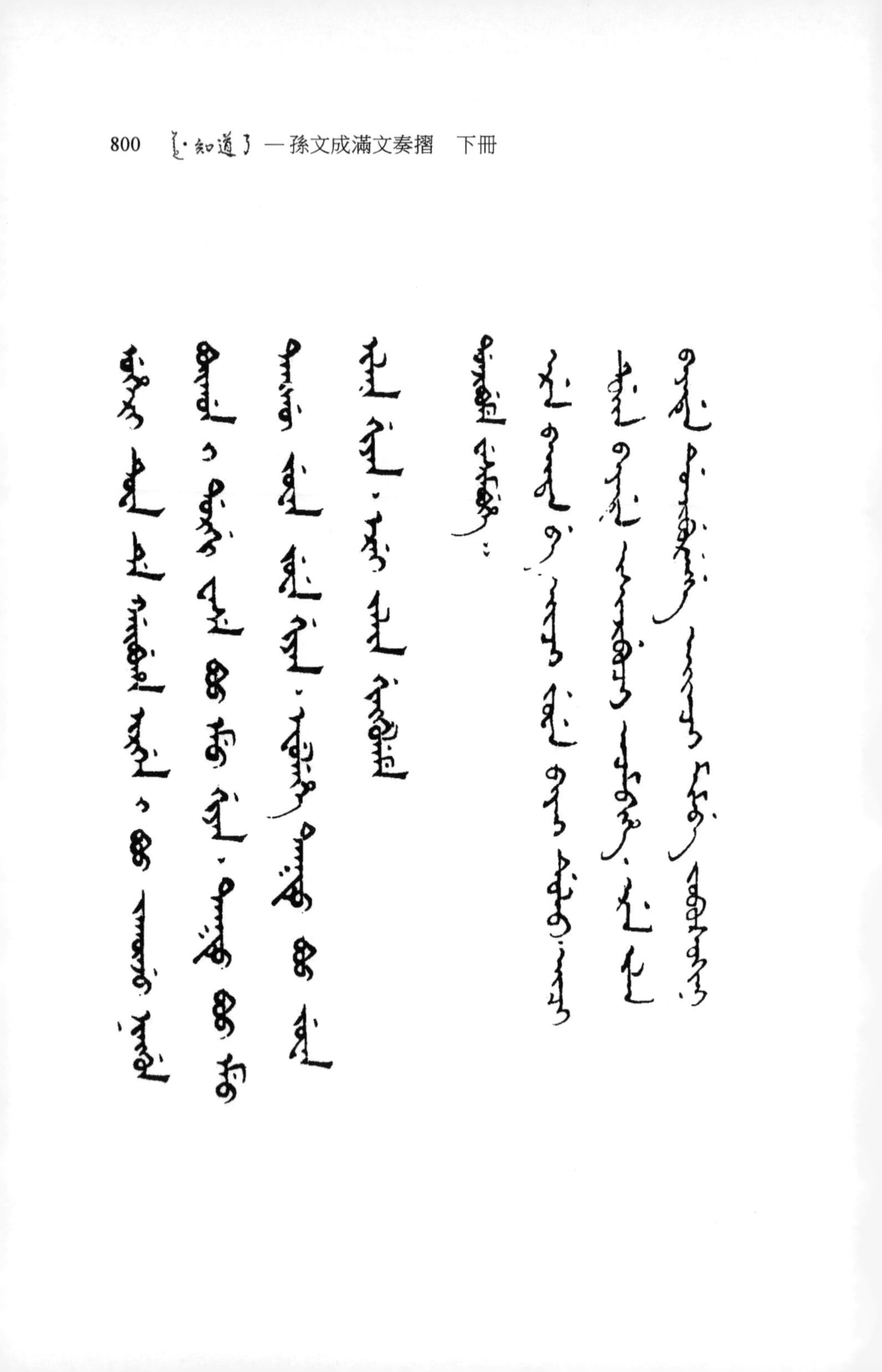

ᠰᡳᠨ ᠪᡳ᠂ ᠰᡳᠨ ᠪᡳᡨᡥᡝ ᠪᡝ

ᠪᠠᡳᡨᠠ᠂ ᠠᠯᡳᠮᠪᠠ ᠪᡝ

uheri tuwa de gaibuha irgen i boo jakūnju ninggun boigon i dorgi wase boo emu giyan, taktu boo emu tanggū juwan juwe giyan, efulehe taktu boo juwan ilan giyan. erei jalin gingguleme donjibume wesimbuhe.

ere baita be eici juwe biyai dolo, eici duin biyade isinjibuci acambihe, ere ilan biyade donjiburengge ainci mimbe jobošokini

---

共燒燬民房八十六戶內瓦房一間，樓房一百十二間，損壞樓房十三間[31]。謹此奏聞。

【硃批】此事或應於二月內，或四月間到來，於三月間奏聞，想是欲令朕憂愁也。

共烧毁民房八十六户内瓦房一间，楼房一百十二间，损坏楼房十三间 [31]。谨此奏闻。

【朱批】此事或应于二月内，或四月间到来，于三月间奏闻，想是欲令朕忧愁也。

---

[31] ding bing heng，音譯作丁炳衡。li siyan jang，音譯作李顯彰。

ᠵᠠᠰᠠᠨᠵᠠᠨ ᠊᠊᠊

ᠵᠠᠰᠠᠨᠵᠠᠨ᠂ᠲᠠᠢᠴᠠᠨ

ᠪᠠᠨᠵᠠᠨ᠂ᠵᠠᠰᠠᠨᠵᠠᠨ

ᠮᠠᠨᠵᠠᠨᠲᠠᠢ᠂ᠲᠠᠨᠵᠠᠨᠵᠠᠨ᠂

ᠵᠠᠨᠵᠠᠨᠲᠠᠨ᠂ᠮᠠᠨᠵᠠᠨᠲᠠᠢᠵᠠᠨ᠂

ᠲᠠᠨᠵᠠᠨᠵᠠᠨᠲᠠᠢᠵᠠᠨᠲᠠᠢ᠂

serengge kai. bi donjifi mujakūališaha.
elhe taifin i susai uyuci aniya juwe biyai orin.

【206】奏報四月分杭州糧價摺

aha sun wen ceng ni, gingguleme wesimburengge, duin biyade [biyai] hangjeo i [jeku] erin i hūda be [jeku be] boolara jalin, šanggiyan bele emu hule de, menggun uyun jiha jakū fun, sodz bele emu hule de, menggun jakūn jiha sunja fun, maise emu hule de, menggun

朕聞之著實愁悶。
康熙五十九年二月二十日

奴才孫文成

謹奏，為報四月分杭州米穀時價事。白米一石，值銀九錢八分；梭子米一石，值銀八錢五分；麥子一石，

朕闻之着实愁闷。
康熙五十九年二月二十日

奴才孙文成

谨奏，为报四月分杭州米谷时价事。白米一石，值银九钱八分；梭子米一石，值银八钱五分；麦子一石，

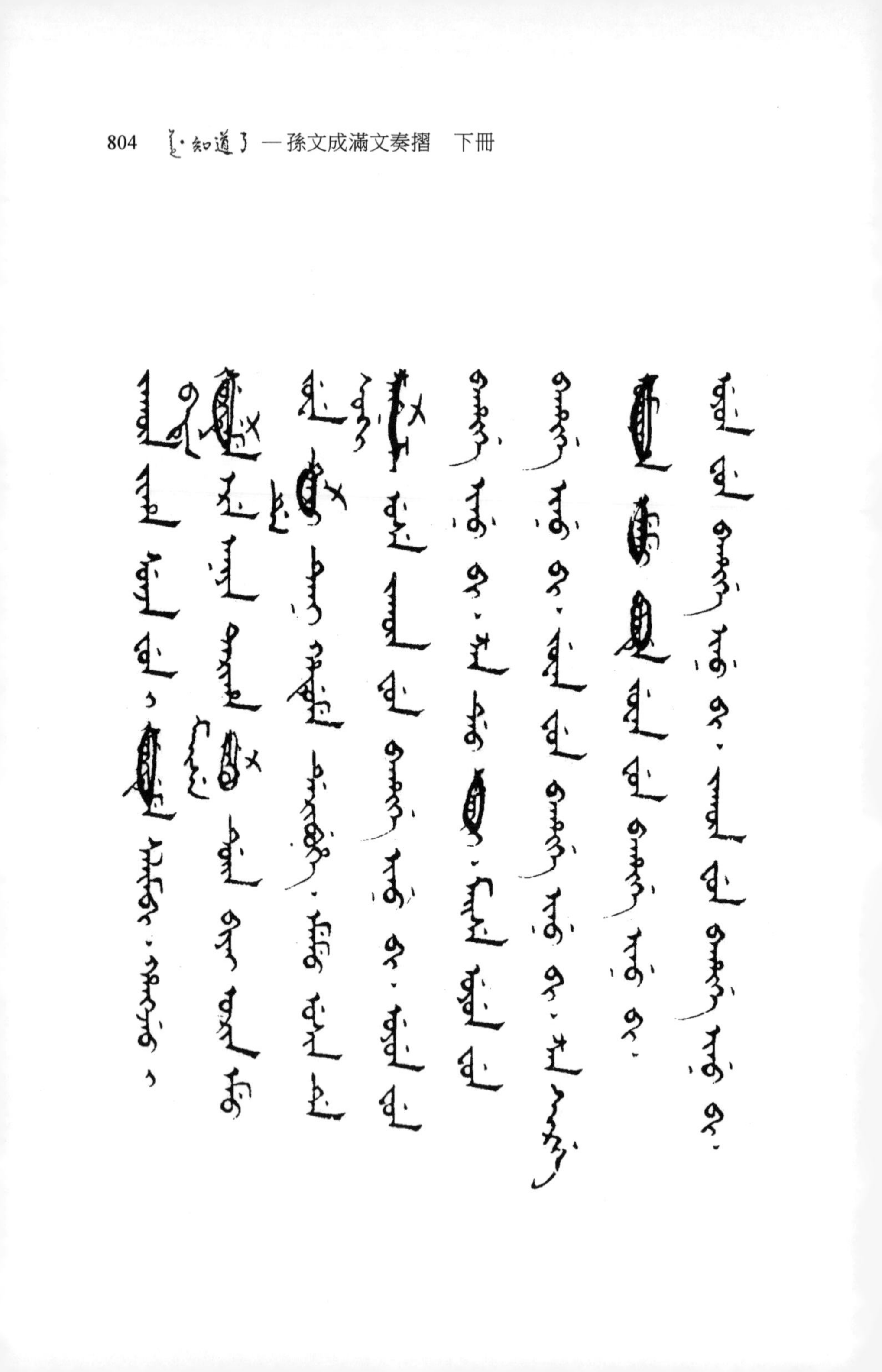

jakūn jiha sunja fun i [šurdeme] salimbi. hangjeo i šurdeme [bade] ere aniya tariha jeku [maise] duin biyai orin emu juwe deri [de] teni hadume deribuhe. ememu usin de ts'ai dz [sogi] use jakūn fun bahangge inu bi, uyun fun bahangge inu bi. ts'an deo [turi], maise uyun fun bahangge inu bi, juwan fun bahangge inu bi, ts'an umiyaha ememu boode [sirge] juwan fun bahangge inu bi, uyun fun bahangge inu bi, jakūn fun bahangge inu bi,

---

值銀八錢五分左右。杭州地方，今年所種麥子，於四月二十一二日纔開始收割。田中菜籽亦有得八分者，亦有得九分者。蠶豆、麥子亦有得九分者，亦有得十分者。蠶絲亦有得十分者，亦有得九分者，亦有得八分者

值银八钱五分左右。杭州地方，今年所种麦子，于四月二十一二日纔开始收割。田中菜籽亦有得八分者，亦有得九分者。蚕豆、麦子亦有得九分者，亦有得十分者。蚕丝亦有得十分者，亦有得九分者，亦有得八分者

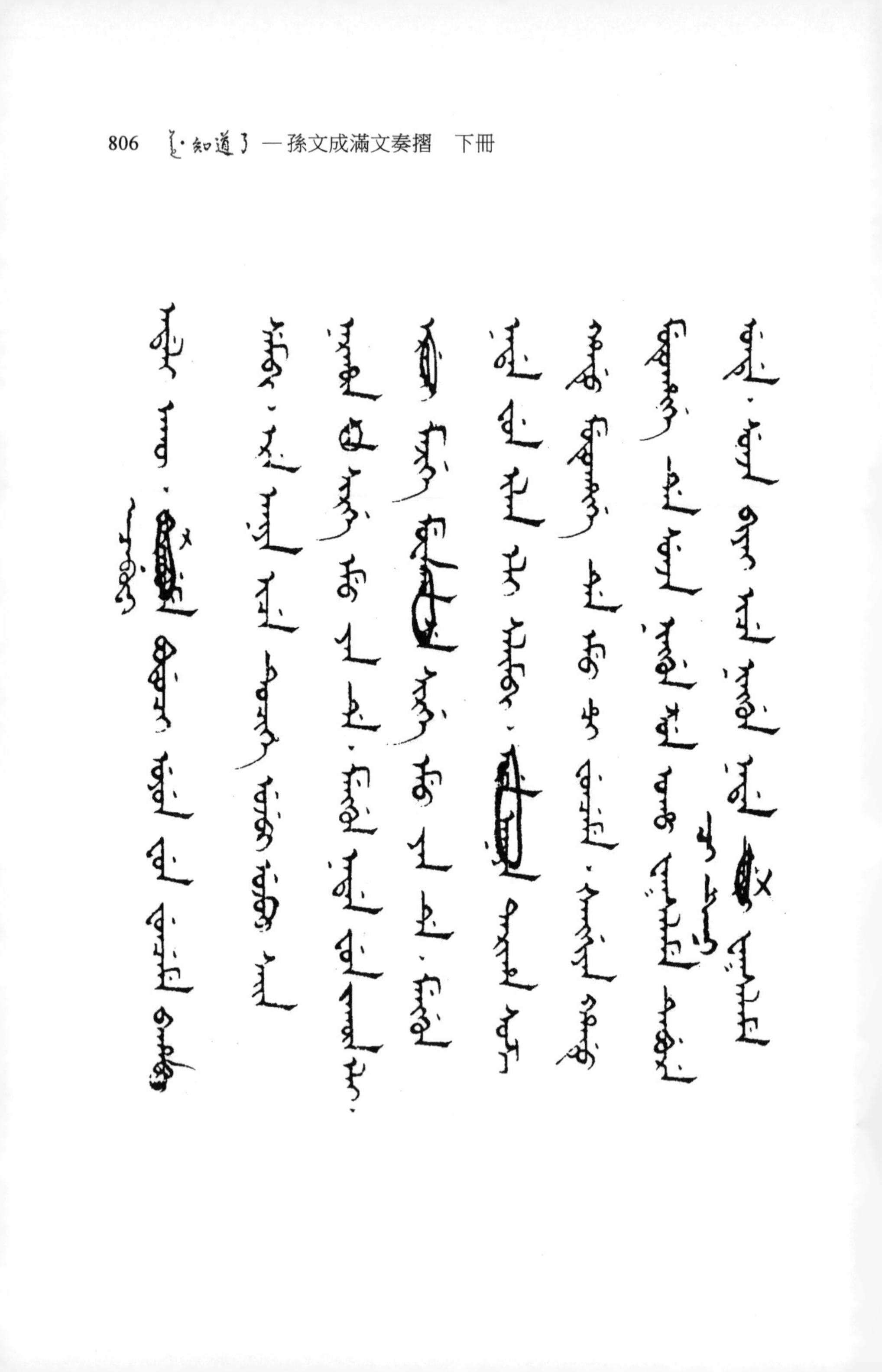

adali akū, borabume [acabufi] bodoci uyun fun funceme
bahabi [baha] sembi, ere aniya ice tucike uju [ujui] ujui [uju]
sain narhūn [se] sirge emu yan de, menggun nadan fun jakūn
eli, [ereci] majige muwakan se [muwa] sirge emu yan de,
menggun nadan fun ilan eli salimbi. [ere aniya] tariha sodz
handu mutuhangge den emu c'y funceme, šanggiyan handu
mutuhangge den sunja ninggun ts'un oho faksalame tebure
unde, sunja biyai ice ninggun nadan deri [ci teni] faksalame

不等，合計得九分有餘。今年新出頭等上好細絲一兩，值
銀七分八釐；稍粗之絲一兩，值銀七分三釐。所種梭子粳
稻長高一尺餘，白粳稻長高五六寸，尚未分蒔，自五月初
六、七日起始分蒔。

不等，合计得九分有余。今年新出头等上好细丝一两，值
银七分八厘；稍粗之丝一两，值银七分三厘。所种梭子粳
稻长高一尺余，白粳稻长高五六寸，尚未分莳，自五月初
六、七日起始分莳。

ᠪᠠᠢᠴᠠᠮᠪᠢ᠂

ᠪᠠᡳᠴᠠᠮᠪᡳ

ᠪᠠᡳᠴᠠᠮᠪᡳ᠂ ᠠᠮᠪᠠ ᡝᠯᡥᡝ
ᠣᠪᡠᠮᠪᡳ᠂

ᠪᠠᡳᠴᠠᠮᠪᡳ᠂ ᡝᠯᡥᡝ ᠪᠠᡳᠮᠪᡳ᠂

ᠪᠠᡳᠴᠠᠮᠪᡳ᠂ ᠠᠮᠪᠠ ᡝᠯᡥᡝ ᠣᠪᡠᠮᠪᡳ᠂
ᠠᠮᠪᠠ ᡝᠯᡥᡝ ᠣᠪᡠᠮᠪᡳ᠂

[dasame] tebumbi sembi. irgen sei gisun, ere aniya kemuni [be] sain i aniya sembi. erei jalin gingguleme donjibume wesimbuhe.

elhe taifin i susai uyuci aniya sunja biyai ice.

【207】奏聞朱一貴聚眾滋事摺

aha sun wen ceng ni donjiha teile gingguleme wesimburengge, donjibume wesimbure jalin, tai wan de isaha hūlha,

---

百姓言：今年係好年云云，謹此奏聞。

康熙五十九年五月初一日

　　　　　　　　　　奴才孫文成僅以所聞

謹奏。為奏聞事。臺灣所聚之賊，

百姓言：今年系好年云云，谨此奏闻。

康熙五十九年五月初一日

　　　　　　　　　　奴才孙文成仅以所闻

谨奏。为奏闻事。臺湾所聚之贼，

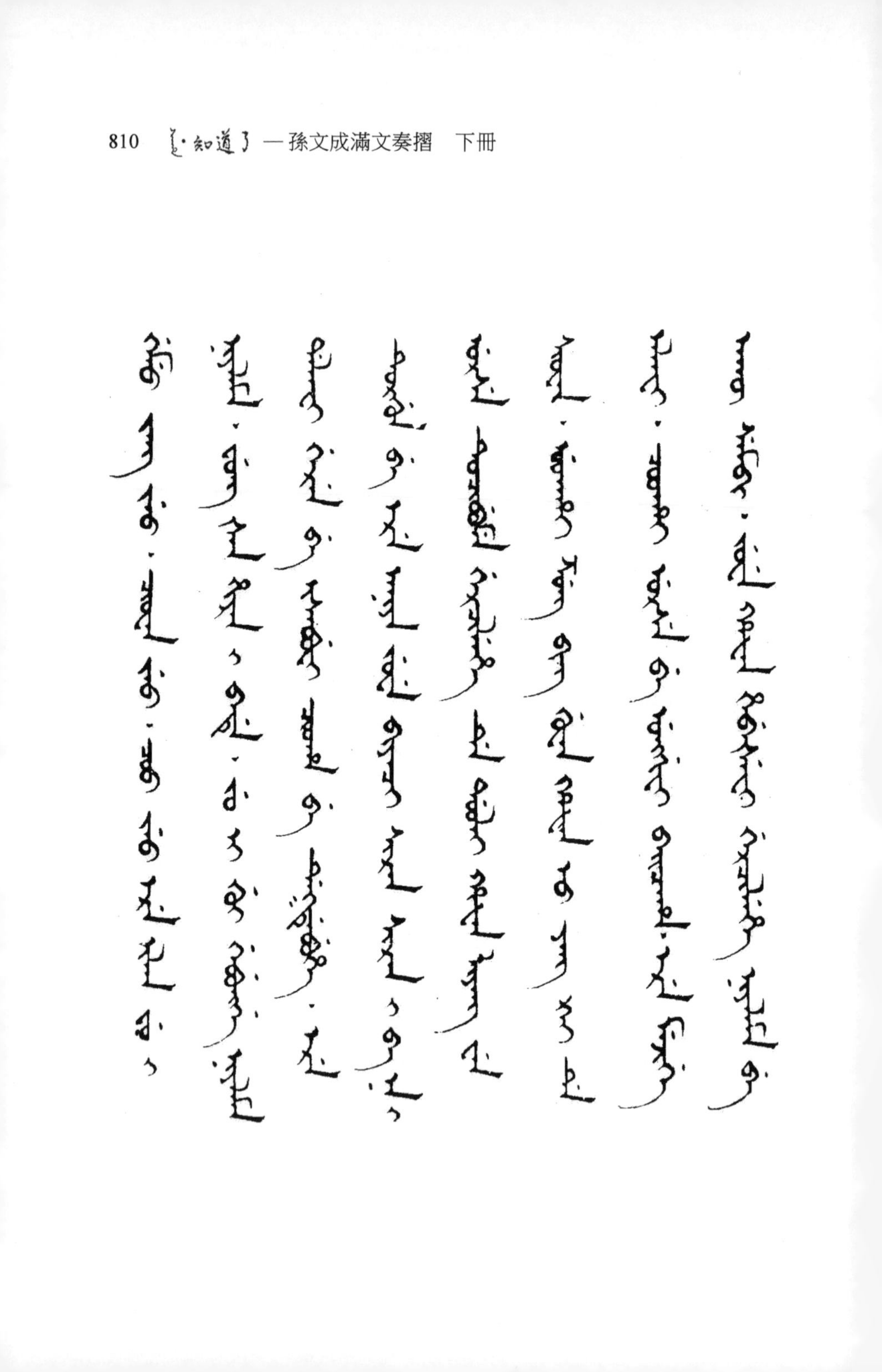

gemu jang jeo, ciowan jeo, coo jeo ere ilan fu i niyalma.
fung šan hiyan i bade, ju i gui gebungge niyalma dalafi geren
be isabufi cooha be dekdebuhe. ere turgun be ere aniya juwe
biyaci siran siran i ba na i urse tucibume gercilehe de dooli
hafan liyang wen siowan. uthai dzung bing guwan hafan eo
yang k'ai de alafi, coohai urse be unggifi baicaha, ere mejige
akū sembi. juwe hafan hebešefi gercilehe niyalma be

皆係漳州、泉州、潮州此三府之人。在鳳山縣地方，有名
叫朱一貴之人為首聚眾起兵。此情由自今年二月起接連有
地方人們出首，道員梁文煊即稟告總兵官歐陽凱，差遣兵
丁查察，據云無此信息。二官商議將出首之人

皆系漳州、泉州、潮州此三府之人。在凤山县地方，有名
叫朱一贵之人为首聚众起兵。此情由自今年二月起接连有
地方人们出首，道员梁文煊即禀告总兵官殴阳凯，差遣兵
丁查察，据云无此信息。二官商议将出首之人

ᠮᠠᠨᠵᡠ ᠪᡳᡨᡥᡝ
ᠰᡝᡵᡝᠮᠪᡳ᠂
ᠪᡝ ᠰᡝᡵᡝᠮᠪᡳ
ᠮᡝᠨᡳ ᠰᡝᠷᡝᠮᠪᡳ᠂

tantafi selhen etubuhe, tantame wahangge inu bi sembi. erei
jalin gingguleme donjibume wesimbuhe.
sini ere uju uncehen akū gisun be yargiyan i ulhirakū.
elhe taifin i ninjuci aniya nadan biyai ice.

責打枷號，亦有打殺者云云。謹此奏聞。
【硃批】爾此無頭尾之言，實在不懂。
康熙六十年七月初一日

责打枷号，亦有打杀者云云。谨此奏闻。
【朱批】尔此无头尾之言，实在不懂。
康熙六十年七月初一日

附錄一　康熙五十六年孫文成漢字摺子

（康熙五十六年四月初一日，孫文成滿文奏摺附件）

浙江錢塘江潮汐。由赭山鱉子門起汛。往年秋潮是大的，至八月更大，俗稱八月十八日是潮生日，長潮時，每日兩次，初一、十五日是子午二時起潮，逐日照時挨來，只差半個時辰，是極准的。二十八日起汛，至初八日煞汛，十二日起汛，至二十三日煞汛。七月裏起潮頭，至八月以後俱暗長水，五十五年竟不煞汛。四月初一日，風潮甚大，打壞柴舡一隻，淹死五人，救起一人。六月二十日，打壞渡舡一隻，淹死十餘人。十一月十七日晚潮甚大，各舡戶不及防備，自三郎廟至江口停泊的舡隻，盡皆打開，滿江亂飄，打壞大小舡四十餘隻，淹死男婦七十餘人。五十六年二月十九日，打壞大小舡十餘隻。因近岸水淺，沒有傷人。凡行江舡隻，遇無可躲避之處，只得接潮，將舡頭對著潮頭，潮頭一過，即掉舵隨潮而上，其掉舵之時，舡身勢必橫轉。若遇潮大，常致有失。

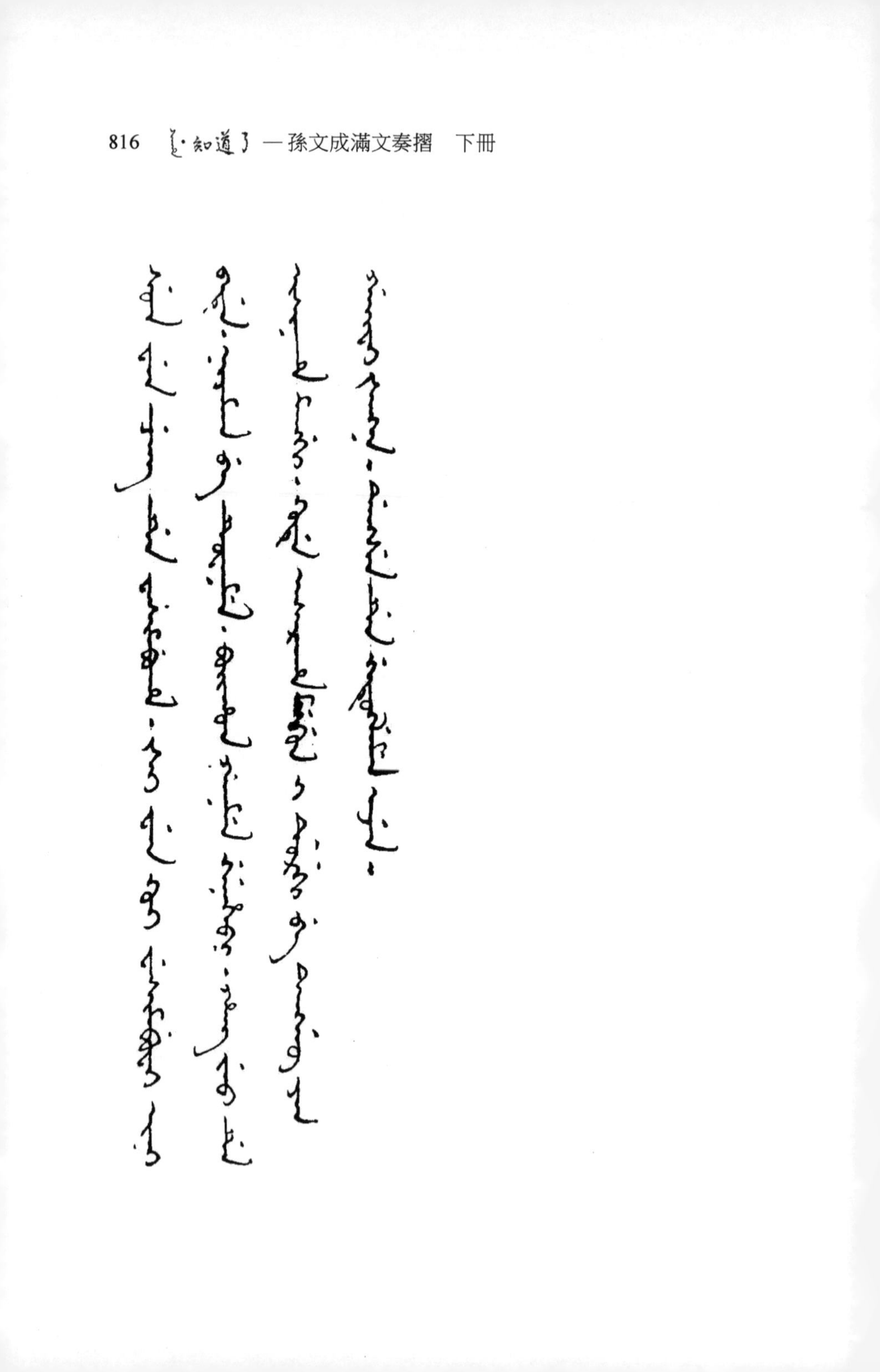

附錄二　諭孫文成動撥庫銀賞賜石文奎事

（康熙年間，未載明年月日）

sun wen ceng de wasimbuha, ši wen kui wesimbufi ini bade, niyalma be tuwaname, boihon ganame genehebi. hang jeo de isinaha manggi, kude asaraha menggun i dorgi be tanggū yan gaifi šangna, dangse de getukeleme eje.

諭孫文成，石文奎奏，彼處前往探親，已往接眷口。至杭州後，於庫貯銀內取百兩賞賜，明白記於檔子上。

諭孫文成，石文奎奏，彼处前往探亲，已往接眷口。至杭州后，于库贮银内取百两赏赐，明白记于档子上。

致　謝

　　本書滿文羅馬拼音及漢文，由原任駐臺北韓國代表部連寬志先生熱心支持校勘，在此最深誠感謝。